广视角·全方位·多品种

权威·前沿·原创

服务业蓝皮书

BLUE BOOK
OF SERVICE INDUSTRY

中国服务业发展报告 No.9

ANNUAL REPORT ON CHINA'S
SERVICE INDUSTRY(No.9)

——面向"十二五"的中国服务业

Facing the "Twelfth Five-Year Plan" of the
Chinese Service Industry

中国社会科学院财政与贸易经济研究所

主 编／荆林波 史 丹 夏杰长

社会科学文献出版社
SOCIAL SCIENCES ACADEMIC PRESS (CHINA)

法 律 声 明

　　"皮书系列"（含蓝皮书、绿皮书、黄皮书）为社会科学文献出版社按年份出版的品牌图书。社会科学文献出版社拥有该系列图书的专有出版权和网络传播权，其 LOGO（　）与"经济蓝皮书"、"社会蓝皮书"等皮书名称已在中华人民共和国工商行政管理总局商标局登记注册，社会科学文献出版社合法拥有其商标专用权，任何复制、模仿或以其他方式侵害（　）和"经济蓝皮书"、"社会蓝皮书"等皮书名称商标专有权及其外观设计的行为均属于侵权行为，社会科学文献出版社将采取法律手段追究其法律责任，维护合法权益。

　　欢迎社会各界人士对侵犯社会科学文献出版社上述权利的违法行为进行举报。电话：010 - 59367121。

社会科学文献出版社

法律顾问：北京市大成律师事务所

编委会成员

中文摘要

"十一五"时期我国服务业发展是新中国成立以来最好的，尽管某些指标也很难如期完成。"十二五"时期我国服务业发展面临着前所未有的机遇，也面对着一定的挑战，但总体看，将是改革开放以来发展环境最好的时期，是服务业可能跨越式发展的时期，我国正在加速向服务经济时代迈进，"十二五"期末，我国很有可能迎来服务经济时代。

大力发展服务业在"十二五"时期有着重要的战略意义。发展服务业是满足民生的重要内容，是改善民生福利的重要保障，是扩大就业的重要手段，是转变增长方式的必然选择，是有效节约资源、节能减排的重要途径，是调整经济结构、走新型工业化道路和产业升级的必由之路。

"十二五"发展服务业要有新思路、新举措。服务业增加值占GDP比重和服务业劳动就业人数占全部从业人数的比重可能会比"十一五"时期分别提高4个百分点和5个百分点。我国服务业发展要有全新思维和发展战略。实施创新、融合、集聚和开放发展战略是我国服务业发展的必然选择。推进我国服务业发展必须有科学有效的产业引导政策，要在体制机制上有较大的突破，要着力解决服务业发展负担过重和融资渠道不畅的问题，还要重视信用体系、服务标准化与服务统计等基础工作建设。

发展服务业是一个事关全局的系统工程。"十二五"期间，我们既要全面推进服务业快速发展，也要在全面协调发展中突出重点。金融、信息与电子商务、科技研发、物流商贸、环保服务、商务与租赁服务、文化旅游、家庭服务、健康服务业等领域是我国服务业发展过程中要予以重点关注的领域。服务贸易是服务业对外开放形式，也是我国国际贸易中的"短板"，必须加以重视。要通过大力发展服务贸易，转变国际贸易增长方式，提升我国服务业竞争力。

政府与市场是推动服务业发展的两大力量。政府政策对我国服务业发展有着重要的促进作用。"十一五"以来，我国政府，包括相关部委和地方政府广泛运用财税、金融、科技、人力资源等公共政策致力于推动服务业发展，取得了初步成效。"十二五"期间，要在政策力度、政策针对性和可操作性、政策间的协调等方面不断改进和完善，以引导我国服务业又好又快发展，使之成为国民经济持续发展和结构调整的重要战略支撑。

Abstract

China's Service Industry is the best in the "Eleventh Five-Year" period since its founding, although some indicators are very difficult to complete. The development of China's Service Industry is facing unprecedented opportunities as well as some challenges during the "Twelfth Five-Year" period. Overall, however, it will be the best time of developing environment since reform and opening period, and may be the time seeing the rapid development of the Service Industry. China is accelerating the move into a service economy era, and is likely to greet the era of service economy at the end of the "Twelfth Five-Year" period.

It's an important strategic significance to develop the Service Industry vigorously in the "Twelfth Five-Year" period. Developing the Service Industry is an important content of satisfying people's livelihood, an important guarantee for improving the livelihood and welfare, an important means of expanding employment, an inevitable choice of changing the growth mode, an important way to effectively save energy and reduce the emission, and the only way of economic structure adjustment, new industrialized road and industrial upgrading.

There should be new ideas and initiatives to develop the Service Industry in the "Twelfth Five-Year" period. The proportion of value added in GDP of the Service Industry and service labor employment share of the total number of employees may be increased by 4 percentage points and 5 percentage points than the "Eleventh Five-Year" period. The development of China's Service Industry should have new ideas and developing strategies. It's an inevitable choice for the development of our Service Industry to implement innovation, integration, combination and open developing strategies. There should be scientific and effective industrial policy guidance to promote the development of China's Service Industry, which means greater breakthrough in the institutional mechanism, strive in resolving an excessive burden on development of the Service Industry and financing channel problem, and stress on the construction of basic work like the credit system, service standardization and Statistics.

It's a matter of global systems engineering to develop the Service Industry. We should not only comprehensively promote the rapid development of the Service

Industry, but also stress the focus of the overall coordination of development. Finance, Information and E-commerce, Scientific Research, Business Trade, Environmental Service, Business and Rental Service, Cultural Tourism, Family Service, Health Service and other areas are the key areas to be concerned in the development of China's Service Industry. Trade Service is the form of opening up of the Service Industry, and the "short board" of China's international trade, which should be taken into account more seriously. We can improve the competitiveness of our Service Industry through great efforts to develop Trade Service and change the mode of growth in international trade.

The government and market are two main powers to develop the Service Industry. Government policy has an important role in promoting the development of China's Service Industry. Since the "Eleventh Five-Year" period, China's government, including the relevant ministries and local governments use taxation, finance, technology, human resources and other public policies to promote the development of Service Industry, which has achieved initial success. During the "Twelfth Five-Year" period, we should improve aspects of policy efforts, policy relevance and operational of policy and policy coordination. Only by this can we guide the sound and rapid development of the Service Industry, making it an important strategic support in sustainable development of national economy and structural adjustment.

目　录

B Ⅲ 专题报告

皮书数据库阅读使用指南

CONTENTS

B Ⅲ Special Report

序　言

中国社会科学院财贸所已经连续出版了八本《中国服务业发展报告》蓝皮书，今年出版的第九本蓝皮书，至少有如下特点。

第一，在选题上，以"十二五"服务业的发展为主线，同时对"十一五"服务业的发展状况做一个全面评述。正如十七届五中全会公报指出："在当代中国，坚持发展是硬道理的本质要求，就是坚持科学发展，更加注重以人为本，更加注重全面协调可持续发展，更加注重统筹兼顾，更加注重保障和改善民生，促进社会公平正义。"尤其是要把"坚持把保障和改善民生作为加快转变经济发展方式的根本出发点和落脚点"。要做到这一点，就必须转变经济发展方式，加快服务业的发展。全国上下都在编制"十二五"规划，这就是我们选择这一主题的原因所在，希望我们的研究能够引起同行的共鸣。

第二，在研究团队上的构建，充分展示了财贸所的服务经济研究团队的实力，同时接纳了国内顶级的研究人员加盟。在江小涓担任财贸所所长期间，财贸所于2003年创建了服务经济理论与政策研究室；裴长洪担任所长期间，把服务经济学科列入中国社会科学院重点学科；高培勇担任所长以来，把该研究室重新更名为服务经济研究室，进一步扩大该室的研究范围。在夏杰长主任带领下，该研究室已经打造出了一支有战斗力的队伍，先后承担了30多项国家、省部级和地方招标或者委托的课题，其中包括国家社科基金重大招标项目、国家社科基金一般项目等。出版了十余部学术著作，并且在《经济研究》、《财贸经济》、《世界经济》、《中国工业经济》、《经济学动态》和《中国软科学》等刊物上发表了100多篇学术论文，与国内的众多研究机构、大专院校建立了广泛的联系，确立了在服务经济领域的领先者地位。

第三，在对外推广上的创新。从今年开始，我们的服务业蓝皮书将同时出版中英文版本，并且是基本同步出版，也就是说要在本年度出版完中文版与英文版。当然，英文版会按照国外读者的需求视角，进行对中文版的改写。

总之，我们关注服务业的发展研究，关注国家宏观政策导向的变化。众所周知，加快转变经济发展方式，是我们党在深入探索和全面把握我国经济发展规律的基础上提出的重要方针，是关系国民经济全局紧迫而重大的战略任务。

我们真诚希望我们的研究成果，成为政府决策的参考、研究同行的资料、国际交流的窗口、实业界的指引乃至高端人才培养的教材。希望各位关注财贸所网站（http：//cms. cass. cn），加入我们的圈子——中国社科院财贸所论坛（http：//q. sina. com. cn/casscms），加强联系，共同发展。

荆林波

2010 年 12 月

总 报 告

General Report

B.1

中国"十二五"时期服务业的
发展目标、思路和政策建议

夏杰长 李勇坚 刘 奕*

　　摘 要："十一五"时期我国服务业发展是新中国成立以来最好的，尽管某些指标也很难如期完成。"十二五"时期我国服务业发展面临着前所未有的机遇，也面对着一定的挑战，但总体看，将是改革开放以来发展环境最好的时期，是服务业可能实现跨越式发展的时期，我国正在加速向服务经济时代迈进，"十二五"时期末，我国可能迎来服务经济时代。"十二五"发展服务业要有新思路、新举措。服务业增加值占 GDP 比重和服务业劳动就业人数占全部从业人数的比重可能会比"十一五"时期分别提高 4 个百分

* 夏杰长，中国社会科学院财政与贸易经济研究所服务经济研究室主任、研究员、博士生导师，研究方向为服务经济与财税政策；李勇坚，中国社会科学院财政与贸易经济研究所副研究员，研究方向为服务经济与计量经济学；刘奕，中国社会科学院财政与贸易经济研究所助理研究员，研究方向为服务经济与服务业地理。

点和 5 个百分点。我国服务业发展要有全新思维和发展战略。实施创新、融合、集聚和开放发展战略是我国服务业发展的必然选择。推进我国服务业发展必须有科学有效的产业引导政策，要在体制机制上有较大的突破，要着力解决服务业发展负担过重和融资渠道不畅的问题，还要重视信用体系、服务标准化与服务统计等基础工作建设。

关键词："十二五"时期　服务业　发展目标　战略思路

一　对"十一五"时期服务业发展的总体评价

我国"十一五"规划《纲要》对服务业一些发展目标提出了具体指标。我们将根据四年来服务业发展情况和态势，对服务业几个关键指标作出具体评价，分析其完成预期目标的可能性。

1. 服务业增加值占 GDP 比重目标

"十一五"规划《纲要》目标提出，实现"十一五"末期服务业增加值占GDP 比重提高 3 个百分点，即由 2005 年的 40.5% 提高到 2010 年的 43.5%。统计数据显示，2006 年以来，服务业年均增长 9.9%，特别是 2007 年以来，服务业增长速度略高于 GDP 增速，发展形势良好。"十一五"初期，服务业比重徘徊在 40% 左右（2006 年为 40.9%）；"十一五"中后期服务业比重提高了 3 个百分点（2007 年为 41.9%，2008 年为 41.8%，2009 年为 43.4%）。不过，2010 年上半年，受宏观调控影响，服务业增速相比年初小幅回落，对经济增长贡献率有所下滑，服务业增加值完成 73643 亿元，同比增长 9.6%，比一季度回落 0.6 个百分点，比同期 GDP 增速低 1.5 个百分点。服务业增加值占 GDP 比重也略有下降，从 2009 年的 43.4% 降到 42.6%。现在离预期目标还差 0.9 个百分点。要在半年内弥补这 0.9 个百分点，从经济常规增长来讲有一定难度，但考虑到国家统计局每年要对 GDP 值进行修正，大多数年份的修正结果是把原本低估的服务业增加值还原，也就是说，重新公布后的服务业增加值将有所增加。常规上讲，很有可能接近完成服务业增加值占 GDP 比重的预期目标，估计国民经济核算数据调整后能够完成。

2. 服务业就业目标

"十一五"规划《纲要》目标提出，实现"十一五"末期服务业从业人员占全社会从业人员的比重提高 4 个百分点，即由 2005 年的 31.3% 提高到 2010 年的 35.3%。"十一五"期间的前 4 年，我国服务业就业比重年均提高 0.7 个百分点，2009 年达 34.1%，距离 2010 年的预期目标还有 1.2 个百分点的差距。而这一比重在一年内要上升 1.2%，则意味着服务业领域要新增加 1000 万余人就业。据国家人保部预测，2010 年我国城镇新增就业人数有望达到上年的水平，即 1100 万人以上。尽管服务业已经成为吸纳新增劳动力的主力军，但要从 1100 万新增劳动力中吸纳 1000 万人，即新增加劳动力的 91% 集中于服务业领域就业才能完成这个目标，显然是有相当难度的。由此可见，"十一五"服务业就业预期目标很难实现。

3. 服务贸易目标

国发〔2007〕7 号文在《国务院关于加快发展服务业的若干意见》中提出，到 2010 年，我国服务贸易总额达到 4000 亿美元，即 2010 年服务贸易总额要在 2005 年 1582 亿美元的基础上增长 1.53 倍，年均增长 20.4%。据国家外汇管理局统计数据，"十一五"前三年里，服务贸易年均增长 25%，远高于同期 GDP 增速，这充分说明中国服务贸易发展快速，尽管总体仍然没有摆脱服务贸易的逆差状态，但进出口绝对值的大幅提升体现了国内服务行业的强劲发展势头。2009 年，服务贸易总额突然下降为 2868 亿美元，下降了 6 个百分点，服务贸易逆差较上年增长 1.49 倍，逆差主要来自运输、专有权利使用费和特许费、保险及旅游项目。其中，旅游项目自 1982 年以来在年度平衡表中首次出现逆差，逆差为 40 亿美元。要完成"十一五"规划提出的 4000 亿元目标，意味着 2010 年服务贸易要增长近 41%，尽管 2010 年上半年以来随着世界经济的企稳，我国服务贸易出口快速恢复，有望重新回到高速增长的轨道上来，但要实现 41% 的超高速增长仍是非常之难的。也就是说，服务贸易的预期目标很难实现。

"十一五"规划《纲要》提出要扩大工程承包、设计咨询、技术转让、金融保险、国际运输、教育培训、信息技术、民族文化等服务贸易出口。《服务贸易发展"十一五"规划纲要》提出 2010 年运输、旅游等传统劳动密集型服务出口要继续扩大，占我国服务贸易出口总额的比重力争下降到 60% 以下。"十一五"

前三年中，我国服务贸易出口项目中运输、旅游总量不断扩大，但所占比重持续下降，由 2006 年的 60.1% 下降到 2008 年的 54.1%，服务贸易出口结构优化取得了初步成效。2009 年运输、旅游出口总量为 633 亿美元，比 2008 年下降了 159.6 亿美元，所占比重为 49.3%，下降了 4.8 个百分点；根据国家外汇管理局最新数据显示，2010 年第一季度运输、旅游出口总量为 188 亿美元，占服务贸易出口总额的 47.4%，预计 2010 年年末我国运输、旅游等传统劳动密集型服务出口比 2009 年将有所回升，所占比重控制在 60% 以下的预期目标可以实现，其他服务贸易出口所占比重将有所上升。

4. 服务业利用外资目标

"十一五"规划《纲要》提出鼓励外资参与软件开发、跨境外包、物流服务等；建设若干服务业外包基地，有序承接国际服务业转移。《服务贸易发展"十一五"规划纲要》提出通过利用外资，通信、保险、金融、计算机信息服务和商业领域的经营服务水平明显提高，国际服务外包承接业务量明显增加，建成 10 家左右示范性服务外包基地。"十一五"初期，我国服务业外商投资总量增长较快，2006 年、2007 年服务业外商直接投资总量分别比前一年增长 34%、56%（2006 年为 199.1 亿美元，2007 年为 309.8 亿美元），中后期增速有所下降，但 2009 年末服务业外商直接投资仍达到 385.4 亿美元。据商务部最新统计数据显示，2010 年 1~5 月服务业实际利用外资达到 174.56 亿美元，同比增长 32%，利用外资的规模在"十一五"期间得到了稳步扩大。但从服务业实际利用外资结构看，"十一五"期间外商直接投资主要集中于房地产、租赁和商务服务业，两大行业外商投资总量占服务业外商投资总量的比重在 60% 以上，2007 年该比重达到 68%，其他服务业外资比重及其变化幅度都较小；由此初步判断，"十一五"期间，利用外资提高通信、保险、金融、计算机信息服务和商业领域的经营服务水平这一预期目标的实现状况并不理想。"十一五"期间我国服务外包发展迅速，截至 2010 年，我国已批准成立了 21 个"中国服务外包示范城市"，远远超过了预期目标；2006~2009 年我国承接国际服务外包业务总额增长了近 10 倍，据商务部统计数据显示，2010 年第一季度我国离岸服务外包合同金额同比增长 14%，"十一五"期末国际服务外包承接业务总量明显增加这一目标完全可以实现。

二 "十一五"时期地方服务业发展的分析评价

1. 从服务业增加值占 GDP 比重看各地区服务业发展水平的差异与特点

我国经济发展不平衡的表现是多方面的，在服务业发展方面区域间的差异也是很突出的。服务业增加值占 GDP 比重是衡量服务业发展水平的重要指标。就 2009年服务业增加值比重看，北京、上海和西藏的比重最高（西藏当然有其特殊性，不能说西藏的比重高就说明其服务业很发达，因为其特殊的历史经济社会原因以及非常薄弱的工业基础导致了服务业比重明显高于全国其他地区，但服务业发展整体水平是很落后的），北京服务业比重达 75.9%，居全国之首。贵州和海南服务业比重已经突破了 45% 的水平，但由于这两个地区工业基础差，社会经济发展总体水平低，也不能简单判断这两个地区的服务业水平就比比重较低的江苏和山东发达，特别在为制造业服务的生产性服务业领域尤为如此。就全国范围来看，服务业占比超过 45% 只有西藏、北京、上海、贵州和海南，大部分省份服务业比重还处于35% ~40% 的水平。河南省目前服务业增加值比重最低，只有 29.1%（参见表1）。

表1　2009 年全国 31 个省市地区服务业比重

单位：%

服务业比重	全国 31 个省市地区							
超过 50%	北京	上海	西藏					
45% ~50%	贵州	海南						
40% ~45%	天津	浙江	福建	湖南	广东	云南	甘肃	
35% ~40%	山西 广西	内蒙古 重庆	辽宁 四川	吉林 陕西	黑龙江 青海	江苏 宁夏	安徽 新疆	湖北
30% ~35%	河北	江西	山东					
30% 以下	河南							

资料来源：根据 2009 年各省市国民经济和社会发展统计公报相关数据计算整理。

根据服务业占比及其他方面的综合考虑，比如服务业对工业、对民生的支持与配套体系的完善情况综合分析，可以把我国服务业发展水平或者发达程度分为四个层次：第一层次是北京和上海，代表国内服务业特别是现代服务业发展水平最高、服务业体系最健全、服务业功能最完善的地区。第二层次是天津、广东、浙江、江苏、辽宁等经济相对发达地区，这些地区产业体系比较完善，服务业对工业、对民生的支持比较充分，但仍有很大的潜力待挖掘。第三层次是山东、四川、安徽、黑龙江、吉林、湖北、湖南、陕西、重庆、山西、河北、广西。就服务业发展水平而言，全国处在这一层中的地区是最多的。在这一层次中，山东经济是最发达的地区，但其产业结构中的农业和工业比重也较大，从而"拖累"了服务业占 GDP 比重的提升，但山东各地政府对服务业的大力度的推动和制造企业剥离生产性服务业、推进服务业专业化供应等改革举措将很有可能带来服务业的跨越式发展，从而在不久的将来上升到第二层次。第四层次是江西、内蒙古、新疆、宁夏、甘肃、青海、西藏等地区。这些地区要么是经济社会发展基础较差，收入水平较低，要么是经济结构单一化，特别是依靠资源或者资源加工为主创造 GDP，产业链很短，对生产性服务业依赖很弱，而消费性服务的购买力又严重流失到外地较发达地区（比如甘肃和内蒙古的一些资源型城市），这样的话，这些地区的生产性服务业和消费性服务业都很难发展起来。

2. 地区间服务业增长速度有较大差异，但对当地经济贡献都越来越大

就"十一五"期间各省市服务业平均增长率看，吉林省和内蒙古自治区服务业增长率最高，都达到了 15.2%。宁夏服务业增长率最低，只有 9.85%。其余 28 各省区服务业增长率大都在 10% ~ 14%。需要指出的是，内蒙古、吉林等地区服务业增长速度快于发达地区，很可能是其服务业基础差、基数低。发达地区服务业增长速度在全球金融危机后明显"反弹"。2008 年全球金融危机导致了大部分地区经济增长速度放缓，特别是以加工贸易、国际代工为特点的对外依赖度偏高的沿海地区，这两年这些地区工业增加值增长速度下降得较厉害，对外贸易也明显滑坡，但 GDP 增长还是不低，原因就在于服务业发挥了"稳定器"的作用，是服务业的快速增长弥补了工业增加值增长速度的放缓或下降。长时期以来，我们的服务业慢于工业和 GDP 增长速度，但金融危机以来，一些沿海发达地区出现了服务业增长速度明显快于工业以及 GDP 的增长速度。

3. 珠三角、长三角和环渤海地区成为我国服务业发展的三大增长极

《国务院关于加快发展服务业的若干意见》（国发〔2007〕7 号）中提出："发达地区特别是珠江三角洲、长江三角洲、环渤海地区要依托工业化进程较快、居民收入和消费水平较高的优势，大力发展现代服务业，促进服务业升级换代，提高服务业质量，推动经济增长主要由服务业增长带动"。"十一五"以来，我国地方服务业发展迅速,以"珠三角"、"长三角"和"环渤海"为代表的三个区域服务业增加值已经达到全国服务业增加值总量的52.8%,高于这三个地区的GDP占全国GDP(49.2%)的水平成为我国服务业发展三大增长极。

2009年,"珠三角"地区①服务业平均增长率13.5%,区域服务业增加值占全国比重达11.2%,明显高于同期GDP占全国服务业总量的比重("珠三角"地区GDP占全国GDP比重为9.6%)。

2009年,"长三角"地区②服务业平均增长率13.7%,服务业增加值占全国服务业总量的20.5%,略高于同期GDP占全国总量的比重("长三角"地区GDP占全国GDP比重为20%)。2009年,"长三角"地区三次产业结构调整为3.4∶50.8∶45.8,服务业增加值占GDP比重首次突破45%。与全国对比看,"长三角"地区服务业比重高于全国3.2个百分点。从板块看,江苏8市三次产业比例关系调整为3.8∶55.6∶40.6,浙江7市调整为5.1∶52.5∶42.4。"长三角"地区的两翼都呈现出"二、三、一"的格局。

2009年,"环渤海"地区③服务业平均增长率为13.8%,服务业增加值占全国服务业总量的20.8%,高于同期GDP占全国总量的比重("环渤海"地区GDP占全国GDP比重为19.6%),具体参见表2。

表2 三大区域服务业发展基本情况

单位:%

区域名称	服务业增长率	服务业增加值占全国服务业增加值比重	区域GDP占全国GDP总量比重
"珠三角"地区	13.5	11.2	9.6
"长三角"地区	13.7	20.5	20
"环渤海"地区	13.8	20.8	19.6
合　计		52.5	49.2

资料来源:根据2009年各省市国民经济和社会发展统计公报相关数据计算整理。

---

① 包括广州、深圳、珠海、佛山、惠州、肇庆、江门、中山和东莞这9个城市。
② 以上海为中心,包括江苏的南京、扬州、南通、无锡、苏州、常州、镇江、盐城、淮安和泰州10个城市,浙江的杭州、嘉兴、湖州、绍兴、温州、台州、金华、衢州、舟山9个城市,以及2010年新加入的安徽省的合肥和马鞍山2个城市。
③ 包括辽东半岛7个城市(大连、营口、鞍山、丹东、盘锦、辽阳和本溪)、山东半岛8个城市(济南、青岛、烟台、淄博、威海、潍坊、东营和日照)以及京津冀都市圈的10个城市(北京、天津、石家庄、保定、秦皇岛、廊坊、沧州、承德、张家口和唐山)。

4. 大部分大城市已经形成或正在形成以服务业为主的经济结构，其引领和辐射作用明显增强

（1）对全国 37 个城市经济结构进行聚类分析。我们运用 2009 年数据，对我国 37 个城市（直辖市、省会和自治区首府、副省级城市、计划单列市和经济特区，除西藏的拉萨市）服务业增加值比重情况进行了总体排序。在此基础上，利用 SPSS 软件，对各城市服务业比重进行聚类分析①，将这些城市按照数值的接近程度分为四类：第一类，北京、上海、广州、乌鲁木齐、海口和呼和浩特 6 个城市，服务业增加值比重平均为 63.5%；第二类，哈尔滨、南京、济南、武汉、成都、西安、厦门、深圳、兰州、太原和贵阳 11 个城市，服务业增加值比重平均为 51.1%；第三类，天津、沈阳、杭州、宁波、青岛、珠海、银川、郑州、合肥、长沙、福州、昆明和西宁 13 个城市，服务业增加值比重平均为 44.7%；第四类，重庆、长春、汕头、南昌、石家庄、南宁和大连 7 个城市，服务业增加值比重平均为 39.1%。

从城市产业结构比例关系看，2009 年，以北京、上海、广州为代表的 18 个城市的经济结构中，第三产业比重明显高于第一、二产业，基本形成了以服务业为主的经济结构（参见表 3、表 4）。单纯从服务业增加值比重这一个指标还不能全面反映各地区服务业发展水平的差异，这一点从表 5 的聚类结果中可以看出，以呼和浩特、乌鲁木齐代表的中西部城市服务业增加值比重很高，而深圳、南京、宁波、杭州和厦门等经济发达地区的服务业比重相对偏低，处于第二、第三类中。一般来说，城市分布格局与产业发展规律具有一致性，即以服务业为主的产业结构首先形成于特大城市和中心城市，然后扩散到服务资源丰富的大中城市，最后波及中小城市。中心城市的辐射主要体现在扩散和集聚方面，服务业则是实现扩散和影响扩散范围的重要载体，因此，中心城市与其辐射圈内的中等城市之间必然存在发展阶段和发展层次上的差异。如"环渤海"地区的北京、"长三角"地区的上海以及"珠三角"地区的广州、深圳都属于中心城市，在以服务业为主的产业结构中，这些城市均具有较强的集聚和辐射功能。

---

① 这里采用迭代聚类（K-means Cluster）方法。

表3 全国37个大中城市服务业增加值比重及排名

单位：%

序号	城 市	服务业增加值比重	排名	序号	城 市	服务业增加值比重	排名
1	北 京	75.8	1	20	珠 海	45.5	21
2	上 海	59.4	4	21	汕 头	39.5	34
3	天 津	43.5	26	22	乌鲁木齐	57.2	6
4	重 庆	37.9	36	23	海 口	68.5	2
5	沈 阳	44.7	25	24	兰 州	49.9	14
6	长 春	41.5	31	25	呼和浩特	59.2	5
7	哈尔滨	49.5	17	26	太 原	54.3	7
8	南 京	51.3	10	27	银 川	45	23
9	杭 州	48.5	18	28	郑 州	42.3	29
10	济 南	51	11	29	合 肥	42.2	30
11	武 汉	49.8	15	30	长 沙	44.6	24
12	广 州	60.9	3	31	福 州	43	27
13	成 都	49.6	16	32	南 昌	38.6	35
14	西 安	53.7	8	33	贵 阳	49.9	13
15	大 连	40.5	32	34	石家庄	40.2	33
16	宁 波	42.3	28	35	昆 明	48.1	19
17	厦 门	50.3	12	36	南 宁	35.3	37
18	青 岛	45.2	22	37	西 宁	46.4	20
19	深 圳	53.2	9				

资料来源：根据2009年各省市国民经济和社会发展统计公报相关数据计算整理。

表4 经济结构中形成以服务业为主的城市

城市名称	三次产业结构比例	城市名称	三次产业结构比例
北 京	1:23.2:75.8	厦 门	1.3:48.4:50.3
上 海	0.7:39.9:59.4	深 圳	0.1:46.7:53.2
哈尔滨	12.8:37.7:49.5	乌鲁木齐	1.5:41.3:57.2
南 京	3.1:45.6:51.3	海 口	7.0:24.5:68.5
杭 州	3.7:47.8:48.5	兰 州	3.3:46.83:49.87
济 南	5.6:43.4:51.0	呼和浩特	4.7:36.1:59.2
武 汉	3.2:47.0:49.8	太 原	2:43.7:54.3
广 州	1.9:37.2:60.9	贵 阳	5.5:44.6:49.9
成 都	5.9:44.5:49.6	昆 明	6.3:45.6:48.1
西 安	4.1:42.2:53.7		

表5　全国37个大中城市服务业增加值比重的聚类分析

单位：%

区　　域	第一类	第二类	第三类	第四类
东部地区	北京、上海、广州、海口	南京、济南、厦门、深圳	天津、沈阳、杭州、宁波、青岛、珠海、福州	汕头、石家庄、大连、南宁
中部地区	呼和浩特	哈尔滨、武汉、太原	郑州、合肥、长沙	长春、南昌
西部地区	乌鲁木齐	成都、西安、兰州、贵阳	银川、昆明、西宁	重庆
服务业比重平均值	63.5	51.1	44.7	39.1

资料来源：根据2009年各省市国民经济和社会发展统计公报相关数据计算整理。

（2）对全国35个城市服务业首位度聚类分析。城市服务业首位度是指该城市服务业增加值占所在省（自治区）服务业增加值的比重，它能反映该城市服务业在该省区的地位。4个直辖市（北京、上海、天津和重庆）首位度为1，其余31个省市的首位度及排名见表7。对表7的数据进行聚类分析，可以将城市服务业首位度划分为四类：第一类：西宁、哈尔滨和银川，这3个城市的服务业增加值超过所在省区的50%左右；第二类：西安、武汉、海口、长春和成都，这5个城市的服务业增加值占所在省区的比重都超过43%；第三类乌鲁木齐、昆明、兰州、沈阳、长沙、广州、大连、太原、南昌、呼和浩特、南宁和杭州，这12个城市的服务业增加值占所在省区的比重在25%以上；第四类郑州、深圳、合肥、贵阳、福州、石家庄、青岛、宁波、厦门、南京和济南，它们的服务业首位度都低于25%（表7）。

对比表7和表5，服务业首位度和服务业增加值的分布格局差异悬殊。前者的第一类和第二类城市中只有一个东部城市——海口，基本集中在中部和西部地区。而像广州、南京这些在服务业增加值比重分布中处于前列的东部城市，在首位度排名中却处于第三和第四类。这种现象说明城市服务业首位度与其服务业比重没有必然联系（甚至可能是负相关）。以服务业为主的产业结构主要集中在中心城市和大城市，以工业经济为主的产业结构主要分布在中心城市。由于欠发达地区经济增长主要靠农业、制造业推动，不足以支撑服务业的发展。因此，大部分处于欠发达地区的城市，其服务业规模都较小，但省会、自治区首府所在城市的服务业发展往往相对集中。一般而言，这类城市可能是该地区唯一与其他地区直接保持经济联系的节点。相比之下，发达地区城市发育成熟度较高，如江苏省、浙江省，它们的省会和其他大城市都没有出现很高的首位度。

表6 2009年全国31个城市服务业首位度排名

序号	城　市	服务业首位度	排名	序号	城　市	服务业首位度	排名
1	石家庄	0.2108785	26	17	郑　州	0.2479368	21
2	太　原	0.2925009	16	18	武　汉	0.4533219	5
3	呼和浩特	0.2632077	18	19	长　沙	0.3166952	13
4	沈　阳	0.3341225	12	20	广　州	0.3114593	14
5	大　连	0.3069995	15	21	深　圳	0.245049	22
6	长　春	0.4328163	7	22	南　宁	0.2631629	19
7	哈尔滨	0.5022251	2	23	海　口	0.4528763	6
8	南　京	0.1614487	30	24	成　都	0.4295222	8
9	杭　州	0.2517065	20	25	贵　阳	0.241427	24
10	宁　波	0.1814389	28	26	昆　明	0.3446886	10
11	合　肥	0.2431112	23	27	西　安	0.4732553	4
12	福　州	0.2189357	25	28	兰　州	0.3361381	11
13	厦　门	0.1647538	29	29	西　宁	0.5849873	1
14	南　昌	0.2726909	17	30	银　川	0.4932003	3
15	济　南	0.1482024	31	31	乌鲁木齐	0.4014162	9
16	青　岛	0.1914823	27				

资料来源：根据2009年各省市国民经济和社会发展统计公报相关数据计算整理。

表7 全国31个城市服务业首位度的区域聚类分析

区　域*	第一类	第二类	第三类	第四类	首位度平均值
东部地区		海口	广州、杭州、沈阳、大连、南宁	深圳、福州、青岛、宁波、南京、济南、石家庄、厦门	0.2458940
中部地区	哈尔滨	长春、武汉	呼和浩特、长沙、南昌、太原	郑州、合肥	0.3360562
西部地区	西宁、银川	西安、成都	乌鲁木齐、昆明、兰州	贵阳	0.4130794

注：* 按照国家统计局统计划分，东部地区包括北京、天津、河北、辽宁、上海、江苏、浙江、福建、山东、广东、广西、海南12个省、自治区、直辖市；中部地区包括山西、内蒙古、吉林、黑龙江、安徽、江西、河南、湖北、湖南9个省、自治区；西部地区包括重庆、四川、贵州、云南、西藏、陕西、甘肃、宁夏、青海、新疆10个省、自治区。

三 大力发展服务业是"十二五"时期重要战略选择

1. 发展服务业是满足民生的重要内容

2008 年,中国采取扩大内需应对国际金融危机的政策。这次扩大内需政策与 1998 年的扩大内需政策既有许多共同点,比如通过政府公共投资带动社会投资,通过以基础设施为主拉动经济增长,也有一些差异,比如这次扩大内需更加强调民生导向。中共中央《关于制定第十二个五年国民经济和社会发展规划的建议》也强调了社会发展、改善民生的极端重要性。民生问题的解决固然要靠物质产品实现,但随着收入弹性提高、随着对民生内涵的不断丰富,对服务的依赖会越来越强。实践表明,在物质产品越来越丰富的今天,民生与服务联系日益紧密。没有健全的服务体系,就不可能有高质量的民生。随着人们生活理念的变化,人们从基本的生存需求转向追求发展型、享受型需求,将大大拓展旅游休闲、保健、文化、培训等方面的消费空间。这方面的要求能否得到满足,关键在于服务业发展水平高低。总之,只有适时实现服务业的升级,才能高效高质满足民生需求。

2. 发展服务业是扩大就业的重要手段

发端于美国和其他主要发达国家的金融危机,使中国依靠外需发展的道路遇到瓶颈。从依靠外需向依靠内需的转型,我国经济需要新的增长点。对于保增长,在农业对增长贡献率相对较低、低端制造业受危机冲击最大的背景下,保增长重任自然就会落到服务业。保就业则更离不开服务业的大力发展。国际经验表明,在人均 GDP3000~6000 美元之间,产业结构将发生重要变化,即工业不再是绝对主导,很有可能出现工业服务业并驾齐驱的格局,条件具备的国家或地区还可能出现服务业为主导的产业结构。考虑到人民币升值和名义 GDP 的持续较快增长,到 2010 年底中国的人均 GDP 很可能超过 4000 美元左右,今年或将达到服务业发展拐点所需水平,正好与中国面临外需放慢和结构转型的压力上升重叠。如果体制政策环境得当,中国服务业的发展很可能成为经济转型的助推力,缓解经济转型的阵痛。

自改革开放以来,我国经济总体上保持了高速增长态势,但劳动就业的增长却远低于经济增长速度,出现了"就业与增长非一致"的社会经济现象,其中一个重要原因就是制造业和农业吸纳劳动就业能力相对下降的同时服务业吸纳劳动就业的能力没有及时跟进。尽管我国服务业吸纳劳动就业的比重在不断上升，服务业甚至已经成为吸纳就业的主力军，不管是新增劳动力还是从农业和制造业中剥离出来的劳动力存量，基本上是靠服务业来消化。但与发达国家或与我国发展程度相当的国家相比较，我国服务业对劳动就业的贡献率还是太低，发达国家服务业劳动就业的比重普遍占到了65%，中等或者中下等发达程度国家服务业劳动就业比重也将近50%，而我国只有34.1%，其差距显而易见。我们务必利用产业结构调整和增长模式转变的机会，把握服务业对增长和就业贡献的巨大潜力，并在大力发展服务业过程中积极推进服务业的绿色转型，通过服务业的绿色转型寻求发展新兴服务业或者新的服务业态，可以创造许多新的就业岗位，从而更好地解决中国就业压力问题。

3. 发展服务业是转变增长方式的必然选择和重要支撑

随着中国经济规模的不断扩张，对资源消耗日益增加，因此需要实现经济发展方式转型，即由原来的资源高消耗向低消耗型、环境友好型经济转型，同时，中国企业也需要通过提升竞争力、攀升价值链，实现转型。

从整个国民经济发展来看，首先是通过制造业与服务业的融合互动发展，促进经济发展方式转型。融合发展是促进服务业发展的重要方式，从国际经验来看，融合发展主要体现为服务业不断地渗透到制造业内部，以及制造企业的服务化。例如，1980年，美国工业增加值中的75%以上是由工业内部的服务性活动所创造（Britton，1990）；1983年英国制造业的就业人口中28.7%是行政、技术与办公人员（Marshall，1985）；在加拿大与瑞士，主要工业部门就业中的26%～36%是从事服务性活动，某些部门如化工及炼油中，服务性就业比重更是高达50%以上（Coffey & bally，1990）。而GE、IBM等传统的制造企业也正在全面向服务型企业转型。其次是通过大力发展服务业，提升国民经济可持续发展能力。服务业具有吸纳就业能力强、资源消耗小、环境友好等特征，因此，服务业的发展是转变经济发展方式的重要举措。

转变增长方式将是我国"十二五"时期的一条主线。转变增长方式，我们讲了十多年了，为什么一直转不过来，一个很重要的原因就是在产业结构调整上忽视了服务业特别是现代服务业发展，总是跳不出"重化工业"和"低端制造业"的发展模式，其结果必然是高投入、高能耗和低附加值、低效率。如果我

们能够建立起以先进制造业和现代服务业为主的经济结构，充分发挥服务业的应有功能，增长方式的转变就迎刃而解了。我们能不能把金融危机转变为我国产业结构调整和升级的机遇，在很大程度上就是能不能提升服务业发展潜能。

4. 发展服务业是有效节约资源、节能减排的重要途径

相比工业而言，服务业具有投资小、能耗低、污染少的特点。据统计，中国第二产业的能耗为 2.03 吨标准煤/万元，第三产业的能耗为 0.48 吨标准煤/万元。而推进服务业绿色转型后，第三产业的能耗肯定会进一步降低。可见，不断提高服务业在国民经济中的比重，对于深入实施可持续发展战略，大力推进资源节约型、环境友好型社会建设无疑具有重要意义。在"十一五"期间，中国的节能减排取得了明显成效。但如果从结构上看，此前节能减排的着力点主要是工业领域，其中又以重点行业、重点企业为主战场。随着工业领域节能减排潜力快速释放，节能减排的难度在加大。从中国所处的发展阶段和产业结构调整的方向来看，服务业的节能减排尚有较大潜力可挖。截至 2009 年，我国服务业占 GDP 比重仅为 43.4%，而发达国家这一比例普遍高于 70%。由于服务业特别是绿色服务业占用的资源较少，发展主要依靠精神成果和智力投入，所需要的物质形态的资源相对较少，对生态环境产生的负面影响很小，最能够实现人与自然协调发展，是国际上倡导的低碳经济、绿色经济。且服务业容纳的就业人数较多，所以也比较符合我国目前的人口和资源禀赋特点。因此，服务业发展空间巨大。如果能因地制宜地加以引导，那么，服务业在促进经济发展、节约能源资源和减少污染排放中可发挥巨大作用。

5. 发展服务业是走新型工业化道路和产业升级的必由之路

中国过去经济增长主要靠第二产业带动，根据我国经济发展实际和国际经济发展大趋势，我国现在经济增长要转变为依靠第一、二、三产业协同带动，特别是要增加第三产业的比重。服务业既有生活服务，又有生产服务，同时也融进了许多科技元素。可以说，加快发展服务业，特别是大力发展现代服务业，基本就抓住了调整经济结构的突破口。

我国工业化是一个漫长的过程，但我们追求的是新型工业化，只有走新型工业化道路才能实现产业升级和切实转变经济发展方式。新型工业化要求改变单纯靠增加投入，以消耗资源、污染环境为代价的粗放型增长方式。新型工业化道路的一个重要特征就是以信息化带动工业化，其实质是将信息技术广泛应用和渗透到工业生产的各个领域和环节。这在一定意义上就是在工业领域应用信息技术并发展工业信息服务。显然，生产性服务业在走新型工业化道路上大有作为。没有生产性服务业支撑，工业化只能停留在"大而全、小而全"的初级阶段，无法深化分工、提高效率和竞争力。随着工业化的发展，在工业产品的附加值构成中，纯粹制造环节所占的比重越来越低，而服务业尤其是现代生产性服务业中物流与营销、研发、人力资源、软件与信息服务、金融服务、会计审计律师等专业化生产服务和中介服务所占比重越来越高，成为提高企业竞争力和经济效益的重要因素，从而在实现走新型工业化道路上发挥不可或缺的作用。因此，大力发展面向生产的服务业，促进现代制造业与服务业有机融合、互动发展，是降低社会交易成本、提高资源配置效率、加快走新型工业化道路、推进产业升级的必由之路。

6. 服务业对国民经济增长的支撑功能日益凸显

在现代经济增长过程中，服务业因其规模的不断膨胀而日益重要，其突出表现是服务业占 GDP 的比重不断增加。然而，在工业化与现代化过程中，现代服务业之所以成为国民经济的一个关键部门，除了其占 GDP 的比重不断上升之外，更重要的是，在现代经济增长故事中，服务业是最重要的支撑因素。从经济学角度来看经济增长过程，经济增长过程主要体现为两个方面：一是分工的深化；二是知识产出的加速增长，而服务业对这两个方面起到了关键作用：首先，服务业是社会分工网络的支撑，没有高度发达的服务业，分工不可能如此大规模地发生并不断深化；其次，服务业的发展，使知识生产部门从国民经济中独立出来，将知识生产的报酬递增属性发挥到极致，知识的社会产出效率大大提升，促进了经济快速持续增长。

服务业特别是生产性服务业对国民经济增长的支撑功能，亦可以从服务业内部结构变化的趋势可以看出，根据传统的观点，服务业的消费需求弹性大于1，因此，随着人均收入水平的提升，服务业在经济中的地位日益重要。然而，很多研究表明，消费型服务业的收入需求弹性往往保持在 1 左右，并没有表现出明显的富于收入弹性的特征。服务业增长的过程更为明显地体现为生产性服务业的快速增长。正如 Nanno Mulder（2002）所指出的，服务业比重上升的主要原因是服务业在中间需求中的比重日益上升，其突出的表现是外包（outsourcing）与创新。出现这种情况的原因是，随着社会经济的发展，社会经济变得日益非实体化，因此，与实体分配相关的服务业，包括交通运输仓储、批发零售等在服务业中的地位相对下降。而且，在制造业生产效率快速提高的情况下，社会存在着以商品取代服务的倾向，个人消费型服务业出现了增长放缓的情况。例如，家用洗衣机取代了大部分的洗衣服务，而DVD、网络等取代了电影院成为个人娱乐的最大部分。但是，从另一方面，企业面临着日益多元化的需求以及由此引发的激烈竞争，因此，对生产性服务业的需求快速上升。

正是生产性服务业的快速增长，使经济体变得更富于竞争力。从当前世界经济发展格局来看，最富竞争力的国家，如美国、日本、欧盟等，其经济发达的背后，都是由服务业在支撑。即使是制造业，其技术进步、生产效率的提升、市场的开发、资本积累等，无一不依赖于服务业的高度发展。

从前面的分析可以看出，在现代经济发展过程中，服务业而非制造业，才是经济的最重要的支撑体系。

（1）作为分工网络支撑系统的服务业。经济增长在本质上是一个规模报酬递增的过程。而规模报酬的实现，必须依赖于分工的高度发达。现代经济学的鼻祖亚当·斯密提出了经济增长的斯密定理：即分工是经济增长的源泉，分工取决于市场的大小，市场大小又取决于运输的条件。斯密给出了分工能够提高生产率的三点原因：一是劳动者的技能因业专而日进；二是能够节约工作转换中的劳动时间；三是有利于机器的发明与采用。分工会带来专业化和专业的多样化，而这必然要求人们互相交易，互通有无。斯密将分工的原因归结为人类特有的交易倾向。因此，人类经济发展的根源在于分工与交易的扩展。A. Young对斯密定理进行了扩展，特别强调了迂回生产（roundabout product）在实现报酬递增中的重要作用。迂回生产是相对直接生产而言的。中间产品的种类数构成了迂回生产链条的长度，这被Young称为生产的迂回度。种类数越多，每种产品迂回生产的经济效果越显著，生产最终产品的效率就会越高。

从分工的发展历程来看，分工首先发生在产品生产领域，因此出现了产业间的分工；然后出现了产品间的分工；再后来就出现了产品内的分工；而现代分工的主要形式是价值链分工。从前三种情况来看，主要是将产品的生产过程进行分解，然后，将各个组成部分的生产实现专业化分工生产，这是一种"实体性分工"。这种分工将会导致生产与价值交换的分离，因而需要发达的商业体系与交通系统进行支撑，而这些都属于服务业的范畴。在这个意义上看，服务业发展对社会财富生产具有至关重要的作用。正如Riddle（1986）所指出的，服务业在经济发展中并不是一个被动的角色，从经济史的角度来看，商业革命是工业革命的前奏与先驱，而服务业的创新成为工业革命的支撑。例如，职业研究活动的出现，教育系统的改进，运输方式的改善，金融创新的出现，为工业革命提供了良好的基础。

在当今时代，分工更为深入，不仅表现为分工的地域范围已扩展到全球，更重要的，这种分工是基于价值链的分工，在这种情况下，企业内部的组织、管理、营销、供应链、会计、交易、教育培训、融资、研究与开发、测试等方面的内容得以独立出来，不断地衍生出新的产业部门，这些分工都具有虚拟性，其不仅为实物产品生产效率的提高提供了重要内容，而且更重要的是，这些部门使企业在技术、市场、资金等方面更具有竞争力（参见表8）。

表8 分工的进化与服务业的支撑作用

分工类型	传统分工		新型分工	
	部门间分工	部门内分工	产品内分工	价值链分工
专业化形式	部门专业化	产品专业化	模块专业化	功能专业化
分工特点	不同产业之间	同一产业不同产品之间	同一产品不同模块之间	产业链的不同环节、工序、模块
分工性质	实体性分工	实体性分工	实体性分工为主，虚拟性分工为辅	虚拟性分工为主，实体性分工为辅
产业边界	清晰	较清晰	较不清晰	弱化
分工模式	垂直分工	水平分工为主	水平分工为主，垂直分工为辅	混合分工
支撑分工的主要服务部门	商业与运输系统	商业与运输系统、金融	商业、运输、知识扩散、设计	商业、运输、专业服务、供应链管理、研究与开发、金融
服务业发展对分工深化的作用	一般	较重要	重要	非常重要

资料来源：作者整理。

从现实经济生活来看，分工演进是一个社会化的过程。在分工演进过程中，交易效率（包括交易成本与协调沟通成本等）是十分重要的。因为整个经济必须考虑分工带来的效率增加与分工带来的协调费用等交易费用的增加之间的折中（trade off）。而与交易相关的生产性服务业，如金融、交通、法律、会计等行业

的快速兴起，将极大提高交易效率，扩大分工范围，促进经济的增长。

单位交易效率提高即交易费用下降与网络整体的总交易费用上升同时存在。这是因为，交易效率的提高体现为专业化生产的个体与个体之间单位交易费用的下降，单位交易费用的下降会促使分工的深化，使一些原本不能实现专业化的新的分工领域出现，使交易行为呈指数上升。也就是说，在分工网络上，由于单位交易费用的下降，网络中原有点与点之间的连线变得更粗，因为交易量扩大；另一方面又会有新的节点出现，这些节点的出现使分工网络规模得以扩大，因此在单位交易费用下降的同时，总的交易次数呈指数上升，导致交易费用的总量也不断上升。另外，网络的扩展和复杂化又可能使其中的内生交易费用迅速上升。这些实际上都反映了劳动分工发展和交易制度日益复杂的趋势。

（2）专业知识生产部门的出现及其对经济增长的支撑作用。技术或知识创新是现代经济增长的源泉。在缺乏良好的价值链分工的背景下，技术或知识创新活动大部分都是由工业企业或服务业企业所进行的。但是，在现代科技背景下，技术是以一种大的创新［General Purpose Technologies（GPTs）］所推动的。在这种情形下，技术创新周期不再具有前现代时期的渐近性与可预期性，其典型特征体现为技术创新周期突然中断或大大缩短，创新的可预期性越来越差。

在这种背景下，企业在对知识技术密集型服务业的需求明显增长的同时，也使企业独立进行创新的成本和风险大幅度提高。因此，企业难以依靠自身力量来进行技术开发，转向从外部获取技术与知识资源，促进了知识密集型服务业[①]作为一个产业高速发展。

在经济增长高度依赖于通用技术GPTs的背景下，专业知识生产部门的出现将会加速知识生产能力的进步，并提高知识扩散的速度。因为GPTs改进的结果是减少了下游应用领域的成本、开发了下游领域的许多产品、GPTs的本身应用领域得到拓展。由于GPTs的这一种垂直互补性，引起了研究与开发函数的非凸性，产生了GPTs部门与应用部门的协调问题。这些问题都需要有专门的知识生产部门及知识密集型服务产业的配合协调才能使其迅速应用到现代生产过程之

---

① Fritz Machlup（1962）认为，知识产业包括：1）教育，2）研究与开发，3）通信媒介，4）信息设备，5）信息服务。而 OECD 认为，知识密集型服务业包括：邮电通信业、金融保险业、商务服务业。

中。正如 Kenneth I. Carlaw and Richard G. Lipsey（2001）所指出的，GPT 具有如下特点：它们在刚出现时一般都很原始，只具有有限的用途；他们能够在整个经济中扩散，在扩散过程中，其效率能够得到极大的提高，其应用范围大大增加。在与别的技术进行合作时，他们有强的互补性，能够提高别的技术的效率，创造新的技术机会。

从宏观生产函数的角度来看，知识因其生产的高成本与扩散的低成本（源于知识的非竞争性），作为一种生产要素投入生产后，可能出现递增报酬。对于专业知识生产部门来说，他们不但是知识的创新者，更是知识扩散的积极行动者，而这一点对经济增长具有极其重要的意义①。从政府的角度来看，由于知识生产的社会回报率将大于其私人回报率，依赖市场力量会出现知识生产投资不足的情况，在出现专业知识生产部门之后，政府能够针对知识生产与扩散出台专门的扶持政策，提高知识生产与扩散方面的投资，促进知识的生产与扩散，使生产迅速进步。

从这个意义上看，现代经济增长所依赖的知识与技术创新大部分来源于专业的知识生产部门，正是这个部门，使经济体能够获得持续的竞争能力。

对企业来说，服务业是制造企业转型的重要支撑。当今领先的制造商都是在其传统制造业务上通过增加服务从而获取竞争优势的，如果世界上的生产方式相互模仿日益增加，那么服务就是产生差异性的主要手段。服务经济中的制造企业也越来越多地依赖服务并将它作为重要的竞争手段，制造业也会逐步服务化，服务成为当今全球经济的主导要素。现代服务业为企业采用先进的生产方式和销售方式等提供了支撑。如 IT 技术的应用和推广则可提高制造业生产环节智能化、数字化水平，减少浪费，提高生产和交易效率。供应链管理则使企业运用 IT 技术和现代物流管理流程，以实现企业销售环节与社会流通行业的有效对接，降低流通过程中的物耗。

早期的发展经济学理论认为服务部门在本质上是一个消耗性部门，这个部门不生产发展所需要的物质条件。因此，服务业本身并不会对经济增长带来支撑或促进作用。但是，许多经济学家通过对经济增长史的研究，发现服务业在经济增

①　有研究表明，1970～1993 年间，日本技术扩散对提高生产率的影响已经超过了直接 R&D 支出的影响。

长过程中并不是一个被动的角色,其增长是经济增长过程的一部分。富克斯认为,现代经济成长与服务业的发展是分不开的,二者具有相互促进相互成长的作用。他通过研究美国 1947 ~ 1958 年的投入产出表,发现其间各主要服务行业作为对农业和制造业的中间投入占全部产值的比重都提高了,其中金融服务、商业性服务等所占比例提高最为迅速。Riddle 也指出,服务业份额的上升不是经济增长的结果,而是经济增长的原因。因此他作出了这样的结论:"服务业是促进其他部门增长的过程产业。服务业是经济的黏合剂,是便于一切经济交易的产业,是刺激商品生产的推动力"。

四 我国"十二五"时期服务业发展的机遇与挑战

(一) 发展机遇

1. 宏观政策环境有利于服务业发展

我国已经从传统的农业大国迈向了工业大国,工业在我国有着极为重要的地位,长期以来,重工业轻服务业的政策取向较为明显。但近些年来,这一格局正在改变,一是服务业比重在不断提升,对国民经济的渗透与影响日益显著;二是我们已经认识到了,工业大而不强,我国在全球价值链分工中处于低端的位置,是典型的国际代工模式,附加值很低,究其原因,是缺乏生产性服务业的支撑,要走新型工业化,攀升全球价值链的高端,就必须有现代服务业为坚强后盾。思想理念是行动的指南,观念上的转变是极为重要的。现在,无论是中央政府,还是地方政府都很重视服务业的发展,正在改变传统的"重工业、轻服务"观念,出台了若干文件措施,编制各类服务业发展规划,为服务业发展争取相对公平的待遇,不断改善其发展环境,降低服务业发展门槛,增加服务业领域的投资。

2. 服务业国际转移的深度和广度将加速拓展

"十二五"期间,服务业跨国投资和离岸服务外包将加速向中国转移,非核心业务外包、业务外包整合化的趋势会越来越明显。具体表现在,一方面,生产性服务业转移在更广范围、更大规模和更深层次上进行,国际转移将涉及软件、电信、金融服务、管理咨询、电子芯片设计、生物信息和法律服务等多个行业,涵盖产品设计、财务会计、企业采购、交易处理、人力资源管理、呼叫中心、IT

技术保障和解决方案、办公后台支持和网页维护等多个服务环节；另一方面，世界主要发达国家和地区的零售消费市场严重衰退，导致批发、零售等消费性服务业将呈现出国际转移的趋势。此外，中国已全面履行了开放服务业的承诺，积极稳妥扩大开放，投资壁垒进一步降低。"十二五"期间，中国服务领域吸收外资将保持持续增长，成为中国吸收外资新的增长点。以上的种种变化，将为我国"十二五"期间承接国际服务业转移、提升服务业发展水平和结构优化带来难得机遇。

3. 城市化进程明显加快拓展了服务业发展空间

我国 2008 年城市化率是 46%，2015 年可能提高到 53% 左右，2020 年有望提高到 60% 左右，这意味着城市人口规模将由目前的 6 亿人增加到 2015 年的 7.2 亿人，2020 年的 8.8 亿人。国内外的大量事实证明，城市化和服务业的发展密切相关。在现代工业社会，城市是服务业发展的主要平台，服务业的规模和结构在很大程度上取决于城市化水平和城市规模。随着人均收入水平的提高和制约城镇化进程的体制与政策因素的逐步消除，我国城镇化进程会继续加快，将对服务业的发展产生积极影响。总之，只有依托城市才能培育起现代服务业的土壤。服务的价值只有在交易中才能产生和实现。在城市，减少的几乎所有的消费都是通过交易才能取得，自给性服务消费明显减少。无论是商贸、餐饮这样的消费性服务业，还是金融保险、商务、法律这样的生产性服务业，还是教育、卫生、社区这样的公共服务业都随着城市化进程加快而逐步增长。

4. 城乡居民收入水平的提高带动了消费结构升级和服务需求的增加

城镇居民人均可支配收入由 1978 年的 343 元提高到 2009 年的 17176 元，扣除价格上涨因素，2009 年比 1978 年增长 7.1 倍，年均增长 7.3%。农村居民人均纯收入由 1978 年的 134 元提高到 2007 年的 5153 元，扣除价格上涨因素，2009 年比 1978 年增长 6.9 倍，年均增长 7.2%。收入决定消费。收入的变化必然带来消费结构的变化。我国正处在全面建设较高小康水平的关键时期，居民增收的渠道也越来越丰富，拥有金融、房地产等资产收益的局面将会越来越多，城乡居民收入有望保持较快增长。特别是随着社会保障制度的完善，我国居民将由过去的"预防性储蓄"逐渐转变为"适度消费"和部分人群的"超前消费"。随着城乡居民收入水平的提高和社会保障制度的逐渐完善，城乡居民的恩格尔系数明显下降，城乡居民的消费将逐步从温饱型、舒适型向发展型和享受型转变，将更加关

注消费质的提高和品种的增加，居民消费将从过去的"物质消费为主"逐步转变为"服务消费"为主或者两者并重的格局。总之，城乡居民收入水平快速增长和消费结构的升级是未来一个时期带动服务业快速增长的重要支撑。

5. 基础设施的不断完善为服务业发展提供了坚实的基础

服务业以无形产品为主，但需要有形产品为依托。20 世纪 90 年代以来，我国固定资产投资中用于第三产业的投资保持持续增长，包括公路和铁路建设，港口、码头、机场建设，以及科技、教育、文化、卫生等社会事业领域的基础设施建设等。第三产业投资占全社会固定资产投资的比重也从 1991 年的 37%，上升至 2008 年的 53.4%。当前，我国正在实施积极的财政政策和稳健的货币政策，其中相当一部分支出是用于"公路和铁路建设，港口、码头、机场建设"等基础设施投入。这些投资有些直接转化为服务业的产出，有些为更多服务行业的发展提供了基础条件，将为今后促进服务业发展起到积极的支撑作用，有力地改善了我国服务业发展的"硬环境"。

6. 我国从制造业大国向制造业强国转变必然要依赖服务业支撑

我国是世界上最大的加工厂，也是重要的制造业基地之一，然而我国服务业的发展还存在不少差距，与制造业的快速发展很不适应。国际经验表明，先进制造业"起飞的翅膀"必须要靠现代服务业"聪明的脑袋"来支撑。在我国产业发展过程中，最常见的问题就是制造业、服务业"一手硬、一手软"，对产业内在规律缺乏认识。我国制造业之所以缺乏竞争力，大多只是"国际代工"，一个重要的原因就是在全球价值链分工体系中，只处在中间的"低端"，"微笑曲线"的两端是价值链的高端，即产前的研发、设计，产后的营销这样的生产性服务业我们没有控制住，从而失去了国际分工的主导权。我们要改变这样的格局，就要大力发展服务业特别是现代生产性服务业。只有这样，我国才能实现从制造业大国向制造业强国转型。

7. 走低碳经济之道路为现代服务业发展提供了新的想象空间

转变增长方式、走低碳经济道路是我国的必然选择。实现低碳发展的路径有许多，低排放是其最基本的要求之一。目前我国的产业结构与低碳经济发展道路是有冲突的，解决这一冲突的出路之一就是投入要素的"软化"，更多地以生产性服务业作为制造业的中间投入。在生活中，尽可能地消费清洁低能耗产品和服务，在消费支出中，逐步从物质产品消费为主转变为服务消费为主，改变消费方式，最终实现由"高碳"时代向"低碳"时代的跨越。"十二五"期间，低碳化经济理念的实施将产生众多新兴低碳服务行业，碳排放量将成为新的经济资源，碳交易将成为快速增长的新的商品市场，支撑绿色经济转型的服务业将获得很好的发展机会。首先是具有低碳排放特征，适应消费者绿色健康消费需求、生态环境不构成实质性影响的高端服务行业，比如总部经济、创意产业、科技研发、文化产业等；其次是通过对碳排放量集中的服务行业进行减排改造使其低碳化的服务行业，比如绿色旅游、绿色物流、绿色地产、绿色餐饮、绿色影视、绿色商贸、绿色营销等；最后是直接为碳减排与生态环境保护服务的服务行业，包括碳金融、碳交易及其相关的会展商务服务、生态服务、环保服务、合同能源服务等。

（二）面临的挑战

1. 居民收入差距不断扩大严重影响了中低收入阶层的服务消费需求，从而影响整体服务水平的提升

改革开放以来，尤其是20世纪90年代以来，随着经济的发展，我国居民收入水平和生活质量迅速提高，在1978～2009年间，城乡居民实际收入均出现大幅增长，增幅分别达到7.1倍和6.9倍。但是，城乡居民实际增长远低于GDP的增长速度。改革开放以来，我国居民收入的不平等程度日趋加剧。到2009年，我国的基尼系数已经接近0.5，这意味着居民收入差距已非常严重，收入已经越来越向少数富人集中。根据经济学基本原理，收入决定消费，消费边际倾向是递减的，收入差距越大也就意味着高收入群体的收入增量中用于消费部分将越来越少，而低收入群体有消费需要却没有钱来消费。服务消费也是消费的重要内容，而且是越来越重要的组成部分。这样，我们就可能面临着包括服务消费在内的消费需求不足的难题。市场经济条件下，需求是经济增长的基本动力。收入差距过大，从某种意义上讲，就是遏制了服务消费需求。缺乏需求的拉动，对服务业发展的影响不言而喻。

2. 体制改革的滞后约束了服务业发展的活力和效率

制度经济学原理告诉我们，制度是经济增长与效率的重要因素。我国三大产业的体制改革，数服务业最为落后。服务业体制较大的动作是随着加入WTO而启动的，也就是说是一个外在因素推动着我们的服务业体制改革。除了餐饮、商

贸等传统服务业外，许多现代服务业和新兴服务业领域，服务业的体制，比如准入机制问题、定价机制问题还是有着较浓厚的计划经济色彩，市场机制的作用发挥得很不够。这样的结果，必然使得本应该具有广阔市场的服务业缺乏足够的发展动力和活力，效率低下，增长缓慢也就在所难免了。

3. 国际代工模式短时间内难以改变，产业链普遍偏短，生产性服务业缺乏发展空间

我国外贸依存度这些年一直比较高。但我们的外贸增长方式一直没有转变过来，基本上依赖初级产品出口和国际代工带动国际贸易增长。也就是说，在产业链的国际分工上，我们一直做低端的加工制造，是"微笑曲线"的中间低端那一段，而附加值较高的产品研发与设计、品牌营销等我们很少控制住。按道理讲，我们是制造业大国，有很好的生产性服务业发展基础和市场需求，但事实上我们的生产性服务业并没有很好地发展起来。原因就在于我们的制造业大而不强，在国内的产业链很短，对生产性服务业的需求都在境外，从而使得我国的生产性服务业找不到依托和市场，发展空间貌似很大实则很小。

4. 国际金融危机短期内难以根除，在一定程度上影响了我国服务外包和服务贸易发展

此次始发于美国次贷危机的国际金融危机已经走出了低谷，目前形势总体上在好转之中，但断言世界主要经济体即将走出金融危机还为时过早。我国是制成品输出大国，也逐渐成为服务贸易出口大国。服务贸易特别是承接国际服务外包业务在前几年增长迅速，已经成为我国服务业发展一个新的增长点。但是，国际金融危机爆发后，世界市场急剧萎缩，我国服务贸易增长速度下降迅速。服务外包业务从总体上看虽然是增长的，但随着贸易保护主义重新抬头，主要发达国家就业压力不断增加，国际上也出现了"反外包趋势"，我们承接国际服务外包遇到了前所未有的压力。可以预见，尽管各地对服务外包异常重视，但要保持前些年那样快的增速，是有相当大的困难的。

5. 服务业统计工作的遗漏使得服务业增加值及比重被低估

受传统物质生产统计体系的影响，我国服务业统计仍然相对薄弱，常规调查的框架至今仍不完善，数据缺口较大。第一次经济普查后，经济总量比常规统计增加了2.3万多亿元，其中93%的新增GDP来自服务业常规统计的遗漏，服务业占GDP的比重一举提高了8.8个百分点。因此，统计数据显示的服务业比重持续徘徊不前,与服务业漏统有很大关系。2008年的第二次全国经济普查工作范围由规模以上工业扩大到全部第二、三产业单位,对全国800多万各类单位、3000多万个体经营户采取"地毯式"清查,以取得服务业发展的完整数据。但是,普查毕竟每隔几年才进行一次,它代替不了常规性工作,这使得我们往往很难拿到准确完整的服务业数据。

五 把握"十二五"时期服务业发展的新趋势

1. 生产服务业需求将得到极大释放

世界经济发展的进程表明,在工业化中后期,服务业的增长主要来自于工业部门发展的服务分离,大量生产性服务需求的形成将成为该阶段服务业发展的重要特征和最主要动力。"十二五"时期,我国大部分地区工业仍将保持较高速度增长,产业分工深化、工业转型向研发和营销两端延伸及服务外包步伐逐步加快,对生产性服务业将产生巨大的需求支撑。此外,"十一五"期间,国家层面为加快发展服务业出台了一系列纲领性文件,关于软件、动漫、现代物流等部分服务行业发展的指导意见也纷纷出台。特别是2009年以来,各省市开展了服务业综合改革试点,着重在为先进制造业提供支撑的生产性服务业上取得突破,一些地区实行了鼓励二、三产业分离的政策①,这些政策将在"十二五"期间持续推进制造企业服务的外部化,从而极大释放生产性服务业的需求。

2. 消费服务业的发展空间将逐步打开

"十二五"期间,人口结构的巨大变化将使工资上涨和劳动收入增加成为必然,而由于受到政府的重视和目前启动的一系列内需政策的效用延续,消费需求对经济增长的拉动作用将有所增强。当前,"80后"、"90后"已成长为消费主力,也将有利于消费率的提高。城市消费群体的迅速扩大、国民收入的增加,加上消费观念和生活方式的转变,将促使消费服务业在消费品行业的价值得到体现后,逐步打开巨大的需求空间。可以预期,"十二五"期间,需求将拉动诸如商

---

① 如河南省选择洛阳市开展服务业综合改革试点,重点开展二、三产业分离工作;江苏南京、无锡等地市也积极开展二、三产业分离工作,推出了具体的实施意见。山东省、浙江省则在全省范围内大力推进工业企业分离发展服务业工作,并取得了初步的成效。

贸、餐饮、医疗、社区服务、文化娱乐、旅游、体育健身、教育培训等在内的消费服务业实现总量扩张和结构升级。

3. 新兴服务行业和业态将不断涌现

"十二五"期间,随着制度坚冰的不断打破和新技术的推广应用,新生服务行业及服务业态将层出不穷,具体表现为:随着产业链重组和专业化分工的不断深化,生产性服务企业将根据商业环境的变化不断创新商业模式、服务方式和经营业态,开拓新的市场空间;服务业与新技术相融合而衍生出的新兴服务行业将成为我国经济发展的新增长点;服务方式呈现网络化、连锁化、信息化等趋势,使各种相关联的结构性要素发挥市场价值,服务的内容和领域将不断扩展。近年来,创意经济、网络经济、总部经济、空港经济、楼宇经济、服务外包等新兴服务业态在一些中心城市的兴起,以及互联网信息服务、通信增值服务、动漫、工业设计、供应链管理、网上银行等新兴服务行业的不断涌现,就是这种趋势的最好说明。

4. 集群化发展的组织模式将日益强化

近年来,服务企业的组织创新加上政府载体建设的推动,我国服务业的集聚发展趋势已初见雏形。许多城市如上海、北京、广州、深圳等在原有规模基础上规划兴建了多个生产性服务业集聚区,通过筑巢引凤,对服务业集聚发展起到了极大的推动作用。这些生产性服务集聚区不仅在推动制造业集群的发展和升级中发挥着关键作用,而且自身也依托集聚效应提升了市场竞争力。可以预期,"十二五"期间我国服务业发展的集群化发展趋势将会更加强化,服务业集聚区将成为新时期我国服务业发展的重要载体。

六 明晰服务业发展目标和原则

(一) 指导思想

以邓小平理论和"三个代表"重要思想为指导,以科学发展观统筹服务业发展,把加快服务业发展作为转变经济发展方式、促进产业结构优化升级、提高人民生活水平和增加劳动就业能力的重大战略举措。按照"市场化、社会化、产业化、国际化"的改革方向,加强政府引导和扶持,充分发挥市场机制的基础性作用，突出重点行业，强化社会分工，合理规划布局，优化政策环境，深化体制改革，扩大对外开放，实现服务业又好又快发展，构筑起特色鲜明、结构优化、功能完善、层次分明、合理集聚、布局科学的现代服务业产业体系。

（二）发展目标

1. 总量目标

力争在"十二五"（即 2011～2015 年）期间，服务业增加值占 GDP 的比重上升大约 4 个百分点，即占 GDP 比重约为 47%，服务业增长速度快于同期 GDP 增长速度 1～2 个百分点；服务业就业比重上升 5 个百分点以上，即服务业就业人数占全部就业比重约为 43%；服务贸易总额约为 7000 亿美元，年均增长速度不低于 17%；服务业吸引外商投资速度不低于 20%，利用外资规模不低于 1100 亿美元，不断提高利用外资质量，推进服务业升级。①

2. 结构目标

优先发展生产性服务业（按照国家统计局的分类及我们的理解，生产性服务业应该包括交通运输、仓储和邮政业，信息传输、计算机服务和软件业，金融业，租赁和商务服务业，科学研究、技术服务和地质勘查业，水利、环境和公共设施管理业等七个行业），力争实现生产性服务业占全部服务业比重从 2007 年的 41% 上升到 2015 年的 48%。

全面提升消费性服务业，对传统消费性服务业进行改造升级，引入现代服务业元素，提高消费性服务业的质量，丰富消费性服务业的业态，发展多元化的消费服务模式。条件具备的地区，要按照便利、网格化、连锁化要求发展消费性服务业，建立起现代化的面向民生的消费性服务体系。

提高公共服务业发展水平，建立覆盖城乡、惠及全民、大致均等的公共服务体系。公共服务是一个完整体系，包括教育、公共卫生与基本医疗，社会保障、市政设施、生态环境等，改善民生，从某种意义上讲，就是要让最广大的人民享受较高水平、基本均等的公共服务。这是我国经济社会发展的薄弱环节，"十二

---

① 我们在《迎接服务经济时代来临：中国服务业发展趋势、动力与路径》（经济管理出版社，2010）一书中曾经用计量经济学方法测算了 2015 年我国服务业发展的主要指标，具体演算过程请参阅该书第二章，在这里不列举具体的计算过程。

五"时期我们既要致力于总体提升我国公共服务的水平，更要关注如何公正公平地分配公共服务资源，特别是要关注落后地区、弱势人群的基本公共服务问题。

3. 功能目标

服务业涉及面广，行业性质差异大，体制和政策环境不一样，在经济社会发展中的角色不同。不同的服务行业在促进增长、促进就业、改善资源配置、提升产业竞争力和促进发展方式转变等方面发挥着各自的优势作用，都有不可替代的重要作用。在制订服务业发展规划时，重点不是简单地、机械地指定不同行业发展的优先顺序，而是要促使服务业发挥各自特有的重要功能。比如，社区服务，也许在创造税收、提升产业竞争力方面功效不大，但它对解决就业、方便生活、维系稳定却十分重要。总体上讲，在"十二五"时期要充分发挥服务业的经济发展带动功能、就业增长推动功能、税源涵养培育功能、增长方式转型引领功能、产业发展提升功能、对外开放先导功能。

（三）发展原则

1. 坚持市场化导向

我国服务业需求不断高涨、日益多元。推进服务业发展要顺应市场需求变化，因势利导，充分发挥市场配置资源的基础性作用，完善服务业市场环境，促进服务业供需互动，实现又好又快发展。推进体制改革，建立与市场经济和服务业发展规律相适应服务业体制机制是"十二五"时期服务业工作的头等大事，也是最为艰难但又必须有实质性突破的工作。市场化取向改革的关键是培育真正的市场主体，市场的主体是企业，是一个充分竞争、自主决策的企业。但我国服务业的垄断还比较严重，许多垄断性的大型服务业企业还处在政企不分的阶段，市场意识不强，国际竞争力较弱，亟待改革。要坚持市场化导向的改革，就必须进一步打破垄断，规范准入条件。在明确行业要求和经营资质的前提下放宽进入管制，扩大非公有制经济比重，促进服务企业数量和规模的增大，形成多元经济主体参与的充分竞争格局。在确定服务标准和加强行业监管的前提下放宽经营管制，扩大服务企业经营范围，实行按质论价、差别化价格等市场定价方式。通过体制机制创新，促进专业化分工，带动服务外部化，从供给与需求两方面激活服务业发展的内在动力。

2. 坚持产业化导向

推进服务业的产业化,就是要按照政企分开、政事分开、企业与事业分开、营利性机构与非营利性机构分开的原则,加快推进适宜产业化经营领域的服务业产业化进程。要突破自我增强的产业内循环发展路径,在全面提升经济服务化的基础上,寻求向整个经济系统渗透的发散型发展,特别是在第二、三产业融合中找到新的增长点。加快发展与制造业直接相关联的配套服务业,如工程装备配套服务和工业信息服务,技术服务、现代物流、工业房地产、工业设计与咨询服务以及其他工业服务等。要营造良好的产业生态环境。通过紧密的产业关联、共享的资源要素、丰富的社会资本、有效的竞合机制,充分发挥外部性优势,培育和促进服务业集群的形成与发展,形成产业共同进化机制。未来一段时期,我国服务业产业化的工作重点将是鼓励专业化分工,把原本内置于制造企业的服务业剥离出来,推进服务业的专业化经营,提高服务业竞争力。在目前部分省市试点的基础上,积极总结经验,创造条件,营造气氛,争取在"十二五"时期,制造企业剥离服务性业务的工作能全面铺开,从而为服务业的产业化改革奠定坚实基础。剥离制造企业内部的服务功能,需要循序渐进,目前工作着力点可以放在以下两个方面:一是引导有条件的大型工业企业将原有的服务功能剥离出来,形成一批为先进制造企业服务的大型服务企业;二是鼓励工业企业利用闲置厂房、设施发展文化创意等产业。

3. 坚持社会化导向

推进服务业的社会化。学校、医院和企业、事业单位以及有条件的机关后勤服务设施都要面向社会开放。除法律法规和国家政策另有规定外,学校、医院和企业、事业单位以及党政机关营利性的后勤服务机构都应改制为独立法人企业。即便是财政供养单位,凡能通过市场化、社会化手段解决的,要委托社会中介或者直接向社会进行招标购买。鼓励民间投资兴办面向机关和企事业单位的后勤服务。创新后勤服务社会化形式,逐步形成统一、开放、有序的后勤市场服务体系。对服务业的社会化进程要积极鼓励、有序引导,既要加快其改革力度,又要在维护社会稳定大局下通盘考虑。

4. 坚持国际化导向

服务全球化是不可避免的大趋势,2007 年入世过渡期结束后,我国对外开放的重点已经转移到了现代服务业。发展服务业不能仅局限于本国、本地区,而是要融入全球化的趋势中去，要树立国际化理念，把握全球服务业发展的规律与特点。从国际化分工与合作出发，把握国际产业转移规律和特点，寻找我国服务业发展的比较优势、战略重点和相关对策，积极参与服务业的国际分工，大力发展服务外包产业，打造若干重要的区域性服务外包中心，把我国建设成为承接服务外包的最重要的国家之一。鼓励服务业走出去，参与国际竞争，培育若干有影响、有品牌的国际化服务企业。

七　把脉中国服务业发展战略

1. 创新发展战略

创新是服务业的生命力。服务业领域的创新主要包括制度创新与技术创新两个方面。发达国家虽然经济制度和市场制度较为成熟和稳定，但在服务业领域的制度变革就一直没有停止过。主要是服务业规制和服务业自由化问题。一方面，制定越来越严格的服务标准和监管措施，另一方面又不断放松某些服务业领域的管制，比如金融自由化趋势就很明显。我国的制度创新当然不仅局限于金融领域的创新与突破。更主要的是对既有服务业制度进行梳理，打破与现代市场经济发展要求不适用的条条框框，引入新的理念、新的规范来赋予现代服务业活力。服务业中技术创新作用更为突出。技术创新是现代服务业发展最主要动力之一。服务业领域的技术进步与技术创新，彻底改变了"服务业是劳动密集型产业和低劳动生产率"的传统看法。此外，信息技术特别是互联网技术的运用，创新了更多的服务领域、业态和模式，使得服务业越来越个性化，增强了服务业的可及性和多样性、便利化。

2. 融合发展战略

产业间融合已成为现代产业发展的一个重要特征。当今世界，服务业是在融合与互动中发展的，与制造业、农业之间关系越来越密切。服务业和制造业的关系正在变得越来越密切，主要表现为制造业的中间投入中服务的投入大量增加。多数OECD国家产品生产中，服务投入增长速度明显快于实物投入增长速度。越来越多的制造商加入延期付款、培训、服务合同、咨询等服务，以新的服务领域来获取竞争优势。制造业与服务业的融合发展表现出两种趋势：一是"制造企业服务化"；二是"服务型制造"。在信息技术应用日益广泛和深入的背景下，全球制造业正在从"生产型制造"向"服务型制造"转变。服务型制造的一个重要特点是产品越来越"软化"和"个性化"。我国正在致力于走新型工业化道路,致力于摆脱价值链低端格局,出路就在于大力发展生产性服务业,并促进生产性服务业与制造业融合与互动发展,这是我们产业政策的一个新的着力点,是要长期坚持的一个战略选择。同样地,现代农业发展也离不开服务业支撑,单纯的种植业是无法造就现代农业的,也不可能让农民较快地增加收入。事实证明,凡是农业发达、农民收入较高的地区都是把传统农业与现代服务业有机结合起来的地方。我们要在农业与服务业融合中带动现代农业发展,也因此拓宽服务业发展领域与视野。

3. 集聚发展战略

发达国家不仅现代服务业十分发达,而且呈现出集聚发展的态势。我国各级政府现在也十分强调服务业集聚发展,正在打造各种类型的服务业集聚区,这是一个十分正确的发展方向与选择。因为,这种把大量服务业企业及相关机构集中于某个特定区域的模式反映了现代服务业发展的内在要求,在某种程度上决定了其所在城市经济的繁荣及其辐射力和竞争力的高低。目前,服务业发达的地区或城市,都在服务业集聚区建设方面有特色、有品牌、有影响。走集聚发展的道路要避免从空间上将一系列看似关联的企业集中到一起,实现了企业积聚,但是各个企业之间并没有相互联系,没有产生协同效应、竞争力较弱的现象。而我们追求的集聚发展是在地理上集中且有相互关联性的企业、专业化供应商、服务供应商、相关产业的厂商,以及相关的机构(如大学、制定标准化的机构、产业协会等)构成的群体,它是在某一特定领域中大量产业联系密切的企业以及相关支撑机构在空间上集聚,并形成强劲、持续竞争优势的现象。总之,走集聚发展道路,一定要避免"形聚而神不聚"。走集聚发展道路,首先是企业依据市场原则的自主选择,其次,也要充分发挥政府的作用,比如加强服务业集聚区建设规划引导、完善公共服务平台建设,建立集聚区标准与评价体系等。

4. 开放发展战略

目前,服务业已经成为发达国家产业转移的重点。有转移就有承接。包括中国在内的发展中国家是发达国家服务业转移的主要承接者,发展中国家大都采取优惠政策措施,竭力承接服务外包业务,把承接服务外包作为促进增长、创造就业,增加税收收入和引领产业结构调整与升级的重要途径。我国是人力资源丰富、劳动就业压力大的发展中国家，积极承接服务业外包是很现实的战略选择，因为大量的服务外包是"劳动—知识密集型"，较适宜吸纳新毕业的大学生就业，有助于缓解我国大学生就业难的问题，也在一定程度上促进我国产业升级，更加紧密地把国内外服务业市场联系起来，助推我国服务业的对外开放。从这个意义上讲，我国服务业开放战略的重点将在承接服务外包业务上。当然，完整意义上的开放，还包括对内开放的问题。我国服务业的对内开放这些年进展不大，其原因就在于"所有制垄断"和"地区垄断"。所有制垄断的症结在于对民营资本的歧视政策，许多高利润服务企业不允许民营资本进入。而地区垄断主要因为既有财政体制引发的保护主义，不让非本地服务要素或资源进入。所以，对内开放的核心就是要打破"垄断"，坚决贯彻"非禁即入"的政策，取消对非国有资本或者非本地要素的不平等做法。

八　完善服务业发展的政策措施

1. 做好服务业专项规划工作，制定实施产业引导政策

（1）要高度重视服务业规划工作。我国历来重视规划工作，但服务业发展规划相对滞后。长期以来，我们缺乏科学的服务业规划，服务业发展要么任凭领导的个人偏好，要么任由市场的单纯调节，其发展总是左右摇摆，思路很不清晰，过度竞争与供应不足并行。"十一五"时期，国家"十一五"国民经济和社会发展规划第四篇专门讲服务业，这是一个重大突破，提升了服务业的高度与认识。但是，我国一直缺乏国家层面的专项规划，不能不说是一个遗憾。建议国家编制"十二五"服务业专项规划，以此统筹全国服务业发展、开放与改革，做到服务业发展全国一盘棋。各地也要编制地方服务业发展规划，明确目标和任务，科学谋划重点发展领域，优化服务业空间布局，实施有力的保障措施。只有有了科学的规划，才能做到服务业发展在国家产业政策引导下，在立足现状、着眼未来的战略谋划引领下，实现服务业科学、有序、健康、持续、高效发展。

（2）以服务业发展引导资金来引领服务业发展方向。服务业发展引导资金已经设立实施8年了，其成效十分显著，在调动地方发展服务业积极性，弥补我国服务业发展薄弱环节方面发挥了较突出作用。但对于"十二五"时期来说，服务业发展引导资金的重点不应该再是对地方服务业某一个项目的支持问题，而

是要体现国家产业政策的导向性和引领性。服务业引导资金本身规模并不大，但它是一种财政补助资金，能够发挥"四两拨千斤"的放大作用。也正因为此，我们可以更加重视服务业发展引导资金的"倍增"作用。按照产业政策的要求，选好领域，找准项目，通过引导资金对这些领域和项目的投入来引领地方和社会资金的"进入"，可以保证地方和社会资金的投入更好地体现国家产业政策对服务业的要求，从而促进服务业有序健康发展。

（3）制定服务业发展重点目录。服务业涉及面非常广泛，其领域纷繁复杂，如果没有一个重点支持目录，国家的支持就有可能撒胡椒面，难以形成拳头与重点引领作用。国家重点扶持的领域，既要立足于既有服务业发展基础和我国人力资源充裕等具体国情；也要谋划未来，特别是考虑技术进步和制度变革以及国际竞争等因素，重点支持新兴服务业领域及其新兴服务业业态，通过新兴服务业的跨越式发展来获得全球经济竞争的战略制高点；还要考虑哪样的服务业是支撑我国新型工业化道路、拉动经济增长和稳定社会必不可少的。基于这些综合因素，我们尝试着提出"十二五"期间国家重点扶持的现代服务领域的建议目录，具体如下：

现代物流要重点支持第三方物流、第四方物流、供应链管理、智能化仓储、绿色物流与逆向物流、物流新技术开发与应用。

金融服务业重点支持电子化金融服务（金融系统软件开发）、银行卡服务（银行卡资源的整合服务及数据处理服务）、网上银行/手机银行、现代金融信用和安全系统建设和服务、金融创新研发和高科技支持、农业保险/再保险、商业养老保险、融资租赁/无形资产担保、金融后台服务、第三方支付平台。

信息服务业重点支持软件开发［重点是企业应用集成（EAI）工具软件、跨企业供应链管理（SCM）软件、客户关系管理软件、企业数据分析与决策支持工具软件的开发］、行业解决方案、软件服务外包、电子商务、公共信息平台与信息系统建设、基础数据库建设和服务、云计算应用及服务数码技术国际标准制定和推广服务、科技研发服务业、共性技术研发服务、技术转移服务、科技信息与咨询服务、技术推广与转让服务、技术孵化服务、知识产权评估与认证服务、公共技术研发服务平台、高科技检测和维修服务。

专业服务业领域重点支持行业标准建设、企业管理咨询服务、市场调查服务、市场营销服务、会议与展览服务、工程技术服务、网络广告服务。

文化创意产业重点支持工业设计、时尚设计、数字内容产业（移动音乐、动漫、手机游戏、位置服务、网络应用商店等）、数字出版产业、新媒体、创意产品营销与推广服务、高科技影视特技服务。

商贸服务业重点支持商贸业的信息系统服务、无线射频识别技术及电子标签在商贸业的推广应用服务、依托高技术的商业安全维护服务。

节能环保服务业重点支持节能改造服务、新能源技术应用服务、应用高新技术的环保服务（废弃物循环利用服务/垃圾回收与综合利用服务）、节能减排新技术、新手段研发和推广服务、合同能源管理服务、环境污染治理设施运营服务、环境监测与评价服务。

职业教育与培训服务业重点支持远程教育服务、实训基地、服务外包人才培训、校企资源共享信息平台建设。

社区服务业重点支持养老服务业、社区便民商业服务、公共服务呼叫中心。旅游业重点支持网络预订服务、电子票务服务、旅游景点的大容量数字化建设、主题公园、科普基地的高科技体验设施建设。

2. 培育大型龙头服务企业，构建服务业市场主体，增强服务业竞争力

企业是产业发展的主体，支持产业发展的最终落脚点是培育一批有竞争力的企业。因此，政府要加大对领头企业的培育，多关注和培育本土成长性好的中型企业，而不是只关注龙头企业的引进与服务。但是由于领头企业的识别需要专业知识和前瞻性，需要建立一套科学的指标体系来识别。同时，应该鼓励行业进行重组，通过竞争和整合来培育产业中的"明星"企业，从而提高行业应变能力。那么，如何通过竞争和整合来培育产业中的"明星"企业呢？一是要着力加快推进服务业领域国有大企业的改革。对那些竞争性领域的国有服务企业，要加快推进以混合所有制为基础的股份制改造，增强企业参与市场竞争的能力。二是对那些承担公共服务和准公共服务功能、不能完全市场化运作的服务业领域，也要按照政事分开的原则，以产业化、社会化为方向，根据各自特点，实行不同的经营管理方式，把它们培育成为市场主体或者准市场主体。三是要从全球产业体系中动态筛选具有战略影响、新兴涌现、持续扩散的创新驱动型大型龙头服务产业，以发挥其引领作用。四是探索建立各级政府级重点服务业企业培育和联系制度，重点扶持发展一批具有知名品牌、市场竞争力强的重点服务业企业，指导和示范服务业企业的发展，并创造条件鼓励这些品牌企业走出去。五是通过技术进步提高整体素质和竞争力，不断进行管理创新、服务创新、产品创新。依托有竞争力的企业，通过兼并、联合、重组、上市等方式，促进规模化、品牌化、网络化经营，形成一批拥有自主知识产权和知名品牌、具有较强竞争力的大型服务企业或企业集团。

3. 力求在服务业体制改革的关键领域有所突破

"十一五"期间，虽然服务业改革取得了巨大的成绩，但与工业、农业相比，服务业领域政企不分、政事不分、行政垄断、多头管理、监管盲区、准入门槛名松实严的状况仍然较为突出。"十二五"是我国重要领域和环节改革攻坚的关键时期，服务业体制机制改革也应在重点领域有所突破。在组织上，应改变源于工业经济时代的政府机构设置，建议在国家层面成立隶属于发改委的服务业发展局（司），省、市成立专门的服务业发展处或生产性服务业处，加强对服务业的统筹和引导，形成"一方负责，多方协调"的工作机制。根据落实科学发展观的要求，建立健全全新的政绩考核、评价标准和问责制度，把服务业工作作为地方政绩考核的重要指标。在管理上，着力清理部门行政壁垒、条块分割、越位和缺位的问题，"十二五"期间，应重点理顺物流、批发、旅游、社区服务、农业综合服务、专业服务业等重要服务领域的管理体制。对于服务业发展中出现的新业态、新情况和新问题，应改变原有相对保守的管理理念，将关注的重点从审批、规范和整顿变成根据产业发展的实际情况帮助企业解决实际困难，促进其发展壮大上。在所有可市场化服务领域中，按市场主体资质和服务标准，逐步形成公开透明、管理规范和全行业统一的市场准入制度，"十二五"时期，应在体现国家利益的基础上，重点推进和完善垄断性服务业攻坚改革，并支持更多的民资进入新兴支柱服务行业，构筑有效竞争的市场结构和市场主体，特别要落实凡是向外资开放的领域，都要向内资开放。此外，还应尽快制定和完善《航空法》、《铁路法》、《证券法》、《审计法》、《注册会计师法》等相关法律法规，将服务业体制改革纳入法制化轨道。

4. 切实解决服务业发展负担过重和融资渠道不畅的问题

"十一五"期间，国家出台了《国务院关于鼓励支持和引导个体私营等非公有制经济发展的若干意见》、《国务院关于加快发展服务业的若干意见》、《关于加快发展服务业若干政策措施的实施意见》等多个重要文件，地方也根据文件精神，制订并出台了促进本地服务业发展的相关配套文件及发展战略规划。"十二五"期间，应在狠抓文件精神落实、发挥现有税收优惠政策引导作用的框架下，着力解决服务企业特别是中小服务企业运营成本过高的问题，重点清除限制服务业发展的各类政策障碍。应考虑将营业税改为增值税，让全部服务企业享受进项抵扣，同时对小规模服务企业免征增值税；充分利用现有针对高新技术企业和软件企业的优惠政策，调整和完善相应的认定标准，扩大对现代服务业企业的覆盖范围；明确为制造业企业提供支撑服务的生产性服务企业，应享受与园区内工业企业相同的税收减免；研究制定服务业企业的出口退税政策；允许服务企业对员工培训费用进行税前列支。服务业负担过重问题在中小企业尤为突出。因此，要着力在优化中小服务企业发展环境上下工夫，切实解决中小服务企业发展环境差、负担重的问题。在任何国家和地区，都是大中小型企业并存的，服务企业尤为这样。大多数服务企业是中小型企业，甚至还有不少是微型企业。这些企业貌似"渺小"，但实则重要，因为他们对方便百姓、吸纳就业、保障民生不可或缺。目前这些中小型服务企业生存和发展环境都比较差，资金、信息、技术、人才、税费都有很大的压力。政府应该对这些企业实施有效的帮扶和优惠措施，为他们创造一个更宽松的发展环境，发挥其在自主创业、吸纳就业等方面的优势，让他们真正成为社会的"稳定器"。

长期以来，我国的金融对制造业的支持力度较大，而对服务业支持相对较薄弱。主要原因是金融机构在支持服务业过程中习惯于沿用传统的抵押担保方式来减少信贷风险，缺乏适应现代服务业企业特点的风险评价体系和信贷管理办法。特别是新兴服务业发展日新月异，新的服务业态与服务方式层出不穷，这些服务业的发展也有很大的不确定性，追求稳健经营的银行业不愿意对其贷款支持，从而掣肘了现代服务业的发展与壮大。到目前为止，还没有很好地找到化解这一矛盾的钥匙。在这里，我们尝试性地提出以下对策措施，试图来破解这一矛盾。

一是建立多元化服务业投融资体系。逐步建立起以财政资金为引导，信贷、外资、社会资金为主体的多元化服务业投融资体系，引导科技银行和社会创投机构，设立种子基金、天使基金、债权基金、网络联保贷款、担保基金、创投引导基金，满足成长性企业在种子、起步、成长、扩张各阶段对资金的需求，尽力缓解服务业企业融资难的问题。

二是创新金融支持服务业的方式。在信贷融资方面，扩大收费权质押贷款业务。对部分服务业抵押物不足问题，银行可以推出知识产权抵押贷款、文化创意企业贷款、留学生创业贷款及小额担保贷款等特色业务。在股权融资方面，鼓励符合条件的服务业企业到股票主板市场、中小板市场和创业板市场上市融资和再融资。在债券融资方面，支持符合条件的服务业企业通过银行间债券市场发行企业债、短期融资券、中期票据、可转换债券等直接融资产品，不断拓宽服务业企业直接融资渠道。

三是健全金融机构体系，提高金融支持服务业发展能力。服务业内容十分丰富，单一的金融机构不可能囊括全部的服务业业务。要大力发展多种类型的金融机构，发展多层次的信贷市场。完善商业银行的公司治理结构，转变经营机制，优化组织结构和业务流程，增强银行业等金融机构对服务业的支持能力。特别要支持面向农村和中小企业的金融机构，为解决农村服务业和中小服务企业的融资创造条件。

四是鼓励金融创新，助推新兴服务业发展。部分现代服务业（主要是以高技术支撑的新兴服务业）具有高投入、高风险、高回报的特征，其发展迫切需要通过金融创新来构建风险分担机制和区别于传统产业的特别融资机制，实现新兴服务业与金融资本之间的良性互动，从而推动产业规模的不断壮大和产业层次的不断提升。发挥多层次资本市场在新兴服务业发展中的作用，要构建完整的创业投资链，大力发展风险投资和私募股权基金，完善天使投资机制。①

此外，"十二五"期间，还应着力解决服务业特别是新兴服务行业融资渠道狭窄的问题，针对部分地区服务业占比达到半壁江山的发展现状，鼓励金融服务的组织创新、流程创新和工具创新；支持国内外风险投资基金投向服务业领域；对服务业集聚区、公共服务平台和关键共性技术产业化等加强扶持；以专项补贴的方式，大力支持服务业企业在海内外上市。此外，还应进一步降低服务业在注册资本、工商登记等方面的创业门槛，重点研究各类行政事业性基金和收费项目减免政策，逐步形成有利于服务业发展的用地、用水、用电、用气价格。

5. 加强信用体系和标准规范建设，建立健全有效的市场运行机制

"十一五"期间，市场规范化程度低、交易成本较高、竞争秩序欠佳、企业诚信缺失的现象普遍存在，对我国服务业的可持续发展造成了较大阻碍。基于

---

① 辜胜阻：《战略性新兴产业需要技术和金融创新两轮驱动》，2010 年 7 月 20 日《中国经济时报》。

此，"十二五"期间，应将理顺市场机制、规范市场运行秩序和政府行为以及打造诚信经济、树立服务理念和服务精神作为政策制定的着力点，其重要性甚至更胜于出台各种各样的产业政策和扶持政策。在市场环境建设方面，应倡导规范服务和诚信服务，建立健全信用记录与失信惩戒机制，为服务经济发展营造良好的社会信用环境；通过政策和资金引导、价格监管、规范竞争行为和市场秩序等手段，整顿和规范市场运行秩序，加大对服务业无序行为的打击力度；健全服务业标准体系，加快制定市场准入标准、技术服务标准和信用评价制度，扩大服务标准覆盖范围，鼓励龙头企业、政府和行业协会先行制定服务标准，推进服务业的标准化与规范化；鼓励建立服务业行业协会并进行市场化运作，发挥其在市场规范、行业自律、企业与政府沟通等方面的积极作用。

6. 采取切实有力的措施致力于提高服务业全要素生产率

服务业曾经长期被当做生产率低下的部门，也因此被认为是发展相对缓慢的领域。要改变这一状况，就必须从科技进步、促进分工和加快城市化进程等几方面着手。

（1）促进高新技术在现代服务业领域的广泛运用。技术进步是提高劳动生产率的关键因素，服务业的发展也不例外。要注重新技术特别是新兴信息技术，比如物联网和云计算等在服务业领域的广泛运用，充分发挥技术进步对服务业的支撑与提升作用。

（2）积极推进服务业制度改革，优化服务业发展环境。制度变革是经济发展的重要动力。我国服务业制度改革长期滞后于其他领域。要积极有序地推进服务业制度改革，打破服务业的行政与行业垄断，消除服务业发展的制度障碍，降低交易成本，建立有利于服务业发展的制度环境。还要加快政府职能转变，不断减少行政审批事项和检查评比，清理并废止不合理收费性文件，降低行政性收费标准，优化服务业发展环境，最大限度地释放服务业生产力。

（3）鼓励制造企业剥离服务业，提高企业劳动生产率。我国不少企业长期采取"大而全、小而全"的经营模式。这种模式与市场经济的要求格格不入。要鼓励高技术服务业从制造企业中剥离出来，因为目前技术含量较高的服务业基本上被内置于制造企业，把这种内置的服务业交给专业的服务企业去做，将有助于提高服务业效率。

（4）依托城市集聚发展服务业。在城市化进程中推进服务业发展，鼓励服务业特别是高端服务业向大中城市集聚。历史经验表明，服务业与城市化是互相促进的。服务业从来都是依托于城市发展起来的。我国目前城市化水平还只有47%左右。城市化水平偏低是我国服务业水平不高、集聚性不强的重要原因。要实现服务业的跨越式发展，就必须不断提高我国城市化水平，鼓励农民进城从事服务业和制造业工作，同时要采取有效措施，在城市尽可能集聚发展服务业，通过集聚发展实现要素范围经济和规模经济。

7. 以服务业集聚区为主要载体推进服务业发展

服务业集聚区是服务业发展的重要载体，也是地方政府发展服务业的最重要抓手之一。推进现代服务业集聚区建设。服务业集聚区和特色街（区）是地方政府发展服务业的重要载体。通过科学规划，引导现代服务业集聚区和特色街区有序合理发展。对规划的集聚区和特色街区中的建设项目，要在用地、融资及财政资金扶持等方面加大政策倾斜。每年拿出一定比例的服务业发展引导资金，支持集聚区内的各类公共服务平台建设。加大集聚区推介和招商引资力度，重点吸引国内外知名服务业企业入驻集聚区或者特色街区。建立服务业集聚区和特色街区考核指标体系，对成绩突出者，给予效应激励，各地要集中力量打响服务业集聚区和特色街区的若干品牌，培育一批服务业集聚区的示范区。

8. 落实服务业发展的土地保障，为服务业发展开拓空间

以盘活存量、放大增量为目标，采取土地收储、流转等措施，为服务业开拓发展空间。

（1）提高服务业用地比例。各级政府在编制主体功能区规划、土地利用总体规划和区域总体规划时，明确保障服务业发展用地的措施。在制定年度用地计划时，优先安排服务业重大项目新增建设用地指标。

（2）扩大服务业用地收储规模。充分发挥土地收储的调控性作用，在放大服务业新增建设用地收储规模的同时注重盘活存量，以"腾笼换鸟"的方式提前收储，以土地收储引导产业转型升级，推动区域产业"退二进三"，实现对服务业发展用地有效供给。积极支持企业利用工业厂房、仓储用房、传统商业街等存量房产、土地资源发展信息服务、研发设计、创意产业、服务外包、节能环保、商贸物流等现代服务业，土地用途和使用权人可暂不变更。

（3）建立灵活的土地转让机制，对服务业园区内的重点项目及列入鼓励类的服务业重大项目，在供地安排上，具有优先选择权，并在土地出让方式上推行

土地招标出让。在供地价格上，采取一事一议的方式，实现"低价供地"，力争享受普通工业的用地价格。

（4）完善农村土地流转制度。鼓励农村集体建设用地以合作、入股、联营、转换等方式进行流转，在农民保障收益的前提下，满足乡村旅游、农业科技示范、生态养老等行业发展的用地需求。

9. 适应服务业发展新情况，完善服务业统计体系

目前，全国还没有一个完全统一的服务业统计调查制度，多数行业只有核算制度没有调查制度，对发展迅猛的新兴服务业，统计方法不完备、缺乏有效手段。"十二五"期间，为适应构筑服务经济为主产业结构的迫切要求，为科学决策服务，规范统计制度建设、完善统计的机制约束已成当务之急。应建立、健全一套完整统一的《服务业统计调查制度和核算方法制度》，自上而下，层层落实。要从适应服务业快速发展的现实需要入手，对数据的收集渠道加以固定和规范，力争既能满足政府统计部门对服务业增加值核算的需要，又能满足部门管理的需要。

10. 加强服务业标准化建设，提升我国服务业的竞争力和话语权

"一流企业定标准，二流企业卖品牌，三流企业卖产品"这句话昭示我们：标准才是价值链的最高端，谁掌握了标准制定，谁就是行业的引领者，谁就占领了行业的制高点。入世5年过渡期早已结束，我国服务业各领域已经开始逐个全面放开，当前我们面临最大威胁的不是工业，而是服务业，特别是现代服务业，而且中国所有的地域都无法回避。在开放度越来越高的今天，我国服务业面临的竞争对手不仅包括亚洲等周边地区，也包括欧美等发达国家和地区。国外服务业巨头之所以有强大的市场竞争力，一个主要的原因，是他们有自己"重要的技术标准"，这是一种游戏规则，一种在市场上说了算的规则；同时这也是企业发展中，跟合作伙伴、利益同盟对接的、兼容的话语系统、共同决策体系。我国作为一个发展中国家，要想在许多领域成为服务业标准的制定者是较困难的。但我们力求在先某几个领域有所突破，成为该领域标准制定者和行业引领者，再谋求成为更多领域的标准制定者，完全是有可能的。比如，我国的旅游业和一些地方的农产品交易、中医治疗与诊断、工艺设计等，就很有自己的特色和影响。政府可以通过各种影响力，把握这些服务业领域标准制定的话语权。此外，标准也是多元的，各级地方要主动参与全省、全国服务业标准体系的建设，制定一批急需的服务业地方标准，并不断提高标准的覆盖范围，以此带动地方服务业规范、有序、高质、快速发展。

11. 构筑服务业人才高地

服务业对物质资源投入较少，但对制度环境建设和人才素质要求较高，充裕而又合格的人才是发展服务业和推进服务业现代化的根本举措。

（1）健全服务业人才培养、激励和评价机制。改革现代服务业人才的培养机制，发挥学校、企业和研发机构三方共同的力量，实施产学研一体化的培养机制，改革传统的"填鸭式"人才培养方法。全面推进职业资格证书制度，建立现代服务业职业资格标准体系，加快推进科技咨询师、项目管理师、质量认证师、资产评估师、会计师、技术经纪人、美容师等职业培训和资格认定工作，提供从业人员的整体素质。对从事高端技术服务业人才实施有效的激励机制和综合保障体系，包括个人所得税的减免、大城市落户、职称评定、社会保障计划，解决配偶就业和子女上学问题等。

（2）大力支持职业教育发展，为服务业打造合格人才。从教育的层次来看，基础教育是典型的公共产品，而职业教育至多是准公共产品甚至是私人产品。但这并不意味着财政性教育就可以忽略职业教育，大力发展职业教育为服务业培养适用型人才是"十二五"期间的重要任务。教育培训本身就是服务业的组成部分，同时我国服务业就业人员总体在服务意识、服务品质、服务技能等方面均存在较大的提升空间。坚持统筹财政性教育资金，把职业技术教育放到与普通文化教育同等重要的位置。国家要发挥财政资金、税收优惠和土地政策的导向作用，引导社会关心、支持职业教育的发展，为职业教育的发展创造一个良好的外部环境；同时还应鼓励各种教育机构发展跨领域专业人才培训，建立完善的相关职业资格制度，提升服务业的服务品质，使其标准化、规范化，将能够有力地促进服务业的发展。

（3）加大高端服务紧缺人才引进和培养力度，建立高端服务人力资源储备库。鼓励跨国公司和国内外培训机构引进先进的人才培训理念和模式。全面推进高端服务人才的交流合作，招揽国内外高端服务行业领军人物。制定高端服务人才分类开发计划，引导高等院校、社会培训机构发展不同层次和类型的高端服务教育。健全企业家服务体系，吸引和培育更多具有创新精神和创业意识的企业家。完善以知识资本化为核心的激励机制，积极推进技术入股、管理人员持股、

股票期权激励等新型分配方式，建立人才柔性流动机制，建议高端服务企业引进高级人才而产生的有关住房货币补贴、安家费、科研启动经费等费用，可依法列入成本核算。

（4）按照"政府主导、多元投入"的原则加强对农村人力资源的开发。农村剩余劳动力向服务业转移是一个基本趋势。大力开发农村人力资源，提高他们的劳动技能和知识含量既是我国人力资源战略与政策的重要内容，也是实现农村剩余劳动力顺利转移的基础条件。经费筹措是农村人力资源开发的关键环节。从目前体制和国家地方财力现实情况看，建立"政府主导、多元投入"的培训投入机制是较务实的选择。具体思路如下：一是争取中央政府、地方政府财政投入。这几年我国中央和地方政府的财政收入都有较快的增长，在分配财政资金时，可考虑继续增加对农村地区的教育投入并不断优化教育经费结构，在保证义务教育的前提下也要增加对农村劳动力的培训费用支出。二是吸引社会投入。要制定有效的税收激励政策，鼓励企业、投资者到农村和西部投资办教育、搞科研，鼓励民间以各种方式和途径到农村捐资兴教、投资办学。三是鼓励用工单位对农民工进行适当培训。政府可对用工企业举办农民教育培训发生的费用实行税费减免和其他优惠政策。四是积极争取国际组织或基金组织无偿援助、捐赠、低息贷款等支援形式。世界银行对发展中国家的援助贷款方针自20世纪90年代以来进行了相应调整，由早期主要投向基础设施转向人力资本投资领域。我们应该抓住这一机遇，尽力多争取国际组织和机构的支持。五是鼓励农民自己也要适当投入一点。职业技能培训毕竟不是纯公共产品，农民理应承担部分费用，只有对那些特别困难而又无其他资金来源的农民，政府实行全额资助培训计划。

参考文献

中共中央第十七届五中全会通过《关于制定国民经济和社会发展第十二个五年规划的建议》，2010年10月18日。

十届全国人大四次会议通过《中华人民共和国国民经济和社会发展第十一个五年规划纲要》，2006年3月14日。

《国务院关于加快发展服务业的若干意见》（国发〔2007〕7号），2007年3月27日。

《国务院办公厅关于加快发展服务业若干政策措施的实施意见》（国办发〔2008〕11

号），2008 年 3 月 19 日。

江小涓、李辉：《服务业与我国经济：相关性和加快增长的潜力》，《经济研究》2004 年第 1 期。

辜胜阻：《战略性新兴产业需要技术和金融创新两轮驱动》，2010 年 7 月 20 日《中国经济时报》。

夏杰长、李勇坚、刘奕、霍景东著《迎接服务经济时代来临：中国服务业发展趋势、动力与路径》，经济管理出版社，2010。

夏杰长：《大力发展服务业是扩大内需的重要途径》，《经济学动态》2009 年第 2 期。

李勇坚、夏杰长：《中国服务业体制改革的动力与路径》，《改革》2010 年第 5 期。

李勇坚、夏杰长：《我国经济服务化的演变与判断：基于相关国际经验的分析》，《财贸经济》2009 年第 11 期。

刘奕、夏杰长：《全球价值链下服务业集聚区的嵌入与升级：创意产业的案例分析》，《中国工业经济》2009 年第 12 期。

夏杰长、李勇坚：《中国服务业投资的动态效率研究》，《中国社会科学院研究生院学报》2010 年第 6 期。

夏杰长、刘奕：《我国在岸服务外包的困境与政策建议》，《理论前沿》2009 年第 18 期。

郑吉昌、夏晴：《生产性服务业的产业集群问题》，《改革》2010 年第 5 期。

姚战琪：《工业外包和服务外包对中国工业生产率的影响》，《经济研究》2010 年第 7 期。

姚战琪：《中国城市服务业开放的现状、问题和对策》，《国际贸易》2009 年第 9 期。

李善同、高传胜：《我国生产者服务业发展与制造业升级》，上海三联书店，2008。

李勇坚：《中国服务业发展预测（2010～2020）》，研究报告，2009 年 6 月。

杨小凯：《劳动分工网络的超边际分析》，北京大学出版社，2002。

〔加〕G. 格鲁伯 A. 和沃克：《服务业的增长：原因及影响》，中译本，上海三联书店，1993。

Riddle, Dorothy I. , (1986), Service-Led Growth-the Role of the Service Sector, Praeger, 1986.

Nanno Mulder, (2002), Economic Performance in the Americas, Edward Elgar, 2002.

Singleman, (1979), From Agriculture to Service, Sage Publication.

行业报告
Industry Report

B.2
中国"十二五"时期金融服务业的
发展目标、思路和政策建议

王朝阳*

摘　要："十一五"规划从深化金融企业改革、加快发展直接融资、健全金融调控机制和完善金融监管体制四个方面对加快金融体制改革作出了明确要求。但是，百年一遇的金融危机为我国金融改革开放平添了几多变数。在新的环境下，我国"十二五"时期需要对诸多传统的金融命题重新反思，金融服务业发展模式需要从更深层次进行思考，以便对金融改革提出新的要求。要构建逆周期金融宏观审慎管理制度框架，提高金融监管效率和监管水平；提升金融机构公司治理和内部控制水平，进一步深化金融机构特别是政策性银行的体制改革；健康发展金融市场，不断扩大市场规模，丰富市场产品，提高金融市场基础设施建设水平；坚持金融创新与金融监管的齐头并进；完善地方政府金融管理体制，进一步规范地方政府融资平台，促使其行

---

* 王朝阳，中国社会科学院财政与贸易经济研究所《财贸经济》编辑部副主任、助理研究员。

为合法化、阳光化。

关键词：金融服务业　金融改革　金融市场　发展目标　政策建议

一　"十一五"期间中国金融服务业发展回顾

（一）"十一五"期间中国金融服务业加速发展

对金融服务业总体发展水平的考察可以从增加值和就业两个角度进行说明。与"十五"期间相比，中国经济在"十一五"期间得到了更快的增长，国内生产总值、服务业和金融业的增速都高于"十五"期间的同类指标。其中，金融业在"十一五"期间的增长更为明显。2006～2009年，金融业增加值平均增速达到29.84%，远高于国内生产总值与服务业增加值16.33%和18.58%的增速；金融业就业人员数的平均增速达到6.92%，同样远高于全部总就业与服务业就业人员数2.39%和2.98%的增速。①

表1　中国金融服务业增加值与就业

年　份	增加值（亿元）			就业人员数（万人）		
	GDP	服务业	金融业	总就业	服务业	金融业
2001	109655.2	44361.6	4353.5			
2002	120332.7	49898.9	4612.8			
2003	135822.8	56004.7	4989.4	10969.7	5885.1	353.3
2004	159878.3	64561.3	5393.0	11098.9	5939.7	356.0
2005	184937.4	74919.3	6086.8	11404.0	6011.1	359.3
2006	216314.4	88554.9	8099.1	11713.2	6105.4	367.4
2007	265810.3	111351.9	12337.5	12024.4	6243.5	389.7
2008	314045.4	131340.0	14863.3	12192.5	6428.7	417.6
2009	340506.9	147642.1	17727.6	12573.0	6668.5	449.0
Δ2001~2005（%）	13.96	14.00	8.74	1.96	1.06	0.84
Δ2006~2009（%）	16.33	18.58	29.84	2.39	2.98	6.92

注：就业人数采用按行业分的城镇单位就业人数。Δ表示平均变化率，其中就业数据"十一五"期间的变化为2003～2005年的平均变化率。

资料来源：《中国统计年鉴2010》。

---

① 这里采用现价值进行增速的计算，隐含的前提假设是国内生产总值、服务业增加值和金融业增加值使用了相同的价格指数。

从年度变化来看，图1和图2表明，进入"十一五"之后，与"十五"期间相比，无论是金融业增加值还是金融业就业人员数，在增长速度上都高于国内生产总值和全部就业人数的增速；同时，金融业增加值和就业人员数的增速也高于服务业同类指标的增长速度。可以说，进入"十一五"之后，中国金融服务业进入一个加速成长期。受金融危机的冲击，2008和2009年金融业增加值增速明显下滑；但同期金融业就业人员数仍保持了相对较高的增长率。

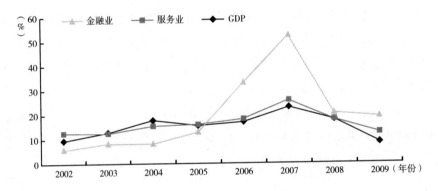

图1 2002~2009年增加值增速对比

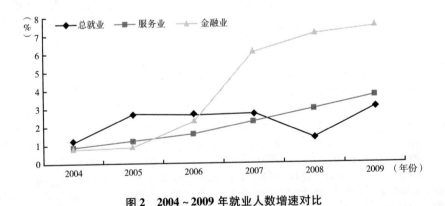

图2 2004~2009年就业人数增速对比

2009年底，金融服务业增加值占整个服务业的比重达到12%，占GDP比重达到5.2%，分别比"十五"期末提高3.9和1.9个百分点；金融服务业城镇从业人员占比达到3.6%，占服务业比重达到6.7%，分别比"十五"期末提高0.4和0.7个百分点。

（二）"十一五"期间中国金融企业改革进展

关于深化金融企业改革，"十一五"规划的要求包括七个方面内容：①积极推进国有商业银行综合改革，通过加快处置不良资产、充实资本金、股份制改造和上市等途径，完善公司治理结构，健全内控机制，建设具有国际竞争力的现代股份制银行。②合理确定政策性银行职能定位，健全自我约束机制、风险调控机制和风险补偿机制。③加快其他商业银行、邮政储蓄机构等金融机构改革。④稳步发展多种所有制金融企业，鼓励社会资金参与中小金融机构的设立、重组与改造。⑤完善金融机构规范运作的基本制度，稳步推进金融业综合经营试点。⑥推进金融资产管理公司改革。⑦完善保险公司治理结构，深化保险资金运用管理体制改革。

综合来看，"十一五"规划的一些硬性要求已基本实现。这一时期，一些主要的工作包括：①大型商业银行改革持续深化。工、农、中、建、交五大商业银行上市之后，进一步深化组织机构扁平化改革、事业部制和流程银行改革；完善公司治理机制，提高董事会的独立性和专业性；准备实施新巴塞尔协议，稳步提升风险管理能力；吸取国际金融危机教训，提高资本质量；审慎开拓海外市场，提升国际化水平。②政策性银行及国家开发银行改革不断深入。国家开发银行商业化转型稳步推进；坚持政策性银行定位和服务职能不变的原则，中国进出口银行改革正式启动；中国农业发展银行继续推进内部改革，加强内部控制和风险管理。③中小商业银行风险防范能力进一步增强。截至 2009 年底，股份制商业银行平均资本充足率 10.3%，城市商业银行平均资本充足率 13%，中小商业银行资本充足率显著改善；全国中小商业银行不良贷款率 0.95%，不良贷款余额 637.2 亿元，均创历史最低水平；股份制商业银行、城市商业银行贷款拨备覆盖率分别为 202% 和 182.28%，均达历史最高水平。城市信用社和城市商业银行历史风险化解成果显著。④邮政储蓄银行改革稳步推进。在相关政策框架下，中国邮政集团公司和中国邮政储蓄银行双方在金融业务委托代理中的事权分工、风险责任认定和追究机制等问题得以明确，中国邮政储蓄银行代理网点管理关系被进一步理顺。⑤多种所有制金融企业在农村金融领域得到较快发展。截至 2009 年底，共核准 172 家新型农村金融机构开业，其中村镇银行 148 家，贷款公司 8 家和农村资金互助社 16 家。已开业的新型农村金融机构共吸收股金 70 亿元，存款余额 269 亿元，贷款余额 181 亿元，其中农户贷款 5.1 万户、66 亿元，小企业贷款 0.5 万户、91 亿元，分别占贷款余额的 36.5% 和 50.3%。⑥综合经营试点工作得以审慎推进。以银行业为例，在坚持"风险可控"的前提下，审慎开展了商业银行综合经营试点工作，包括商业银行投资保险公司股权试点、投资入股信托公司、投资设立金融租赁公司试点、设立消费金融公司试点等内容。⑦金融资产管理公司积极实施战略转型。比如 2009 年，长城资产管理公司收购广电日生保险公司 50% 股份，与日本生命保险相互会社共同成立长生人寿保险公司；信达资产管理公司投资入股西安市商业银行，东方资产管理公司投资入股金诚国际信用评估有限公司等。① ⑧保险资金运用方面，2010 年下半年以来，保监会加快了保险投资渠道放开的步伐。《保险资金运用管理暂行办法》、《关于调整保险资金投资政策有关问题的通知》、《保险资金投资不动产暂行办法》、《保险资金投资股权暂行办法》等文件相继出台。目前，保险公司在基础设施债券投资、不动产投资、未上市公司股权、无担保债券等方面的投资限制已相继放开。

（三）"十一五"期间中国金融市场发展变化

"十一五"规划以"加快发展直接融资"为题对中国金融市场发展提出了要求，包括三项内容：①积极发展股票、债券等资本市场，稳步发展期货市场。②推进证券发行、交易、并购等基础性制度建设，促进上市公司、证券经营机构规范运作，建立多层次市场体系，完善市场功能，拓宽资金入市渠道，提高直接融资比重。③发展创业投资，做好产业投资基金试点工作。

"十一五"期间中国金融市场发展可谓波澜壮阔。在全流通改革的刺激下，股票市场自 2006 年奏响了牛市的冲锋号，受美国金融危机和全球经济下滑的影响，自 2007 年底又步入下降通道，直至 2009 年才基本稳定，并在相对低位保持震荡格局。这一时期，我国还配套建立了中小企业板和创业板市场；推出了金融期货、股指期货等新品种；并制定了融资融券等一系列规章制度。此外，自 2007 年渤海产业投资基金设立以来，国家发改委（财金司）作为创业投资和产业基金的主管部门，联合其他部门相继推出了一些管理制度和试点办法（表2），

---

① 数据来源：《中国银行业监督管理委员会 2009 年报》。

填补了该领域的空白。总体来看，多层次的市场体系已基本建立，金融市场各项功能得到较好发挥，"十一五"关于金融市场发展的规划目标基本实现。

表2　针对创业投资行业发展的主要政策举措

年份	主 要 政 策	政 策 内 容
2007	财政部和国家税务总局《关于促进创业投资企业发展有关税收政策的通知》	明确了对于创投企业的税收优惠政策,规定对符合条件的创业投资给予部分所得税抵扣
2008	国务院办公厅转发发改委等部门《关于创业投资引导基金规范设立与运作指导意见的通知》	明确规范了创业投资政府引导基金的设立与运作
2009	国家税务局《关于实施创业投资企业所得税优惠问题的通知》	在延续对符合条件的创业投资给予部分所得税抵扣的同时,严格了法律监管,避免税收漏洞
2009	中国证监会《首次公开发行股票并在创业板上市管理暂行办法》	深交所推出创业板,拓展了创业投资的退出渠道
2009	发改委、财政部《关于实施新兴产业创投计划、开展产业技术研究与开发资金参股设立创业投资基金试点工作的通知》	实施新兴产业创投计划,扩大产业技术研发资金创业投资试点,推动利用国家产业技术研发资金,联合地方政府资金,参股设立创业投资基金试点
2010	财政部、国资委、证监会和社保基金理事会《关于豁免国有创业投资机构和国有创业投资引导基金国有股转持义务有关问题的通知》	国有创业投资机构和国有创业投资引导基金,投资于未上市中小企业形成的国有股,可申请豁免国有股转持义务

从直接融资和间接融资的对比关系看，"十一五"前四年股票筹资额①占金融机构各项人民币贷款新增额的比例为11.3%，较"十五"期间的7.3%高出4个百分点，反映了直接融资地位的提高。可以看出，受股市走牛的推动，"十一五"前两年股票筹资额大幅增加，占间接融资比重一度高达23.9%，在金融危机的冲击下又一路下滑至2002年的水平。值得指出的是，直接融资与间接融资二者之间并无绝对的优劣关系，以直接融资为主的美国金融市场发生波及全球的金融危机，也值得我们反思这一传统的金融命题。中国要加快发展直接融资的逻

---

① 当然，直接融资还包括债券等其他融资方式，这里仅以股票筹资为例。

辑不应该缘于直接融资优于间接融资，而是在于直接融资额的比例太低，直接融资市场的规模太小。

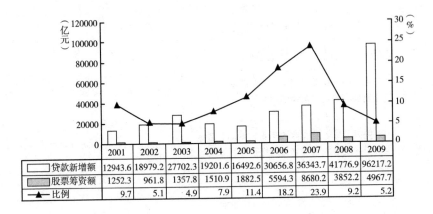

	2001	2002	2003	2004	2005	2006	2007	2008	2009
贷款新增额	12943.6	18979.2	27702.3	19201.6	16492.6	30656.8	36343.7	41776.9	96217.2
股票筹资额	1252.3	961.8	1357.8	1510.9	1882.5	5594.3	8680.2	3852.2	4967.7
比例	9.7	5.1	4.9	7.9	11.4	18.2	23.9	9.2	5.2

图3　2001～2009年直接融资与间接融资对比

资料来源：中国统计数据应用支持系统。

（四）"十一五"期间的中国金融调控与监管

"十一五"规划在健全金融调控机制方面提出了四点要求：①加强货币政策与其他宏观政策的相互协调配合，完善金融调控体系。②建立健全货币市场、资本市场、保险市场有机结合、协调发展的机制，维护金融稳定和金融安全。③稳步发展货币市场，理顺货币政策传导机制，推进利率市场化改革。④完善有管理的浮动汇率制度，逐步实现人民币资本项目可兑换。

面对百年一遇的金融危机，中国政府和货币政策管理机构及时应对，调整货币政策取向，灵活运用金融调控手段。2006～2008年上半年，中国人民银行先后18次上调存款准备金率，8次上调存贷款基准利率。2008年5月以来，国内外经济形势逐步演化，人民银行在2008年三季度及时调整货币政策取向，由从紧转向适度宽松。在各种政策的综合作用下，经济下滑势头被有效遏制，货币政策为维护经济和金融稳定作出了重要贡献。① 在人民币汇率制度方面，2005年7月，我国建立了以市场供求为基础、参考一篮子货币进行调节、有管理的浮动汇

---

① 不可否认，宽松的货币政策也遗留下了诸多问题，比如2010年物价水平节节攀高，储蓄实际利率为负，在美国量化宽松货币政策的环境下，国内经济宏观调控难度进一步加大。

率制度①；2010 年 6 月，中国人民银行表示，根据国内外经济金融形势和我国国际收支状况，将进一步推进人民币汇率形成机制改革，增强人民币汇率弹性。综合来看，关于利率市场化改革、人民币资本项目下可兑换等改革相对滞后，但这并不一定是坏事。一方面，各项改革的推进都应该从经济的基本面出发，而不能过于领先实体经济的需求；另一方面，我们也应该意识到，中国金融体系在这轮美国危机中受到的冲击相对较少，主要原因并不是中国金融体系具备世界一流的国际竞争力，而是得益于中国经济的基本面良好，以及相应的资本项下尚未完全开放、汇率因素等金融对外开放的宏观政策（夏斌，2010）。

关于完善金融监管体制，"十一五"规划的要求包括三项：①建立金融风险识别、预警和控制体系，防范和化解系统性金融风险。②规范金融机构市场退出机制，建立相应的存款保险、投资者保护和保险保障制度。③提高金融监管水平，加强风险监管和资本充足率约束，建立健全银行、证券、保险监管机构间以及同宏观调控部门的协调机制。

近几年来，相关监管部门在关注系统性风险、加强预警和提示方面做了诸多有效的工作，比如重点关注大型商业银行和农村信用社等具有系统性和全局性影响的重要机构，提供窗口指导和风险提示，加强风险早期预警系统建设，利用压力测试评估银行体系风险等。同时，也比较注重坚持跨市场风险隔离，完善防火墙建设。比如通过强化跨市场风险隔离机制建设、禁止商业银行的某些担保行为、强化信贷市场与房地产市场的风险隔离等手段为跨市场风险隔离制度夯实基础；通过明确退出机制、推进综合并表管理、引导商业银行审慎开展综合性经营业务等手段强化商业银行综合经营监管；高度关注境外金融机构经营变化情况和重大风险事件，加强跨境业务风险监测和应对。但是，与快速发展的金融市场和风云变化的金融形势不匹配的是，国内在投资者保护、实质性的监管协调与配合等方面仍建树不多，需要花更大的力气去加强和改进。此外，在经济和金融全球化的环境下，积极参与国际规则制定，加强国际监管合作也是未来的一项重要内容。

---

① 主要包括三个方面的内容：一是以市场供求为基础的汇率浮动，发挥汇率的价格信号作用；二是根据经常项目主要是贸易平衡状况动态调节汇率浮动幅度，发挥"有管理"的优势；三是参考一篮子货币，即从一篮子货币的角度看汇率，不片面地关注人民币与某个单一货币的双边汇率。

二 "十二五"期间中国金融服务业的发展环境

(一)"十二五"期间国际经济环境分析

第一,世界经济增长速度放缓,美国等发达国家尽管经济增长模式有所变化,但增长前景仍不乐观。2008 年下半年以来,世界经济陷入了第二次世界大战后最严重的衰退。2009 年世界经济由 2001～2008 年的年均增长 3.9% 急剧转为下降 0.8%;世界贸易大幅萎缩,全球贸易量下降 12.3%;全球金融市场和商品市场遭受重创,国际初级产品价格急剧下跌。在各国积极实施反危机的各项措施之后,2009 年第三季度开始,世界经济逐步趋稳,步入复苏进程。但与此同时,全球经济刺激政策的负面作用已开始显现,刺激政策成本过大引发全球债务激增,有的国家重新陷入危机的泥潭,甚至出现恶化迹象。作为全球最大经济体的美国,尽管开始从重视虚拟经济到重视实体经济、从重视传统产业到重视新兴产业特别是新能源产业转变,但在没有出现重大技术变革的条件下,美国经济增长前景并不乐观。2010 年第三季度美国实际 GDP 按年率计算增长 2%,略高于第二季度的 1.7%,表明美国经济继续低速增长,高失业率短期内难以迅速降低①。此外,尽管从目前的经济形势来看,欧元区的复苏势头明显好于预期,然而由于全球经济复苏步伐放缓、欧元区经济复苏内生动力尚未恢复、主权债务危机的影响尚未完全消除、区内经济发展不平衡以及失业率长期居高不下等因素,其经济前景仍充满着极大的不确定性。

第二,发展中国家和新兴市场经济体地位上升,在未来国际经济格局中扮演越来越重要的角色。美国金融危机之后,中国、巴西等发展中国家率先走出经济下滑的泥潭,并引领了世界经济的企稳回升。受金融危机影响,2009 年巴西GDP 下降 0.2%。但 2010 年上半年,巴西 GDP 同比增长 8.9%,是 1996 年以来的最好表现。巴西央行预计,2010 年全年巴西经济增长率有望达到 7.5%。② 在

---

① 美国劳工部 2010 年 11 月 5 日公布的最新数据显示,2010 年 10 月份美国非农业部门失业率与上月持平,仍保持 9.6% 高位。多位经济学家认为,鉴于美国经济当前缓慢的复苏态势,居高不下的失业率短期内暂难迅速降低。

② 数据来源于国家信息中心经济预测部:《巴西:经济增幅超预期》,《世经要参》2010 年第 43 期。

此基础上,传统的 G7 开始演变为 G20,美国惯常的指责越来越难以找到追随者,而这种局面在 30 年前是不可想象的。如同奥巴马总统首席经济顾问保罗·沃尔克在其自传《时运变迁》中预言:"我的任务就是帮助美国优雅地衰落。"以 2010 年 11 月闭幕的 G20 会议为例,虽然一直试图把全球失衡的罪责强压在中国头上,但美联储第二轮量化宽松新举措却招致广泛国际批评,成为 G20 共同指责的对象。相比之下,尽管新兴市场国家也没有太大收获,但至少没有在混乱和争吵中落于下风,本身就是一个可喜的变化。此外,根据 2010 年 10 月 G20 财长和央行行长会议就 IMF 份额改革达成的协议,将向新兴经济体转移超过 6% 投票权。份额改革完成后,中国拥有份额将升至第三位。

第三,贸易和金融保护主义依然严重,国际金融监管与合作将进一步加强,国际货币体系改革短期内仍难有大的进展。受金融危机冲击,在失业率上升、政局动荡的压力下,各国政府为平息国内政治压力,贸易政策趋于保守,各种形式的贸易保护增多,这种趋势在短期内仍将得到持续。危机后,国际金融监管与合作被不断强化,"巴塞尔协议Ⅲ"将对未来国际银行业及金融机构运行产生深远影响。2010 年 9 月,全球监管机构就"巴塞尔协议Ⅲ"达成共识。按照该规定,截至 2015 年 1 月,全球各商业银行的一级资本充足率下限将从现行的 4% 上调至 6%,由普通股构成的"核心"一级资本占银行风险资产的下限将从现行的 2% 提高至 4.5%,同时新增商业银行须持有 2.5% 的超额资本留存作为应对将来可能出现困难的缓冲。对金融体系有重要影响、资产规模在 5000 亿美元以上的银行,监管层最新规定拟将普通股比例、一级资本充足率和资本充足率分别提高到 6%、8% 和 10%;同时,还提出了 3% 的最低杠杆率等多项要求。按照新规定,最低资本比率要求应在 2015 年前实现,关于缓冲资本的落实可以在 2016 年 1 月至 2019 年 1 月之间分阶段执行。可以预期,随着资本金、杠杆率等一系列新标准的制定,金融部门的商业模式、业务模式和资本结构都将发生变化。对于国际货币体系改革的问题,尽管各方争论不断且提出了一些设想,但在美国国际地位没有发生根本性变化的情况下,预计国际货币体系改革短期内不会有太大作为,发展中国家只能在越来越多的谈判和争吵中追求自身地位的提高。

(二)"十二五"期间国内经济发展要求

贯穿"十二五"始终的一个主题是科学发展观,一条主线是转变经济发展方式。一方面，"以科学发展为主题，是时代的要求，关系到改革开放和现代化建设全局"，另一方面，"以加快转变经济发展方式为主线，是推动科学发展的必由之路，符合我国基本国情和发展阶段性新特征"。围绕这两个方面，既包含了影响金融服务业发展的各类因素，也对金融服务业发展目标作出了框定。毕竟，金融发展的任务是促进实体经济健康持续发展。

经济结构战略性调整是加快转变中国经济发展方式的主攻方向，体现在多个方面：①需求结构。当前我国需求结构的不平衡表现在内需与外需失衡、投资需求与消费需求失衡两个方面。改革开放之后，我国最终消费率呈下降趋势，投资率逐步上升，大量产品用于投资和出口，导致需求结构不断恶化。中国消费率从 1980 年的 65.49% 下降至 2006 年的 50.68%，2009 年又进一步下降至 48.64%。扩大内需特别是扩大消费性需求已成为"十二五"的共识，要求金融在支持消费方面要有新的突破。②产业结构。我国三次产业之间不平衡的问题存在已久，2009 年三次产业结构为 10.3∶46.3∶43.4。总体来看，第三产业发展相对滞后，占整个 GDP 的比重过低，从业人员占全社会从业人员的比例也偏小。发展金融服务业是大力发展第三产业的应有之意。③生产要素投入结构。长期以来，我国经济增长主要靠物质资源投入，资源、环境问题日益凸显，部分地区环境承载能力极为脆弱。究其原因，在于诸多核心技术受制于人，大量关键设备和技术依赖进口，科技研发与经济发展的有效结合始终没有从根本上得以解决。科技研发需要投入，更需要有效的金融制度安排。④人口结构。未来我国人口发展的矛盾将由单一的总量矛盾转变为突出的结构性矛盾，表现在两个方面：一是人口老龄化加速，社会保障压力加大。人口老龄化加速和抚养比升高，意味着社会保障资金流入减少，支出增加，社会保障压力会逐渐加大。这将给经济持续平稳较快增长、社会代际公平带来严峻挑战，如何在金融层面做好安排，使社会保障问题得到妥善解决，是个不容回避的问题。二是劳动力供求的结构性矛盾突出，总量过剩与部分岗位空缺并存。一方面，我国劳动年龄人口依然庞大，16～59 岁的劳动年龄人口将于 2015 年达到高峰 10 亿，就业压力将较长期存在；另一方面，人口素质总体不高，农村转移劳动力大部分没有得到有效的技术培训，与当前产业结构调整对专业人才、技术人才的需求存在缺口（祝宝良，2010）。

"十二五"期间，经济增长和资源约束将对服务业提出新的要求，预计服务业发展速度将进一步加快，服务业政策环境将得到进一步优化。具体来说，①人均收入水平提高、城市化进程加快将使服务需求加速扩张。国际经验表明，当一个国家人均GDP达到3000~10000美元阶段，居民消费将逐步从耐用消费品向服务消费升级。未来五年我国人均GDP有望超过5000美元，意味着服务性消费有望成为新的消费热点。同时，随着我国进入城市化快速发展阶段，城市规模的加快扩张、城市功能的延伸辐射、城市人口的不断增长、城市设施的日益完善，为服务业加快发展拓展了广阔的空间，也对服务业发展水平提出了更高要求。②资源环境约束倒逼服务业加快发展。未来五年，我国经济持续增长必将面临越来越严峻的资源和环境瓶颈制约，而《全球气候变化公约》、《京都议定书》对我国温室气体排放形成硬约束。服务业能耗和污染排放相对较小，对提升节能减排、促进发展方式转变具有重要促进作用。把发展服务业放在更加突出的位置，促进三次产业协调互动，不仅有助于促进经济可持续发展，也可缓解资源环境约束带来的巨大压力（张峰，2010）。③服务业政策环境将得到明显改善。近年来，国家出台了一系列加快服务业发展的政策措施，服务业的战略地位明显提升，服务业发展环境持续改善。"十二五"建议中明确提出要"调整税费和土地、水、电等要素价格政策，营造有利于服务业发展的政策和体制环境"。综合多方面的效应，有研究表明，在创新发展、融合发展、集聚发展和开放发展四大战略的推动下，到2015年，服务业增加值占GDP的比重将达到48%，服务业就业比重将达到41%，意味着服务业将成为最大的经济部门，我国将由此进入"服务经济时代"（夏杰长，2010）。

三 "十二五"期间中国金融服务业的发展目标和思路

"十二五"期间，中国金融服务业发展的总体目标是到2015年，金融服务业增加值占国内生产总值比重达到6.5%，占第三产业增加值比重达到13.5%；金融服务业城镇就业人员占全部城镇就业人员数的比重达到4%，占第三产业城镇就业的比重达到7.5%。

同样都被冠之以"深化金融体制改革"的标题，"十二五"期间中国金融服务业发展既有对"十一五"时期未尽事项的延续，也有在吸收全球金融危机之后新的思考和突破，在发展思路上，可以概括为"一个要求、四个延续和三项任务"。

"一个要求"即构建逆周期的金融宏观审慎管理制度框架。这包括两个方面的内容：①逆周期。受信息不对称、银行风险偏好和资本充足监管要求等内外部因素的影响，商业性金融的经营行为具有明显的顺经济周期性。以政府主管部门为调控主体的宏观经济政策和微观干预措施在逆经济周期调节中具有间接、被动和刚性的特点，调控效果通常并不能完全达到反映调控意图（陈元，2010），因此需要构建新的逆周期的管理模式。②宏观审慎。宏观审慎监管是与微观审慎监管相对应的一个概念，是在微观审慎监管基础上的提升。微观审慎更关注个体金融机构的安全与稳定，宏观审慎监管则更关注整个金融系统的稳定。现实中，尽管金融机构和企业选择谨慎的个体行为，却仍可能会在整体上造成系统性问题，加大系统性风险。宏观审慎监管反映了一个失败的加总性问题——我们不能仅仅通过使每个金融机构和产品安全而使金融体系安全。

"四个延续"是指在"十一五"规划中已有提及但仍未完成的任务，包括：①稳步推进利率市场化改革，完善以市场供求为基础的有管理的浮动汇率制度，改进外汇储备经营管理，逐步实现人民币资本项目可兑换。与"十一五"规划相比，"十二五"规划建议中增添了"外汇储备经营管理"这一新条款，主要原因在于目前我国外汇储备已经连续4年居世界第一，储备总量更是突破20000亿美元，占世界外汇储备的1/3。总量大、增长速度快的特点对我国储备资产的风险和安全问题提出了迫切要求，如何完成储备资产保值、增值目的，是"十二五"时期必须解决的问题。②加强金融监管协调，建立健全系统性金融风险防范预警体系和处置机制。当前我国金融监管具有多头监管、条块监管、规则监管和微观监管的特征，防范金融风险始终是我国金融监管体制改革与发展中的一项重要内容，美国金融危机爆发以来，全球金融监管有进一步加强的趋势，要求中国金融监管作出新的调整。③建立存款保险制度。存款保险制度是金融安全网的构成要素之一，是维护金融稳定的重要手段。与隐性存款保险制度不同，显性存款保险制度是基于一定规则的金融保障制度，它阐明了银行体系和公共部门在银行无力偿付其负债时所应承担的责任（何德旭等，2010）。美国金融危机后，建立显性存款保险制度已是当务之急。④深化政策性银行体制改革。目前，五大国有商业银行全面完成股份制改造，政策性银行体制改革被推到了前台。由于社会经济环境的不断变化，政策性金融机构的活动领域和运作模式要适时进行调整，深化改革是经济发展的现实要求。

"三项任务"是在国际金融危机和国内经济发展形势变化后提出的新思考，包括：①参与国际金融准则新一轮修订，提升我国金融业稳健标准。金融危机爆发以来，特别是在美国推出第二轮量化宽松政策之后，美国受到了国际社会的一致指责，尽管还没有发生根本性变化，但美国和美元的国际地位都有所下降。中国作为发展中国家的代表，无疑应该抓住此次机会变危为机，基于自身国情在国际金融准则修订中获得更多话语权。②健全国有金融资产管理体制。国有金融资产管理体制是指国家在管理国有金融资产时从代表机构、参与方式、管理手段、法律基础等方面作出的一整套制度安排。经济和金融全球化背景下，如何实现国有金融资产不被侵害和保值增值是不容回避的话题，特别是金融危机的发生更加剧了这一命题的紧迫性。③完善地方政府金融管理体制。金融危机期间，作为我国4万亿元巨额投资计划的配套，地方政府通过其投融资平台迅速筹集大量资金，加大对重点基础设施的投资建设，使低迷的经济形势较快地发生了转变；同时，地方政府利用这些平台迅速启动了内需，保持了社会经济生活的正常运行。但随着中国经济逐渐回升，地方政府融资平台的种种弊端和潜在风险也开始暴露出来，需要探索新的解决办法。

四 推动我国金融服务业发展的若干建议

1. 构建逆周期金融宏观审慎管理制度框架，提高金融监管效率和监管水平

中国金融管理现行框架通常被概括为"一行三会（一部一委）"，这种结构可能会导致监管竞争和监管冲突。现实中金融监管机构总是倾向于尽力维持自己的监管范围，同时积极进入和削减其他监管机构的势力范围，即所谓的"地盘之争"（turf war）。这可能会带来两个后果，一是竞次（race to the bottom），即监管机构为了取悦本部门利益集团、吸引潜在监管对象或扩展监管势力范围，竞相降低监管标准，以致削弱整体监管水平，损害消费者（投资者）和社会公共利益；二是监管套利（regulatory arbitrage），即提供相同产品的不同金融机构因受到不同监管者的监管，造成规则、标准和执法实践上的不一致，从而导致金融机构尝试改变其类属，以便将自己置于监管标准最宽松或者监管手段最平和的监管机构管辖之下。同时，由于监管权限本身的划分不清，或者由于金融创新的发展超出既有规则框架，可能会导致不同监管机构之间职权/职责的冲突。这也会

带来两个后果，一是监管重复（regulatory duplication），即不同监管机构积极主动地实施监管，可能让金融机构无所适从；二是监管真空（regulatory gap），即不同监管机构均消极监管，对敏感问题进行回避或刻意遗漏。强化宏观审慎管理，要求在传统的微观审慎监管继续推行的前提下，宏观考虑整个金融系统的稳定性。根据《人民银行法》第九条规定，国务院要建立金融监督管理协调机制，但该机制至今尚未得到有效建立。可以考虑成立由国务院副总理牵头，一行三会（一部一委）共同组成的全国金融监管协调委员会，负责对涉及全局性的重大监管问题、重大金融风险问题进行协调处理。①

2. 提升金融机构公司治理和内部控制水平，进一步深化金融机构特别是政策性银行的体制改革

大型国家控股商业银行成功上市后，还需要继续进行公司治理改革，明确"股东会、董事会、监事会和高级管理层"的职责边界，合理制定薪酬激励和约束机制。加快建立和完善商业性金融、合作性金融、政策性金融相结合的农村金融机构体系，力争"十二五"期间从总体上填补金融机构空白乡镇的金融服务和缓解城乡金融发展差异。进一步改善证券期货经营机构的公司治理与内控水平，使其合规管理与风险控制水平得到明显提升。支持符合条件的保险公司通过上市、增资扩股、发行次级债等方式补充资本，增强资本实力和偿付能力，在转变经营机制的过程中完善其公司治理结构。对于政策性金融，在我国仍然处于发展中的社会主义大国和全球化竞争日益加剧的宏观环境下，有非常充分的理由继续设立政策性银行（董裕平，2010）。对此，要推进我国政策性银行的改革，需加强立法规范，分类优化机构布局和领域配置，完善政策性金融体系，从外部监管与内部运行方面改革现有政策性银行，以进一步发挥其重要作用。

3. 健康发展金融市场，不断扩大市场规模，丰富市场产品，提高金融市场基础设施建设水平

积极发展货币市场，促进同业拆借市场、回购市场、短期融资券市场、商业

---

① 夏斌（2010）也认为，在涉及中国金融体系的稳定上，既需要银监会的一系列对单个金融机构的审慎监管，也需要包括逆周期政策在内的利率政策、汇率政策、资本管理政策等央行政策的配合。基于目前中国"一行三会"的监管格局，有必要在此基础上，成立一个宏观审慎管理小组或机构，汇总搜集相关数据，研究制定具体的相机抉择目标和政策指标，参与在宏观审慎管理上的国际合作，统一向国务院决策负责。

汇票市场协调发展，拓宽市场广度和深度，增强流动性管理功能。大力发展债券市场，重点推进公司债券发行体制和监管体制改革，推动建立统一债券审核、交易和监管标准；丰富债券品种，推动非金融企业特别是中小企业债务融资工具创新，探索发展信用风险管理工具。稳步推进股票市场发展，完善上市公司治理结构和内部约束机制，促进机构投资者协调发展；在风险可控的前提下，拓展基金公司业务范围和业务模式；继续推进保险资金、社会保障资金、企业年金和其他机构投资者逐步增加在资本市场的参与程度；继续发展和完善主板市场、中小板市场、创业板市场、期货市场和场外交易市场。大力发展保险市场，推动建立中央、地方财政支持的农业再保险体系和巨灾风险分散机制；大力发展责任保险，加快发展商业养老保险和企业年金业务。稳妥开展保险资金投资金融企业和其他优质企业股权试点，支持产业调整和企业改革。加强外汇市场建设，继续拓展外汇市场的广度和深度，形成交易方式多样化、参与主体多元化、交易产品日趋丰富、风险防范能力增强的外汇市场体系。推进黄金市场健康发展，整合优化配置黄金市场资源。加强金融市场基础设施建设，提高市场流动性（李德，2010）。

4. 建立显性存款保险制度

我国目前还没有建立显性存款保险制度，但存在事实上的以政府信誉为担保的"隐性存款保险"，政府为大型商业银行提供信誉支持，为储户的存款提供担保。在金融现代化进程加快、金融全球化增强的背景下，隐性存款保险越来越不合时宜，负面效应包括可能引发道德风险、造成国家财政巨额负担、导致银行业不公平竞争、阻碍银行业现代企业制度的建立和完善。我国建立显性存款保险制度与其他国家有许多不同之处，但显性存款保险制度建立之后的运行机理有很多相似之处。因此，应该兼顾我国的特殊国情与显性存款保险制度的内在运行机理，选择符合我国实际的操作路径（何德旭等，2010）。具体的建议是由政府出面设立推进机构，明确推进责任；从完善银行业信用评级制度、完善银行业治理结构、继续增强审慎监管效力、建立长效协作机制、提供法律支持等方面完善外部条件；通过采取综合职能、强制会员、有限覆盖、以事前融资为主的混合融资、风险调整型费率、市场化推出等手段来优化内部机制。

5. 坚持金融创新与金融监管的齐头并进

在金融创新问题上，美国金融危机提供的启示包括：金融创新是把双刃剑，以证券化为代表的金融创新只能转移风险，绝不能寄希望其减少和消灭风险；政府部门对金融机构的监管能力是有限的，私人评级机构也不可能对各种衍生金融工具充分了解，所谓加强监管往往流于形式；对于政府和社会金融监管机构的能力不能高估，防范金融风险的关键在于，从一开始就应该限制衍生金融工具的过度使用；有必要对金融创新进行重新审视，既要看到其对金融发展的促进作用，也要对金融创新的负面效应有一个清醒的认识，以便在推动金融创新的同时，最大限度地防范由此带来的金融风险；金融监管应当和金融创新齐头并进，鼓励金融创新与提高金融监管能力两方面缺一不可。汲取美国金融教训并不能因噎废食，立足我国现实国情，仍需要大力发展金融创新，特别是消费性金融的创新工作，为扩大消费需求提供更好的金融支持。根据荆林波等（2010）的建议，金融机构可以针对不同收入水平、教育背景的消费者在利率、期限和还款方式上实行差别化信贷服务，有针对性地推出消费金融业务品种，在深度和广度上不断开发创新，最大限度满足消费者需求。一方面，商业银行要加大零售业务的转型，促进消费金融发展；另一方面，消费信贷业务要进行创新，运用电子化、自动化的方式，降低消费金融业务成本，创新管理技术手段，建立良好的风险管控系统。

6. 坚持主动、渐进、可控的原则，不断完善人民币汇率制度和推动人民币资本项目下的可兑换

人民币汇率形成机制改革，需要考虑的因素绝非仅仅局限于外汇管理制度、银行间外汇市场中供求自发决定与货币当局干预的关系以及货币锚的确定等外汇市场制度本身的改革问题（裴长洪、郑文，2010）。按照美国经济学家纳克斯（1945）的定义，均衡汇率是指在三年左右的一定时期内，国内不致有大规模失业和求助于贸易管制，而使国际收支维持平衡，同时不引起国际储备净额变动的汇率。因此，均衡汇率并不是简单地定义为进出口完全相等的汇率水平，而是既要国内经济福利最大化，又要保持国际收支基本平衡。就此而言，决定人民币汇率机制的还有一些更基础性和更深层次的问题。根据杨圣明（2010）的分析，人民币汇率"内高外低"的根本原因在于中国经济发展水平同发达国家经济发展水平高低悬殊，社会劳动生产率高低悬殊、中国国内价格水平过低等。其解决办法在于：提高我国的社会劳动生产率是减缓压力的根本；推进新一轮的价格改革是减缓压力的关键；改善中美贸易结构是减缓压力的重要举措；人民币国际化是减缓压力的必由之路。当前，我国经济回升向好的基础进一步巩固，以市场供求为基础、有管理的浮动汇率制度改革的外部环境是具备的，人民币汇率制度完善还需要适当扩大汇率浮动区间、扩大货币篮子范围。① 当然，尽管在促进国际收支平衡、扩大内需、结构调整等方面，汇率可以发挥积极的调节作用，但我国经济发展面临的结构性等问题不可能单靠汇率解决，还需要与其他政策相互配合来实现结构调整和优化。

7. 健全和完善国有金融资产管理体制

2004 年之后，国有金融资产管理的主流模式是财政部和中央汇金公司作为国有金融资产出资人参与控股机构治理。中央汇金公司作为国家管理国有金融资产的专门机构，以金融控股公司形式，通过派出董事，采取市场化的运作方式对控股金融机构进行管理，成为当前我国国有金融资产管理的主导模式。② 与传统模式和工商企业国资委管理模式相比，现行模式的优势在于出资人角色明确、便于市场化运作、有利于职业化治理队伍的培育和管理。③ 但这种模式也存在一些问题，包括：①财政部具有公共财政管理人和股东的双重身份，而汇金公司只具有股东的身份，从而使财政部与汇金公司处于不对等的位置上。但在实际运作时，公共政策与股东意愿未必能够得以清楚区分，意味着汇金公司与财政部意见不能统一时，协调沟通难度就会加大。②国有金融资产管理政策的制定者面临缺位的尴尬。财政部作为公共财政的承担者它考虑更多的是普遍性的问题，不会专就国有金融资产的管理政策进行更多的研究；汇金公司作为实际操作者不宜也不能制定国有金融资产管理的政策。③财政部和汇金公司对大型控股金融机构的负责人都没有提名权或建议权，不利于履行股东职责和公司治理完善。解决这些问题，健全和完善国有金融资产管理体制应该能够实现出资人角色明确，权、责、利明确；政策制定和执行分离，所有权、经营权和监督权分离；政府、国有金融

---

① 2010 年 1 ~ 5 月我国前五位贸易伙伴（欧盟、美国、东盟、日本和我国香港地区）进出口已分别占同期进出口总值的 16.3%、12.9%、10.1%、9.4% 和 7.5%。同时，资本往来也呈现多样化和多区域特征。

② 当然，根据金融机构的隶属关系，地方财政部门也会参与国有金融资产的管理。比如浦东发展银行、兴业银行和浙商银行等银行就是由省市政府的财政机关管财务，其他政府部门管人管物。

③ 2008 年 10 月 28 日第十一届全国人民代表大会常务委员会第五次会议通过的《中华人民共和国企业国有资产法》第 76 条指出，"金融企业国有资产的管理与监督，法律、行政法规另有规定的，依照其规定。"

资产管理机构和国有控股金融机构相互独立又相互结合的目标。对此，一个比较合理的方案（沈炳熙，2010）是采取"三层次"体系，把现在的国资委职能扩大到包括国有金融资产在内的全部国有资产，由其统一制定国有资产的管理政策，决定国有金融资产管理公司和其他国有资产管理公司的主要负责人。国资委之下，设立包括国有金融资产管理公司（比如中央汇金公司）在内的若干国有资产管理公司，由国有金融资产管理公司作为直接管理和运作国有金融资产的专门机构，其资本由国资委分配拨给，国有金融资产管理公司作为国有金融资产的出资人，履行股东的权利、责任和义务，通过派出董事对控股金融机构进行管理，对控股金融机构的高管层具有提名权或建议权，同时还可以对所持股权进行市场化运作。[①]

8. 完善地方政府金融管理体制，进一步规范地方政府融资平台，促使其行为合法化、阳光化

可以以市政债券为切入点，通过发展市政债券市场实现地方政府投融资的健康可持续发展。与收益债券相比，一般责任债券不与特定项目相联系，是以政府信用和全部税收作为偿还保证，在性质上更接近于税收，可以看做对未来税收的提前支取和使用，具有较高的安全性。发行一般责任债券的条件是地方政府财政的自主权较大，有独立的收入，能够为自己的经济行为负责；法律地位明确，即允许地方政府破产；由于一般责任债券在本质上是税收的替代，因此其发行还需要辖区内居民通过全民公决投票表决，多数同意才能发行。有别于联邦制财政体系，中国实行中央领导的单一财政体系。地方政府不是独立民事主体，不具有完全的财政事权。换句话讲，地方政府不能因为违约而实行独立破产清偿。就此而言，这意味着当前中国发展市政债券的重点不是一般责任债券，而是以某些具体项目为依托的市政收益债券（王朝阳，2010）。开放和发展我国市政收益债券，可以遵循如下步骤：选择有条件的城市试点（比如一些经济基础较好、市场规模较大，地方财政做得比较规范、透明，地方人大监督机制健全的地方政府）——在总结经验的基础上形成规章和管理办法——在全国范围内推广实行，

---

① 也有研究（如文小才，2010）建议另成立一个"金融国资委"，但这一方面增加了一个金融管理机构，多头管理的问题可能更加严重；另一方面，金融国有资产毕竟还是国有资产，否则按照同样的逻辑，是不是还应该设立"煤炭国资委"、"钢铁国资委"呢？

但发行管理要经过中央部门的核准——地方政府自行决定、市场自主选择，发行采取注册制的管理方式。

参考文献

陈元：《开发性金融与逆经济周期调节》，《财贸经济》2010 年第 12 期。

董裕平：《政策性金融转型动态与我国的改革路径评析》，《财贸经济》2010 年第 11 期。

何德旭等：《我国显性存款保险制度的践行路径探析》，《财贸经济》2010 年第 10 期。

荆林波、张学江：《推动我国消费金融服务业发展的政策选择》，中国社会科学院财政与贸易经济研究所《财经论坛》2010 年第 35 期。

李德：《我国金融业改革发展面临的问题及发展前景》，国家信息中心经济预测部《产业政策与数据分析》2010 年第 42 期。

裴长洪、郑文：《就业、出口退税对人民币汇率影响的分析》，《财贸经济》2010 年第 9 期。

沈炳熙：《关于国有金融资产管理模式的若干思考》，《金融纵横》2010 年第 7 期。

王朝阳：《发展中国市政债券：经验借鉴及若干设想》，《银行家》2010 年第 4 期。

文小才：《国有金融资产管理的模式选择与设计》，《改革与战略》2010 年第 3 期。

夏斌：《宏观审慎管理：框架及其完善》，《中国金融》2010 年第 22 期。

夏杰长：《学习党的十七届五中全会精神笔谈：迎接服务经济时代的来临》，《财贸经济》2010 年第 11 期。

杨圣明：《如何减缓人民币汇率"内高外低"双重压力》，《财贸经济》2010 年第 6 期。

张峰：《未来五年服务业分析及四行业趋势预测》，国家信息中心《经济预测分析》2010 年第 50 期。

祝宝良：《未来五年经济增长速度问题研究》，国家信息中心《经济预测分析》2010 年第 43 期。

B.3

中国"十二五"时期电子商务的
发展目标、思路和政策建议

孟晔*

摘　要："十一五"期间，中国电子商务蓬勃发展，环境也不断优化和完善，但在网络规则、相关标准、服务层次和基础设施等方面也存在着一定问题。"十二五"期间，中国电子商务要在保持平稳发展势头的基础上，加强基础设施建设，创造宽松的政策环境，培养高素质的人才队伍，让更多的电子商务交易主体企业成长起来，继续健全电子商务服务业体系，推动电子商务相关标准制定和电子商务集聚区的建设，并推广先进电子商务企业的经验，以强化创新示范作用，增强国际竞争优势。

关键词：电子商务　电子商务服务业体系　发展目标　政策建议

一　"十一五"期间电子商务发展评析

1. 基本状况

20 世纪末，电子商务随着互联网热潮一起进入中国，一批企业在这一领域进行了初步尝试。经历了十多年的发展，度过了引入期和培育期，中国电子商务已经进入高速成长阶段，面貌焕然一新。特别是在"十一五"期间，电子商务应用范围日益广泛、发展环境更为有利、企业创新层出不穷。短短几年，中国电子商务交易规模从 2006 年的 1.5 万亿元，增长到了 2009 年的 3.6 万亿元，年均增长率超过了 35%。从分类来看，采用 B2B 电子商务交易的企业越来越多，尤

---

* 孟晔，中国社会科学院财政与贸易经济研究所信息服务与电子商务研究室副主任、副研究员，主要研究领域包括电子商务理论与实践、零售业组织与管理等。

其是中小企业；网络购物（包括 B2C、C2C 在内）日益被人们所接受，成为又一重要的零售渠道。

2. 迅速发展的原因

（1）从基础设施来看，电子商务应用的成本越来越低。无论是计算机硬件、软件，还是接入互联网的开销都呈下降趋势。从提供电子商务应用的企业来看，基础设施成本的下降，有利于降低其提供相应服务的门槛，使其将资金更多地投入于更好的满足客户电子商务应用需求的产品开发和服务提供上。从使用电子商务进行交易的企业、个人来讲，其使用电子商务进行交易的花费进一步下降，使用动机也进一步增强。使用电子商务的商户数增加，提供相应服务的企业从规模经济中获益就更明显，就能获得更好的发展，进而更好的为使用电子商务的商户服务。这就实现了两者之间的正反馈机制。根据摩尔定律，信息技术应用的成本注定会进一步降低。同时由于正的网络外部效应，使用电子商务的人数越多，进行这种交易带来的效用也越大。所以我们可以期待，"十二五"期间中国电子商务应用成本仍将走低，便利性也会进一步增强。

（2）从企业创新来看，机制的优势不容忽视。电子商务作为新兴事物，其在中国的成功发展，离不开一批得风气之先的创业者。这些创业者以民营企业家居多。电子商务与传统企业的发展不同，更需要从实践中去摸索运营的规律，而较少教条约束。同时这也是一项颇具风险的事业，竞争激烈，生存和发展更为艰难。

从初期对于国外商业模式的简单模仿，到根据中国商业发展的特色，重新思考商业模式、盈利模式和运营方式。以阿里巴巴、网盛等为代表的 B2B 电子商务企业成长起来了，以京东、当当、淘宝为代表的 B2C、C2C 企业迅速获得了消费者的认可，以百度、腾讯为代表的信息服务企业积极进军电子商务领域。它们的成功正是以满足中国电子商务交易主体的要求而取得的。无论是在融资、人才还是在并购等方面，它们都因为机制上的灵活而更为主动，从而对动态变化的市场作出了积极的回应。

从被称为"网商"的电子商务交易的主体来看，它们在实践中总结经验，应用了更适应电子商务交易的营销、运营乃至制造方式，从而使客户满意度迅速提升，增强了电子商务交易相对于传统渠道的优势。

从为电子商务交易提供服务的电子商务服务商来看，它们更是敏锐捕捉到电子商务交易主体成长的需求，而实现自我发展。电子商务的物流、支付、信用、

运营、咨询、教育培训等，不同于传统的物流、金融、渠道、咨询、教育等，而是要结合电子商务的特点，重新进行产品、服务的开发，重新制定合理的业务流程和组织架构。

（3）从发展环境来看，电子商务的发展恰逢其时。国家和一些地区政府部门，对于电子商务的发展颇为重视，鼓励和支持电子商务发展的政策得到推行。这些政府部门从充分利用各地区资源优势、转变经济增长结构、促进就业等角度，为电子商务企业的发展提供了多种优惠措施，鼓励竞争、支持创新。这些都为电子商务企业的发展创造了良好的政策环境。多个核心区域之间实质上也开展了竞争，纷纷吸引有实力的电子商务企业入驻，力求在未来中国电子商务发展的版图中占据重要位置。从宏观经济发展来看，尽管遇到了金融危机带来的实质性影响，中国经济的发展前景依然被看好。但是也使得中国企业更加注重提升经营效率，拓宽销售渠道。对从事外贸的企业来讲，一方面通过更好的利用外贸电子商务交易，可以降低交易风险；另一方面通过内贸电子商务，可以快速低成本打开内销市场。而对从事内销的企业来讲，通过电子商务可以形成品牌优势，减少渠道环节的消耗，更可敏锐地捕捉需求信息，生产适销对路的产品。基础设施、物流、支付、信用各环节能力的提升，为电子商务交易主体企业的运营提供了更充分的保证。

（4）从人才供给的角度来看，电子商务发展获得了一定程度的支持。电子商务业务的运营需要来自各行业的专门人才，如管理、经济、信息技术、物流、金融以及制造等。近年来中国的职业教育和高等教育在规模和质量上不断取得新进展，为电子商务交易主体企业以及电子商务服务企业提供了合格的人才储备。由于就业压力的存在，毕业生流入这些企业的人数也显著增加。经过企业的实际培养和训练，他们已经成长为中国电子商务发展的中坚力量。由于电子商务不同于传统交易方式，更讲求便捷、快速、全天候服务，企业内部的互相学习也更为普遍。一些职业教育机构、网商组织还有一些专门的电子商务教育培训机构，深入介入了相关培训，不断为电子商务运作提供企业所需的复合型人才。同时，一些电子商务企业良好的发展前景，也吸引了一批国际顶级的商业和技术人才，在一定程度上提升了中国电子商务企业的高层人员素质和国际化水平。

（5）从社会观念上看，电子商务逐渐获得了社会的认可。这一时期电子商务的快速发展，离不开社会的普遍认可。无论是从事商务的企业，还是消费的个人，从电子商务交易中都获得了更大的选择权，面对日益丰富的产品品种、低廉的价格和搜寻成本的下降，这种应用的好处逐渐被体验。第三方支付的广泛采用、卓有成效的信用评价机制和领军企业对诚信的重视，都在网络上重新树立了电子商务交易的"可信性"，还有上文所述在物流上获得的支撑。这些因素使得电子商务交易的全程服务水平获得了大幅度提升，电子商务也逐渐获得了社会的认可，成为主流的商业渠道之一。

3. 面临的问题

当然"十一五"时期中国电子商务的发展还存在一定的问题，也需要我们审慎对待。

（1）网络规则的制定与实施问题。随着电子商务的发展，在交易主体之间、在提供服务的企业与主体之间也常常会存在一些纠纷，甚至涉及商品质量、税收等问题。这就需要相应的网络规则的制定以及实施。但在这里应把握好规则制定的时机、规则的内容以及可能产生的后果等一系列问题。电子商务的发展日新月异，即使是知名的学者和行业内的专家，也只能对近期乃至中期的趋势有所了解，而无法清楚地认定其长期发展状况。因此若制定相关规则，一定需考虑交易主体、服务企业、专家学者、政府部门的共同参与。在规则的制定上，需要在基本认清其可能产生后果的前提下，考虑实施成本，谨慎制定，以免由于仓促出台，影响电子商务未来的良性发展。

（2）电子商务相关标准的制定滞后。电子商务涉及商务、物流、支付、信用、海关、商检等多个环节，因此与相应系统的协同配合就相当重要。此外，电子商务不局限于一国境内，还牵扯到国际贸易和经济往来。为了在国际电子商务发展中处于主动地位，必须加紧对相关标准的制定、推广和国际交流。只有这样才能利于中国电子商务的发展，避免由于标准不同给电子商务交易带来的额外成本。

（3）服务类商品电子商务的发展。从理论上来说，产品形态、传递方式、销售实体均为数字化的交易是最纯粹的电子商务，这种方式的电子商务也最大限度地利用了信息技术带来的优势。近年来这种服务类商品电子商务的发展异军突起。如应用软件集市等，尽管单品价格低，但由于这种商品边际成本近似于零，因此规模扩大后，交易总额可观。这种商品的提供商既有国内企业，也有国外企业。这种类型的服务贸易如何进行监管，应引起重视。

（4）电子商务服务业层次有待提升。尽管国内的电子商务服务业得到了一定程度的发展，但是由于电子商务交易主体的规模还较小，电子商务服务业的层

次还不高，仍有进一步的提升空间。有些电子商务服务企业是从"网商"转型而来，实战经验丰富，但信息技术及管理技术应用水平并不高，因此为适应未来发展，仍需学习提高。此外，电子商务服务业企业的协作水平需进一步提升。

（5）基础设施有待进一步完善。从全世界来看，信息技术变革迅速，其应用于商业实践的周期越来越短。"云计算"、"物联网"、"移动宽带"等新的技术趋势，需要政府部门与相关企业一道共同落实，要切实使其做到为中国的广大中小企业服务，为电子商务的应用贡献力量。

二 "十二五"期间中国电子商务的发展目标

"十二五"期间中国电子商务要在保持平稳发展势头的基础上，让更多的电子商务交易主体企业成长起来，培育健全的电子商务服务业体系，创造宽松的政策环境，培养更高素质的人才队伍，增强国际竞争优势，实现城乡统筹发展。

1. 壮大交易规模

预计到2015年，中国电子商务年交易额应达到17万亿~20万亿元左右，年均增速在30%~35%左右。中国电子商务在经历了引入期、培育期之后，仍将继续保持较快的发展势头。中国经济的持续增长，电子商务应用范围的逐步扩大将为其提供强大的发展后劲，使得中国仍将是世界上电子商务发展最为活跃的国家之一。

2. 培育电子商务交易主体

电子商务交易主体企业的数量将进一步增多。这是基于电子商务将在中国社会更大范围内得到认可。从目前的趋势来看，众多传统行业的企业还没有采用电子商务，或者应用的层次较浅，没有涉及具体的交易。但这种局面会随着电子商务应用成本的继续下降，电子商务应用知识的广泛扩散而得到一定程度的改观。电子商务应用时间的延续，会导致一些企业积累了更丰富的电子商务运作技能，从而形成在细分行业的优势。这些企业有可能在各行业脱颖而出，成为电子商务应用的领军企业，从而形成对其他企业更强的示范效应。

3. 建设电子商务服务业体系

电子商务交易主体企业的成长，为电子商务服务业的发展带来巨大的机遇。电子商务服务业企业由于客户企业更多，因此无论是在资金实力还是专业经验上都将获得实质性增长。这将有可能导致它们结合自己的经验，应用最新的信息技术和各学科研究成果，为客户提供服务。由于电子商务服务业前景看好，投资者将更青睐这一行业的企业。服务业企业之间由于竞争激烈，专业化分工将进一步提高。有的企业采取并购等方式形成更强大的服务实力。但也有可能规模较小的服务企业通过形成稳定的协作体的方式，从而最大限度地获取订单。

电子商务服务业有可能如业内专家预计，形成分层，有底层的提供电子商务物流、支付、云计算等服务的底层基础设施提供商，有中层的主导行业发展的提供开放的核心基础设施服务的第三方平台，有位居上层的电子商务运营服务、营销服务等衍生服务提供商。从而电子商务服务业逐渐显现出新时代商业基础设施的发展趋向。

4. 完善政策环境

随着电子商务在中国国民经济中的比重越来越高，就业人数越来越多，对其他产业发展的带动作用越来越突出。各级政府部门，将更加重视为电子商务发展营造良好的政策环境。

注重发挥与电子商务服务业企业、电子商务交易主体企业，以及同网商组织、行业协会等众多部门的分工协作。制定能解决当前电子商务发展突出矛盾的网络规则，并将国家扶持产业发展的政策贯彻下去。

注重整合政府部门的资源、理顺关系，为电子商务企业开展内外贸易提供便利、快速的公共服务。

注重联合电子商务交易主体企业及电子商务服务企业，参与电子商务相关标准的制定，并争取本国电子商务行业在全球电子商务发展中的主导权。

5. 构筑人才高地

电子商务的蓬勃发展，将直接影响到学生对专业的选择，以及现有职业教育学院和高等院校的专业设置、课程设置、师资配备等。一些电子商务企业中的高层管理人员有可能成立专业的电子商务培训机构，从而培养更面向实战的复合型人才。高等院校、科研机构的学者将与电子商务服务业企业、电子商务交易主体企业开展更为深入的产学研一体化合作，从而得出指导产业发展实践的理论、对现实电子商务运作经验的归纳以及对电子商务运作状况的评估。企业也可能以这些前沿成果培训高层人员，以指导工作，从而在激烈的竞争中获取先发优势。

6. 寻找国际优势

尽管发达国家在经济发展上先行一步，但是也有其固有劣势。如业内专家分析，大企业周围长期以来围绕一些小企业及服务商，无论企业在何地拓展商业领域，总是这一个小团体。而在中国则不存在这种现象。因此中国的企业参与电子商务的热情更高、效用更大，而且电子商务服务业的发展也存在更大的生存空间。这就使得中国电子商务应用的深度和广度有可能超越某些发达国家，从而在国际电子商务发展中取得优势地位。

中国制造业实力突出、国内市场又十分广大，因此电子商务交易的市场空间更大，增长的潜力更为突出。以中国的经济背景为依托，中国必将在未来电子商务发展中形成国际优势。

中国市场空间大，电子商务交易活跃，这也为电子商务技术与运营的创新提供了广阔的平台，因此中国在未来的电子商务发展中更有可能是输出商业模式，而不是相反。

7. 实现城乡统筹

城乡经济差距过大是中国经济、社会发展中的基本问题之一。对于这个问题政府部门给予了极大关注。而信息化被认为是基本工具之一。在电子商务发展过程中，一些农村地区结合当地的资源和技能，运用电子商务交易实现了脱贫致富，也进一步促进了当地基础设施的发展。这为其他地区利用电子商务工具解决农民收入问题，提供了很好的思路。预计在"十二五"期间各级政府有可能推动农村电子商务应用，实现城乡统筹发展。

三 发展思路

"十二五"期间为顺利实现中国电子商务发展目标，应采取以下思路推进电子商务各项工作的开展，即力求电子商务交易与服务并重，外贸市场与内销市场共进，城乡电子商务发展兼顾，传统产业加速转型。

1. 电子商务交易与服务并重

电子商务交易主体企业、个人构成了供求双方，而电子商务服务企业使交易过程得以有效率地进行。因此在发展电子商务时，必须要做到电子商务交易与服务并重。

电子商务服务企业为满足交易主体企业、个人的需求，就必须要不断创新。结合中国电子商务发展的特点，它们提供了适用的电子商务管理与技术服务。在

"十二五"期间，应鼓励它们的创新活动，给予积极的政策支持。

从电子商务平台企业来看，它们为电子商务交易主体企业提供了获取信息，交易匹配的平台，并有可能集成了自身提供或由其他服务商提供的支付、物流、信用评价、营销推广、搜索等多项服务。作为交易的中介，是电子商务发展中的核心企业，对电子商务发展起到决定性的推动作用。对这类企业应鼓励其推进开放、共享、多赢的策略。

从电子商务运营服务企业来看，一类针对电子商务交易主体企业的需求，根据规模提供适用的全流程管理软件及运营服务。这种服务将整合多个线上线下平台的数据，及时反映交易状况、提供数据分析支持。另一类因应电子商务环境而生，凭借其网络分销经验，为企业快速低成本提供网上分销方案。为发挥中国中小企业在国民经济和社会发展中的重要作用，应鼓励这类企业侧重为中小企业的电子商务应用服务。

从电子商务物流企业来看，它们对于实物类交易具有决定性影响。为更好的实现服务于电子商务交易的目标，就需要与电子商务交易深度结合，如能够配合营销活动，能在仓储、运输、配送等环节实现智能化处理。目前我国参与电子商务的物流企业或者效率不高，或者结构松散，在电子商务大发展的挑战面前，仍需升级。对这类企业应鼓励其提升信息化水平、加强企业内部结构调整，合理并购扩大规模等。还可以鼓励第四方物流企业的出现，以进一步整合社会物流资源。

从电子支付企业来看，既包括银行等金融机构，也包括第三方支付企业——银行卡组织乃至电信运营商。实现了电子支付，电子商务交易的效率才能得以大幅度提升。对于这类企业应鼓励其相互配合以及互联互通，以便利交易，共同做大市场。

从电子商务信用服务企业来看，其在信用评价、认证方面的作用日渐显著，这对于电子商务交易诚信体系建设至关重要。对这类企业要加强管理，使其为交易主体提供真实信息。

从电子商务营销企业来看，它们在市场调研、广告设计、媒体活动、促销策略等多方面为电子商务交易主体企业提供服务，由于围绕电子商务交易活动开展服务，其专业知识又有别于传统营销推广企业。对这类企业要促进其经验与最新研究成果、技术手段的结合，以提高其服务水平。

2. 外贸市场与内销市场共进

中国 B2B 电子商务平台的发展，直接促进了众多中国中小企业开展电子商务，为采购商节约了成本，为制造商拓宽了销售渠道。这其中既面向外贸市场，也面向内销市场。在外贸方面，由于提供了一系列与之相关的增值服务，加速了对外贸易的流程。这种平台既有信息量大的综合性网站，也有市场更细分的垂直网站，还有提供物流、支付、通关等多种功能的交易型网站。在内销方面，领军的几家 B2C 商城和平台促进了中国网络购物的飞速发展。一些主要基于网络销售的"网货"品牌迅速成长起来，其中既包括内销为主的企业，也包括出口受阻转而开拓内销渠道的传统外贸企业。

中国电子商务平台企业未来通过不断的创新以及与国内外同类企业的紧密合作，必将有效改善内外贸的瓶颈环节，从而实现外贸市场与内销市场的共进。

3. 城乡电子商务发展兼顾

中国的经济发展存在着明显的城乡差距，而电子商务的发展被认为是缩窄这一鸿沟的有效手段。如上文所述，这种方式已经引起了多方重视，特别是地方政府的关注。

在河北、江苏、四川的某些农村地区，通过开展电子商务，有些地区实现了产业化经营，有些地区实现了共同富裕，有些地区将当地特产销到了千里之外。实践证明，电子商务是增加农民收入，缩小城乡差距的有效手段。

成功推进农村地区的电子商务发展，有赖于三个方面的努力。

其一，农民要有开展电子商务的观念和能力。几个成功开展电子商务的农村地区，其带头人或在外打过工，或接受过高等教育，充分掌握了上网开展电子商务交易的基本技能，认可电子商务交易的方式。从中国农村大量中青年人员进城务工的事实来看，这样的条件基本具备，而且通过政府部门与企业的协力培训，他们可以很好地掌握开展电子商务交易的技能。

其二，农民要有开展电子商务的动机，即发挥其个人能力，结合当地的产业、资源优势，能提供符合市场需求，适合电子商务交易的商品。我国幅员辽阔，资源丰富、各地产业各具特色，因此某些地区可以提供这样的商品，而往往这样的商品缺少外销的渠道。

其三，农民要有开展电子商务的机会。即当地的信息基础设施要达到一定的水平。我国电信业近年来取得了飞速发展，基础设施不断完善、业务价格不断下降。因此，大多数农村地区开展电子商务所需的信息服务投入并不高，而政府对这类投资也可以作出补贴。

为实现缩小城乡差距，达到共同富裕的目标，在城市电子商务迅猛发展的情况下，理应兼顾农村地区电子商务的发展。

4. 传统产业加速转型

除了主要基于网络成长起来的"网货"品牌外，考虑到中国电子商务交易日益扩大的规模，一些知名的国内外品牌也更加重视电子商务这一新的交易渠道。通过推出网络品牌、整合线上资源、协调与实体销售的关系，它们在一定程度上减弱了不同渠道之间的冲突。它们认识到电子商务在未来重要的渠道地位，因此加大了电子商务交易的投入，并取得了不错的成绩。而且通过预售等方式实现了以销定产，及时了解了用户的需求，更低成本地清理了库存。这些企业的成功给众多的传统企业带来了启示，因此如何针对自己行业的特点，实现企业的加速转型在"十二五"时期将是非常关键的。

四 政策建议

根据对"十一五"期间中国电子商务发展经验和问题的分析，结合"十二五"期间对中国电子商务发展的目标、思路的构想，可采取如下政策措施。

1. 从倚重政府管理向多方协同治理转变

如上文所述，电子商务发展的良好趋势，让国家及地方政府部门对其给予了格外重视。而可以想见的是政府希望更多的介入电子商务发展，特别是对电子商务企业的行为进行干预，而这也是电子商务交易主体企业和电子商务服务企业所担忧的。

电子商务作为一种新生事物，由于技术和管理上的创新层出不穷，因此很难清楚认定其长期发展趋势。对它的认识，需要长期的跟踪和研究。而从政府来讲，面临很多基本职能的完成，因此很难有精力和能力去做这件事。而且涉及电子商务交易的规则制定，需要在细节和推出时机上广泛听取意见，慎重决定，以免造成与良好意愿相违背的不利后果，进而影响中国电子商务的健康发展。

从政府对公共事务的管理来看，正在经历从单方管理向多方协同治理的转变。在经济事务的管理上，同行业协会、相关企业、研究机构、媒体、消费者组织等多方协同配合正在成为趋势。这样才能更全面地听取各方意见，政策的制定和实施更符合产业发展的实际。

在推进中国电子商务发展过程中，应加强同电子商务行业协会、电子商务交易主体的组织"网商"联盟、电子商务平台企业等服务商、科研机构、媒体和消费者协会等机构开展合作。这样在政策法规、自律准则的制定以及相应的实施上做到最好。

2. 政府部门应推动电子商务相关标准的制定

电子商务相关标准的制定对于中国电子商务未来的发展至关重要。一方面，统一标准可以减少电子商务交易成本；另一方面可以维护我国电子商务企业在国际上的合理权益。政府部门应同相关各方联合，针对中国电子商务发展的特点，提出标准及应对方案。如探索在涉及交易信息、物流信息、支付信息、信用信息等数据接口上，在各交易平台间寻求共识，制定相关标准，包括在以位置服务为基础的移动电子商务方面制定标准。如在电子商务交易中隐私权保护的标准、贸易电子化标准的制定中，群策群力解决难点问题，与其他国家达成在这方面的共识。

3. 政府部门应推动电子商务集聚区的建设

通过最近几年来的实践，电子商务集聚区的建设越来越得到各地政府部门的重视。建设电子商务集聚区，可以形成创业的良好氛围，电子商务企业之间知识的交流，产生了溢出效应。而且可以共享基础设施，大幅度降低成本投入。企业之间也可以形成类似"硅谷"的锦标赛模式，创新不断生成，好企业被大企业并购或获得更多的发展融资。

多个门类的电子商务服务企业如果也能进入电子商务集聚区，将有可能带来更好的发展局面。电子商务交易主体企业就可以很便利地得到需要的所有环节的服务，多个企业之间更可分享物流、支付、运营等综合性成本。电子商务服务企业也可结成联盟、共图发展。

重点区域电子商务集聚区建设，可以带动该区域电子商务发展跃上一个新台阶。区域间竞争、合作的局面，有利于中国电子商务整体的繁荣。

4. 政府部门应推广先进电子商务企业的经验、强化创新示范作用

未来几年，我国电子商务发展仍将持续快速发展，企业之间的关系更多体现在合作、共赢上。将有众多的企业和个人投入到这一事业中来。为了减少学习的时间和成本。推广先进电子商务企业的经验、强化创新示范作用，是政府协同行业协会、"网商"联盟等可以做到的。政府也可以对成功实现创新发展的先进企业给予奖励和扶持，以打造地区乃至全国电子商务的品牌形象。

5. 政府部门应引导社会力量致力于电子商务人才培养

尽管目前职业教育学院和高等院校、社会培训机构加强了对电子商务所需相关人才的培养，但是与企业的实际需求相比仍存在不小的差距。在未来几年，中国电子商务发展"上台阶"的关键时期，对适用人才的需求将更为迫切。从政府部门来讲，可以与电子商务企业、行业协会等合作，引导相关职业教育的发展、扶持专业的社会办学机构，如可能形成定制化的人才培养方式，则一方面可以解电子商务发展的燃眉之急，另一方面也可以解决毕业生就业问题。

6. 继续推动基础设施建设

中国电子商务在"十一五"期间的快速发展，离不开良好的信息基础设施建设。通过更方便、更低成本地使用信息基础设施和信息服务，中国电子商务发展的供需双方，将获得扩大电子商务应用的激励。基础设施的建设应密切跟踪最新的技术动态，以保证我国的信息技术水平始终位于世界前列。为实现城乡的统筹发展，政府应给予适当补贴，支持农村地区电子商务的发展。在"物联网"、"云计算"等设施的建设过程中，应考虑到需求变化、能源消耗等实际问题，切忌盲目引进，而应以服务我国中小企业电子商务的应用为目的。

此外，政府也应理顺相关部门的关系，整合各部门的信息网络资源，一切以支持企业发展电子商务为导向。另外，还应加强关于电子商务交易和服务统计指标体系和统计方法的研究，以积累数据，为政府、行业协会、企业的决策和研究机构的深入分析服务。

参考文献

国务院发改委、国务院信息办：《电子商务"十一五"发展规划》，2007 年 6 月 1 日。
艾瑞咨询：《中国电子商务行业发展报告简版 2009～2010》，艾瑞官方网站，www.iresearch.com.cn。
杨坚铮主编《中国电子商务报告 2008～2009》，清华大学出版社，2010。
〔美〕特班等著《电子商务：管理视角（原书第 5 版）》，严建援等译，机械工业出版社，2010。
IDC、阿里巴巴集团研究中心：《为经济复苏赋能——电子商务服务业及阿里巴巴商业生态的社会经济影响》，阿里巴巴集团研究中心网站，www.aliresearch.com。

B.4
中国"十二五"时期科技研发服务业的发展目标、思路和政策建议

尚铁力　刘奕　李勇坚*

摘　要: "十一五"期间,我国科技研发服务业规模持续扩大,科技研发投入水平稳步提升,科技研发服务主体创新活跃,科技市场日益繁荣,推动我国产业结构优化调整步伐进一步加快。在我国科技研发服务业快速发展过程中,也暴露出一些发展不协调、与我国整体经济发展要求不匹配的问题,针对这些问题,研究提出"十二五"期间我国科技研发服务业发展目标、发展思路和相应政策保障措施,对于进一步加快我国科技研发服务业发展,迅速提升我国经济自主创新能力和国际竞争力具有重要意义。

关键词: 科技研发　自主创新　现代服务业

一　中国"十一五"时期科技研发服务业发展回顾

(一)科技研发投入规模稳步增长

我国科技研发投入规模用研发经费支出以及研发经费支出占国内生产总值的比重来衡量,此外,考虑到科技研发服务业中科研人员作为最重要生产要素,可

---

* 尚铁力,工业和信息化部电信研究院工程师,主要研究方向为信息服务业与财税政策;刘奕,中国社会科学院财政与贸易经济研究所助理研究员,主要研究方向为服务经济与服务业地理;李勇坚,中国社会科学院财政与贸易经济研究所副研究员,主要研究方向为服务经济与计量经济学。

将研发人员劳动量投入（研发人员工作量）作为指标考虑我国科技研发服务业投入规模，较为充分地反映我国科技研发服务业的广度与深度。"十一五"期间，我国研发投入保持稳步增长，截至 2009 年末，我国 R&D 经费支出 5791.9 亿元，"十一五"期间，研发经费支出累计达到 19571.2 亿元，见图 1。

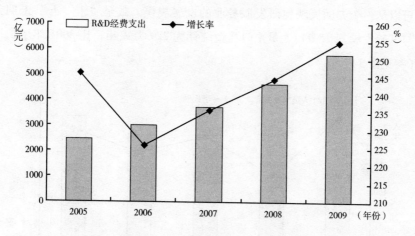

图1　我国"十一五"期间研发经费支出水平

资料来源：《中国统计年鉴 2010》。

如图 1 所示，"十一五"期间研发投入保持稳步增长，平均增长率达 20% 以上，投入总额比"十五"时期增长 1.36 倍。随着研发投入水平的逐步提升，研发支出占比 GDP 即研发投入强度相比"十五"末有了一定程度的提升，从 2005 年的 1.32% 提升到 2009 年的 1.7%，增加了 0.38 个百分点，见图 2。

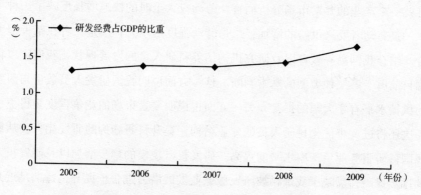

图2　我国"十一五"期间研发经费支出占 GDP 的比重

资料来源：《中国统计年鉴 2010》。

从研发人员工作量分析科技研发服务业规模。利用研发人员的投入工时来衡量研发活动水平的方法是测度一国研发水平经常使用的第二种方法。因为在研发服务业中智力投入往往是最主要的生产要素，研发人员的工资成本通常占研发企业营运成本相当高的比例（远远高于传统部门行业），因此研发人员的劳动量投入也可以从一个方面反映出研发服务业的发展规模。截至"十一五"末期我国研究与试验发展（R&D）人员全时当量统计为229万人年，比2005年增长了近2/3（参见图3）。

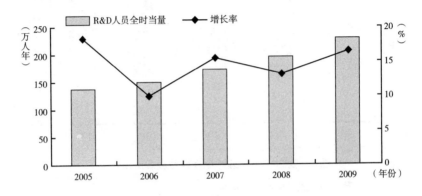

图3　我国"十一五"期间研发人员投入

资料来源：《中国统计年鉴2010》。

由图3可知，我国在研发人员劳动投入上保持稳定增长，整个"十一五"期间一直是保持在两位数的高增长，这表明我国研发服务业有加速发展的趋势，并且就一个产业的要素市场分析而言，劳动投入工时的快速增长反映了三种可能性：一是劳动者要素供给的增加；二是劳动强度的增大；三是二者在某种程度的结合。结合我国高等教育以及研究机构培养科研人员的发展现状，我们可以得出我国目前属于第三种类型的基本判断。这一方面说明我国研发人员数量与研发活动的供给水平有了大幅的提升，另一方面也说明要素市场的竞争程度变得更加激烈，这还将进一步优化科研人员的专业结构，提升科研结构的研发能力，从而促进我国科研服务业生产率水平的提高。研发投入规模的稳步增加以及研发投入强度的逐步提高，反映了我国科技研发服务业发展潜力进一步提升，特别是近几年科研投入迅猛增加，表明我国已经初步为研发服务业的持续快速发展奠定了一定的物质基础和人力资源基础。

（二）科技研发资金来源结构进一步优化

根据研发资金来源可以将 R&D 经费分为政府资金、企业资金、国外资金及其他，目前国外资金及其他所占比例较小，政府和企业资金构成我国科技研发投入的主要组成部分，因此我们主要选择"十一五"期间政府资金和企业资金在研发经费中所占比重情况来对我国研发服务业资金结构变化进行比较分析，见图4。

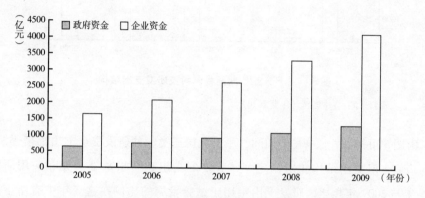

图4 "十一五"期间我国研发资金来源结构

资料来源：《中国统计年鉴2010》。

由图4可知，2005～2009年间我国研发服务业资金来源结构大致稳定。政府资金与企业资金构成了研发活动的主体部分。由于资金来源直接与研究目的相挂钩，政府、企业主体角色差异较大，目标函数中社会效益与经济效益权重完全不同。政府多注重推动整个社会发展水平、促进产业整体发育的研发项目，而企业的研发活动则以市场服务为导向，盈利目的性强。"十一五"期间，我国研发服务业资金来源中，政府资金所占比重呈逐年下降趋势，从2005年的28.2%下降到2009年的23%；与此同时，企业资金所占比重从"十一五"期间保持在71%左右，可以看到，我国企业作为研发活动的主体地位得到进一步巩固，反映出研发活动的市场选择取向加强，研发产业化进程加速。

（三）科技研发服务支出结构相对稳定

从科技研发资金支出的活动类型结构分析，主要包括基础研究、应用研究和试验发展三个基本类别,① 我国 2005 年与 2009 年相比较,科技研发支出结构变化如下（参见图 5）。

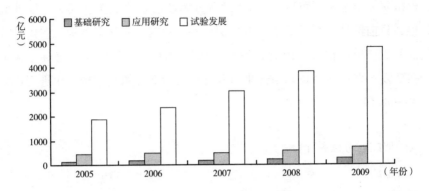

图 5 "十一五"期间我国科技研发支出结构

资料来源:《中国统计年鉴 2010》。

由图 5 可知,"十一五"期间,尽管我国三类科技研发资金支出都呈逐步增加的趋势,但支出结构相对稳定,试验发展支出远高于基础研究和应用研究。2005 年与 2009 年相比,研发支出中用于试验发展的比例在这五年中有所下降;应用研究的比例有所上升,而基础研究在这五年中基本维持不变。这也从另一个层面反映出以企业为主体的研发资源结构中,试验发展支出必然会占据绝大部分份额。

（四）科技研发服务产出保持稳步增长

"十一五"期间我国科技研发服务产出稳步提高,截至 2009 年底我国专利申请量达到 97.67 万件,比"十五"末增长了一倍多,专利授权量达到 58.2 万件,比"十五"末增加了 1.7 倍,见表 1。

---

① 基础研究和应用研究主要是扩大科学技术知识,而试验发展则是开辟新的应用即为获得新材料、新产品、新工艺、新系统、新服务以及对已有上述各项作实质性的改进。虽然应用研究和试验发展所追求的最终目标是一样的,但它们的直接目的或目标却有着本质的差别。应用研究是为达到实际应用提供应用原理、技术途径和方法、原理性样机或方案,这是创造知识的过程;试验发展并不增加科学技术知识,而是利用或综合已有知识创造新的应用,与生产活动直接有关,所提供的材料、产品装置是可以复制的原型,而不是原理性样机或方案,提供的工艺、系统和服务可以在实际中采用。

表1 "十一五"期间我国专利申请授权数

单位：件

年　份	2005	2006	2007	2008	2009
专利申请受理数	476264	573178	693917	828328	976686
#发明专利	173327	210490	245161	289838	314573
专利申请授权数	214003	268002	351782	411982	581992
#发明专利	53305	57786	67948	93706	128489

资料来源：《中国统计年鉴2010》。

从表1数据可以看出，"十一五"期间我国专利申请数量年均增长率达到了19%，其中发明专利申请数量年均增长率达到16%；专利申请授权数量年均增长达到28%，其中发明专利授权数量达到24%。从技术交易市场看，技术合同成交额每年也保持稳步增长，"十一五"期间年均增长率在15%以上，截至2009年底，合同成交金额3039亿元，比"十五"末增加了近一倍，见图6。

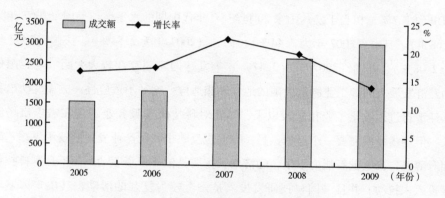

图6 "十一五"期间技术交易市场成交额

资料来源：《中国统计年鉴2010》。

（五）高技术产业成为我国科技研发服务发展的主要动力

从全球范围来看，科技研发服务业的发展离不开高技术行业需求的支撑。一国（地区）高技术产业越发达，对于科技研发服务的需求就越大。反之，发达的科技服务业也会支撑本地高技术产业的快速发展，形成一个正反馈的良性循环过程。我国的高技术产业发展与科技服务需求之间的关系同样遵循该规律。2008年，我国有九大行业的研发（R&D）经费投入强度（与主营业务收入之比）超过1%。这其中，专用设备制造业为1.93%，医药制造业为1.74%，通用设备制造业为1.59%，电气机械及器材制造业为1.5%，交通运输设备制造业为1.44%，橡胶制品业为1.27%，通信设备、计算机及其他电子设备制造业为1.27%，仪器仪表及文化、办公用机械制造业为1.22%，化学纤维制造业为1.06%。可以看出，我国的研发服务业主要集中于与制造业、高新技术行业部门紧密相关的领域，这充分表明了研发服务业与现代工业相伴生发展态势，二者互相推进，融合生长。

二 当前我国科技研发服务业面临的主要挑战

（一）科技研发服务总体规模依然偏小

"十一五"期间，我国研发投入规模一直保持稳定增长，2009年研发支出占GDP的1.7%，相当于发达国家20世纪90年代中期的水平，与美国（2007年为2.68%）、日本（2007年为3.44%）、德国（2007年为2.54%）、法国（2007年为2.08%）、韩国（2007年为3.47%）等发达国家还存在较大差距，与我国作为经济发展大国和工业制造大国的地位不相适应。这种不适应性一方面反映出我国经济自进入重化工业化阶段以来，尽管对科技研发服务业的潜在需求市场巨大，但逐步释放需要一个过程；另一方面也反映出我国产业发展的技术支撑基础相对薄弱，自主创新能力不足，经济增长主要是依靠投资驱动，而不是靠科技要素投入来拉动。并且一国科技研发投入是一个较为复杂的活动，其决定因素较多，除了与自身产业发展阶段和经济增长方式相关外，与本国（地区）的相关制度建设，如知识产权保护制度，也有密切关系。我国研发服务业发展规模的不足，也从另一个侧面反映出我国相关制度建设的滞后。

（二）专业性研发主体依然发育不足

截至2009年底，我国企业研发资金为4120亿元，占71%，政府资金为1329.8亿元，占23%，二者构成我国研发投入的主体部分，并且企业从资金占比而言，也与国际发达国家类似，达到了60%以上。特别相较于2000年，我国企业作为研发主体的地位进一步加强，研发活动的产业化进程加快。不过在我国产业化进程加快背景下，科技研发服务业水平并没有实质性的提高。对于这个问题，我们可以从我国科技研发产业演进路径去认识。从我国科技研发产业的历史发展路径来看，虽然我国科技事业单位改革以来，科研单位在研发活动中的主动性大大增强，但由于相应配套的体制及机制改革依然没有到位，造成科研单位研究定位失准：一部分科研单位在市场化改革中，过分追求市场化盈利，人力财力大量投入科研含量不高的应用性研究，造成原创性创新动力不足，长期下来科研创新能力不仅没有提高，反而出现削弱的趋势；另一部分企业改革机制依然没有到位，激励机制缺乏，对于市场变化反应不快，日常维持出现问题，长期科研更是无从谈起。专业性研发企业发育的不足，从根本上限制了我国研发市场进一步发展的潜力与空间。没有合格的研发企业，就不会有富有活力的研发活动，研发市场的进一步发展将会陷入瓶颈。

（三）基础研究能力薄弱

"十一五"期间，我国基础研发投入基本没有增加，截至 2009 年底，基础研究经费支出 264.8 亿元，占整体支出的 4.5%；应用研究经费支出 724.9 亿元，占 12.5%；试验发展经费支出 4802.2 亿元，占 83%，见图 7。

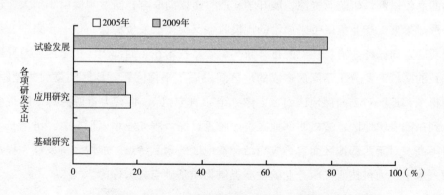

图 7 "十一五"我国科技研发三项支出对比

资料来源：《中国统计年鉴 2010》。

在总量规模投入逐年增加条件下，研发服务业主体和活动结构的失衡造成宏观资源配置错位，基础研究薄弱，制约了我国研发服务业的发展潜力，从而造成我国研发产出效率低下。由于基础研究外部性的存在，基础研究的知识成果往往不能为某个个体单独占有。这导致了企业介入基础研究领域的不足。然而由于基础研究的极端重要性，国际上发达国家的做法通常为政府作为主体支持基础科学的研究。在欧美等发达国家里，政府 R&D 资金投入一般占整个研发支出的 20% 左右，与这个比例相匹配的基础研究的经费一般也占到研发资金的 20% 左右。但是相较于我国 2009 年 23% 的政府资金投入比例，基础研究资金 4.5% 投入比例明显偏小，其中大约有 20% 的政府资金没有投入到基础研究领域，没有参与新知识的创造。相较于国外基础研究领域的高投入，我国基础科学研究的薄弱恰恰成为我国研发效率不高的瓶颈。

（四）科技研发资源分布不均衡

在我国科技研发服务业中的一个突出特点是科技研发资源区域的分布不均。根据科技部统计，2009 年我国科技活动投入指数的排序中，上海、天津、北京、江苏、广东、浙江、山东、陕西排在前 8 位，新疆、云南、广西、青海、海南、西藏排在后 6 位。[①] 引发科技研发资源区域分布不均的因素有很多，其中很重要的一个因素是科技研发服务业形成发展的产业环境是否完备。例如我国位居前 8 位的研发大省（市）同时也是我国的教育大省（市），科技研发活动依托这些省内的高校以及科研院所资源，展开学、产、研横向联合，研发规模由小到大，逐渐形成集聚，产业集聚带来递增的规模收益又促使研发资源分布进一步集中，从而实现正向循环。需要注意的是，新知识、新技术在东西部地区扩散速度差异所导致的区域产业分工不同而造成的地区间发展不平衡问题。地区间发展的差距，使得东部地区对于西部地区而言更像一个"真空机"，将智力资源源源不断地吸入到东部发达地区，造成西部地区人才匮乏，高级服务业难以形成，经济增长水平不高。对于西部地区而言，应当结合本地区的禀赋特点，加快经济发展，提高收入水平，为科技研发服务业的发展提供物质基础与智力保障。

（五）科技研发产出效率有待进一步提高

目前，我国科技研发产出效率较低，与我国经济高速增长的趋势不相匹配。我们使用每百万元研发投入与专利授权量之比，作为衡量我国科技研发产出效

---

① 数据来源：科技部网站，http://www.most.gov.cn/。

率的参考指标。2005 年以来，该数值一直在 1 上下波动，并未见显著提高，见图 8。

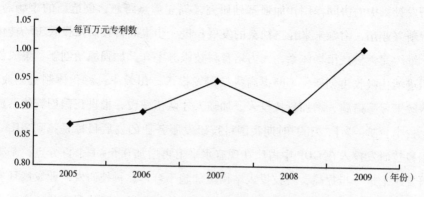

图8 "十一五"我国科技研发产出效率

资料来源：利用相关年份统计年鉴数据计算得出。

从图 8 可见，我国科技研发的产出效率并没有呈现稳定提高的趋势，而是上下波动，这与理论界普遍认为科技研发服务业存在规模收益递增的产业特点有一定的背离。特别是 2008 年随着科技研发投入的增加，相应产出效率不增反降。造成我国科技研发效率不高的主要原因之一是基础研究薄弱，企业介入基础研究领域的不足，根本上制约了我国研发服务业的发展潜力。科技研发产出效率低，另一个重要原因是科技成果转化率不高。科技研发成果的最终产业化需要企业、科研机构、科技中介相互联动来实现。但是高等院校、科研院所作为我国科技研发产出的主要组成部分，缺乏与市场需求的有效对接，使得科技成果缺乏针对性，市场效益不明显，导致科技转化效果不良。科技服务中介机构等整体发育程度不足，也导致科技成果产业化难，科技成果转化率低。

三 "十二五"期间我国科技研发服务业的发展目标

科技服务业是现代服务业发展的新型业态，对促进产业结构升级、提升国际竞争力、转变经济增长方式等有着极为重要的意义，科技服务业应作为我国战略性产业加以扶持和培育。21 世纪前 20 年是我国经济社会发展的重要战略机遇期，也是科技研发服务业发展的重要战略机遇期。"十二五"期间，我国科技研发服务业的指导方针应当是：以增强自主创新能力为根本出发点，积极构建科技研发服务体系。进一步加大科技研发投入力度，充分发挥政府、社会和企业在科技研发投入中的协同作用，加强基础研究，确立重点跨越，创造新的市场需求，培育新兴业态，引领未来经济社会的发展；进一步提高科技研发投入市场转化水平，继续完善科技市场体系，大力培育科技服务中介，加强原始创新、集成创新和引进消化吸收再创新，不断提高科技研发投入产出效率；深化体制机制改革，完善政策保障措施，增加科技投入，加强人才队伍建设，推进我国创新体系建设更上一个台阶。"十二五"时期我国科技研发服务业的发展目标是：到2015年，全国科技研发投入在GDP中占比在现有水平上再增加0.5～1个百分点；基础科技研发水平进一步提高，科技投入结构更加趋于合理；科技研发产业发展环境得到进一步优化，科技中介服务得到充分发展，依托大学、科技研究院所资源，进一步完善现有科技研发平台服务功能，建设一批综合性与专业性相协调的科技创业服务平台，形成较为完整、具有特色的科技创业服务体系；科技研发促进自主创新能力不断增强，科技研发服务业和现代制造业、现代服务业、现代农牧业融合发展，科技进步在经济发展中贡献率不断提升，国家创新体系逐步完善。

四 促进"十二五"科技研发服务业发展的思路与政策建议

（一）创新管理体制

完善促进科技研发服务业发展的管理体制，是解放科技生产力和推进自主创新的动力所在，更是促进科技研发服务业快速发展的基础和前提。所以，应健全国家科技决策机制，在促进国家科技发展、增强自主创新能力的目标前提下，将政府定位于科技活动的服务者和推动者，实现政府对科技研发服务业发展的管理有规、发展有序、引导有方和服务有效。首先，应科学界定科技服务机构的性质，按营利机构和非营利机构进行规范的分类管理，考虑制定专门的非营利科技服务机构管理办法，特别是制定非营利性机构的退出机制。其次，建立健全政府科技计划项目的技术转移机制，明确科技行政管理部门和科技计划项目承担单位的技术转移职责，加强技术转移业绩考核，使技术转移制度化，特别要重视应用类科技成果向中小企业的转化。最后，整合和完善公共信息基础设施，建立有效的科技信息公共资源服务平台，降低科技服务机构获取公共性信息资源的成本。此外，还应考虑进一步下放政府职能，特别是一些服务性和事务性的业务，如将科技项目评审、项目管理、项目验收等下放给科技服务机构。

（二）加大财税支持

科技研发服务业由于复杂性与基础性而导致成本、风险和收益之间的不匹配，需要政府财政税收手段的调节。应在进一步增加对科技研发服务业的投入的基础上，进一步完善现行的政策法规，形成金融信贷、税收优惠、信息安全审查、政府咨询、评估、招投标、培训、激励等方面完善的政策体系。一方面，针对科技研发服务业不同成长阶段采取各有侧重的财税政策。在研发环节，可建立货物和劳务税退税制度，房产税与城镇土地使用税优惠制度，创新型人才的个人所得税优惠制度，并实施对创业投资机构的风险补贴政策；在运营和使用环节，可以丰富优惠手段，如允许加速折旧、建立再投资退税或抵免制度及营业税优惠，辅之以强有力的政府采购、财政补贴、财政贴息等优惠政策，特别重视加强政府和国有企业对本国科技研发服务的采购力度，同时优先考虑将科技研发服务业纳入增值税范围。对已形成的科技资源存量，可以考虑通过征收科技资源占用税等方式鼓励提高科技资源的共享程度。另一方面，还应制定科研项目建设投资与项目研究开发经费分离管理的新政策，以强化科技资源增量的共享属性。

（三）拓宽融资渠道

科技研发服务业具有技术创新风险高、前期投入资金多的特性，投融资往往成为其发展的瓶颈。"十二五"期间，应加快建立多层次、多元化的科技研发服务业投融资体系。一方面，应推动信贷产品和服务创新，努力探索天使投资、科技贷款、科技保险、股权激励、多层次资本市场、科技银行等"科技金融套餐式"服务，包括鼓励实施以企业信用为基础的科技型创业企业流动资金融资解决方案，进一步扩大知识产权质押贷款、股权质押贷款、担保融资、信用贷款、信用保险和贸易融资、认股权贷款、并购贷款的规模，完善融资性担保及再担保机制，建立企业创新产品研发、科技成果转让的保险保障机制，研究实施支持全国场外交易市场建设的政策措施等。另一方面，应支持科技研发企业发行信托计划、企业债券、短期融资券、中期票据、集合票据等，拓宽直接融资渠道。此

外，还应充分发挥政府投资对社会投资的引领带动作用，将科技研发服务企业作为创业投资引导基金、科技型中小企业创新基金、服务业引导资金等专项基金的支持重点，完善政策支撑体系，吸引社会资本进入，从而实现"以政府投资为主"向"以社会投资为主"的有序转换。

（四）激发市场活力

在释放科技研发市场需求方面，应抢抓科技研发服务业全球化布局的战略机遇，大力推进科技研发服务外包。鼓励生产制造企业将研发中心、技术中心、重大产业技术平台等，组建成专业化的具有科技研发、技术推广和工业设计等功能的服务型企业，形成为企业技术创新提供社会化有偿服务的体系。研究以政府采购服务的方式委托建立公共研发外包技术资源信息数据库和以需求信息为主要内容的外包业务撮合平台，为符合条件的科技研发外包服务企业提供免费服务，特别要重视面向科技型中小企业提供科技服务。对通过科技中介服务方承接并实际发生研发外包服务的业务，探索实施服务费补贴，鼓励科技中介服务方为发包方与接包企业的有效对接提供服务。在激发科技研发市场供给方面，应注重建立科技研发服务的市场化和企业化运作机制，深化事业单位的改革，引导非营利服务机构建立企业化管理机制，面向市场提供社会化服务，并通过资源重组和整合，做大做强一批综合性和专业性的科技服务机构。引导科技服务企业建立现代企业制度，重点建立适应知识型科技服务企业合伙制，以推进科技服务业的制度创新。推进高校科研体制变革，以多种方式建立研究中心、创新基地或高技术研究院等，加强各种形式的产学研合作。此外，还应注重构建网络化和连锁化的科技服务体系，使各种科技服务机构实现在活动和服务提供上的互相支持、互通信息。

（五）降低准入门槛，注重资质审查

一方面，设立公正、灵活的科技研发服务业的市场准入门槛，适当降低研发、设计、创意等科技研发服务企业的注册资金。鼓励社会力量和有条件的科研单位、高等院校利用科研设备和人才优势兴办各类科技中介机构，特别要鼓励民营企业独立创办或与其他社会力量联合兴办科技创业服务中心和生产力促进中心。对社会资本兴办科技服务业实施倾斜政策，包括考虑设立鼓励民间资本投资

科技研发服务产业的税收优惠、放宽民间资本投资的税收抵免政策和纳税扣除适用范围，为民间资本投资科技研发服务业创造宽松的环境。另一方面，要建立健全企业或机构执业资格认证制度、科技研发服务业人才评估和资质考核认定制度和注册执业人员的责任追究制度，构建正常的退出淘汰机制，为市场有序竞争提供保障。此外，还应加快融入全球研发创新体系，在吸引国内外大型企业、知名实验室设立研发机构的同时，积极发展国际技术贸易，重新审视现有法规条例中不利于或者限制科技研发服务机构开展涉外技术咨询、技术贸易的条款，进一步放宽准入条件，支持企业开展国际技术贸易服务。

（六）规范市场秩序，推进行业自律

在规范市场秩序方面，首先，应积极推进科技研发服务企业信用档案系统和信用评级工作，建立健全企业信用信息数据库和企业信用信息公共服务平台，大力推广使用企业信用产品，鼓励企业开展内部信用管理。其次，应积极推进服务业企业标准化试点工作，推动科技研发行业的标准化、重点推进行业服务内容和质量的规范。应开展标准创新试点工作，支持企业牵头创制具有自主知识产权的国际标准、国家标准及行业标准，推动技术标准的产业化应用，以标准促进创新产品开发。支持企业申请国际国内专利和标准，鼓励企业通过产学研联合等方式参与和制定产业技术标准、国际技术标准，加快与国际先进标准的对接。最后，加强知识产权保护和引导，健全知识产权保护的法律法规体系，完善知识产权保护机制。支持企业获得核心专利，建立专利池，提升知识产权创造、运用、保护和管理能力，引导优质专利代理机构为企业提供高质量的专利管理服务，鼓励企业创新知识产权经营模式，支持企业之间的专利许可、交叉许可，推进科技成果共享和协作研发。为了实现规范的市场秩序，通过行业协会实现行业自律是非常重要且有效手段。要大力扶持各类科技服务行业协会的发展，加快科技行业协会、科技服务机构与政府主管机构分离的步伐，使科技行业协会真正成为独立的市场主体。鼓励行业协会在制定行业市场准入、行为规范、服务标准、执业操守、资质认证等制度中发挥重要作用，同时强化行业协会在违规惩罚、调节利益纠纷、行业损害调查、行业信息发布、规范经营行为等方面的功能，逐渐形成行业的自律发展机制，为科技研发服务业的发展营造一个公平有序的竞争环境。

（七）引导集聚发展，加强品牌建设

与高新技术制造业形成了明显的集聚区不同的是，我国高技术服务业所形成的集聚区还不是十分明显。大连的软件外包园、中关村软件园、杭州的创意产业园等，已在某种程度上具有高技术服务业集聚的雏形。但是，在我国高技术服务业集聚发展的政策支持方面，缺乏相关的明确政策支持。尤其是在相关高技术服务业集聚发展的软环境建设方面，乏善可陈。我国高技术服务业集聚发展严重缺失，主要原因在以下几个方面：一是各行业优惠政策较多，但都偏向于特定产业与企业。从高技术服务业发展本身来看，国家针对各个行业已经制定了一系列的税收优惠政策：关于技术服务的营业税减免政策，对服务外包企业的营业税与所得税优惠，对软件企业的增值税与所得税优惠等。从效果来看，这些政策都偏向于某个特定产业与企业。而缺乏关于企业发展环境、促进企业集聚、形成知识网络等方面的相关政策。二是优惠政策集中在针对企业的税收与补贴政策。我国现有的关于产业集聚的政策主要是高新技术园区的相关政策。而我国的高新技术开发区基本都是政府主导型、政策推动型、招商引资型的，走的是一条政府主导下的优惠政策推动、外部招商引资、外生发展的道路，缺乏对企业集聚根植性的培育。从优惠政策本身来看，大都是针对企业的税收与补贴政策，对产业发展环境的相关政策缺乏。例如，在培训、知识产权保护、信息基础设施、人力资本流动机制、融资环境、数据自由港、商业秘密保护机制、政府采购与国有企业采购、核心行业的安全机制、土地政策、公共数据安全技术、政府服务水平（主动服务）等方面，缺乏很好的政策环境。而且，在支持产业发展，尤其是市场开拓、产业影响、市场开放等方面，也没有相应的政策。三是各地区之间存在着争优惠政策的倾向。在分权财政体制下，各地区之间仍然存在着优惠政策竞争的倾向。例如在软件产业与服务外包方面，各地实行了不同的优惠政策，而这种优惠政策的竞争对产业发展本身并无太大的好处。四是缺乏高技术服务业集聚发展的相关支持政策。高技术服务业集聚发展的一个重要特征是实现服务业的专业化分工。但是，从现有的税收制度来看，对高技术服务业征收营业税，很容易导致重复征税，且不利于高技术服务业的专业化分工。即使解决了税收问题，政府在创业支持、产业影响、服务品牌打造、知识产权保护、市场开放等各方面仍有许多工作可用以打造高技术服务业集聚发展的政策环境。

那么如何鼓励高技术服务业集聚发展呢？

一是要在国家与地方规划层面上重视高技术服务业集聚发展。促进集聚发展的首要条件就是在规划层面有保障，有措施。在规划保障的前提下，要强化集聚区硬件的建设，使其成为高技术服务业快速成长的载体。在集聚区内，要通过建立基础设施投资基金，大力建设先进软件开发平台、高速通信设施与数据传输通道、测试平台、公共试验室等硬件基础设施，促进高技术服务业的集聚。

二是加快高技术服务区域品牌建设工作。高技术服务业的品牌发展至关重要，但是品牌发展存在着很高的风险，而且其维护成本也非常高，这使中小企业建立高技术服务品牌的难度非常大。在建立高技术服务业集聚区过程中，要将集聚区的品牌建设作为重中之重。具体可以按照以下方式操作：第一，由政府或行业协会牵头，集群运作，将集聚区的高技术服务品牌加以整合、包装，通过广告媒体，组织博览会，新产品推介会，研讨会等形式，加大宣传力度。第二，要加强信用环境建设，维护品牌。在集聚区内部要建立一种监督协调机制，加强行业自律，共同制订服务标准，并监督执行，以维护区域品牌的形象。第三，要通过扶持龙头企业来打造区域高技术服务品牌。通过建立集聚区品牌发展基金等方式，鼓励以企业为龙头打造高技术服务业品牌。

三是开展高技术服务集聚区批量筹资试点。通过集聚区内高技术服务企业相互担保、第四方担保、资产证券化、知识产权抵押、整体授信、集体发债、捆绑上市等方法，进行批量筹资试点。鼓励在为高技术服务企业提供服务方面进行金融产品创新。要在集聚区试点成立为集聚区企业服务的、具有互助性质的金融机构。

四是重视高技术服务标准的建设。以高技术服务业集聚区为平台，加快高技术服务标准的建设，鼓励集聚区内高技术服务企业制订服务标准。

五是在集聚区内形成创新与创业的服务体系。在集聚区内，要借助土地资源，不断完善技术检测、技术研究与试验等公共服务平台，在租金、税收、水电价格等方面加大政策扶持，促进服务企业成长。考虑到服务企业与制造企业的差异，鼓励营造从企业初创、成长到产业化等不同发展阶段的"接力式"创业服务环境。通过在集聚区设立毕业企业持续孵化基地、成立高速成长基金等措施，使高技术服务企业能够跨越死亡谷。

六是建立产业联盟。积极鼓励各类高技术服务企业成立产业联盟。鼓励集聚

区内企业之间的联合研发、共同投标、知识共享、联合营销等行动。

七是实行数据自由港试点。高技术服务业在发展过程中，存在着与国外企业进行大量数据交流的过程，但是，在目前中国的发展环境下，数据进出国境不仅速度受到限制，而且，也会受到有关方面的监控。这样，可以在国内成立一个或数个数据自由港，进行数据自由交换试点，促进外向型高技术服务业发展。在数据自由港内，信息基础设施建设与数据自由主要体现在以下方面：第一，自由港内有光缆或卫星直接与国外进行数据交换，而无需通过中央节点。第二，国外数据传输到数据自由港后，可以存放于特定的"数据自由仓库"，该数据仓库的数据可以自由进出，不受限制。第三，自由港内的数据，尤其是海外数据要进入国内其他地区时，则应受到监控。

高技术服务业是现代服务业的"皇冠"。要充分发挥高技术服务业的引领和渗透作用，就必须重视"品牌"，加强品牌建设，走高端发展之道路。在"十二五"期间，要围绕提升科技研发服务机构的服务能力，加快培育一批服务专业化、发展规模化、运行规范化的国内著名、国际知名的骨干服务机构；制订实施自主创新品牌宣传推广方案，支持企业通过参加国际知名展会、赞助国际知名赛事等扩大影响力，推进科技研发服务的品牌化。

（八）健全统计体系，加快人才培养

鉴于目前国家和地方对科技服务业机构的界定与划分不尽相同、科技研发服务业范围尚无统一规范的现实，为客观反映科技研发服务业的实际发展情况，应参考国际标准并结合我国的实际情况，完善科技研发服务业统计调查方法和指标体系，并动态调整统计内容，形成科学的统计调查制度和信息管理制度。同时，应加强对统计数据的分析和应用，增加反映科技研发服务业发展质量、速度、效益的统计指标，健全科技研发服务业统计信息发布、重大信息披露制度，实行统计信息资源共享，为促进我国科技研发服务业发展提供科学依据。此外，还应改革传统的人才培养方法，发挥学校、企业和研发机构三方共同的力量，实施产学研一体化的培养机制，对从事高端技术服务业人才实施有效的激励机制，包括个人所得税的减免、大城市落户、职称评定、在职培训等方面进行适度倾斜。支持企业引进海内外高端领军创新人才和高层次创业人才，鼓励企业开展股权和分红激励试点。

参考文献

陈靖：《我国地区技术市场交易对 GDP 的贡献》，我国技术市场，2006。

高汝喜、张国安、谢曙光：《上海 R&D 产业发展前景》，《上海经济研究》2001 年第 9 期。

黄鲁成：《R&D 产业内涵、成因及意义》，《科研管理》2005 年第 9 期。

夏杰长、尚铁力：《西方现代服务经济研究综述》，《国外社会科学》2006 年第 5 期。

夏杰长、尚铁力：《我国研发产业发展的实证分析与对策思路——以北京为例》，《浙江树人大学学报》2007 年第 1 期。

杨茜：《我国企业 R&D 投入不足的原因及对策分析》，《社科纵横》2005 年第 4 期。

郑京海、胡鞍钢：《中国改革时期省际生产率增长变化的实证分析：1979 ~ 2001 年》，《经济学（季刊）》2005 年第 4 卷第 2 期。

张仁开、张洛锋：《加快我国研发产业的发展》，《科学决策》2005 年第 11 期。

张桂玲、左浩泓：《对我国现行科技税收激励政策的归纳分析》，《中国科技论坛》2005 年第 3 期。

赵彦云、伍业锋：《我国地区科技竞争力的分析和对策》，《中国社会科学》2006 年第 1 期。

B.5
中国"十二五"时期环保服务业的发展目标、思路和政策建议

张颖熙*

摘 要: 从世界环保产业的发展趋势来看,环保产业的"服务化"趋势日益明显。环保产业越往高端发展,其服务化的特征就愈加明显。本研究在结合发达国家环保产业发展特征和阶段基础上,针对我国环保产业政策、体制机制、行业企业三个层面,深入分析了我国环保服务业发展主要问题及制约因素,进而预测"十二五"时期我国环保服务业发展目标,提出促进环保服务发展的思路和政策建议。研究认为,当前我国环保产业仍处于初级建设阶段,市场化程度不高,产业的"服务化"特征并不明显。随着环保产业投资加快,环境基础设施行业的改革和发展,价值链变化将会带来全新的产业模式。加快环保服务业发展是实现"十二五"期间节能减排目标的重要内容,也是促进我国环保产业转型升级的必然选择。

关键词: 环保服务业 服务化 市场化 产业转型

一 环保服务业的概念、分类与特点

狭义的环保产业侧重于末端治理,即在环境污染控制与减排、污染清理以及废物处理等方面提供产品和服务。但是,随着新能源的开发和利用,我们将其延展到对产品生命周期的绿色全程呵护,即"清洁产业"或"广义的环保产业"。广义的环保产业包括从资源、能源的获取到产生,到中间的输送和配送,

---

* 张颖熙,中国社会科学院财政与贸易经济研究所助理研究员,研究方向为服务经济。

再到循环回收利用，能够提供具有改善性能的技术和服务。它是指为节约资源、保护环境提供技术、装备和服务保障的产业，是先进制造业和生产服务业紧密结合并极具发展潜力的新兴产业，是跨行业、覆盖面宽的综合性产业。它主要包括环境工程、环保装备产品、资源循环利用、环境投资和环保服务等领域。其中，环境工程、环保设备是环保产业的物质基础和必要组成；环保投资是环保产业发展的重要手段和驱动力；环保服务则是环保产业的核心，是环保产业经过初期的基础设施建设后，在未来得以持续发展和有效运转，真正实现环境保护目标的保障。

环保服务业是指与环境保护相关的服务贸易活动，在我国，具体包括环境技术服务、环境咨询服务、污染设施运营管理、废旧资源回收处置、环境贸易与金融服务、环境功能及其他服务六类（见表1）。①

表1　中国环保服务业分类

类　别	具　体　描　述
环境技术服务	包括环境技术与产品的开发、环境工程设计与施工、环境检测与分析服务等
环境咨询服务	包括环境影响评价、环境工程咨询、环境监理、环境管理体系与环境标志产品认证、有机食品认证、环境技术评估、产品生命周期评价、清洁生产审计与培训、环境信息服务等
污染设施运营管理	包括水污染治理设施、空气污染治理设施、固体废物处理设施、噪声控制设施等的管理、运营和维护服务
废旧资源回收处置	包括废旧金属及制品、废旧造纸原料、废塑料、废旧化工制品、废木料、废包装物等废旧资源的回收处置
环境贸易与金融服务	包括环境相关产品的专业营销、进出口贸易、环境金融服务等
环境功能及其他服务	包括生态旅游、人工生态环境设计等

环保服务业是伴随着社会对环境要求的提高而产生的，是环保产业发展到一定水平时由产业升级需求而产生的现代化的服务产业。从发达国家环保产业发展历程和经验来看，环保产业的增长已经不能再单纯地依赖工程建设和设备制造，环保服务业势必成为拓宽环境产业涵盖面、促进环境产业向更高层次发展的突破口。环保服务业具备专业化的运营能力，因而，既可以在深度上使环境产业链得到延伸，也可以在广度上不断探索新的环保服务领域，发掘更多的环保市场需

① 环境保护总局：《环保服务业发展报告》，2006 年 7 月。

求。环保服务业具备以下几个特点。

1. 环保服务业具有公共物品的性质

环保服务业是技术密集型、知识密集型产业，而技术或知识的消费具有非竞争性。因此，它具有公共物品属性。这种服务在提供时的边际成本为零或者很低，如果没有从中获得足够的边际收益，则被认为未能有效地利用它们。由于环保服务具有这种特性，所以一些发达国家对环保服务业非常重视，急于打开中国这个巨大的环保服务市场。而且他们对环保服务业的重视程度更甚于环保设备业，因为他们能够从中获得更大的收益，并且，这种服务业很容易形成垄断。发达国家的跨国公司通过对高端技术和知识的控制，使别的企业难以参与竞争，并且随着我国环境标准与发达国家环境标准的接轨，在较低环境标准的环境下成长起来的我国环保服务企业，由于技术的落后和知识的限制将会更难于参与市场竞争。

2. 环保服务业作为一种系统化的解决方案与环保设备制造业之间存在关联效应

环保服务业是与环保设备制造业联系最为紧密的行业，环保服务业往往与环境设备相匹配。作为一种技术密集型产业，环保服务业所提供的服务产品在广度上涵盖环境保护和污染防治，从评估设计、投资建设到运营管理等各个环节，在深度上是以达到所要求的环境效果为目标，经过全局设计和考量而形成的一种综合、系统的解决方案。随着环保设备制造业的升级和技术含量的提高，越来越多的环保服务完全附属于有形商品的价值实体，而且环保服务已成为产品增值的主要来源。并且，环保制造业与环保服务之间存在相互支撑、相互推动的关系，前者为后者的发展创造需求的空间，后者为前者的升级和转型创造条件。因此，应加强环保服务业与环保设备制造业之间的协调与支持，发挥产业间的联动效应，促进环保服务的发展。

3. 环保服务业以可量化的环境产出作为服务成果的衡量标准

提供环保服务的企业获得收益的基准在于其提供服务后环境的改善能否达到合约中客户对环境效果的预期，也就是经过一系列服务后，环境的改善程度是否符合标准，而这一标准是可以量化的，如污泥处置量、垃圾处理量等。

4. 环保服务产品由专业的服务公司提供

随着环境服务项目的模式、标准和复杂程度的日趋提高，环保服务业的内涵也从单一的技术服务向决策、管理、金融等综合、全方位的智力型服务发展，从而对环保服务提供单位提出了更高的要求,传统的以单一科研院所为主的格局已经改变,专业化的环境服务公司逐渐成为主流。

二 发达国家环保产业发展历程证明了产业的可持续性和阶段性

发达国家的环保产业起始于 20 世纪 70 年代,经过 30 多年的快速发展,发达国家环保产业的产值已占到了国内生产总值 10% ~ 20%,成为国民经济的支柱产业之一。据统计,1990 年,全球环保市场约为 2000 亿美元,1996 年为 4530 亿美元,2000 年达 6530 亿美元,目前已经超过 7000 亿美元,年均增长率达 7.1%,远远超过全球经济增长速度,保持着持续发展态势。[①]

以美国为例,1971 ~ 1989 年间是美国环保产业的高速增长阶段,其增长率一直保持在 GDP 增长率的 2 倍以上(10% 以上的增长率),环保产业在国民经济中的占比不断提高;1990 ~ 2000 年,环保产业增速放缓,增长率在 4% 左右波动,与 GDP 增速基本相当,进入成熟期;2000 年以来,随着世界范围内的环保压力增大,美国环保产业势头再起,增长率继续攀升,2008 年环保行业收入规模达到 2840 亿美元,预计 2015 年,环保产值将达到 4000 亿美元(如图1)。[②]

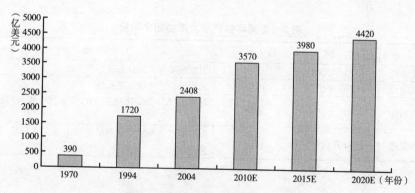

图 1 美国环保产业产值逐年增加

资料来源:美国商务部。

---

① 国海证券研究报告:《环保产业发展提速,关注政策出台刺激》,2010 年 7 月 29 日。
② 环境保护总局:《环保服务业发展报告》,2006 年 7 月。

从投资角度看，美国环保产业投资规模一直占 GDP 的 2% ~ 2.5% 左右。20 世纪 90 年代末期，在新能源产业的推动下，美国环保产业投资一直保持在 6% 左右的增速（如图 2）。美国环保产业发展的驱动因素主要由公众意识、政府管制和市场机制共同作用而成，其产业发展依次经历了四个阶段（见表 2）：第一阶段初步发展期（1970 年代初），第二阶段基础建设期（1970 年代），第三阶段监管加强期（1980 年代）和第四阶段市场促进期（1990 年代初）。

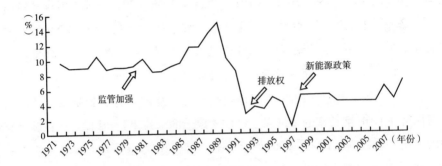

图 2　1971 ~ 2007 年美国环保产业投资增速

资料来源：《美国环保产业》，华泰联合证券研究所，2010 年 6 月。

表 2　美国环保产业发展的四个阶段

阶　段	时　间	投资水平	工　作　重　点
初步发展	1970 年代初	低	识别环境保护的优先级别和策略
基础建设	1970 年代	最快	大量投资于环保基础设施
监管加强	1980 年代	较快	环保法规发展促使对工业的环保管理和对污染控制加大投资
市场促进	1990 年代初	较快	财政和经济激励措施刺激企业主动改善环境、提高生产率

三　我国环保产业处于产业化初级阶段

我国的环保产业起步于 20 世纪 80 年代，在不到 30 年的时间里，环保产业已取得了很大的发展，年产值从 1983 年的 10 亿元，增加到 2008 年的 7900 亿元。据市场预期，2010 年我国环保产业的产值将超过 1 万亿，到 2015 年达到 GDP 的 7% ~ 8%，到 2020 年将成为国民经济的支柱产业。①

从产业投资看，"七五"时期以来，我国环保投资规模逐年扩大，预计"十一五"期间环保投资总额将达 1.54 万亿元。据国家环保部"十二五"规划初步预测，"十二五"期间，我国环保投资将达 3.1 万亿元（见图 3），年均增速 24.2%，可实现环保产值约为 4.9 万亿元。随着环保投资增加，环保投资占 GDP 的比重由 2001 年的 1.01% 提升至 2008 年的 1.43%，相当于美国环保产业 80 年代水平，该阶段为美国环保产业高速发展的后半段。也就是说，我国目前正处于美国环保产业的第二阶段和第三阶段之间。

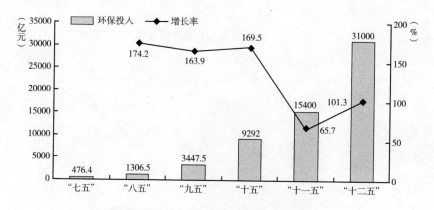

图 3 "七五"时期以来我国环保投入

资料来源：相关年份《中国统计年鉴》。

从产业结构看，环境设施建设带动的设备制造和工程服务在产业中占主导地位，环保服务比重较低（见图 4）。2007 年，我国环保服务收入只有 500 亿元左右，占整个环保产业的 7.1%。而 2008 年美国环保服务业的收入达到 1600 亿美元，占整个环保产业的一半以上（见图 5）。这说明我国的环保产业发展尚处于产业化初期。随着环保产业投入加快和基础设施建设日益完善，对环保服务的需求将越来越多，从而为环保产业的升级和转型带来良机。

---

① 中国银河证券研究部：《环保行业"十二五"前瞻》，2010 年 10 月。

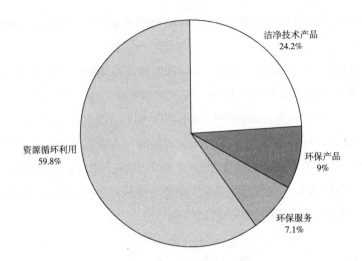

图4 2007年我国环保产业结构

资料来源:《美国环保产业》。

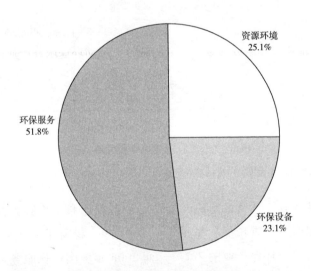

图5 2008年美国环保产业结构

四 环保产业"服务化"趋势日益明显

作为智力密集型行业,环保服务业是环保产业中的一个重要组成部分,它的发展标志着一国环保产业发展的整体水平和成熟度。在国际上,20世纪70年代以前，相对于国民经济中第三产业的总体发展情况而言，环保服务业被认为是环境产业中微不足道的一部分，而 20 世纪 90 年代以后，环保服务业变得日益重要。随着经济全球化、环境全球化的迅猛发展，环保服务业在国际环境市场中的份额不断提高，已成为最具发展潜力的产业领域。

目前，环保服务业已经成为我国环保产业中增长较快的产业领域，是产业发展获得突破的关键点。随着环境设施的增加，环保产业的重心逐渐由工程服务、设备服务向运营服务转移，以运供服务为核心的环境服务业比重逐渐加大。据统计，到 2008 年底已经形成的供水服务、污水处理服务和垃圾处理服务的总服务业理论产值分别达到约 700 亿、100 亿和 50 亿元。①

在大力发展低碳经济背景下，以提高能源利用效率为目的的环保服务业，在各国政府通过立法强势介入的推动下，从公共机构逐渐向商业领域、工业领域渗透，需求侧管理（DSM）、合同能源服务（ESCO）等新型节能服务模式不断创新。发达国家节能环保企业正向综合化、大型化、集团化方向发展，技术向成熟化、深度化、尖端化发展，产品向标准化、成套化、系列化发展。目前，世界银行等组织积极推动环保服务与金融服务的融合，推动环保服务产业链的完善。由此可见，环保产业越往高端发展，其服务化的特征将会更加明显。

五　我国环保服务业发展的总体情况

本报告将结合国内外环保产业发展特点及趋势，从产业政策、体制机制、重点行业企业等层面系统地分析我国环保服务业发展的总体情况及存在问题，进而针对未来发展的重点领域和关键环节，提出"十二五"时期我国环保服务业发展的目标、思路和对策措施。

（一）基于产业政策视角分析

环保行业作为公用事业，行业发展受到国家政策导向的影响较大，除了资金投入外，政策支持也是推动环保行业发展的主要动力。目前我国已经进入工业化中后期阶段，从国外经验看，政府对环保的重视和大规模投入一般发生在工业化后

---

① 环境商会递交两会提案：《力推环境服务业发展》，2009 年 3 月。

期，而从实际情况来看，随着国际社会对中国减排的呼声日益提高，国内民众的环保意识也逐渐增强，因此在经济结构转型的过程中，环保产业得到高度关注。

1. 政府支持是环保产业发展的主线

环保产业的发展离不开政策的支持。"十一五"期间，国家从政策上对环保产业给予了大力的支持，出台了很多促进产业健康发展的政策。政策的支持显示了政府对环境治理问题的重视程度日益提高。作为新的增长点，"十一五"期间，国家在环保领域陆续出台了若干重要产业政策（见表3）。政策主导和支持是我国环保产业发展的主线，"十二五"时期，随着政府政策支持力度的加大将进一步催生环保产业进入黄金时期。

表3 "十一五"期间我国节能环保产业促进政策

政策时间	政策名称	重点内容
2006 年 2 月	《国家中长期科学和技术发展规划纲要(2006～2020)》	将"水体污染控制与治理"确定为 16 个科技重大专项之一，并规划了数十亿元的启动资金
2007 年 6 月	《国务院关于印发节能减排综合性工作方案的通知》	明确"十一五"期间新增城市污水日处理能力 4500 万吨，再生水日利用能力 680 万吨，污水处理费原则不低于 0.8 元/吨
2007 年 10 月	《城镇污水处理及再生利用设施建设"十一五"规划》	"十一五"期间全国城镇污水处理及再生利用设施建设新增投资额 3320 亿元，其中污水处理厂建设 800 亿元
2009 年 9 月	《紧急落实新增 1000 亿元中央投资工作方案》	将加快节能减排和生态工程建设进一步作为扩大内需的十项重点措施之一
2010 年 1 月	国务院讨论并通过了《国家环境保护"十一五"规划中期评估报告》	强调要增加投入，大力发展环保产业，加强环境保护能力建设
2010 年 2 月	国家环保部、统计局、农业部联合发布了《第一次全国污染源普查公报》	研究征收环境税
2010 年 4 月	国务院 2010 年 25 号文件	就加快推行合同能源管理，促进节能服务业发展提出指导性意见
2010 年 6 月	财政部、发改委联合下发 2010 年 249 号文件	明确了中央财政对合同能源管理项目和节能服务业发展的资金支持细则
2010 年 11 月	国家《节能环保产业发展规划》已完成，并将于 2011 年 3 月出台	四大环保产业新政：①"重点工程带动"战略；②完善环保相关财税政策、产业政策及金融政策体系；③建立国家环保工程研究中心和国家环保工程实验室；④推出环保新标准和新法规，推动一批新的环保产业脱颖而出

2. 配套政策不到位是制约我国环保产业发展的主要障碍

与发达国家相比，我国环保产业总体上还处于产业化的初级阶段，环保产业发展尚不能完全满足环境管理、节能减排和成为新经济增长点的需要。虽然我国工业领域节能环保潜力巨大，具体措施也已明确，仍然存在不少瓶颈。例如，现行的《节约能源法》强制性和权威性不够，尤其缺少配套的法规政策，使得节能环保优惠措施难以得到有效落实。企业节能改造使用的是宝贵的技改资金，产生的效益却没有被免除各种税费。在环保科技成果转化方面，由于缺乏转化环境、关联技术、资金资源、市场渠道等相关配套政策，导致转化过程缓慢甚至失败。因此，政府除了要完善相关法律外，还应该辅以相应的财税金融政策支持，并在推动节能环保科技成果产业化上起主导作用。

为适应经济社会发展全面转型的要求，2010 年 3 月，我国提出将环保产业的振兴和发展作为应对金融危机、扩大内需和保持经济平稳较快发展的一项重要措施，着力将环保产业培育成未来经济新增长点，重点突破产业发展的六大政策瓶颈。一是进一步完善环保产业的管理体制。建议相关部门加强协调配合，建立环保产业综合管理体制，统一制订环保产业发展规划，全面提升国家对环保产业发展的宏观调控能力。二是建立投、融资及市场激励机制。建立包括发债、担保、项目融资、环保产业基金等多种方式在内的融资机制，广泛吸收社会资本进入环保产业。提高污染治理收费标准，明确收费方式和费用使用机制。三是完善价格、税收等配套政策。四是推动环保服务业快速健康发展，研究建立对环境基础设施社会化运营的财政补贴机制、环保设施运营特许经营制度。五是组织实施环保产业调查和重点环保工程。六是进一步促进环保技术的研发与应用，构建"以企业为主体、产学研相结合"的环保技术及装备创新体系。①

（二）基于体制机制视角分析

国务院发展研究中心宏观经济研究部"城市环境服务业发展现状与对策研究"课题组曾经开展了一项调查活动。② 该调查活动对全国 10 个大中城市的

---

① 环保部：《突破环保产业发展六大政策瓶颈》，2010 年 3 月 10 日《中国证券时报》。
② 国务院发展研究中心课题组：《城市环境服务业发展现状与对策研究：促进城市环境服务业发展的对策建议》，《经济研究参考》2008 年第 25 期。

4000户居民进行了入户调查。调查结果显示：目前我国国内环境服务业的发展在城市化进程中已经滞后于经济发展。该课题组还对其中的原因进行了分析，认为这种滞后源于思想观念、机制和体制的制约，从而导致在整个环境服务业的城市经营、城市规划、城市建设、城市管理和城市公用事业的改革等方面，有的仍处于旧体制的框架中，真正市场化的运营机制尚未完全建立起来，使城市缺乏生机和活力。

1. 环保服务业发展的驱动因素

一般来说，环保服务业的发展受到三种机制的驱动：一是政府规制，包括政府为捍卫公众环境利益而制定的环境法规和有关政策及政府对公共环境事业的投入；二是企业效率，即环境对企业的成本－效益型驱动机制；三是社会需求，即社会大众对更高生活质量追求而形成的消费需求驱动机制。

美国环保服务业的发展主要取决于这三种驱动力量的强弱（如图6）。20世纪70年代末期，随着政府管制力度逐渐增强，美国环保产业投资增速快速增长。80年代末期，经过10多年的快速成长，美国环保行业已经进入非常成熟的阶段，增速大幅度下降。90年代初期，美国政府推出了以排放权交易为主的市场化体制又一次刺激了环保行业的投资增速提高。

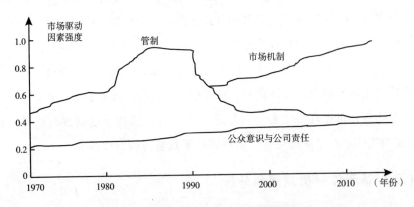

图6 美国环保行业驱动因素强弱变化

2. 政府过度介入环保产业，导致"市场化需求"不足

在目前阶段，政府过多介入环保产业、代理环节过多，环保服务业的需求更多表现为"政府需求"，而不是真正的"市场需求"，市场化发育明显不足，这导致环保服务业存在着市场效率低下、需求严重不足的问题，主要表现在以下两个方面。

第一，制度规定未能创造出"市场需求"和"市场供给"。由于体制限制，我国现有的环保市场上的微观作用机制不健全，其自身的造血功能相当脆弱。已有的制度创造的只是"非市场化的需求"，即主要依靠行政规定来确定排污收费和超标罚款标准。污染者根据规定向政府缴纳规费，从而使污染者对环境污染治理的需求转变为政府对环境污染治理的需求，不可避免地产生"庇古负效应"问题。同时，由于"非市场的需求"使环保企业没有向实际付费者服务的动机和义务，而依赖于政府和通过政府作用为其创造的生存和发展条件，缺乏"市场供给"行为，又不可避免地产生"市场供给"不足问题。由于政府介入经济利益分配，即先收费、再买单，代理环节过多，从而不可避免地产生"多层代理低效率"问题（支付过多的交易费用）。

第二，政府管理部门承担了过多的"买单"义务，并缺乏有效的监督。政府的意愿和行为对市场的供求关系有着决定性影响。这是一种属于买方垄断的不完全竞争市场，其直接结果就是市场的交易效率低下，供方的核心竞争力不高，市场参与意愿有限。这一方面导致财政不堪重负，另一方面导致治理污染成本居高不下，同时环保企业依然面临资金不足的难题。而且政府"买单"过多，不可避免地产生了"挤出效应"：一是挤出污染者对治理环境污染的市场需求；二是挤出面向市场需求环保企业的市场供给，从而在整体上无法摆脱传统的环境治理和环保产业发展的老路。目前我国的环保服务业作为一种政策引导型产业，政府承担了过多的责任和义务，从而形成了政府、市场、企业三者之间的事权不清、过多依赖政府的发展机制，市场对资源配置的基础地位和作用受到抑制。

综上所述，目前我国的环境服务业作为一种政策引导型产业，政府承担了过多的责任和义务，从而形成了政府、市场、企业三者之间的事权不清、过多依赖政府的发展机制，市场对资源配置的基础地位和作用受到抑制。长期来看，不形成稳定的市场需求、不形成有效率的市场，必将会影响环保服务业的持续、健康发展。

3. 创造有效需求，建立完善环保服务业发展的新机制

长期以来，由于计划经济的影响，我国的经济体制改革比较偏重于制造业和商业，很少涉及服务业，因而我国的服务业发展一直落后于工业、商业，并且发展严重不足。环保服务业在我国环保产业中的发展状态也是如此。如今我国环保

产业中环保产品制造业的发展水平不高的根本原因就是环保服务业发展不足。而发展环保服务业，就必须深化经济体制改革和机构运行机制。

我国的环保服务业市场化明显不足。以水务市场为例，目前我国全部水务市场至今仅仅对外开放了10%的份额，尚有90%掌控在旧体制下，市场化程度极低。水务市场的蛋糕很大，但是有很大比例是由没有实现改制的国有供水企业，以及事业型污水处理单位拿走的，而且也有一定比例的污水处理服务没有收费。因此，实际有效的水业运营服务市场要小得多。其他领域，如生活垃圾、危险废弃物领域的情况也大抵如此。①

2000年以来，我国政府加强了推动环境污染治理设施运营服务发展的力度，制定了有关政策并加快了实施进度，对水价、污水和垃圾处理的收费、市场管理与市场准入等问题加大了改革力度。特许经营的市场化改革模式（如BOT、TOT等）和环境污染治理设施运营管理制度在上海、北京等大城市开始引入。如上海近年来尝试引入排污许可证制度，将治污的外部社会成本变成企业生产的内部成本，并保证环境保护的精确性和公平性，以使污染者在投入污染治理成本时做到恰到好处。

目前社会广泛关注的环境税征收问题已被提上我国环保产业重大改革的日程。环境税改革将进一步使污染者明确有支付"污染治理成本"的义务和拥有"选择提供环保服务的环保企业"的权利。只有这样，才能在社会公众和政府的监督下，实现环保服务成本的最低化。明确污染者的义务与权利，在市场微观上产生的使用环保技术和设备的自主需求就产生了市场动力，推动环保服务业的自我发展。另外，环境服务业是污染治理市场的需求代理者，应在现有市场代理制度的基础上，进一步放开环境保护和治理代理者准入制度，完善资格认证制度，鼓励多种经济成分参与和发展，打破环保服务行业的垄断。

就目前来看，我国环境服务业的市场化程度相当低，正处于民营化和市场化的萌芽时期。工业企业和大多数城市的环保基础设施都没有实行市场化运营模式，仅仅是从形式上由国家公益事业单位改制为专业运营企业，实质上仍然依靠政府财政拨款来维持污染治理设施运行。从这个意义上来说，环保服务业的发展仍然有赖于政府对公用事业单位的改革力度。只有我国经济真正迈入市场经济，

---

① 文一波：《投资中国环境产业，共赢美好未来》，中国环境商会。

环保服务业的发展才会起到主导作用，这正是下一步我国环保产业发展的关键。因此，加强环保服务业的市场化建设，已成为我国环保产业今后发展的重中之重。要促成环保服务业和环保产业的良性发展，就必须为其创造出有效需求，建立和完善环保服务业发展的新机制。

（三）基于行业企业视角分析

环保服务在我国起步较晚，20世纪90年代中期之前，我国环保服务业从业机构主要是各种科研设计单位。服务也相应以开发、设计等技术性服务为主，通过技术引进、消化和吸收国外先进技术，我国环保服务业技术水平有了明显提高，在污染治理中应用的技术已达到20世纪90年代末国际水平。20世纪90年代后期，随着工程项目增加，以工程为基础的环境工程公司大量进入服务业，环保服务业的内涵也从单一的技术服务向决策、管理、金融等综合、全方位的智力型服务发展，结构性调整明显加快。近十年来，我国环保技术开发的主体有所变化，已改变了以单一科研设计单位开发为主的格局，企业自主开发和企业与科研单位合作开发已成为主体。

1. 初步形成以环境工程设计施工和污染治理设施运营服务为主体的环保服务体系

随着环境设施的增加，环境产业的重心逐渐由工程服务、设备服务向运营服务转移，以运供服务为核心的环境服务业比重逐渐加大。到2008年底，供水服务、污水处理服务和垃圾处理服务的总产值分别达到约700亿、100亿和50亿元。目前，基本形成了以环境工程设计施工和污染治理设施运营为主体，包括环保技术研发、环境检测和环境咨询在内的环保服务体系。其中，环境工程设计和设备安装施工服务是我国环保服务体系中最完善，实力最强，最具市场竞争力的领域。环保技术与产品研发、环境检测和环境咨询及环境融资服务尚处于初步发展阶段，在环境服务业中所占比例很低（如图7）。

环境咨询服务在我国虽然较好地实现了社会化服务，但由于起步晚，目前的市场份额还较小，尚未出现规模较大的综合性的环境咨询服务企业（环境顾问公司），多数从业单位是各类环境科研院所，兼业从事与环境相关的咨询服务业务。

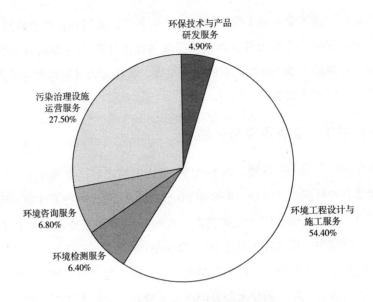

图7　2004年我国环保服务业结构

资料来源：环境保护总局《环保服务业发展报告》，2006年7月。

2. 环境污染治理设施运营服务是我国环保产业实现服务转型的风向标

环境污染治理设施运营是环保服务业的重要内容，其实质是管理性服务，主要指对从事城市污水，工业废水，生活垃圾，工业固体废物、废气及放射性废物治理设施的社会化运营和管理。我国环境污染治理设施的社会化、市场化运营才刚刚起步，市场化规模不大，但随着国家减排战略的深入，建成的环境治理设施迅速增加，运营服务在实施减排战略中的重要性会逐年加强。环境污染治理设施运营服务将成为我国环境服务业的核心和环境产业实现服务化转型的风向标。

（1）我国环保设施运营服务发展现状及问题。2000年以后，我国政府加强了推动环境污染治理设施运营服务业发展的力度，制定了有关政策并加快了实施速度。对水价、污水和垃圾处理的收费、市场管理与市场准入等问题加大了改革力度，使我国的环境污染治理设施运营服务呈现了良好的发展态势。从业单位、项目数量和各项经济指标都有了比较显著的增长，企业的业务发展有了较大起色，企业的经济效益更是快速增长，环境设施运营服务领域具备了市场活力和广泛的市场前景。据统计，2004年末，我国环境污染治理设施运营服务领域已拥有各类运营服务企业 666 个，实现市场化运营管理的项目数达 1251 个，全行业共实现运营收入 72.7 亿元，实现年利润总额 4.7 亿元。[①] 尽管我国环境污染治理设施运营服务业已经取得较快的发展速度和良好的发展业绩，但是距离实现市场化和社会化的发展目标还相差甚远，绝大部分环境污染治理设施还没有进行市场化和社会化的运营管理，而且环保行业各个领域的发展不平衡。

（2）水务行业运营服务。在我国，水务行业的服务化程度相对最高，生活污水、工业废水两类环境污染治理设施的运营管理发展比较集中，且发展速度较快，占据了全行业的主要部分。其中，运营企业单位及运营项目数分别占了全行业总数的 70.0% 和 72.5%，运营与管理合同额占了全行业总数的 65.8%，运营年收入总额及运营年利润分别占了全行业总数的 77.1% 和 98.5%。[②] 城镇污水处理等水务行业逐步向民营企业开放，日处理能力超过 10 万吨规模的水务或环境工程公司已超过 20 家，但是与国际知名环境企业比较，差距仍十分巨大，如美国固体废物及多样化处理公司（WMX Technologies）年收入高达 150 亿美元，法国水务公司（Generale des Eaux）年收入超过 100 亿美元，英国环境工程顾问服务公司（Severn Trent）年收入也超过 20 亿美元。而我国目前水务运营企业大多规模小，即使国内环保服务龙头企业的年营业收入还不到 5 亿元（如表 4）。

从产业链角度，污水处理产业的参与主体包括工程承包商、设备提供商（税务设备、管网、药剂、监测仪器等）和污水设施运营商。

表4　2009 年国内重点上市环保服务企业财务指标

企业名称	业务领域	服务方式	营业收入（百万元）	净利润（百万元）	EPS（元）	P/E（倍）
三维丝	废气处理	顾问式服务	132.1	22.6	0.44	89.6
万邦达	水处理工程	整体方案解决	476.7	81.1	0.71	131.1
碧水源	污水处理	整体方案解决	313.6	107.2	0.73	162.2
三聚环保	清洁技术和产品	单一产品生产	304.4	51	0.52	95.8

资料来源：华泰联合证券研究报告，2010 年 6 月 8 日。

[①] 王家廉：《我国环境污染治理设施运营服务业发展现状及分析》，《中国环保产业》2005 年第 11 期。

[②] 王家廉：《我国环境污染治理设施运营服务业发展现状及分析》，《中国环保产业》2005 年第 11 期。

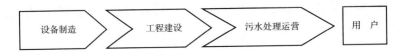

图8　污水处理产业链

污水处理行业的上游是设备制造商。在污水处理设备制造领域，目前国内几乎所有产品均能生产，但由于在材质和工艺方面存在不足，在使用的可靠性、寿命等方面与国外设备尚有一定的差距，尤其是自动化程度与进口设备的差距较大导致客户在选购设备时，特别是大型项目，还是倾向购买国外设备。近10年兴建的污水处理厂中约90%的设备是进口的。国产设备综合水平较高的品种多集中在用量大、技术水平低的设备领域。

污水处理行业的中下游包括工程建设及污水处理运营。近年来，国内很多高成长性环保企业都来自于工程类服务公司，其业务涉及从设备制造到运营整个产业链。如"万邦达"是国内目前工业水处理行业的龙头企业。公司定位于为国内大型煤化工、石油化工项目的水处理系统提供整体解决方案，将服务范围拓展到集排水、给水、中水回用为一体的"全方位EPC"，并形成从设计－总包－托管运营（15年）的一站式服务。

从运营模式角度，环保设施运营管理服务业从事的服务范围包括三个方面：一是专业性的从事污染治理设施运营服务的环保企业；二是作为污染治理设施的建设投资方进行长期（特许经营期）运营管理的运营企业；三是作为污染产生企业，为消除环境污染，自行管理本企业污染治理设施的内部运行机构。根据污染企业的规模大小，内部运行机构又分为两种情况：小企业一般采取作为本企业生产班组的内部运行机构；大型企业往往采取"内部市场机构"，即采取内部单独核算的厂内委托运行管理的内部专业运行机构。

上述三个设施运营方向，前两种情况可以是企业兼营形式，也可以是专业经营形式，但都是市场经济社会化服务的运作形式，仅仅是市场运作方式不同。第一种形式属于托管运营的经营方式，目前主要为一些外国独资企业或中外合资企业提供设施运营服务，其市场空间较小，但市场前景广阔。第二种是采取投资、建设、运行管理和移交的商业模式，即通常所说的BOT或TOT方式。与前两种商业化设施运营管理模式不同，第三种情况的运作方式是非市场化的模式。尽管可以采取内部核算的管理模式，但是并没有进入市场，也没有引入社会上的市场竞争机制。因而，这部分设施运行尚不能纳入环保服务业范畴。目前，污水处理的工程建设和污水处理运营的业务主要是通过项目的形式来运作，大体上分为 EPC、BOT、O&M 等模式（见表5）。全行业以投资承包（BOT、TOT）和托管运营为主的环境污染治理设施运营管理模式约占全行业项目总数的80％以上。

表5 环境设施运营服务的三种商业模式比较

模　式	EPC + C	BOT	O&M
业务范围	系统建设期服务 + 系统运营期服务	系统建设期服务 + 系统运营期服务	系统运营期服务
资金来源	以客户资金实施	移交前以自由资金建设运营	以客户资金实施
设施权属	始终属于客户	移交前公司享有特许经营权	始终属于客户
收费标准	收取系统建设、运营服务费	除系统建设费、运营服务费还考虑移交时的设备折旧补偿	系统运营服务费

　　EPC（Engineering-Procurement-Construction）模式是指服务提供商通过合约方式，按照固定的合约价（可根据双方协定修改订单作一定的调整），向客户提供系统方案设计、设备采购与安装、工程施工的总包服务。项目完成后，项目交付给客户，由客户自己运营。服务提供商无需为 EPC 项目作出重大投资，资金来源于客户，项目的产权也始终属于客户。对于服务提供商来说，纯粹的 EPC 项目只包括建设阶段的一次性收入，但通常因其对自身设计与施工项目的熟悉优势和相对于用户的技术优势，会在 EPC 项目交付给客户后从客户那里获得后续的托管运营服务的业务，这种模式也称之为 EPC + C。

　　BOT（Build-Operate-Transfer）模式，即业主与服务商签订特许权协议，特许服务商承担水处理系统的投资、建设、经营与维护，在协议规定的期限内，服务商向业主定期收取费用，以此来回收系统的投资、融资、建造、经营和维护成本并获取合理回报，特许期结束后，服务商将水处理系统整套固定资产无偿移交给业主。

　　O&M（Operating & Maintenance）模式，即具有运营业务资格的服务商与业主签订托管运营协议，服务商以托管方式负责污水处理系统的运营管理和日常维护，保证水质水量满足客户用水要求并达到环保标准，在服务期内定期向业主收

取服务费用。

当前，我国工业废水处理子行业的市场化程度相对最高，污水处理服务提供商与工业企业签订合同，操作模式也比较灵活，除了上述几种模式外，还出现了PIPP、EP、PC、DB等模式。而在城市生活污水处理子行业中，一般采用"政府特许、政府采购、企业经营"商业模式。在特许经营期限和特许经营区域内提供了充分、连续和合格污水处理服务的条件下，地方政府作为唯一购买方，向污水处理公司采购污水处理服务。近两年，由于运营类企业特有的地域特征以及目前各地方政府基建投资资金充裕，水务运营类企业现阶段的并购放缓，运营类企业外延式扩张减慢。但随着政府对"调结构"、发展新型产业投入的加大，各地新建污水处理厂、再生水工程资金充裕，未来环境工程服务类企业的发展空间将更加广阔。

（3）固废处理行业运营服务。固体废物处理行业是指提供一系列产品和服务来测量、防止、限制和减弱因固体废物引起的各种问题的行业。按照固体废物的种类，固废处理行业可划分为城市垃圾处理、工业固体废物和危险废物处理三个方面。工业固废一般由各行业专业公司进行处理，较难形成大规模经营的模式，因此城市生活垃圾处理是我国固废处理行业的主要业务。相对于水务实施运营，我国固废处理行业运营服务的市场化程度相对较低，市场竞争处于初级阶段。目前城市生活垃圾是我国固废处理的主要对象，而垃圾焚烧发电将逐渐成为主要的处理方式。从产业链角度，固废处理的产业链包括上游的设备制造商、中游的固废处理、项目投资公司及下游的地方政府环保需求（见图9）。在国内，环保设备制造是一个薄弱环节，关键设备进口依赖程度较高。目前堆肥设备已建成一批机械化程度低，但实用性强的简单堆肥系统；生活垃圾焚烧设备的开发则刚刚起步，垃圾焚烧主要引进国外设备；固体废物综合利用中还缺少大型的成套设备，如废塑料回收利用中的塑料

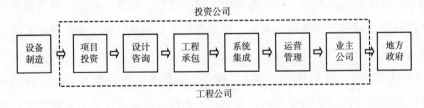

图9　固废处理行业产业链

预处理设备等。

城市生活垃圾处理产业链包括垃圾的收集中转运输和处理处置等主要环节。其中垃圾的收集一般由政府的环卫部门运营，中转运输和处理处置环节则可以交由企业进行市场化运作，包括鼓励垃圾焚烧发电和供热等。城市垃圾处理行业前景十分广阔，预计到 2010 年，我国垃圾处理行业规模将达到 2500 亿元。

目前活跃在该领域的企业可分为三类：第一类是政府主导型的环保企业，公司作为政府建设垃圾处理项目的平台，如上海环境集团、中国环境保护公司、北京市环卫集团等；第二类是专业投资运营公司，通过引进其他人的技术、专注于 BOT 模式建设运营垃圾发电项目的企业，以运营管理为主，如法国威立雅、金州环境、光大国际、桑德环境等；第三类是工程投资运营公司，使用自己开发的技术，并以此为基础，对垃圾发电项目提供从工程建设到运营管理服务的企业，以工程建设为主，如北京中科通用、重庆三峰卡万塔、清华同方、绿色动力等。第一类企业获得政府支持的可能性最大，第二类企业享有更灵活的机制、市场化运作程度最高，而第三类企业则处于相对劣势，影响力有限。随着环保处理技术、资金实力、行业经验的限制越来越严格，行业内的企业两极分化趋势将越来越明显，逐渐形成强者恒强、弱者愈弱的局面。

总的看来，我国固废处理行业还处于基础设施建设阶段，基础设施的大量投资建设会引发对环保设备、环保咨询和工程服务的大量刚性需求，因此，固废处理行业未来市场空间广阔，类似于十年前的污水处理产业，未来产业年增长率将至少达到 25%。①

六　我国环保服务业发展的制约因素

通过上述对产业政策、重点行业和企业三个层面的综合分析，我们认为，当前制约我环保服务业发展的主要因素有以下几方面。

---

①　东海证券：《经济转型进程中环保产业不可或缺，新兴蓝筹有望孕育而生》，2010 年 7 月 5 日。

（一）产业政策和发展机制缺失

我国还没有制定专门用于规范环保服务业发展的法规，涉及环保服务业的政策法规基本包含在综合环保法规及环保产业政策中，内容分散，缺乏协调。受立法体制的限制，我国的特许经营制度还没有完成立法，虽然已经有 7 个地方性《特许经营条例》发布，但是在国家层面，特许经营目前仍然停留在部门规章的层次，对特许经营所涉及的产权、税收、土地、价格等综合问题难以协调。因此，现行的管理体制和运行机制不适应环保服务业的发展要求，环保服务业发展的长效机制尚未建立。

（二）产业市场化程度低

加入 WTO 后，我国环保服务业领域面临着对国外服务业机构开放的市场化压力。由于环境保护的公益性，决定了环保服务业的主体如污水处理、废物收集和处置、河道和湖泊治理等服务主要由政府提供，具有自然独占性，市场化受到了某种程度的限制。目前我国环保服务业的市场化程度相当低，还处于民营化和市场化的萌芽时期，全方位的服务体系还没有建立起来，造成许多环境治理设施运转效率低下。

（三）产业分散，市场集中度差

目前的环境设施基本停留在当地企业分散经营方式上，市场份额最大的公司所运营的项目数量也不超过 30 个。全国 1500 个污水处理厂和几百个垃圾处理厂，分散在近千个运营主体之中。据调查，产业化程度相对较高的无锡市所属 64 个污水处理厂由 40 多个不同的企业主体经营。经营主体的分散造成了市场主体服务意识和品牌意识淡薄，造成技术支撑和人才支撑的滞后，严重制约服务质量的提高，也加大了政府的监管成本。以环境咨询服务来看，我国信息咨询服务规模小，技术手段落后，咨询公司和各种中介机构的服务网络建设远远不能满足市场需求，从而影响了我国环保服务业的持续快速发展。

（四）技术创新不足，产业基础薄弱

我国环保领域的核心技术研发非常薄弱，很多关键设备都依靠进口解决，环

保设备制造、工程咨询等不能充分满足国民经济发展要求。行业基础薄弱，企业市场竞争能力、技术服务能力和人员素质尚待提高。

七 "十二五"时期环保服务业的
发展目标及思路

"十二五"期间乃至 2020 年我国仍然处于工业化中后期，重化工业特征将更加明显，城镇化和工业化互动促进，世界格局深度调整、明显分化，将处于经济社会全面转型期和资源环境矛盾集中期，也将是我国环保产业加速发展和实现服务转型的战略机遇期。

（一）发展目标

根据《中国环境宏观战略研究》，未来中国环保产业将持续高速增长，预计 2010 年环保产业产值超过 1 万亿元，超过 GDP 的 3%。"十二五"期间我国环保投资约为 3.1 万亿元，"十二五"末期环保产业产值将达到 2 万亿元以上，到 2020 年环保将成为国民经济的支柱产业。

据发达国家的经验，一个国家在经济高速增长时期，环保投入要在一定时间内持续稳定占到国民生产总值的 1% ~1.5% 才能有效地控制住污染；达到 3% 才能使环境质量得到明显改善。我国环保投资占 GDP 比重从 2001 年的 1.01% 攀升至 2008 年的 1.49%，预计从 2008 年的 1.49% 提升到 3% 附近，需要 10 年以上的时间。如果"十一五"期间，我国 GDP 保持 8% 的增速，那么环保投资需要保持在 12.5% 以上的增长速度（如表 6）

依据我国环保产业发展成就和未来五到十年发展目标预测，"十一五"末，我国环保服务业产值将达到 1500 亿元，"十二五"期间突破 2300 亿元，年增长率 15% ~17%，环保服务业占环保产业比重达到 12%；到 2015 年，形成 10 ~15 家具有国际竞争力的环保服务企业，发展一批拥有技术优势、为大公司和企业集团配套的"专、精、特、新"的中小型企业，扶持一批环保服务专业化骨干企业，提高环保服务的社会化水平；到 2020 年达到 3500 亿元，以环保服务业推动环保产业升级，加快环保产业服务化转型。

表6 我国环保投资增速预测

单位：%

年 份	GDP 增速	环保投资/GDP	环保投资增速
2009	8	1.50	13.40
2010E*	8	1.58	13.40
2011E	8	1.65	13.40
2012E	8	1.74	13.40
2013E	8	1.82	13.40
2014E	6	1.91	11.30
2015E	6	2.01	11.30
2016E	6	2.11	11.30
2017E	6	2.22	11.30
2018E	6	2.33	11.30
2019E	6	2.44	11.30
2020E	6	2.57	11.30

* E 代表预期值。

（二）发展思路

加快发展环境咨询、环境检测服务，做大做强环保工程设计和环境污染设施运营服务，建立以财政资金为引导、社会资本和企业投入为主体的多渠道环保服务投融资机制，大幅提高环保服务业比重，大力优化环保服务产业结构；培育一批拥有自主品牌、掌握核心技术、市场竞争力强的环保服务业龙头骨干企业，提高专业服务的市场集中度和技术水平，形成一批环保服务业集聚地。充分发挥集聚区在资源集约利用、产业集群发展中的重要作用，促进环保服务业市场化、规模化和集聚化发展格局。

八 促进我国环保服务业发展的政策建议

（一）加强对环保服务业的指导

制定和完善指导环保服务业发展的国家战略、技术政策及标准体系，为环保服务业健康发展提供保障。加快制定我国环境要素和重污染行业的污染治理技术政策、标准、工程技术规范、产品标准。组织制订各类环境影响评价、环境认证、环境技术评估、环境监理以及循环经济与清洁生产等环境咨询业技术标准和规范。

（二）加强环保服务业监管

积极探索环保服务业管理体制的改革，逐步推进由政府行政管理向市场监管的转变。针对环保服务业的特点，制定环保服务业监督管理行业性法规，进一步整顿和规范环保服务业市场，打破行政性垄断和地区封锁，建立统一开放的环保服务业市场。在环保服务行业建立社会信用制度。开展环境技术咨询单位和个人资质认可，实施环境监测、环境监理、环境影响评价、环境工程设计、ISO14000认证、清洁生产审核、环境规划等职业资格制度，健全和完善环保服务业市场准入制度，建立环保服务业公众参与的市场监督平台。从环境产业末端形成管理上的倒逼机制，从而约束环境责任主体的行为，监督环境责任主体切实履行保护环境、治理污染的责任和义务，调动环境责任主体采用环境先进技术和服务的积极性，从而全面释放环境产业的市场需求。

（三）提升环保服务业技术水平

继续推动以企业为主体、市场为导向、产学研相结合的技术创新体系。完善支持环保技术自主创新的财税、金融政策。运用国家各级科技计划资源，结合重大环境保护项目，支持发展具有自主知识产权的环保技术以增强企业和科研机构科技创新能力。围绕环保服务业发展重点，扶持技术创新与科技成果向实际生产力的转化。鼓励企业通过购买、合作等多种形式引进先进技术，在消化吸收和创新的基础上，形成具有自主知识产权的核心技术和主导产品。

（四）加快环保服务业市场化、社会化、产业化进程

坚持环保服务业产业化、市场化、社会化方向，加强政策扶植力度，制定和完善扶植环保服务业的财政、税收、金融、科技等优惠政策，推进环保服务业产业化进程；完善以特许经营为主导的城市污水、垃圾处理等环境工程设施建设与运营市场化改革配套政策；全面实施城市污水、垃圾及危险废物等处理收费制度；鼓励社会资本和外资参与污水、垃圾处理行业；建立环境污染治理设施社会

化运营管理制度，依法促进污染主体治污责任的专业化服务，形成专业企业的系统服务外包市场。

（五）设立促进环保服务业的专项资金

以政府产业引导性资金为基础，吸引社会资金，建立政策性环境产业创投基金，按照市场规则运作，政府资金给予贴息。各级政府应从财政资金中设立促进环保服务业发展的专项资金，形成稳定的产业引导性金融支持体系。将政府资金以贴息或者后补助的形式高效率地用于环保服务产业的扶持计划，促进产业发展。积极组建政策性环保产业投资基金和环保银行，吸收社保和养老资金，针对环保产业的行业资本沉淀性强的特点，形成有效的产业发展金融支撑体系。

（六）建立开发和引进人才资源的有效机制

建立开发和引进人才资源的有效机制，为加快环保服务业发展提供有力的人才支持。积极整合高校、科研院所和企业的现有环保人才，培育和引进国内外高素质人才，为环保人才创造良好的发展和创新氛围。

参考文献

David R. Berg，"The U. S. Environmental Industry"，U. S. Department of Commerce Office of Technology Policy，September，1998。

HIGGINS, J. （1994），"Global Environmental Industry"，in *Ecodecision*，January，pp. 20 - 22.

Guiyang Zhuang， "How Will China Move towards Becoming a Low Carbon Economy?"，*China & World Economy*/93 - 105，Vol. 16，No. 3，2008.

OECD，"The Global Environmental Goods and Services Industry"，2000.

钱伯章编著《节能减排——可持续发展的必由之路》，科学出版社，2009。

徐华清等：《中国能源环境发展报告（2006）》，中国环境科学出版社，2007。

国家环保总局：《环境服务业发展报告》，2006 年 7 月。

上海市经济和信息化委员会、上海科学技术情报研究所编著《2009 年世界服务业重点行业发展动态》，上海科技技术文献出版社，2009。

周宏春、范建军:《城市环保设施市场化的国际经验与启示》,《经济研究参考》2008年第25期。

周宏春、郭宝林:《促进城市环境服务业发展的对策建议》,《决策咨询通讯》2007年第6期。

陈英、朱锡平:《城市环境服务业发展的国际经验及我国的战略构想》,《西北农林科技大学学报(社会科学版)》2009年第5期。

肖葱:《私人参与公共环境服务供给的路径选择》,《经济问题》2007年第11期。

B.6

中国"十二五"时期商务服务业的
发展目标、重点领域和政策思路

霍景东[*]

摘 要： 我国商务（含租赁）服务业在全部服务业中的比重在不断提高，但规模仍然很小，是服务业发展相对薄弱环节。不过，商务服务业对外开放度却较高，在服务业对外开放领域仅次于房地产。商务服务业的地区集中度非常高，基本上集中经济发达地区。我国商务服务业发展面临着缺乏品牌龙头企业、产业组织不合理和本土企业竞争力不强等严峻挑战。"十二五"期间，要采取有效措施，优化发展环境，使商务服务业向"多元化、网络化、规范化、国际化"方向发展，把商务服务业建设成为现代服务业体系的重要组成部分，重点发展知识咨询服务、法律服务、会计服务和资产评估服务等重点领域。

关键词： 商务服务业 专业服务业 发展目标 政策思路

商务服务业是现代服务业的重要组成部分，在经济发展中扮演着举足轻重的角色。通常被称为"企业的外脑"，正在成为企业越来越重要的"软投入"。它不仅能够推动制造企业的进步，还能促进服务业的改造升级。没有发达的商务服务业，就不可能形成具有较强竞争力的制造业部门，也无法构筑起体系完备、业态丰富的现代服务业。商务服务业是我国现代服务业发展的薄弱环节，也是"十二五"期间亟待加强的关键领域。如何认清现状、把握趋势与规律，借鉴有益的国际经验，明晰未来的目标对策思路，有着重要的现实意义。

---

* 霍景东，经济学博士，北京市经济与社会发展研究所助理研究员，研究方向为服务经济与公共政策。

一 概念界定与研究范围

商务服务业是现代生产性服务业的重要内容。在现代生产性服务业各行业中，商务服务业增长最快，就业弹性最大，对国民经济增长作用显著。但在现阶段，人们对商务服务业还缺乏全面而深刻的认识。缺乏关于商务服务业的权威而统一的定义，不同国家和地区对商务服务业的概念和范围不完全相同，在我国甚至还没有关于商务服务业的对口统计资料，因为统计部门所统计的是"租赁与商务服务业"，而没有把商务服务业专门剥离出来。根据国家统计局国民经济行业分类标准，商务服务业属于租赁与商务服务业[①]，范围包括企业管理服务、法律服务、咨询与调查、广告业、知识产权服务、职业中介服务、市场管理、旅行社以及其他商务服务（主要是会议及展览服务、包装服务、保安服务、办公服务）等9个中类20个小类，它们主要为制造业企业提供作为中间投入的服务。《中华人民共和国国民经济和社会发展第十一个五年规划纲要》也对商务服务业做了界定，认为"法律服务、投资与资产管理服务、经济鉴证类服务、咨询服务、专业化的工业设计、广告业、会展业"是商务服务业的主要内容。

国内学者对商务服务业的看法也不尽一致。比如，李善同（2006）在讨论"十一五"时期我国服务业发展目标时就认为，我国的商务服务包括：营销、广告与公关服务；建筑、科学与工程服务；法律服务；会计服务；计算机软件与信息处理服务；研发与技术服务；经营组织服务；人力资源发展服务。虽然从20世纪90年代以来，商务服务领域的所有部门都在迅速成长，但与需求相比还有很大差距。薛玉立（2008）则认为商务服务业作为现代服务业的重要组成部分，其主要内容是为"社会生产提供广告、咨询、策划等高技术的专业服务业"。

在国际产业分类体系中并没有商务服务这一行业类别，但是其包括范围与国

---

① 由于统计数据将租赁和商务服务业合并统计，因此在数据利用上，以租赁和商务服务业的数据代表商务服务业。

际上流行的专业服务比较接近。① 根据《国际服务贸易统计手册》，专业服务主要包括法律服务、会计审计和簿记服务、税务服务、建筑服务、工程服务、综合的工程服务、城市规划和土地建筑服务、内科和牙科服务、兽医服务，助产士、护士、理疗师和医务辅助人员提供的服务等。总结国内外的研究，我们可以给商务服务下一个定义，商务服务是指某个组织或个人，应用某些方面的专业知识和专门知识，按照客户的需要和要求，为客户在某一领域内提供特殊服务，其知识含量和科技含量都很高，除了少数消费者服务外，多数商务服务属于生产者服务。WTO 中的商务服务业（Commercial Service Industry），又称"商业服务业"，是与 WTO 关于服务贸易 12 大类分类中的商业性服务相对应的一类服务产业。

我国的统计体系是把"商务与租赁服务业"放到一起来统计的，但是商务服务业与 WTO 服务贸易 12 大分类中的商业服务业相对应，主要指在商业活动中涉及的服务交换活动，既包括个人消费的服务，也包括企业和政府消费的服务，具体细类分为：专业性（包括咨询）服务、计算机及相关服务、研究与开发服务、不动产服务、设备租赁服务、展览管理等其他服务（表1）。本文研究的商务服务业基本类似于国际上讲的"专业服务业"。本文在讲到借鉴国际经验时，也将以"专业服务业"代替我们讲的商务服务业。

表1　国家统计局租赁和商务服务业标准分类

代　　码				类　别　名　称
门类	大类	中类	小类	
L				租赁和商务服务业
	74			商务服务业
		741		企业管理服务
			7411	企业管理机构
			7412	投资与资产管理
			7419	其他企业管理服务
		742		法律服务
			7421	律师及相关的法律服务
			7422	公证服务
			7429	其他法律服务

① 在借鉴国际经验中，主要以专业服务业为主。

续表1

代 码				类 别 名 称
门类	大类	中类	小类	
		743		咨询与调查
			7431	会计、审计及税务服务
			7432	市场调查
			7433	社会经济咨询
			7439	其他专业咨询
		744	7440	广告业
		745	7450	知识产权服务
		746	7460	职业中介服务
		747	7470	市场管理
		748	7480	旅行社
		749		其他商务服务
			7491	会议及展览服务
			7492	包装服务
			7493	保安服务
			7494	办公服务
			7499	其他未列明的商务服务

二 我国商务服务业发展的现状

（一）商务服务业的总体发展状况

1. 商务服务业规模及在国民经济中的地位

2008 年我国商务与租赁服务业实现增加值 5608.2 亿元，占 GDP 的比重为 1.79%，比 2007 年提高 0.25 个百分点；占第三产业的比重为 4.27%，比 2007 年提高 0.4 个百分点。

2. 商务服务业就业情况

2008 年我国商务与租赁城镇从业人员为 290.5 万人，占总城镇就业人员的比重为 2.31%，从业人员人均工资为 35494 元，为平均工资的 110.08%。

表2　服务业分行业增加值及比重情况（2008年）

单位：亿元，%

行　　业	规模	占GDP比重	占第三产业比重
交通运输、仓储和邮政业	16362.5	5.21	12.46
信息传输、计算机服务和软件业	7859.7	2.50	5.98
批发和零售业	26182.3	8.34	19.93
住宿和餐饮业	6616.1	2.11	5.04
金融业	14863.3	4.73	11.32
房地产业	14738.7	4.69	11.22
租赁和商务服务业	5608.2	1.79	4.27
科学研究、技术服务和地质勘查业	3993.4	1.27	3.04
水利、环境和公共设施管理业	1265.5	0.40	0.96
居民服务和其他服务业	4628.0	1.47	3.52
教育	8887.5	2.83	6.77
卫生、社会保障和社会福利业	4628.7	1.47	3.52
文化、体育和娱乐业	1922.4	0.61	1.46
公共管理和社会组织	13783.7	4.39	10.49
第三产业加总	131340.0	41.82	100
国内生产总值（GDP）	314045.4	100	—

资料来源：《中国统计年鉴2010》。

表3　服务业分行业城镇就业及比重情况（2008年）

单位：万人，%

行　　业	规模	比重	人均工资	相当于平均工资的比重
交通运输、仓储和邮政业	634.4	5.05	35315	109.52
信息传输、计算机服务和软件业	173.8	1.38	58154	180.36
批发和零售业	520.8	4.14	29139	90.37
住宿和餐饮业	202.1	1.61	20860	64.69
金融业	449.0	3.57	60398	187.32
房地产业	190.9	1.52	32242	99.99
租赁和商务服务业	290.5	2.31	35494	110.08
科学研究、技术服务和地质勘查业	272.6	2.17	50143	155.51
水利、环境和公共设施管理业	205.7	1.64	23159	71.82
居民服务和其他服务业	58.8	0.47	25172	78.07
教育	1550.4	12.33	34543	107.13
卫生、社会保障和社会福利业	595.8	4.74	35662	110.60
文化、体育和娱乐业	129.5	1.03	37755	117.09
公共管理和社会组织	1394.3	11.09	35326	109.56

资料来源：《中国统计年鉴2010》。

3. 商务服务业企业发展情况

2008年全国拥有商务服务企业法人数408680，从业人员270.5万人，营业收入 12061.64 亿元。商务服务业企业法人平均拥有从业人员 6.66 人，人均业务收入 44.6 万元，具体见表 4。

表4　我国商务服务业企业基本情况

年　份	2005	2006	2007	2008
企业法人数	280608	318955	353934	408680
营业收入(亿元)		8381	10657	12061.64
从业人员(万人)			243.4	270.5
法人平均人员数			6.88	6.66
人均营业收入(万元)			43.78	44.6

资料来源：根据《中国第三产业统计年鉴 2009》计算。

4. 商务服务业的地区分布

从商务服务业的地区分布来看，北京和上海两个城市商务服务业规模占全国总量的 30% 以上，达到 33.1%，排名前五位的北京、上海、广东、浙江、江苏规模总计达到全国总量的 62.5%，可见商务服务业的地区集中度非常高，基本上集中经济发达地区。

表5　商务服务业产出的地区分布（2008 年）

单位：亿元，%

地　区	规　模	比　重	地　区	规　模	比　重
北　京	2383.20	17.2	吉　林	188.82	1.4
上　海	2200.49	15.9	天　津	187.98	1.4
广　东	1914.99	13.8	黑龙江	183.41	1.3
浙　江	1125.23	8.1	山　西	176.53	1.3
江　苏	1038.06	7.5	新　疆	171.79	1.2
山　东	744.89	5.4	广　西	134.17	1.0
河　北	507.19	3.7	重　庆	128.19	0.9
河　南	404.36	2.9	陕　西	123.76	0.9
福　建	330.88	2.4	内蒙古	121.78	0.9
安　徽	300.01	2.2	江　西	106.63	0.8
四　川	266.85	1.9	海　南	54.97	0.4
辽　宁	257.39	1.9	贵　州	49.63	0.4
湖　北	233.42	1.7	甘　肃	43.41	0.3
云　南	210.76	1.5	青　海	23.57	0.2
湖　南	210.62	1.5	宁　夏	22.00	0.2

资料来源：根据《中国第三产业统计年鉴 2008》计算。

5. 商务服务业对外开放

截至 2008 年底，我国租赁和商务服务业累计利用外资 627 亿美元，占利用外资总额的 6.04%，在第三产业中仅次于房地产业，排名第二；累计对外投资 546 亿美元，占对外投资总额的 29.67%，排名第一（表 6），我国租赁和商务服务业的开放水平较高。

表 6　我国对外投资和吸引外资的行业对比（截至 2008 年）

行　　业	实际利用外资额		对外投资额	
	规模（亿美元）	比重（%）	规模（亿美元）	比重（%）
第一产业	136	1.31	15	0.80
第二产业	6229	59.96	371	20.14
其中:制造业	5755	55.40	97	5.25
第三产业	4023	38.73	1454	79.06
其中:交通运输、仓储和邮政业	249	2.40	145	7.8
信息传输、计算机服务和软件业	459	4.42	17	0.91
批发和零售业	363	3.49	299	16.23
住宿和餐饮业	170	1.63	1	0.07
金融业	175	1.69	367	19.95
房地产业	1470	14.15	41	2.23
租赁和商务服务业	627	6.04	546	29.67
科学研究、技术服务和地质勘查业	296	2.85	20	1.08
总　　计	10388	100	1840	100

资料来源:《中国统计年鉴 2009》。

（二）商务服务业的重点领域发展状况

1. 会计服务业

2007 年，我国会计服务业营业收入约为 33 亿美元，2003～2007 年均复合增长率达 18.2%。我国会计业务收入占亚太地区会计服务业市场份额的 20.1%；其中，审计服务营业收入达 18.6 亿美元，约占 56.3%；咨询服务约为 8.3 亿美元，约占 25.0%；税务服务占 18.7%。[①] 2009 年，前 100 位会计师事务所的业务

[①]　王德生:《我国专业服务业发展概况》，http://www.istis.sh.cn/list/list.aspx? id=5629。

收入为 206 亿元，从业人员为 44136 人，在境外设立分支机构 20 个。① 全球 25 强会计事务所基本上都已在中国开设分支机构，跨国会计公司在中国会计市场居主导地位，全球"四大"会计师事务所已基本垄断了我国的中高端会计、审计业务。2009 年四大会计师事务所垄断了业务收入前四的位置，业务收入超过或接近 20 亿元，从业人员 4000 人左右（见表 7）。

表 7　中国 20 大会计师事务所状况（2009 年）

单位：万元，人

序号	名　　称	收入	审计收入	分所数量	从业人员	人均业务收入
1	普华永道中天会计师事务所	257843	243884	9	4300	51.80
2	德勤华永会计师事务所	237025	165595	6	4116	49.06
3	毕马威华振会计师事务所	222110	150726	3	3706	51.01
4	安永华明会计师事务所	196064	186111	7	3569	44.21
5	中瑞岳华会计师事务所	87205	72544	21	1806	28.74
6	立信会计事务所	66266	49094	10	1393	32.06
7	信永中和会计师事务所	51860	43908	13	1419	21.30
8	天健会计师事务所	50266	38517	12	994	29.59
9	国富浩华会计师事务所	53225	43352	27	1176	26.09
10	大信会计师事务所	51676	39385	14	1311	28.12
11	立信大华会计师事务所	51086	39706	12	1002	31.04
12	天职国际会计师事务所	41316	34580	13	868	27.77
13	天健正信会计师事务所	38758	33596	20	1061	21.98
14	中审亚太会计师事务所	40065	35191	10	867	28.70
15	利安达会计师事务所	34732	30422	16	851	22.07
16	京都天华会计师事务所	31059	26352	8	762	25.33
17	中磊会计师事务所	20617	19598	14	498	23.70
18	北京兴华会计师事务所	19214	16959	8	533	21.47
19	中审国际会计师事务所	19822	18656	10	588	21.00
20	中准会计师事务所	15286	14613	8	422	18.60

资料来源：中国注册会计师协会发布《2010 年会计师事务所综合评价前百家信息》。

2. 法律服务业

截至 2009 年底，全国执业律师已达 16.6 万人，全行业从业人员 22 万多人，分别比 2006 年增长 3.6 万人和 5.6 万人；全国律师事务所已有 1.5 万多家；2009

① 根据中国注册会计师协会：《2010 年会计师事务所综合评价前百家信息》计算。

年全国律师担任各类诉讼及代理 1967784 件，从事非诉讼事务 534643 件，承担法律援助 184739 件。2008 年，律师业务收费达到 309 亿元，上缴税收 40 多亿元。有来自 21 个国家的外国律师事务所在华设立了 224 家代表处，香港特别行政区的律师事务所在内地设立代表处 65 家。①

中国的律师事务所规模较小，2010 年超过 200 人的律师事务所仅有 4 家，规模最大的北京市大成律师事务所共有 320 人（见表 8）。

表 8　中国律师事务所 10 强（2010 年）

单位：人

序号	名　　称	规模	序号	名　　称	规模
1	北京市大成律师事务所	320	6	广东法制盛邦律师事务所	196
2	北京市金杜律师事务所	236	7	北京市君合律师事务所	154
3	上海锦天城律师事务所	228	8	北京市中银律师事务所	178
4	广东广和律师事务所	268	9	广东国晖律师事务所	175
5	北京市德恒律师事务所	184	10	北京市中伦金通律师事务所	129

资料来源：2010 年中国律师事务所 300 强排名。

3. 广告服务业

2008 年中国广告市场的规模达到 1899.6 亿元，同比增长 9.1%（见图 1）；2008 年中国人均广告费为 20.8 美元/年，远低于世界平均水平的 72.6 美元。2008 年中国人均网络广告费用增长 18.8%，人均网络广告费用仅为 8.2 美元/年，低于全球平均水平 34.3 美元/年。② 从广告业市场行业分布来看，食品、饮料和个人健康护理行业的广告收入所占市场份额最大，为 37.0%；其次是零售行业，占 10.4%；接下来依次是：金融服务行业，8.6%；汽车行业，5.2%；媒体和通信行业，3.9%。③

从行业集中度来看，2009 年前 100 强广告企业业务收入共计 73.93 亿元，其中北京电通广告有限公司的业务收入超过 11 亿元，前 4 强总计超过 33 亿元，占到行业总量的 40% 以上（表 9）。

---

① 资料来源：司法部。
② 艾瑞咨询：《2009 年全球广告行业发展报告简版》。
③ 王德生：《我国专业服务业发展概况》，http：//www. istis. sh. cn/list/list. aspx？ id =5629。

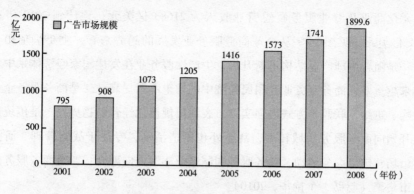

图1　中国广告市场规模（2001～2008年）

资料来源：艾瑞咨询相关年份《全球广告行业发展报告》。

表9　中国广告业行业发展情况（2009年）

单位：万元，%

序号	企 业 名 称	营业收入	占100强的比重
1	北京电通广告有限公司	110757	13.86
2	盛世长城国际广告有限公司	75609	9.46
3	上海广告有限公司	73751	9.23
4	中航文化股份有限公司	71104	8.89
5	上海灵狮广告有限公司	55437	6.94
6	上海美术设计公司	36484	4.56
7	思美传媒股份有限公司	11410	1.43
8	长春吉广传媒集团有限公司	10205	1.28
9	四川省巴蜀新形象广告传媒股份有限公司	9971	1.25
10	北京互通联合国际广告有限公司	9568	1.20

资料来源：根据《2009年中国广告企业（非媒体服务）营业收入前100名》计算。

三　世界商务（专业）服务业发展情况

（一）全球商务（专业）服务业整体状况及趋势

2007年世界商业服务和供应业（主要包括：商业印刷，人力资源和就业服务，环境和设施服务，办公用品供应和服务，以及会计、法律、管理咨询和仓储等多元化商业及专业服务）总营业收入为 21683 亿美元；预计到 2010 年达到 24432 亿美元（见图2）。从全球商务服务业发展的趋势来看，主要呈现四个特点：一是随着全球产业结构不断升级，生产性服务业在发达国家经济体系中的作用越来越重要，商务服务业在国民经济中的比重不断提高；二是商务服务企业通过并购、重组、联盟等方式增强实力，表现出规模化经营的趋势；三是传统制造企业开始向商务服务领域转型，甚至外包制造活动，专注于战略管理、研究开发、市场营销等商务活动，商务服务和制造业逐渐走向融合；四是商务服务业向大城市集聚（赵弘、牛艳华，2010）。

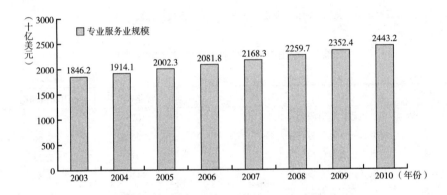

图2 2003～2010 年世界专业服务业营业收入

注：2008～2010 年数据为估算数据。

资料来源：王德生《世界专业服务业发展总体态势》，http：//www.istis.sh.cn。

（二）典型国家专业服务业发展状况

1. 美国专业服务业发展状况

对比我国商务服务业的范围和美国的产业分类标准，美国的专业服务业和我国的统计分类比较接近。美国统计局认为，从事专业服务，一般需要掌握较高水平的专业技术或专业知识，并经过专门培训，为各种产业或个人家庭提供专门的服务，包括法律服务、会计服务、建筑工程与专业设计、计算机系统设计及相关服务、咨询、研究、广告、摄影、翻译与口译、兽医及其他专业科技服务等。

从发展趋势来看，美国专业服务业占 GDP 的比重逐渐上升，1947～2008 年，专业和商务服务业的比重由 3.71% 上升到 12.66%，上升了 8.95 个百分点（详见表10）。

表 10 美国产业结构演进趋势（1947～2008 年）

单位：%

产　业	1947 年	1957 年	1967 年	1977 年	1987 年	1998 年	2008 年
农业	8.17	4.00	2.75	2.53	1.68	1.17	1.11
第二产业	32.96	35.89	33.27	30.64	25.84	22.57	19.99
采掘业	2.34	2.34	1.43	2.14	1.51	0.86	2.28
公用事业	1.36	1.94	2.03	2.26	2.60	2.07	2.15
建筑	3.67	4.67	4.65	4.64	4.61	4.28	4.08
制造	25.59	26.94	25.16	21.60	17.12	15.36	11.48
第三产业	55.93	57.35	61.3	64.57	70.12	73.85	76.63
批发贸易	6.34	6.19	6.50	6.64	6.02	6.21	5.74
零售	9.39	7.88	7.77	7.81	7.38	6.84	6.21
交通仓储	5.98	5.05	3.97	3.75	3.19	3.13	2.91
信息	2.53	2.87	3.23	3.50	3.90	4.36	4.36
金融、保险、不动产和租赁业	10.41	13.12	14.19	14.97	17.73	19.26	19.97
专业和商务服务业	3.71	4.50	5.28	6.04	8.74	11.16	12.66
教育、医疗和社会服务业	1.89	2.43	3.36	4.62	6.04	6.88	8.12
餐饮娱乐	3.21	2.71	2.77	2.89	3.21	3.50	3.76
政府	12.47	12.60	14.23	14.35	13.91	12.51	12.90
生产性服务业	28.97	31.73	33.17	34.90	39.58	44.12	45.64

资料来源：http://www.bea.gov/。

从营业收入、从业人员等方面衡量，美国法律服务是专业服务业中最重要的行业，2007 年营业收入达到 2546 亿美元，从业人员近 120 万，见表 11。

表 11 美国专业服务业发展基本情况（2007 年）

行　业	机构数量（个）	收入（千美元）	薪金支出（千美元）	从业人员（人）	政府服务收入比重（%）
法律服务	189486	254610889	88554150	1199306	14.8
会计、税务、账簿与薪金服务	122899	113673249	52179131	1370202	23.4
管理和科技咨询	134018	132156434	52311172	727792	20.1
广告	40482	89602123	26416159	466765	15.8
市场研究和公共意见调研	5961	16396104	5622904	120870	10.6
摄影服务	19560	6778731	2035612	91647	24.7
翻译服务	1970	1893733	655478	14497	25.7

资料来源：2007 年美国普查数据，http://www.census.gov。

从行业集中度来看，美国专业服务业的行业集中度比较高。2002 年，咨询服务业前 50 位的企业占到业务收入的 26.20%，会计服务达到 46.80%，见图 3。

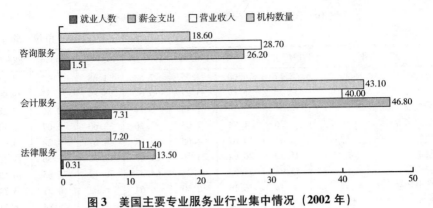

图3 美国主要专业服务业行业集中情况（2002 年）

资料来源：2002 年美国普查数据，http：//www. census. gov。

2. 欧盟专业服务业发展状况

根据欧盟统计局的工业分类标准，欧盟的法律、会计、咨询、广告、市场研究和人力资源等行业归属于"商业服务"大类中的"其他商业活动"类目下。其他商业活动类目下面主要包括：专业商务服务（主要是法律、会计、簿记和审计，税务咨询，市场研究和公众投票，商业与管理咨询以及企业注册等服务内容），技术服务，广告服务，人力资源服务等。

2006 年，欧盟 27 国商业服务的业务收入为 17633.33 亿欧元，增加值总额为 8920.78 亿欧元，吸纳就业人数 2220.16 万人；企业总数达 437.18 万家。其中，专业商务服务行业的增加值总额为 2792.35 亿欧元，占"商业服务"增加值总额的 31.3%（表 12）。

表 12　2006 年欧盟 27 国专业服务领域行业结构概况

业务类型	营业额		增加值		企业数		就业人数	
	百万欧元	占比（%）	百万欧元	占比（%）	千家	占比（%）	千人	占比（%）
商业服务	1763333	100	892078	100	4371.8	100	22201.6	100
计算机及其相关活动	369811	21	180443	20.2	551.2	12.6	2789.4	12.6
其他商业活动	1393522	79	711636	79.8	3820.6	87.4	19412.2	87.4
专业商务服务	525233	29.8	279235	31.3	1603.3	36.7	5124.3	23.1
技术服务	269591	15.3	129576	14.5	926.3	21.2	2744.3	12.4
广告服务	144447	8.2	38585	4.3	210.1	4.8	882	4
人力资源服务	127884	7.3	96166	10.8	71.1	1.6	3788.7	17.1
其他商业服务	326368	18.5	168075	18.8	1009.7	23.1	6872.9	31

资料来源：欧盟统计局（Eurostat），European Business Facts and Figures——2009 edition。

2006 年，欧盟 27 国专业服务领域成本结构中，人工成本占到 37.8%，设备和服务购买占 58.87%，无形资产占 4.32%，毛利率为 17.6%。

表 13　2006 年专业服务运营情况

业务类型	人工成本	产品和服务购买	无形资产投资	劳动生产率	人均成本	劳动生产率/工资	毛利率
	百万欧元			千欧元		%	
商业服务	582544	891682	66571	40.2	31.1	129.3	17.6
计算机及其相关活动	123693	193080	13381	64.7	51.1	126.6	15.3
其他商业活动	458851	698602	53190	36.7	28.1	130.6	18.1
专业商务服务	160965	255081	27216	54.5	41.5	131.3	22.5
技术服务	78749	145970	10350	47.2	40.0	118.0	18.9
广告服务	22027	106987	2639	43.7	30.9	141.4	11.5
人力资源服务	80527	30454	1185	25.4	21.6	117.6	12.2
其他商务活动	116582	160111	11800	24.5	19.3	126.9	15.8

资料来源：欧盟统计局（Eurostat），European Business Facts and Figures——2009 edition。

四　我国商务服务业发展面临的挑战

1. 我国商务服务业占国内生产总值的比重偏低

我国商务服务业总体规模偏小，占国内生产总值的比重偏低。2008 年我国租赁与商务服务业占 GDP 的比重为 1.79%。而美国专业服务业占 GDP 的比重超过 12.66%，比我国高 11 个百分点。

2. 缺少龙头企业

我国商务服务业缺少龙头企业，在 2007 年全球前 50 位广告、律师、咨询公司中，我国没有一家企业进入，同样在前 25 位会计、市场研究公司中也没有我国企业进入，而巴西这样的发展中国家也有企业进入。

表 14　2007 年世界前 50 位广告公司、律师事务所和咨询公司的国家分布及数量

国家	美国	英国	日本	德国	法国	瑞典	加拿大	巴西	韩国	澳大利亚
广告公司	28	7	4	3	2	1	1	1	1	2
律师事务所	42	8	—	—	—	—	—	—	—	—
咨询公司	50	—	—	—	—	—	—	—	—	—

资料来源：Advertising Age，World's Top 50 Advertising Agency Companies 2007，中国法律数据咨询网（http://www.lawon.cn），2007 年 Vault 全球咨询公司 50 强排行榜。

表15 2007年世界前25位市场研究公司、会计公司的国家分布及数量

	美国	英国	日本	德国	法国	巴西	比利时
市场研究公司	14	4	3	1	2	1	—
会计公司	15	9	—	—	—	—	1

资料来源：Honomichl, 2007 Top 25 Global Market Research Firms；http：//baike. esnai. com/.

3. 产业组织结构不合理

从我国商务服务业的产业组织结构来看，由于准入门槛偏低，地方政府干预严重，造成无序竞争，经营混乱。据统计，2008年我国商务服务业企业平均员工不到7人，平均业务收入仅有300万元，而美国的法律服务企业平均业务收入超过130万美元（参见表11）。像北京这样的大城市，商务服务业比较发达，也存在数量过多、规模较小的局面，有的甚至是皮包公司。2007年北京市业务收入在500万元以上的咨询企业只占4.1%，超过5000万元以上的会计、审计及税务咨询机构仅有20家，超过200人以上的咨询机构仅占0.9%（赵弘，2009）。商务服务业的竞争力来自综合服务能力，需要长期的知识积累，小规模的公司发展时间短，业务知识缺乏，很难满足市场的需求。

表16 全球战略咨询和人力咨询企业巨头基本情况

公司名称	公司历史（年）	全球分支机构（个）	2003年雇员数（人）	2003年收入（百万美金）
ADL	119	40	1000	
博思艾伦	91	100	15000（2004年）	2700（2004年）
麦肯锡	79	83	11000	3300（2002年）
科尔尼	79	60	4000	857
BCG	42	60	2600	1120
贝恩	32	30	2800（2004年）	
罗兰贝格	38	34	1700	625
摩立特集团	22	28	1000	
韬睿公司	71	78	8300	1500
HAY集团	62	73	2200	
翰威特	65	92	15000	1980
华信惠悦	127	89	6300	710
美世人力资源	68	150	13100	2700

资料来源：王瑶《打败"麦肯锡"》，新华出版社，2006，第10页。

表 17　北京咨询机构规模分布情况（2007 年）

	＜500 万元	500 万～1000 万元	1000 万～5000 万元	5000 万元以上
社会经济咨询	8681	49	115	23
会计、审计及税务	1547	40	66	20
市场调查	581	6	16	7
其他专业咨询	11908	75	144	30

资料来源：赵弘著《首都经济新增长点研究》，北京出版社，2009，第186页。

4. 本土企业的竞争力不强

虽然我国的商务服务业的企业数量很多，但经营所得却不多，在国际上叫得响的品牌寥寥无几。会计服务、管理咨询等大部分高端市场均被国外的相关企业抢占。以审计业务为例，根据中国注册会计师协会 2010 会计师事务所百家榜（2009 年数据），前四位的企业分别是普华永道中天会计师事务所、德勤华永会计师事务所、毕马威华振会计师事务所、安永华明会计师事务所，这四家会计师事务所的业务收入超过或接近 20 亿元，分别达到 25.8 亿、23.7 亿、22.2 亿、19.6 亿元；而第五位的中瑞岳华会计师事务所仅有 8.7 亿元（表 7）。由此可见我国本土商务企业的竞争力十分弱小。如何提高本土商务企业的影响力和竞争力是一个亟待破题的重要议题。

五　我国商务服务业的发展目标、主要任务及政策着力点

（一）总体目标

激活商务服务需求、扩大商务服务规模；完善发展环境、加强诚信建设，建立公平竞争的机制，提高服务水平；打造若干载体、提升企业竞争力，使商务服务业向"多元化、网络化、规范化、国际化"方向发展，把商务服务业建设成为现代服务业体系的重要组成部分。

（二）主要任务

1. 扩大规模

力争在"十二五"期间实现商务服务业占 GDP 的比重由目前的 1.79% 提高

到3%以上，商务服务业从业人数占全部服务业从业人数比重由目前的0.95%上升到1.5%以上，以扩大商务服务业对国民经济的支撑和推动作用。

2. 重点领域

知识产权服务。从增强自主创新能力，提高企业/产业国际竞争力的要求和目标出发，构建完善的知识产权服务体系。推动知识产权服务机构的专业化发展，鼓励企业有针对性地培养专业化人才，重点引进行业急需的、实际经验丰富的高端复合型人才；引导企业增强知识产权保护意识，拓展市场需求，通过给知识产权服务机构提供补贴，鼓励其开展中小企业知识产权相关培训业务，鼓励和引导企业加强自身知识产权管理体系和企业知识产权管理制度建设；推动知识产权战略、知识产权评估等新兴领域的发展，建设知识产权战略实施、公共服务平台。

管理咨询服务。管理咨询服务要面向电子商务，面向信息管理，面向ERP系统实施应用，面向管理持续改善，面向企业国际化发展。为企业提供管理咨询服务的同时，提高对行业整体研究分析能力，掌握话语权，提升控制力。

会计服务。为服务于企业"走出去"战略，紧跟注册会计师国际化发展战略，发展培育提供跨国经营服务的国际型事务所，全面提升会计服务业服务于改革开放、经济社会发展的能力，鼓励事务所合并联合并举，探索联合、兼并、设立分所、吸收专业人员等做大做强的途径，实现包括名称、分所设立、质量控制、风险管理、员工培训、技术规程以及管理制度等方面在内的统一管理，实现事务所规模化发展的目标。鼓励并采取措施，扶持事务所承接境内外IPO公司、上市公司、省内金融性企业、大型国有企业、资产重组、提供包括审计、验资、评估、财务顾问、管理咨询、企业兼并等方面的会计服务工作。

法律服务。法律服务要由被动服务向主动服务转变，重点发展非诉讼法律服务；由"小而全"向专业化转变。发挥法律服务的导向功能，加强对经济发展规律、企业发展规律的研究，加强对相关产业政策、法律法规的研究，形成良好的法律环境。同时，要加强法律服务行业执业自律建设，提升公信力。

3. 培育龙头企业

通过兼并重组、打破地区行政分割等手段，培育一批具有国际影响力和竞争力的龙头和骨干商务企业。

4. 提高产业集中度

通过行业标准制定、通过优胜劣汰的竞争机制，提高行业的平均规模和行业集中度，打造中国式的"商务航空母舰"。

（三）政策着力点

Michael E. Porter（1990）在其《国家竞争优势》一书中，提出了国家竞争优势的"钻石体系"，一国的特定产业是否具有竞争力取决于四个基本因素：生产要素，需求条件，相关与支持产业的状况，企业策略、结构与竞争对手；此外，政府和机遇也是两个不可或缺的因素，并提倡政府要创造国家竞争优势[1]。20世纪90年代以后，由于经济全球化、国际资本流动和跨国公司的行为对各国经济发展的影响日显突出，英国学者珰宁（J. Dunning，1993）对波特的"钻石模型"进行了补充，他认为跨国公司会对国家生产体系进行冲击。因此，他将跨国公司商务活动作为另一个外生变量引入波特的"钻石模型"中，珰宁的竞争力模型见图4[2]。因此，促进一个产业的发展应该从要素条件、需求条件、企业战略、同业竞争及市场结构、机遇以及政府等层面进行考虑。

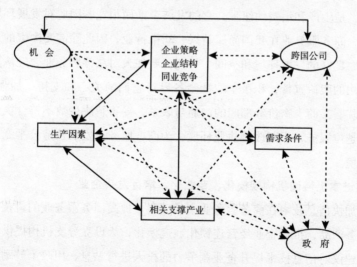

图4　波特－珰宁 产业竞争力模型

---

①　〔美〕迈克尔·波特：《国家竞争优势》中译本，华夏出版社，2002。
②　王仁曾：《产业国际竞争力理论、方法与统计实证研究》，中国人民大学博士学位论文，2001。

要素条件的培育需要从三个方面入手：一是加强商务服务集聚区建设，提供发展载体；二是放宽投资主体标准，鼓励民营资本进入；三是完善执业环境，培育高端人才。

扩大需求应该从三个方面入手：一是政府要将一些业务外包给商务服务机构，扩大需求，如美国专业服务业会计、税务、账簿与薪金服务中23.4%的业务来自政府需求；二是制定相关政策鼓励企业将商务服务进行剥离或外置；三是承接离岸外包来扩大需求规模。

市场结构与同业竞争应从两个方面入手：一是制订准入标准，提高服务水平的同时，提高产业集中度；二是打破人为分割，创造公平竞争环境，通过市场的方式实现产业组织结构优化。

六 促进我国商务服务业发展的政策思路

1. 改善执业环境，为商务服务业发展创造宽松的条件

商务服务业不可能单独存在，也很少自我服务，它是依托其他行业又服务于其他行业，是生产和消费的纽带。它的发展牵涉面很宽，因此对发展环境要求较高。而且，商务服务业在我国尚属新兴、幼稚行业，因此除需要国家的适度投入外，更需要良好的发展环境和空间。为此，要加大对法律服务业、经济鉴证服务业重要作用的舆论宣传，积极争取社会各界对它们的关心和支持。加强与公安、检察、法院、工商、物价等部门的沟通与联系，妥善解决少数不符合执业主体资格的机构越位服务，不断改善执业环境，为商务服务业发展营造公平竞争和宽松的发展环境。

2. 促进本土咨询机构规模化、专业化，培育龙头企业

一是加快信息技术在商务服务业中的应用，提高商务服务业的科技含量，丰富商务服务产品，推动企业经营连锁化、规模化，为设立分支机构提供必要的技术支持。建议对信息技术提升企业竞争力的投入进行贴息，用政策鼓励商务服务企业创新。二是通过政府引导、市场主导的方式推动商务服务企业合并与重组，减少无序竞争，扩大规模。三是打破行政分割，建立公平统一的服务市场，通过市场的方式实现业务规模扩大。四是引导支持建立商务服务企业业务联盟，提高整合社会资源的能力，以适应市场的变化，提高综合服务能力。

3. 培育社会咨询意识，扩大商务服务需求

一是强化政府科学决策意识，通过政府采购的方式支持商务服务业的发展，这样不仅可以带动商务服务业的发展，同时也可以提高政府的决策水平。而政府的科学决策必然带动社会其他组织的科学决策需求，从而为商务服务提供新的需求。政府采购要更多地倾向国内咨询机构，给他们足够的市场，这样既能引导国内咨询公司的发展壮大，又可以避免因国外咨询机构参与国内战略、金融等领域而引起的国家安全问题。二是通过建立信息平台，扩大宣传，让社会各界认识到商务服务的重要性，并且在需要商务服务时能够很便捷地找到需要的商务服务机构。三是通过补贴等方式，鼓励企业将商务服务功能外置。

4. 制定合理的市场准入门槛，提高行业集中度

市场准入门槛对于一个产业的发展具有重要作用，它不仅决定了一个产业的产业组织形式，同时也决定了一个产业的平均企业规模，是政府规制一个产业的重要手段。市场准入门槛过低，会导致过度竞争，无序经营；准入门槛过高，会导致垄断经营，效率低下，因此，确定合理的市场准入门槛，对于一个产业健康发展具有重要作用。根据不同的产业发展的特点，制订相应的市场准入门槛是一个产业顺利成长的保证。对于商务服务业来讲，必须要制订合理的准入门槛，适度提高行业集中度，避免无序竞争。此外，简化目前繁杂的前置工商登记审批制度，加强对企业经营过程的监管。目前的工商登记审批制度手续繁杂，周期漫长，但是对审批后的企业的监管不力，今后应简化审批手续，但对与注册成立的企业严格按照市场准入标准和行业经营标准进行监管，提高其服务质量。

5. 加快商务服务集聚区建设

在北京、上海、广州等发达城市都在中央商务区（CBD）打造商务服务业集聚区，为商务服务业发展提供载体，取得了许多成功的经验，值得在全国大城市推广。商务服务业是知识密集型产业，一般在发达的大城市集聚，而且商务服务业的地区集中度非常高。以会计服务为例，加拿大的安大略省、魁北克省、不列颠哥伦比亚省、艾伯塔省的会计服务业务收入占全国的90%左右，可见其集聚度非常高。因此，我国应该选择国际化城市，建立商务服务业集聚区，培育若干国际品牌，提高整体竞争力。

6. 加强法规建设，强化监管机制

在会计服务领域，美国通过了《管制公共会计师执业法案》，并通过美国注

册会计师协会（AICPA）对注册会计师进行管理和监督；颁布《萨班斯－奥克斯利法案》，在资本市场财务信息披露的监管方面，授权另一个非政府性质的公众公司会计监察委员会（PCAOB）对会计师事务所从事公众公司审计的有关监管职能，并确立了美国证监会（SEC）对其行政监督的法律地位，全面加强资本市场的监管；在法律服务业方面，英国颁布《律师及公证人法》，并多次修订《律师法》，美国有《律师职业责任示范法典》和《律师职业行为示范规则》等，制定对律师违反其义务的详细惩罚措施（王德生，2009）。因此，我国要加强法律法规体系建设，建立和完善必要的执业资格和市场准入制度，整顿和规范商务服务市场，研究建立中介组织的日常监管机制。

7. 积极推进行业协会发展

结合我国商务服务业发展的实际，不断促进和规范商务服务业各行业协会的发展，充分发挥行业协会的桥梁和纽带作用。引导商务服务企业在自愿的基础上建立行业协会，在市场准入、信息咨询、规范经营行为、实施国家和行业标准、价格协调、调解利益纠纷、规避行业损害调查等方面发挥自律作用，切实维护和保障行业内企业的合法权益。强化政府、中介组织、行业协会和现代服务业企业之间沟通联系以及服务业各行业间的协调配合。使行业协会真正成为企业与国家立法部门、政府管理部门之间的桥梁，为企业服务。

8. 培育高端商务人才

商务服务业是以提供智力和信息服务为特征的新兴产业，其立业之本就是人才。商务服务企业需要对其从业人员加强资格审查，定期对员工进行培训，提供有吸引力的薪酬待遇激励，注意选拔能力互补、知识结构多样化的员工加入公司，以增强创新能力和服务能力。我国要与国际接轨，必须提高人员素质，培养国际化人才（王德生，2009）。同时要加强职业教育和职业道德教育，提高从业人员素质。加强从业人员后续教育与培训工作，研究制订中介机构行业道德标准、员工职业道德标准、就业规范、服务规范等，加强执业质量的监督，对于执业质量不合格的予以相应惩罚。

9. 推进商务服务企业与国际接轨

培育专业服务企业的国际视野和全球竞争的意识，培养企业迅速适应全球环境变化的能力并建立与之相适应的战略，借鉴国际通行做法来规范企业行为，以更好地与国际接轨，通过不断的全球学习和国际经验的积累来增强企业的国际竞争力。同时，商务服务企业制订公司长期发展战略，提升国际知名度。

参考文献

〔美〕迈克·波特:《国家竞争优势》,中译本,华夏出版社,2002。

赵弘:《首都经济新增长点研究》,北京出版社,2009。

王德生:《国外政府管理和推进专业服务业发展政策及启示》,http://www. istis. sh. cn/list/list. aspx? id = 6264,2009 年 11 月 30 日。

林民书、杨治国:《调整第三产业结构,推动生产性服务业发展》,《经济学动态》2005 年第 5 期。

南达等:《专业服务业》,中国人民大学出版社,2004。

王瑶:《打败"麦肯锡"》,新华出版社,2006。

李善同:《"十一五"期间服务业发展面临有利时机》,http//www. ce. cn/,中国经济网,2006 年 7 月 12 日。

薛玉立:《京津两地商务服务业集聚成因与推进战略初探——基于波特钻石体系模型的分析》,《经济研究导刊》2008 年第 10 期。

赵弘、牛艳华:《商务服务业空间分布特点及重点集聚区建设——基于北京的研究》,《北京工商大学学报(社会科学版)》2010 年第 2 期。

《北京知识产权服务业发展研究》,《方迪经济观察》2009 年第 4 期。

B.7

中国"十二五"时期商贸服务业的
发展目标、思路和政策建议

彭磊 李蕊*

摘 要:《关于制定国民经济和社会发展第十二个五年规划的建议》明确提出"十二五"时期要建立扩大消费需求的长效机制。而扩大消费需求长效机制的建立与完善有赖于我国持续城市化进程及农民市民化过程。发展商贸服务业无论是解决进城农民就业,还是化解消费摩擦都发挥着至关重要的作用。而伴随城镇化进程和农民市民化过程,制造业中西部转移、商贸服务业区域横向转移和地区纵向延伸、城镇居民社区开发和建设给商贸服务业发展带来三大机遇。为此,"十二五"时期,商贸服务业发展的思路与重点应是将社区能力建设作为一项重要系统性任务加以全面推广,逐步完善社区经济功能,并充分协调其与社会、政治、文化、生态功能的平衡发展。

关键词: 城镇化进程 农民市民化 消费摩擦 商贸服务业

2010 年 10 月 18 日,中共中央第十七届五中全会通过了《关于制定国民经济和社会发展第十二个五年规划的建议》,提出把扩大消费需求作为扩大内需的战略重点,建立扩大消费需求的长效机制。要积极稳妥推进城镇化,大力发展服务业和中小企业,增加就业创业机会。要加强市场流通体系建设,发展新型消费业态,拓展新兴服务消费,完善鼓励消费的政策,改善消费环境,保护消费者权

---

* 彭磊,中国社会科学院财政与贸易经济研究所流通产业研究室副主任、副研究员,主要研究方向为国际贸易与投资、商贸服务;李蕊,中国社会科学院财政与贸易经济研究所助理研究员,主要研究方向为外商投资、商贸服务。

益，积极促进消费结构升级。要合理引导消费行为，发展节能环保型消费品，倡导与我国国情相适应的文明、节约、绿色、低碳消费模式。另外，《建议》强调加强城镇化管理，要把符合落户条件的农业转移人口逐步转为城镇居民作为推进城镇化的重要任务，注重在制度上解决好农民工权益保护问题。众所周知，由于土地制度、户籍制度的二元特征，我国城市化进程表现出区别于发达国家和其他发展中国家的特点。从广义来看，我国城市化进程包含大城市及特大城市、地级中小城市和县城、乡镇一级小城镇三个层次。2010 年中央一号文件提出把中小城市和小城镇发展作为重点，发挥城市对农村辐射带动作用的战略意图表明，城镇化建设与新农村建设是统筹城乡发展、构建城乡经济社会一体化战略相互联系、互相促进的两个有机组成部分，应坚持城镇化和新农村建设双轮驱动。县城作为连接城市和农村的纽带，天然成为实现劳动、资本等生产要素资源由城市向农村流动的平台。而通过对部分区位优势强、发展潜力大、产业基础好的中心城镇进行重点培养，也能够较好发挥其成为地区经济中心、城乡基本公共服务平台的功能。因此，我国城市化进程应以发展壮大中小城市、县城以及中心城镇作为未来城市化的重点。

一　城镇化进程中亟待解决的三大问题

（一）要解决农民进城置业安家的资金筹集问题

当前，制度性摩擦矛盾制约了农民进城所需资本累积，阻碍了城镇化进程。一方面，稳定农村基本经营制度相关措施可能加深农民对土地的留恋，阻碍城镇化进程；另一方面，推进城镇化则要降低农民对土地依赖，提高农民进城的积极性。二者之间的矛盾使得包括户籍制度改革、社会保障制度改革、农村土地制度改革在内的制度创新成为推进城镇化进程必须面对的迫切问题。以土地制度创新为例，对于中小城市区县扩容以及中心城镇建设，一方面要稳定承包权不变，保护承包权益期内土地经营收益，但可以考虑承包权到期不再延展的创新做法；另一方面为提高农民向城镇转移的积极性，应创新土地经营制度，通过健全土地经营权流转市场，探索宅基地使用权流转，推进集体经营性建设用地流转等，多方面扩大农民通过土地经营获取财产性收入，为进城筹集资金。

（二）要解决农民进城生活可持续问题

要有序、稳妥推进城镇化，除了要解决农民进城资金筹集问题，更为重要的是要解决进城农民维持生计和生存保障问题，其中首当其冲的是就业。伴随城镇化进程，就业形式也由正规就业为主转向正规就业和非正规就业并重格局。大多数商贸服务民营企业、个体工商户承载着城镇化进程中容纳就业的主渠道功能。而与商贸服务业就业相对应的城市劳动力市场是典型的低级劳动力市场，具有工资水平低、雇佣关系不稳定、劳动权益保障差等特点，是典型的非正规就业模式。如何有效管理非正规就业和弹性就业，提升进城农民岗位技能和素质，提高其创建小型企业并获取盈利能力，成为摆在政府部门面前迫切解决的问题。

（三）要解决农民进城消费摩擦问题

城镇化进程伴随农民身份向城镇居民身份转变。而正是这种身份转变，农村消费传统、消费习惯转型必然带来消费摩擦增多。消费摩擦主要表现为以下方面：一是传统农村市场商品结构雷同、价低质次的消费认同与城镇居民消费的差异取向之间的矛盾；二是传统农村即期收入决定当期消费的消费习惯与城镇居民信用消费取向之间的矛盾；三是传统农村"自给＋集市"消费模式与城镇居民社区消费模式之间的矛盾。如何有效化解消费摩擦，培育城镇消费文化是摆在决策层面前亟待解决的重大课题。

二 "十二五"时期商贸服务业的发展目标

发展商贸服务业无论是解决进城农民就业，还是化解消费摩擦都发挥着至关重要的作用。但通过对东中西部城镇化进程调研发现，东部地区本地新增就业产业分布开始由以制造业为主逐渐向以服务业为主转换，而在广大中西部地区，则在蓄势迎接东部制造业转移高潮，城镇化进程中普遍忽视城镇商贸服务业规划发展，此种倾向很有可能会形成东中西部新的发展鸿沟。到目前为止，对商贸服务业在城镇化进程中的机遇和作用仍没有在战略高度上形成统一认识。因此，"十二五"期间要把商贸服务业作为扩大内需尤其是消费需求重要的着力点，发挥其在调整结构、促进国民经济发展转型的积极作用，依托我国城镇化进程的加快，抓住农民工市民化的机遇，拓宽商贸流通渠道，降低商贸服务成本，提高商贸服务效率，以商贸服务的低碳化、绿色化、便利化为原则，促进东中西部区域协调发展，城乡地区平衡增长。

三 "十二五"期间商贸服务业发展壮大面临的机遇

（一）制造业向中西部转移的国家战略将为商贸服务业发展提供机遇

随着东部制造业向中西部地区梯次转移，与制造业密切相关的商贸服务需求迅速膨胀。以物流业发展为例，我国工业企业中，由企业自营和供应商承担原材料物流比重分别为36%和46%；制成品物流中，由企业自营或企业与第三方物流企业共营的比例分别为24.1%和59.8%，完全由第三方物流企业承担的仅占16.1%；商业企业中，物流由企业自营和供货方承担的分别为76.5%和17.6%。[①] 随着制造业中西部转移的深入，为我国制造业物流业分离经营、物流业业务整合外包、物流业深度介入制造业提供一体化供应链服务将成为趋势。因此，以十大产业整合和振兴规划颁布实施为契机发展专业物流，在中西部地区制造业转移热点地区或物流节点城市建设集疏运一体化的专业物流平台成为制造业生产性服务区域延伸的一项重要内容。再以生产设备循环消费为例，积极推进循环消费，以《二手设备流通技术规范通则》颁布实施为契机，研究建设区域性二手生产设备集散市场，建立健全二手设备分检、维修、再制造、交易、结算等功能，以满足中西部地区制造业发展的需求。

（二）商贸服务业区域横向转移和地区纵向延伸为商贸服务业发展提供了机遇

调研中我们发现，东中西部横向之间，城市与县城、中心城镇纵向之间，商贸服务业在发展层次、经营水平、管理能力方面存在巨大差距。在相当多的县城和中心城镇中，许多商贸服务供给极度缺乏甚至是空白，正是这种差距为商贸服务业区域横向转移、地区纵向延伸提供了广阔空间。遵照这种思路，鼓励东部商

---

① 黄有方：《两业联动：从拥有走向控制》，2010年1月13日《国际商报》。

贸服务企业"西进"参与推进中西部地区"万村千乡"市场工程,"双百市场工程",发挥政策协同效应。鼓励有实力的商贸服务企业在已有农家店建设基础上,加强在区县商品配送批发中心建设,鼓励中心城镇有实力批发商成为区域三级配送主体。鼓励有条件的区县建设综合性商品交易平台,倡导和推动订单农业模式,集农副产品收购、加工、仓储、配送,商品及生产资料配送分拨、商品及生产资料交易等功能于一体,有效整合现有资源,实现商流、物流、信息流互补,充分发挥集群效应、规模效应、示范效应。拓展完善"早餐工程",建设广覆盖、多渠道、保质量的中餐标准化供应体系。鼓励餐饮企业"主食加工配送中心"服务向县区及中心城镇辐射。鼓励餐饮企业完善产业链,向一体化经营方向转型,鼓励有实力餐饮企业将经营向上游延伸,试点"农餐对接"工程,采取"农村专业合作社 + 餐饮企业 + 市场"及"农民 + 餐饮企业 + 市场"等多种经营模式,鼓励餐饮企业进入农产品生产、加工、流通领域。鼓励批发零售、餐饮、洗浴等具有连锁经营性质的商贸服务企业服务向地区纵向延伸。比如,据我们调研发现,目前在区县以及中心城镇中,房屋交易中通过熟人介绍发生交易占总成交量比重约为60%甚至更高,而房屋中介发展严重不足是根本原因。因此,鼓励全国大型房屋中介机构服务链条向中西部转移,以及鼓励地级城市发展较为成熟的房屋中介采取连锁经营,将服务链条延伸至区县城镇。

(三) 城镇居民社区开发和建设为商贸服务业发展提供了机遇

居民社区开发和建设是城镇化进程中维系可持续、和谐发展的基础。而和谐社区能力建设的基本需求应满足以下条件:社区服务便利性、社区生活的宜居性、社区环境的安全性、社区制度的公正性。从商贸服务业发展角度看,中小城市、县城以及中心城镇社区能力建设亟待提高。"十二五"时期,伴随城镇化进程的加快,社区能力的建设是一项重要系统性任务,其中逐步完善社区的经济功能,充分协调其与社会、政治、文化、生态功能的平衡发展,为商贸服务业发展提供巨大的需求市场。事实上,社区商业是城市商业的基础,是满足居民综合消费的重要载体。目前我国各地城市中心区的商业设施发展速度很快,但社区商业发展相对滞后,网点数量少、结构不合理、功能不完备,无法满足广大居民不断增长的物质和文化需求。加快我国社区商业建设,构建新型社区商业服务体系已经成为城市商业发展的当务之急。

四 "十二五"期间发展商贸服务业的思路和主要抓手

"十二五"时期大力发展商贸服务业就是要以城镇化和农民工市民化为纲,以促进社区经济功能建设为目,纲举目张。通过完善市场服务种类,引入市场竞争主体,健全市场交易秩序,调控市场有序运行,监控市场交易绩效,促进商贸服务体系的均衡完善。

(一)继续推进"双进工程"

2006 年,商务部提出大力推进以"便利消费进社区,便民服务进家庭"为主题的社区商业"双进"工程。事实上,实施"双进"工程是开拓市场、扩大内需的有效途径,是贯彻以人为本、满足城市居民消费需求的迫切需要,是构建和谐社会和全面建设小康社会的必然要求,对吸纳社会劳动就业、提升城市商业对国民经济的贡献率、提高城市商业现代化水平和综合竞争力等都具有重要意义。据商务部统计,截至 2009 年 12 月,已建成 735 个社区标准化菜市场,确定了 111 家第四批全国社区商业示范社区。在社区服务中要加快标准化菜市场建设和改造力度,集中改造一批环境整洁、布局合理、消费安全的社区菜市场;加快社区物业管理体系建设,改变当前区县房地产项目中只重房地产项目建设、轻交付后物业管理的做法,积极发展保洁、保安、物业等服务行业。社区商业"双进"工程要按照"政府引导、市场运作;连锁经营、龙头驱动;以点带面、示范带动"的思路,以省辖市为重点,以解决社区购物、餐饮、家庭服务和再生资源回收等生活保障型服务为突破口,以运用现代流通方式和技术为手段,促进社区商业网点的配套设置和服务水平的提升。具体而言,一是要实施"早餐工程",培育早餐龙头企业。引导餐饮龙头企业进入社区新建和改扩建早餐快餐服务网点和中心厨房,完善连锁经营管理制度,开展从业人员培训。二是要运用现代流通方式和技术,提升服务水平。要注意用现代流通方式对社区商业进行改造。支持连锁企业进入社区,大力发展连锁经营,指导连锁企业利用有形店铺,借助物流配送和电子商务等现代流通方式,搭载各类便民服务,实现对社区商业服务模式的创新。三是要建设便民信息服务平台,创新社区服务体系。积极支持社区商业信息服务平台建设,充分利用网络资源优势,提供社区需求信息,开拓潜在的消费市场。鼓励有条件的社区商业服务企业发展网上交易、网上服务，补充现有网点的不足，探索虚拟网络与有形网点的结合，促进社区商业服务网络化和产业化。四是要合理设置再生资源回收网点，加强网络建设。支持和引导再生资源回收企业以连锁经营方式进入社区。在社区内设立统一规划、统一标识、统一着装、统一价格、统一衡器、统一车辆、统一管理、经营规范的回收站点。形成以社区、回收企业和集散市场为载体，符合城市建设发展规划，布局合理、网络健全、设施适用、管理科学的再生资源回收体系。

（二）继续推进家政服务体系建设

据统计，我国城市家庭的家政服务需求缺口在 1000 万人以上，外来务工人员是城市家政服务行业的主要来源。2010 年 9 月 1 日，国务院召开常务会议，研究部署发展家庭服务业的政策措施，提出要发展以家庭为服务对象、向家庭提供劳务、满足家庭生活需求的家庭服务业，旨在增加就业、改善民生、扩大内需、调整产业结构方面发挥作用，我国已经在北京等地设立了 35 个城市家政服务体系建设试点城市。建议各试点城市积极引导本地优秀企业参与试点，实现强强联手，确保财政资金安全性和高效使用，共同打造家政行业龙头企业。允许家政服务人员享受免费培训，经过人力资源和社会保障部统一认证考核后持证上岗。同时，鼓励企业为从业人员办理医疗保险、意外保险和养老保险，使他们老有所养、老有所依，构建家政服务行业保障体系。通过全面开展家政服务体系建设，从家政行业基础设施建设、家政服务网络平台优化升级、家政服务企业连锁门店建设等方面，加大政府财政补贴力度，着力打造家政行业的龙头企业，实现家政行业的规范化、可持续发展运营。应丰富家政服务网络内涵，将老人看护、孕妇看护、儿童看护等内容纳入家政服务网络。鼓励地级城市规模以上家政服务企业由服务中介向服务实体企业转变，并推动发展连锁经营，将服务触角延伸至区县及中心城镇。支持已经建立"家政服务网络中心"的试点城市积极采用三网融合新技术，进一步完善平台功能，升级技术服务系统，丰富服务内容，增加加盟企业数量，扩大网络覆盖面，鼓励尚未建立"家政服务网络中心"的试点城市高标准新建网络中心。支持一批管理规范、经营良好的龙头家政企业加快连锁门店建设，家政服务企业可以直营方式或加盟方式建设连锁店，连锁门店应有固定的经营场所，办公场所配备计算机等设备。加快家政企业信息管理系统建设，加强培训实操教室、保洁设备、烹饪设备等服务基础设施的建设。鼓励试点城市结合地方实际，探索家政服务体系建设的新型模式。通过国家在家政服务网络中心平台升级和完善、龙头家政企业连锁门店建设、家政服务基础设施建设、家政服务技能培训等方面提供的政策支持和资金扶持，将会有力地推动家政服务体系的进一步完善，促进家政服务业向社会化、产业化、专业化、标准化方向发展，更好地满足市民对家政服务多样化的服务需求，并使家政服务业在促进就业、扩大内需等方面发挥更大作用。

（三）加快养老服务体系建设

根据联合国标准，60 岁以上老年人口达到总人口的 10%，或 65 岁以上的人口达总人口 7%，即是"老龄化社会"。1999 年年底，中国即步入老龄化社会。截至 2009 年底，中国 60 岁及以上的老年人达到 1.67 亿人，约占总人口的 12.5%；65 岁及以上的老年人 1.13 亿人，约占总人口的 8.5%。2020～2050 年，中国将进入加速老年化阶段，人口红利将逐步转为"老龄化负担"。当前，全国失能老人已达 940 万人，部分失能老人约为 1894 万人。而无论是专业的养老护理机构，还是护理人员队伍，都存有巨大的缺口。而据中央电视台新闻调查显示，目前中国大中城市养老院缺口高达 80% 以上，而在中小城市、县城及中心城镇缺口更大。自 2009 年起，基本养老服务建设被提上日程。2009 年 5 月，国家发改委、民政部确定了五个基本养老服务体系建设试点省份，并在 2010 年进一步扩大试点范围。2010 年初，中央办公厅社会发展局专题研究老年人服务体系，财政部斥资几千万元支持国务院老龄工作委员会设立招标课题，研究老龄问题和服务模式。2010 年的政府工作报告，首次提出要"加快建立健全养老社会服务体系，让老年人安享晚年生活"。城市化进程将改变传统有子女赡养的养老模式，其将逐步被社会化养老模式所取代。在鼓励社区赡养基础上，鼓励民营企业开办敬老院、养老院、老人福利院等敬老养老机构。具体而言，全国应以省份为单位向 80 岁以上的老人发放高龄津贴，建设多层次的养老护理机构，包括社区老年饭桌、日间照料中心、颐养型的养老机构，以及专业护理机构等。基本养老服务体系的建设可以采取购买服务的方式，鼓励民间力量的参与。有关部门应对护理员开展相关的培训工作，颁布实施《老年人养护院建设标准》、《失能老年人等级划分评定标准》和《养老机构等级划分标准》，通过标准的制定和实施，确保老年护理工作落到实处。在养老服务体系建设方面，可以分别从几个方面推进：以建设城乡社区"老年之家"为抓手，完善居家养老服务体系。结合城乡社区建设，进一步加强城乡居家养老服务网点建设，完善居家养老服务配套措施，增强生活照料、医疗护理等功能，提高为老人服务水平。改善、提升乡镇（街道）敬老院基础设施和服务功能，实现敬老院向区域性社会养老服务中心转型。加大扶持力度，大力推进民办养老服务机构发展。通过建设资金补贴、公建民营、税费优惠、政府购买服务等优惠扶持措施，促进非营利性民办养老服务机构的发展。建立健全市、县（市、区）社会养老服务指导中心，强化行业管理和指导。依托现有公办养老服务机构或构建相应的养老服务平台，建立具有组织、指导、服务、培训等功能的社会养老服务指导中心，强化对养老服务机构和居家养老服务的行业管理和指导。

（四）完善家电维修售后服务和资源回收体系

加强整顿和规范中小城市和城镇中家电维修服务市场秩序，建立家电服务维修市场准入机制，加快推进广泛分布于中小城市及县城的"个体游击队"改造，使之成为家电厂商的特约维修网点。推进再生资源回收体系建设，发展二手商品交易市场。截至 2009 年 12 月，我国再生资源回收体系建设已在 12 个试点城市建设 1.3 万个再生资源回收站点和 42 个分拣加工中心，建设 10 个区域性集散市场。应进一步规范拆解企业经营，完善再生资源回收经营者电子备案系统。鼓励和支持再生资源回收企业新建和改造再生资源回收点和分拣中心；支持再生资源集散市场建设，对排污、废弃物处理及劳动保护等设施进行新建和改造，提高再生资源回收率。支持二手车市场进行以信息服务系统建设为重点的技术改造和服务功能升级。支持有条件的报废汽车回收拆解企业升级改造，提高回收企业的技术水平，并按国家政策加大对汽车报废更新的资金扶持，提高补贴标准，增加补贴范围。商务部在 2006 年推出《再生资源回收体系建设试点工作方案》，设立了北京等 24 个再生资源回收体系建设试点单位（第一批），并在 2009 年将张家口等 29 个城市和长春亿北再生资源集散市场等 11 个集散市场作为第二批试点单位，按照实现节能减排、资源节约、生态环保和扩大消费的目标，对第一批试点进行补充和深化，以城市为重点，选择在直辖市、计划单列市和省会城市开展试点，取得经验后逐步向地级及以下城市推开，围绕城市社区回收站点、专业加工中心和集散交易市场等环节，重点做好创新经营模式、规范回收站点、提高加工技术水平、实现产业化发展、提升完善市场功能、加强安全环保建设等工作，进一步提升和完善再生资源主要品种集中度高、交易规模大的综合性集散交易市场功能，逐步形成规划布局合理、集散功能分明、管理科学有序、区域辐射和带动作用显著的再生资源市场体系。通过推广试点城市开展再生资源回收体系建设试点经验，引导全国城市建设和改造提升再生资源市场、社区再生资源回收网点，推动全国再生资源回收体系建设工作。

（五）培养新兴商贸服务行业

现代商贸服务业发达是城市现代化程度的重要标志。商贸服务业具有能耗低、污染小、效益高等特点，有利于突破资源约束瓶颈，减轻环境压力，是符合现代服务业要求的人力资本密集行业，也是高附加值行业。随着中小城市、县城及中心城镇经济不断增强，新兴商贸服务业需求快速增长，如汽车美容服务、汽车救援服务、汽车改装服务等。大力发展新兴商贸服务业，鼓励发展电子商务、物流配送、商业特许经营等现代流通方式，推动商务服务产品和方式创新，提高高端服务业比重。当前重点是发展服务外包业。根据商务部大力发展离岸服务外包业政策，以承接离岸外包业为重点，兼顾企业全方位承接境内各类服务外包业务，开展服务外包企业和外包示范园区认定工作，支持鼓励企业取得相关国际认证工作，建立服务外包人才培训中心，建立服务外包信息网站，尽快制订实施出台服务外包业发展意见，促进服务外包业尽快实现跨越式发展。其次是发展会展服务业，鼓励各地区的依托自身产业优势，发展多门类、高档次、强辐射的现代会展业，进一步完善现代商贸服务业设施，为各类商品展销活动提供现代化场所，吸引国内外会展商举办会展，建立健全会展业的管理体制和展馆经营机制，壮大会展企业、行业协会等会展组织，提高展览的组织策划水平，推动我国会展业向规范化、专业化、市场化方向发展。支持我国工商企业组团外展，拓展国际国内市场。促进会展与国际采购相结合，建立生产制造与国际采购互动的平台。再次是发展特种服务业。充分发挥行业协会组织功能，强化协调运作，加快建立形成典当、拍卖、旧货、再生资源、二手车交易、报废机动车回收拆解等网络体系，强化运营功能，提升服务效率，增强社会效益。拉长服务链条，扩大服务范围，开拓更加宽泛的服务领域。此外，应围绕提升商圈、打造商业航母、建设商品市场、培育商业大企业的目标，改造提升传统商贸服务行业，以构建布局合理、业态先进的现代商贸服务新框架，打造货畅其流的物流配送新体系，建设覆盖城乡、便民利民的社区商业新网络，优化商业网点布局，运用现代经营方式和信息技术改造提升传统商贸流通业。大力发展大型精品百货购物中心和大型超市，丰富品牌连锁店、专业店、便利店等特色流通新业态。发展大众化、特色化、连锁型餐饮及酒店服务业，培育一批商业特色街区，逐步建设开放有度、竞争有序、结构合理、统一高效的全国市场。

五 完善促进商贸服务业发展的政策建议

（一） 加快完善商贸服务业规划、法规、标准体系建设

继续推进区县商业网点规划编制工作。据商务部统计，截至 2009 年 11 月，全国 368 个县级市中仅有 129 个完成商业网点规划编制，适时启动区县商贸服务业整体发展规划编制工作。对于新兴消费模式的出现，尽快制定出相应的部门规章加以引导，如《汽车改装管理条例》，做好部门协调，对汽车改装做好分类管理，尤其是要把小汽车改装业看做创意产业加以发展。要改变"重制造业标准体系建设、轻服务业标准体系建设"的观念，对农产品流通、二手商品市场、餐饮服务、生产资料流通、零售企业、洗浴、保健、物业管理、汽车服务、家政、养老、殡葬等领域行业标准体系以及相关行业从业人员资质、培训、就业等标准体系要加快研究出台。为加快标准建设步伐，标准体系建设应遵循以行业成熟企业标准为基本框架，由地方商务部门或行业协会加以完善，并作为推荐标准全国试行，待成熟后由商务部门以正式标准予以颁布的路径。

（二） 深化中小城市及县城金融服务网络体系建设

在城镇化推进过程中，资金瓶颈一直以来是制约县城和中心城镇商贸服务的关键因素之一。但从新型农村金融结构改革创新推进效果看，这种增量改革还不

能令人满意。据我们保守估计，每年由外出打工汇回县城的资金总额保守估计在1万亿元左右，而这其中大部分资金用于农村建房，盘活县城存量金融是有效化解县城金融困境的出路。因此，发挥县城金融承上启下的存量作用，将县城金融服务向农村延伸，应是当前推进县城和中心城镇建设，培育商贸服务业发展的突破口。以"建材下乡"为例，相对于动辄十几万元的房屋建设资本，农民自建住房资金压力相对较大是抑制建材消费的关键。另外，由于对中小商贸服务企业抵押品限定的单一性，以及抵押品估价过低等，以及不愿接受农村居民提供的抵押品（如没有房产证的宅基地建房、农产品和农业生产资料等），导致返乡农民工创业的资金障碍无法逾越。应考虑研究制定宅基地建设住宅享受城市居民的按揭贷款金融服务权利政策，充分发挥政策叠加效果。继续用好中小商贸企业发展专项资金，向中小城市和城镇倾斜，重点用于信用销售和融资担保。

（三）促进商贸服务业科学技术进步和创新应用

积极推进电子商务发展，探索推行电子商务企业和个体经营的电子注册制，开发规范的电子商务信息评级系统，采集电子商务的电子资金交易账户原始数据。为激励电子商务企业和个体经营积极进行电子注册，可以考虑部分免除电子商务税收的优惠措施，并相应提高电子注册企业和个人的信用评级。深入研究物联网在商贸服务业的应用，加强无线射频识别技术（RFID）等重大专项技术的综合应用研究，在商贸流通领域开展若干商品质量追溯体系工程进行试点。大力推动基于无线射频识别技术（RFID）手机支付体系建设试点等。

（四）转变商贸服务业管理机制，鼓励商贸服务企业现代经营模式，切实增强民营企业活力

健全市场准入标准、完善市场秩序，转变现行多种行业设立审批制管理制度，试点实行核准制，包括养老服务、殡葬服务、汽车救援服务等准公共服务领域，促进竞争，激发市场活力。切实降低商贸服务企业的经营负担，改善商贸服务企业经营环境。我们调研发现，餐饮服务业企业税费负担大约占企业营业额的8%~10%左右。其中除5%营业税及25%企业所得税主要税种外，还包含了残疾人基金、防洪基金等各色各样的地方税费。另外，用水用电同价政策虽然呼吁

多年，但地方落实情况并不理想。再有，银行卡手续费收费过高也是近来商贸服务业企业强烈反映的问题。据相关调研报告显示，银行卡收费在超市行业是0.5%，百货业态是1%，在餐饮企业更高。应抓紧落实《关于做好商业与工业用电、用水同价工作有关问题的通知》，适时将用水用电同价政策推广使用全部商贸服务业。协商银联机构，择机出台《关于调整银行卡刷卡费用标准的方案》，切实降低央行刷卡手续费。鼓励商贸服务企业采取特许经营、连锁经营等现代经营模式。加强商贸服务业特许经营市场秩序和运营监管，继续做好下放跨区从事商贸服务业特许经营活动的企业备案工作，创新连锁经营税收征管方法，分类管理商贸服务业，将连锁经营自营店数量作为其从事特许经营的必要条件，鼓励商贸服务企业跨区域进行连锁经营和特许经营。

（五）大力整治消费"潜规则"，优化消费环境

大量存在的消费"潜规则"正日益成为消费市场"顽疾"。比如，汽车销售加价提车、买车搭售保险等；住宿餐饮业12点前退房制度、包房最低消费额、收取开瓶费等；家电销售不合理二次收费等。应完善《消费者权益保护法》以及《反不正当竞争法》，规范行业服务标准。完善区县刷卡消费基础设施，增加刷卡消费终端数量，促进现代支付手段在城镇消费支付中的比重。逐步试点推广消费信贷、信用卡消费等信用消费模式在区县城镇中应用。

（六）积极开展商贸服务业从业资格，基本技能培训工作

要在全社会树立起尊重服务劳动的思想，逐步建立服务质量的差异与服务价格正相关的社会理念。为推动尊重服务的理念在全社会普及，重要的一项工作是进行服务职业的规范。因此，要尽快组织编写商贸服务业相关职业技能规范及培训大纲，建立全国、地方职业技能考核等级标准。鼓励创办商贸服务业培训机构，加大对商贸服务业从业人员技能培训和考核，促进由劳动力大国向人力资本强国转变。

（七）研究将现有消费补贴政策惠及城市流动人口政策

继续深入推进当前搞活流通扩大内需的各项惠民工程，进一步研究将政府补贴惠及城市打工的广大农民工流动人口政策。

参考文献

中共中央第十七届五中全会通过《关于制定国民经济和社会发展第十二个五年规划的建议》，2010 年 10 月 18 日。

彭磊：《推进城市化进程中商贸服务业发展机遇》，《中国经贸导刊》2010 年第 10 期。

荆林波主编《2009～2010 年中国商业发展报告》，社会科学文献出版社，2010。

荆林波主编《2008～2009 年中国商业发展报告》，社会科学文献出版社，2009。

李蕊：《从中外超市之争看中国流通业的发展》，《世界知识》2005 年第 5 期。

B.8
中国"十二五"时期文化产业的
发展目标、思路和政策建议

荆林波　李蕊*

摘　要："十二五"期间我国文化产业的整体规模将继续扩大，增长速度高于同期的 GDP 增速。未来五年内，文化产业整体将以全面提高自身引导能力、内容生产能力、公共服务能力、自主创新能力、产业发展能力为发展思路，文化创意产业、影视制作业、出版发行业、复制印刷业、广告业、文化旅游业、文化会展业、娱乐业、演艺业、动漫和数字内容产业、信息网络服务业、信息咨询业、教育培训业、体育竞技业等14个细分行业将围绕深化文化体制改革、打造完整的产业链、建立完整的产业统计指标体系、统筹规划产业园区和产业基地建设、加快产业立法进程、推进技术创新、培育自主知识产权、拓宽融资渠道、加强专业人才队伍建设等方面发展。本文结合"十一五"期间文化产业发展的基础，对未来五年文化产业的发展目标作出预测，并针对当前中国文化产业发展存在的问题提出一些改进思路和对策建议，以期为文化产业进一步繁荣发展提供参考。

关键词：文化产业　发展目标　政策思路

"十一五"期间，中国文化产业取得了长足的发展，规模和体量都有大幅度的增长，体制改革也取得了阶段性的进展，但同时还存在一些深层次的问题亟待解决。"十二五"期间，我国文化产业的整体规模将继续保持高速增长，本文结

---

* 荆林波，中国社会科学院财政与贸易经济研究所副所长、研究员、博士生导师，主要研究方向为贸易经济与服务经济；李蕊，中国社会科学院财政与贸易经济研究所助理研究员，主要研究方向为外商投资、商贸服务。

合"十一五"期间文化产业发展的基础,对未来五年文化产业的发展目标作出预测,并针对当前中国文化产业发展存在的问题提出一些改进思路和对策建议,以期为文化产业进一步繁荣发展提供参考。

一 文化产业的分类

1947 年,法兰克福学派的阿多诺和霍克海姆在《启蒙的辩证法》一书中首次提出"文化产业"的概念,从哲学和艺术学价值判断的双重角度对文化产业进行了否定性的批判。1997 年,芬兰在《文化产业最终报告》中将文化产业定义为"基于意义内容的生产活动",它强调内容生产,不再提工业标准,也称"内容产业",包括建筑、艺术、书报刊、广电、摄影、音像制作及分销、游戏及康乐服务等。20 世纪 90 年代,美国人用"版权产业"来说明文化产业状况,将文化产业视为"可商品化的信息内容产品业",其"版权产业"分为"核心版权产业"、"部分版权产业"、"分销版权产业"以及"版权相关产业"。联合国教科文组织将文化产业定义为"按照工业标准生产、再生产、储存以及分配文化产品和服务的一系列活动"[①]。中国的定义是由国家统计局在 2004 年 3 月 29 日正式公布的《文化及相关产业分类》中提出的,其首次从统计学角度对其加以权威性的界定:"为社会公众提供文化、娱乐产品和服务活动,以及与这些活动有关联的活动的集合"。

就具体的产业分类而言,英国将广告、建筑、艺术和文物交易、工艺品、设计、时装设计、电影、互动休闲软件、音乐、表演艺术、出版、软件、电视广播等 13 个行业确认为创意产业。联合国将传媒、卡通、影视、娱乐、游戏、旅游、教育、网络及信息服务、音乐、戏剧、艺术博物馆等 11 个行业确定为文化产业。中国将新闻服务、出版发行和版权服务、广播电视电影服务、文化艺术服务、网络文化服务、文化休闲娱乐服务、文化用品设备和相关文化产品的生产、文化用品设备和相关文化产品的销售、其他文化服务等作为文化产业,具体地划分为文化创意、影视制作业、出版发行业、复制印刷业、广告业、文化旅游业、文化会

---

① 张晓明、韩瑾:《走向"创意"产业》,圣才学习网,http://www.100xuexi.com/,2010 年 11 月 22 日。

展业、娱乐业、演艺业、动漫和数字内容产业、信息网络服务业、信息咨询业、教育培训业、体育竞技业，共计 14 个行业。

二 "十二五"期间文化产业的发展目标

文化产业包括的细分行业种类较多，各个行业呈现不同的发展特点，各自发展的基础也不相同，因此，本文分别从文化产业整体和各个细分行业的角度预测文化产业"十二五"期间的发展目标。

(一) 文化产业发展的整体目标

"十一五"期间，文化产业取得了长足的发展，规模和体量都有大幅度的增长。根据国家统计局最新公布的数据，2009 年我国文化产业增加值是 8400 亿元①，占 GDP 的比重为 2.5%。2005 年，我国文化产业增加值是 4216 亿元，占 GDP 的比重为 2.3%。从第三产业增加值的构成看，文化产业增加值在第三产业中所占的比重由 2005 年的 5.7% 提高到 2009 年的 6.3%。如图 1 所示，2005 ~ 2009 年，文化产业增加值占 GDP 的比重由 2.3% 上升为 2.5%，平均每年增长 0.05 个百分点。

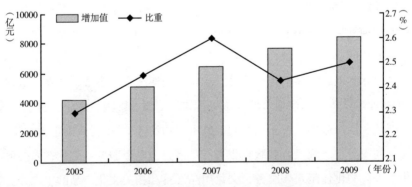

图 1 文化产业增加值及其占 GDP 的比重

资料来源：根据国家统计局相关年份《中国统计年鉴》的数据整理。

---

① 《国家统计局：2009 年中国文化产业增加值达 8400 亿元》，新华网，2009 年 5 月 14 日，http：//news. xinhuanet. com/fortune/2010 - 05/14/c_ 12103549. htm。

目前，各类社会资本发展文化产业的热情空前高涨，已经初步形成以公有制为主体、多种所有制共同发展的文化产业格局和多门类、多层次、多样化的文化生产和服务体系。据统计，2007年我国经营性文化产业机构已经达到32万家①，形成了由娱乐业、演出业、音像业、网络文化业、文化旅游业、文物和艺术品业等构成的文化产业体系。

以"十一五"期间文化产业的统计数据为基础，本文预测"十二五"期间我国文化产业经济总量（文化产业增加值）的预期目标为2.4万亿元左右，约占同年国内生产总值的4%。为达到上述目标，"十二五"期间文化产业的年均增长速度为19%，高于GDP年均增长率（10%）9个百分点。

在就业方面，本文以"十一五"期间文化产业的统计数据为基础，预测"十二五"期间我国文化产业吸纳就业人数的年均增长速度为9.5%，到2015年文化产业就业总量将达到3000万人，占总就业人数的3.6%，占第三产业就业人数的8.7%，占城镇就业人数的7.8%。

就城乡文化消费而言，农村人均文化消费支出年增长速度为5.5%，2015年农村文教娱乐用品及服务人均支出600元左右，占农村人口消费性支出的23%；城镇人均文教娱乐消费支出增长速度为6.5%，2015年城镇文教娱乐用品及服务人均支出1320元左右，占城镇居民消费性支出的15%。

文化产品和服务的出口额年增长速度保持在8.5%以上，与我国其他商品和服务的出口总额同步发展，与我国外贸进出口总额占世界贸易进出口总额的比重大致相当（进口约占8%，出口约占10%），缩小与发达国家文化产品占全部商品出口总额的比重水平。

（二）各细分行业"十二五"期间的发展目标

具体而言，本文根据文化产业的各个细分行业"十一五"期间的发展基础，分别预测各个行业"十二五"期间的发展目标。

文化创意产业2011～2015年间发展的总体目标是：文化创业产业增加值的年均增长率保持在15%，到2015年，文化创业产业增加值占第三产业的比重达

---

① 王永章：《改革开放30年文化产业回顾及前景展望》，《2009年中国文化产业发展报告》，社会科学文献出版社，2009，第55页。

到5%，将其培育成为第三产业的支柱产业。同时，要着重发展文化科技、音乐制作、艺术创作、动漫游戏等企业，增强影响力和带动力，拉动相关服务业和制造业的发展。为推进文化创意产业发展，应从创新体制机制、加大资金投入、完善产业政策、培养引进人才、完善统计体系和编制专项规划等方面出台保障措施。在土地、资金等政策上，对文化创意产业项目给予更大的支持。对创意成果应用、知识产权评估、抵押融资和贸易等进行扶持。制定文化创意产业行业政策，优先扶持重点行业发展。

影视制作业2011~2015年间发展的总体目标是：影视宣传工作进一步改进、舆论引导能力显著提高。影视节目和产品更加丰富多样，电影、电视剧和影视动画数量稳步增长，质量显著提高。电视安全播出保障能力全面提升，基本建立覆盖城乡的影视公共服务体系，到2015年电视人口综合覆盖率达到99%以上，力争基本实现农村电视户户通，实现一个行政村一月放映一场数字电影。全面推进科技创新，重点领域自主创新和数字化发展取得突破，到2015年县及县以上城市基本实现有线电视数字化和地面无线数字电视覆盖、拥有1家数字电影院，下一代广播电视网建设取得成效，移动多媒体广播电视、网络广播电视、高清电视、数字声音广播等得到快速发展，电影数字化放映基本普及。走出去取得重大突破，着力将中央电视台等建设成技术先进、信息量大、覆盖广泛、影响力强的国际一流媒体，形成与我国经济社会发展水平和国际地位相称的国际传播能力。通过科技创新和改革发展，我国影视制作业整体规模和实力进一步扩大，影响和作用进一步增强，成为国民经济新的增长点。

出版发行业的"十二五"发展目标是：大力发展以数字化内容、数字化生产和网络化传播为主要特征的新媒体，鼓励、扶持以互联网、移动通信网和数字电视网为主要载体的图书、报纸、期刊、数据库、新闻、游戏、动漫、音乐以及电子书等各种数字产品的开发、制作、出版和发行，鼓励开展基于各种网络的出版、发行活动。到2015年，建设20~25个数字出版产业基地，形成20~30个网络出版强势企业。通过标准的制定和实施，推动出版产业结构调整和升级，加快从主要依赖传统纸质介质出版物向多种介质形态出版物共存的现代出版产业转变。鼓励以资本为纽带的资产重组和资源优化配置，支持大型国有出版企业和出版、报业、发行集团实行跨地区和跨行业兼并重组，鼓励同一地区的新闻出版企业互相参股，到2015年，形成一批有实力的大型出版、发行企业集团。鼓励跨地区、跨部门、跨所有制的出版物连锁经营,形成实力雄厚的全国性出版物连锁机构和区域性连锁企业,到 2015 年,在全国建立 10～15 个出版物现代物流中心,形成 15～20 个全国性的出版物连锁机构。

印刷复制业"十二五"期间的发展目标是:大力发展高档印刷、彩色印刷和光盘复制业,实现书刊印刷产业的升级;加快商业印刷和包装印刷业的发展,使其成为新闻出版业的新的经济增长点。印刷产业增加值保持年增长 10% 的速度,2015 年我国印刷业生产总值达到 6000 亿元,占国内生产总值的 2.5%,印刷品出口超过 200 亿美元,2015 年我国只读光盘和刻录光盘生产分别达到全球市场份额的 1/3 和 2/3,成为国际重要的印刷、复制基地之一。建成印刷、印刷设备、印刷器材、印刷科研协调发展和比较完善的现代化印刷工程体系,建立起适应市场经济秩序的全国统一、开放、竞争、有序的市场体系。

广告业"十二五"期间的发展目标是:加快行业结构调整,促进广告产业的专业化、规模化发展,提升广告策划、创意、制作的整体水平;扩大广告产业规模,提高媒体广告的公信力;积极推动新兴广告媒体的发展与规范;以中华民族优秀品牌战略为基础,以广告企业为主干,以优势媒体集团为先导,形成布局合理、结构优化的广告产业体系;广告经营总额继续保持较快增长,到 2015 年实现广告经营总额 3000 亿元。

娱乐业"十二五"期间的发展目标是:调整和优化娱乐市场结构,逐步提高我国文化的整体层次,大力倡导特色经营,推广和发展量贩式、自助式经营。积极引导歌舞娱乐场所向连锁化、品牌化、规模化发展,建设现代娱乐产业。引导社会投资方向,鼓励发展适合普通消费水平的大众娱乐场所,支持开办健康有益、丰富多彩的演艺娱乐活动。到 2015 年,形成门类齐全的文娱演艺市场,建设一批功能配套、档次合理的以演艺活动为主的娱乐演出场所;培植发展一批具有较高水准和声誉的文化娱乐企业,以及一批具有地方特色的大型文化娱乐活动和网络娱乐品牌。立足不同层次的需求,突出地方特色,打造消费者喜爱的文化产品,建立适应市场要求的体制和机制,采用市场化运作的方式多渠道筹集资金。

演艺业"十二五"期间的发展目标是:以发展为第一要务,全面推进演出行业市场化进程。通过改革发展,强化政府服务,增加政府投入,扩大供给总量,提高演出质量,优化市场环境;通过开拓创新,完善市场机制,做大做强演

艺市场主体，实现演出市场的全面协调可持续发展。到 2015 年，演艺业将成为我国文化产业中发展最迅速、市场普及率最高、对相关下游文化产业的发展影响最大的支柱性文化产业。

会展业"十二五"期间的发展目标是：继续保持年均 20% 的增长速度，到 2015 年，我国会展业直接收入将突破 800 亿元，成为国民经济中的重要产业。其中，举办各类展会将超过 5 万个，中等规模以上的超过 3 万个，会展场馆面积将达到 2500 多万平方米，面积在 2000 平方米以上的会展场馆将达到 300 余家，面积在 1 万平方米以上的场馆将达到 150 个，从而形成与国际惯例接轨、宏观管理协调、资源配置合理、配套服务优良、市场竞争有序的会展业发展新格局，把我国建设成为"亚洲会展中心"。

动漫产业"十二五"期间的发展目标是：动漫产业将进入调整期，市场进入者数量持续增加，市场竞争加剧，形成有序成熟的动漫市场格局。早期进入动漫市场的中小企业将出现两极分化，有实力的企业受到资本青睐，逐步做大做强，而其他中小企业的生存空间将受到进一步挤压。与动漫行业相关的企业，特别是玩具和音像企业开始涉足动漫行业。这些机构经过传统产业市场的磨炼，将具有丰富的市场运作经验、完善成熟的营销渠道网络和强大的品牌价值，以及充裕的资金和强大的资本运作能力。到 2015 年，我国动漫产业对 GDP 的贡献将是目前的 10 倍，整个产业的市场容量高达 1000 亿元，成为全球第一大消费市场。

信息网络服务业"十二五"期间的发展目标是：加大对信息网络建设的支持，利用网络平台推动文化事业发展，组织开展各类信息化服务和宣传教育活动，到 2015 年，网民数量达到 5 亿人，国家为全国落后地区的街道文化站和乡镇综合文化站提供 1000 万台电脑。加强对信息网络经营主体的管理，大力加强对信息网络内容的监控和管理，规范信息网络内容，从严把关，坚决杜绝暴力低俗内容在信息网络上的传播。维护互联网著作权，坚决杜绝侵权盗版事件的发生。加强对网络内容的管理，加大对非法开办视听节目的网站的打击力度，积极传播公益性节目，为行业创造健康的发展环境。

教育培训业"十二五"期间的发展目标是：大力发展精英教育，利用全国的文教综合优势，扩大教育培训业的集聚和辐射范围，建设面向全国的人力资源开发基地。以教育培训基地建设为契机，吸引社会资本参与教育培训业，加强产学研合作，坚持规范化运作，保证教育培训质量，满足社会对教育和知识的需求。积极开办各类教育培训，不断拓展教育培训规模，在"十二五"期间实现教育培训业总收入以年均30%的速度快速增长。

文化旅游业"十二五"期间的发展目标是：到2015年，实现入境旅游人数和入境过夜旅游者人数年均增长10%，国际旅游收入年均增长15%；国内旅游人数年均增长12%，国内旅游收入年均增长15%；旅游总收入实现年均增长13%。到2015年，国际旅游收入达到1110亿美元，国内旅游收入达到177100亿元，旅游总收入达到183760亿元。2011~2015年间，每年新吸纳就业100万人，到2015年旅游直接就业人数达到2000万人。

信息咨询业"十二五"期间的发展目标是：加强信息立法，制定信息资讯产业法律和法规，规范信息咨询企业的从业行为。积极鼓励集体、个人进入咨询市场，建立平等竞争机制，扶持一批咨询企业形成大型咨询企业集团。鼓励现有信息咨询机构的资源整合，整合、重组一些大中型信息咨询公司，到2015年，组建5~10个具有国际竞争力的大型信息咨询集团。改进咨询机构的咨询技术手段，建立稳定的咨询人才储备，提高咨询机构整体的业务水平。

体育竞技业"十二五"期间的发展目标是：到2015年，我国将形成以体育主体产业为基础、多业并举、共同发展的产业发展新格局；重点发展体育健身娱乐市场、体育竞赛表演市场、体育人才、技术信息市场和体育用品市场等，促使体育的有关固定市场与流动市场、国内市场与国外市场等各级各类市场充分发育，形成符合我国国情、健全而完善的体育市场体系；形成一批符合现代企业制度、产权明晰、开展体育经营、综合开发、效益显著、规模发展的股份制企业或企业集团；不断增加体育产业开发收入的总量，使之占体育事业经费的比重有较大提高，成为弥补体育事业发展经费不足的主要来源。加强体育彩票的管理，逐步建立具有中国特色的体育彩票发行制度，完善体育彩票的发行种类、印制技术、营销手段和中奖办法，建立全国性的销售网络和队伍，促使体育彩票的发行科学化、制度化。

三　当前文化产业发展存在的问题

尽管"十一五"期间文化产业的整体规模保持高速增长，体制改革也取得了阶段性的进展，但目前整体而言，文化产业的发展还存在诸多问题，一些深层

次的问题亟待解决。文化产业涵盖了诸多细分行业，本文从整体角度，总结文化产业发展目前存在的深层次问题。

1. 体制改革滞后，公益性与经营性界定不清，资源配置机制混乱

首先，国有文化单位的体制改革相对滞后，配套政策不完善，国有经营性文化事业单位转企改制缺乏动力，改革难度大，导致民营文化经济的快速发展和国有文化经济的平稳增长之间存在着明显的落差。其次，公益性文化事业与经营性文化产业的界定不够清晰，集中表现为传媒文化产业集团"事业体制、产业化运营"的二元体制结构缺乏法律依据，以建立现代企业制度为目标的改革战略与事业性质的体制特征之间存在着内在的矛盾，文艺院团、非时政类报刊社和电台、电视台的制播分离改革在实践中常常因为纠缠于公益性与经营性的似是而非的属性界定问题而裹足不前。再次，文化产业传统的资源配置机制与市场化要求之间的矛盾依然尖锐，资源配置机制混乱、条块分割和行业壁垒与市场化要求之间的矛盾仍然是困扰我国文化产业发展的一个重大难题。文化市场与全国统一的产品市场尤其是要素市场尚未全面接轨，二者之间存在着明显的落差。

2. 政府定位偏差，职能交叉关系未理顺

目前，政府职能方面的"缺位"和"越位"并存，管办不分、政企不分、政事不分、职能交叉、行政管理成本过高的问题依然突出。这不仅导致了市场微观主体的交易成本过高，而且依靠以行政资金为主要手段和行政推进为主要方式的发展模式，在一定程度上强化了政府文化主管部门配置资源的传统体制，导致了管办不分、资助覆盖面窄、监管缺失等一系列弊端。

3. 经营机构多，集约化程度低，总体规模偏小

随着社会资本进入步伐加快，文化产业多元化投资格局开始形成。文化产业的门类众多，细分行业多达14个，尽管经营机构数量多，但集约化程度低，当前我国文化产业集中度不高，缺乏骨干企业和知名品牌。由于起步较晚和条块分割、市场壁垒等原因，我国的文化企业规模小、分散、实力弱的问题比较突出，规模普遍偏小，缺少战略投资者和骨干企业。以演艺产品为例，我国全部海外商业演出的年收入不到1亿美元，还不及国外一个著名马戏团一年的海外演出收入。

4. 市场化程度低，产业链不完整

由于受传统体制束缚，我国文化企事业单位普遍对文化市场的重视和调研不够，市场开拓意识不强，营销能力普遍较低，尚未形成与市场经济体制相适应的营销模式，导致文化产品市场化程度低，即使是优质产品也难以形成产业链，产品附加值未能得到有效挖掘。以动漫为例，动漫产业链包含了动漫作品的创意、制作、发行以及衍生品的开发、生产和销售。目前我国动漫产业普遍存在的问题是各环节企业间尚未建立起良好的共赢经营模式，导致上下游诸多环节不能默契配合，由于主盈利模式不清，导致全国曾批准设立的20多家动漫基地中只有1家是完整运作的动漫基地，其他20多家由于各种原因，要么做房地产，要么做其他类型的产业园，即使仍有动漫企业留守，也只是产业链上的某个环节而已，无法形成完整的产业链。

5. 技术含量低，缺乏创意，自主知识产权匮乏

以动漫产业为例，国产动漫一直突不破缺乏创意的瓶颈。创意环节位于动漫产业链的源头，是所有下游环节的基础，目前我国动漫产业创意环节依然薄弱。除"喜羊羊"外，近年国内动漫企业塑造的新形象乏善可陈。在题材方面，中国特色类作品依然是广为人知的古典名著和历史故事，奇幻类产品则始终难逃日本和美国的影子，缺乏拥有自主知识产权的产品，难与国外作品抗衡。此外，动漫衍生品的开发不足，知识产权保护不力等诸多问题也是阻碍动漫产业发展的因素。

6. 融资渠道不畅，资金来源缺乏体制保障

文化企业融资难的问题普遍存在，部分地区非公资本进入文化产业还存在一定障碍，融资渠道不畅，资金来源缺乏体制保障，投资主体单一，各级政府财政紧张，加之金融市场发育不充分，筹资渠道单一，使得文化产业的发展面临着严重的资金短缺问题。目前国内90%以上的动漫企业都是小规模的民营企业，这些小企业往往无力承担自主开发动漫产品的费用，80%以上的中小动漫企业生存都比较艰难，资金不足是导致动漫企业难以为继的首要原因。

7. 重复建设，浪费资源现象普遍

各地相继上马大型项目，文化产业园区、基地纷纷亮相，产业集群化发展趋势日益明显。盲目发展、资源浪费、同质化竞争的问题已经出现，需要引起重视。全国有几十个城市已开工或准备建设大型动漫主题公园或文化主题公园，不少风景区都拟上马大型实景演出，还有的文化产业项目以文化之名搞房地产开发，不仅存在重复建设、资源浪费的问题，还存在同质化竞争的问题。

8. 立法滞后，现有制度效力等级低

文化立法比较薄弱，文化产业发展缺乏强有力的法制保障。一方面，由于我国文化产业起步较晚，基础薄弱，至今尚未形成完整的文化产业法律法规体系；同时，随着我国产业结构调整步伐的加快，现有文化产业法规的数量、层次已远不能满足文化产业快速发展的需要，立法进程远远落后于实践需要，现行法规数量少，涵盖面不够。一些文化产业和高新科技的发展孕育产生的新的业态，如手机短信息、网络视听点播等，立法空白点较多。另一方面，立法层次低，现有制度效力等级不高，电影法、广播电视法、演出法等这些文化产业的基本法律在我国目前仍停留在行政法规或者是部门规章的层次，直接影响了管理的权威性和有效性。一些管理规范尚停留在政策文件管理层次上，一些行之有效的政策尚未以法律法规的形式确定。

9. 统计指标体系不健全，缺乏基础统计数据

由于文化产业在管理体制上实行多头管理，分属宣传、文化、出版、广电、体育、旅游等部门，缺乏文化产业统计协调机构，导致文化主管部门与统计部门的信息沟通不畅，导致重视文化事业统计、轻视文化产业统计的问题，文化产业统计涉及部门较多，统计内容和统计标准不统一，统计范围不全面，缺乏基础统计数据的支撑，各部门的统计指标之间不衔接、不配套、不可比，总体上难以形成全面、系统的统计指标体系。

四 "十二五"期间文化产业发展的思路

本文分别从文化产业整体和各个细分行业的角度，分析未来"十二五"时期文化产业发展的思路，其中，各个细分行业的发展思路着重于从未来五年内各个行业可能出现的亮点、重点需要解决的问题的角度展开。

（一）文化产业的总体发展思路

"十二五"期间，文化产业的总体发展应以邓小平理论和"三个代表"重要思想为指导，全面贯彻落实党的十七大精神，以科学发展观推动文化产业和文化事业发展，坚持高举旗帜、围绕大局、改革创新，适应全面建设小康社会的新进程，统筹城市与农村、传统文化与新兴文化产业，加快文化事业发展，全面提高文化产业引导能力、内容生产能力、公共服务能力、自主创新能力、产业发展能力，推动文化产业大发展大繁荣，更好地保障和满足人民群众日益增长的精神文化需求，充分发挥文化引导社会、教育人民、推动发展的功能，为全面实现小康、促进社会和谐提供强大的精神动力和良好的舆论氛围。

（二）各细分行业的发展思路

文化创意产业的发展要致力于放宽创意企业的市场准入、研究出台创意产业统计指标体系、建立完整的创意产业链、保障文化企业融资渠道。放宽文化产业市场准入限制，对有市场前景，发展潜力大、运行机制好的非公有制文化创意企业给予重点扶持，促使其提升企业核心竞争力，鼓励跨地区、跨行业经营，尽快成长为具有国际竞争力的文化创意企业集团。由国家层面研究制定统一的创意产业分类统计指标体系，统一规范各地创业产业统计口径，综合考虑创意产业的内涵与外延，做到既涵盖全部创意产业，又能够科学度量，保证统计数据的科学性、准确性和权威性。培育完整的创意产业链，规范产业链的建设，加快培育行业协会、技术咨询、技术转让、无形资产评估、知识产权代理等市场中介组织，创造公平竞争的市场环境。鼓励各地方政府在确定创意产业时，实行差异化定位，选出适合本地特点的重点产业。建立中国金融业推动创意型中小企业发展的长效机制，通过创新信贷担保手段和担保办法，为文化企业向金融机构借款提供便利条件，成为中小创意企业发展的助推器。适当提高创意型中小企业纳税标准，增加出口退税，进一步完善创意型中小企业服务机构与创业基地，强化对创意型中小企业的社会服务功能。

影视制作业的发展要致力于强化公共服务、推进数字化网络化、重点发展影视内容产业、全面发展影视发行产业、重点推动电台电视台制播分离改革。围绕构建影视公共服务体系建设，坚持以农村为重点，增加电视、电影为农村服务的资源总量。继续实施广播电视村村通工程、西新工程、无线覆盖工程等重点工程，完善农村广播电视基础设施建设，着力提高西藏、新疆等民族地区、边疆地区和广大农村地区广播电视有效覆盖质量和水平，逐步推进农村广播电视"户户通"。强化县、乡（镇）广播电视公共服务职能，建立健全以县为中心、乡（镇）为基础、面向农户的广播电视公共服务长效机制。构建影视现代传播体系，统筹无线、有线、卫星、互联网等多种技术手段，大力推进广播影视数字化网络化建设。加快电视台台内数字化、网络化和内容资源管理，提高数字节目的制作播出能力。加快高清电视、地面数字电视和数字声音广播的发展。加快有线电视数字化，实现有线电视网络由小网向大网、由模拟向数字、由单向向双向、由用户看电视向用电视转变。按照三网融合的要求，加快建设下一代广播电视网络。着力发展以电影、电视剧及影视动画为重点的内容产业，着力发展有线电视网络产业，着力发展移动多媒体广播电视、网络广播电视等广播影视新兴业态，完善从节目创作、内容服务、网络传输到衍生产品开发的产业链条。提高电视节目内容制作的能力、质量和效率，积极推进构建海量内容资源管理系统和内容集成分发交换平台，积极推进影视内容历史资料的数字化转换和保存，提高内容资源的利用效率和管理水平。逐步实现与制播网络等系统之间的互联互通，构建高质高效、开放集成、资源共享、版权保护的内容分发与节目信息交换系统。加快推进经营性事业单位转企改制，推动产业资源整合和跨地区、跨行业规模化发展，加快实施城镇数字影院建设和改造，构建电影数字化发行放映网络体系。加快推进有线电视网络整合，组建全国性有线电视网络公司。加快影视制作产业示范基地建设，进一步完善市场体系，继续深化电影院线制改革。推动电台电视台制播分离改革，已经成为文化体制改革的重要任务。随着制播分离改革的加快推进，实现在节目生产上，电台电视台只负责时政类节目的采编，体育、科技、电视剧、动画片等非时政类节目生产从电台电视台分离出来，组建节目提供商，打破非时政类节目生产的垄断体制，为文化产业的融合提供体制保障。

出版发行业的发展要致力于利用数字技术和互联网技术改造传统出版产业、鼓励通过资产重组扩大现代出版企业的规模经营、实行综合媒体出版权一体化管理、解决民营文化工作室参与出版的通道问题。改造传统出版生产的模式、传播方式，推进产业升级换代，延长产业链条，与数字出版衔接，基本实现编辑制作流程数字化、印制自动化、销售电子化、管理网络化，利用高新技术改造和提升传统出版产业。大力发展以数字化内容、数字化生产和网络化传播为主要特征的新媒体，鼓励、扶持以互联网、移动通信网和数字电视网为主要载体的图书、报纸、期刊、数据库、新闻、游戏、动漫、音乐以及电子书等各种数字产品的开发、制作、出版和发行，鼓励开展基于各种网络的出版、发行活动。支持大型国有出版企业和出版、报业、发行集团实行跨地区和跨行业兼并重组，鼓励同一地区的新闻出版企业互相参股。构建和创新现代出版企业的体制和机制，确立实行母子公司体制，根据资产关系和业务范围等情况，把成员单位改组为全资子公司、控股公司和参股公司等。按照现代出版产业规律调整生产组织形式，通过整体转制建立适应市场要求的出版企业形态，培育新型的市场主体，建立出版企业新的管理架构和运行机制，推动传统出版业的升级改造。进行综合出版权的改革试点，实行综合利用多种媒体手段和形式，进行跨媒体出版，对于试点单位给予包括图书、报纸、期刊、音像、网络等在内的综合出版权，以解决目前媒体分别审批、出版权分割所带来的问题，打造跨媒体综合性传媒航母。加快抓紧解决民营企业参与出版的通道与方式，一方面鼓励出版单位在转企改制过程中吸收民营资本参股，放宽股份比例限制，一方面允许民营公司从事出版服务的相关业务，例如图书经纪业务、图书策划服务等。建立民营企业出版权的试点，对于一些规模大、实力强、导向正确的民营文化工作室，给予有限出版权。

印刷复制业的发展要致力于应用高新技术提升传统印刷工业、优化印刷业结构、开发自主创新的印刷技术、鼓励专业化分工、创新发展增值业务类型、加快印刷产业基地建设。大力推进印刷工艺流程的数字化，推进计算机技术、数字技术、信息传播网络技术、光纤通信技术、微电子技术等高新技术在印刷工业中的应用。进一步提高印刷机械的自动化和印后的联动化水平，提升印刷产业的集约化程度，大力推进计算机直接制版机（CTP）设备在我国的应用，推广印前和印刷一体化的数字印刷机在我国的应用。进一步优化印刷业结构，开发高档产品，增加新品种，提高质量，适度发展科技含量高的特色印刷，大力发展激光印刷、发泡印刷、反光印刷、水晶商标、金光印刷、玻璃蚀刻、转移贴花、陶瓷印刷等特色印刷，优先发展高复制的印刷加工业，引导印刷业向"专、精、特、新"方向发展，实现各种规模、档次、特色印刷企业并存和互补的印刷业发展格局，满足市场的个性化需求。在印刷技术方面，继续保持汉字信息处理技术的国际领先水平，推进汉字信息处理技术与数字化、网络化技术的结合，开发一批具有中国特色和自主创新的印刷技术，使我国主要印刷生产企业的技术水平和管理水平达到世界先进水平。鼓励印刷业的专业化分工，重点发展有发展前景的增值业务类型，例如包装装潢、商标和广告创意设计、个性化包装产品和电子标签RFID；个性化直邮产品和可变数据账单、传统印刷与数码印刷相结合的混合印刷。拓展印刷企业传统业务的增值环节，强化对市场的迅速反应能力。积极推进印刷产业基地建设，继续在"大珠三角"、"长三角"和"环渤海"地区建成各具特色、

具有先进技术水平的区域印刷生产基地，实现上述三个印刷生产基地的印刷品出口超过 100 亿美元的目标，同时推进中部、西部、东北地区的印刷业的开发和振兴，实现全国印刷产业的协调发展。

广告业的发展要致力于规范广告市场准入、提高广告制作发布技术水平和经营水平、提升广告从业人员整体素质、壮大公益广告事业。取消各种不利于广告业健康发展的准入限制，深入研究广告活动主体的新构成、新特点和新趋势，建立健全广告经营资质评价体系，提高广告经营单位的资质水平。在市场准入、信用担保、金融服务、人才培训、信息服务等方面，对资质好、经营行为规范的中小型广告企业进行扶持，使其以独特专长建立品牌。完善广告业发展机制，发挥市场机制在广告业资源配置中的重要作用，研究广告业发展的体制、机制、制度和方式，指导广告业规范发展；积极推进广告代理制，建立和完善有效的监督检查机制，防止广告经营中不正当竞争和垄断行为。推广数字化音视频、动漫和网络等实用新技术在广告策划、创意、制作和发布等方面的应用。鼓励环保型广告材料的广泛运用，支持开发低成本的替代广告材料。鼓励开发新的广告发布形式，运用新的广告载体，降低广告投放成本。支持互联网、楼宇视频等新兴广告媒介健康有序发展，使其成为广告业新的增长点。创新广告技术和经营理念，借助现有的创意产业园区平台，充分发挥创意在广告业中的核心作用。加强广告教育的专业建设，配合国家教育改革政策，优化教育结构和课程设置，提高广告师资水平，改革教材体系，创新教学方式，开展广告新媒体研究，促进现代科技在广告专业教育中的普及和运用。设广告人才培养基地，实施不同类别的多层次人才培养计划，加快培养造就一批高级广告专家；依托有条件的高等院校和科研机构，建设一批各具特色的广告业发展研究和人才培养基地；依托有条件的广告企业，建设一批各具特色的广告实践基地。建立和完善公益广告发展促进机制，使公益广告成为构建和谐社会、传播社会主义精神文明的重要手段。鼓励开展公益广告学术研讨，继续支持公益广告作品评优工作，建立公益广告创新研究基地。加强公益广告制度建设，积极发挥政府的引导作用，通过公益广告制度建设，鼓励社会力量积极投入公益广告的策划、创意、制作和传播；提高广告活动主体对公益广告的贡献，采取鼓励措施提高公益广告的刊播比例；研究公益广告发展的扶持政策，形成公益广告持续发展的良性机制。

娱乐业的发展要致力于加强文化娱乐市场的监管和调控、加快科技创新提高娱乐产业发展水平。综合运用法制、行政和行业自律等手段，管理和调控文化娱乐市场。文化行政管理部门，无论是在管理体制、管理手段、管理方式上，还是在管理范围和管理内容上都要适应新的发展需要。在管理手段上应当立足于简政放权，抓大放小，简化职能。通过实施新科技手段，如电脑技术、网络技术、通信技术以及新媒介，借助新科技手段实现娱乐创作、生产数字化、娱乐信息传播信息化，提升娱乐产业的生产能力和信息传播能力，提高娱乐生产的效率，实现娱乐产品的多样化、优质化。

演艺业的发展要致力于加快演出市场品牌建设、建立演出院线体系制度、整顿和规范演出市场秩序、开拓国际演出市场。通过扶持演出市场的知名品牌，促进艺术表演领域知识产权保护，优先支持和鼓励国产原创、健康向上的文艺表演作品的创作生产和推广营销，减少短期项目经营的高风险性，提高演出单位的核心竞争力，促进文艺表演品种特色化。建立演出院线体系制度，按照音乐厅、大剧院、小剧场等不同表演体系、舞台形式和功能类型，从项目合作起步，在运作过程中实施品牌一体化、策划一体化、推广一体化和营销一体化，资源整合，降低演出成本。要建立公平竞争的市场环境。对观众反映强烈的虚假低劣演出，建立由专家、媒体、音乐爱好者和行业协会共同组成的舆论监督机制，规范演出宣传，培育消费群体，引导消费导向。借鉴国际演出市场运作经验，开拓国际演出市场，鼓励和扶持对外的商业性演出。

会展业的发展要致力于建立健全会展业的行业管理体制、规范市场秩序、培育有竞争力的会展市场主体、培育会展品牌、重点支持一批代表行业水平的展览会。建立会展业的统一管理体制，加快促进会展业的市场化，改善服务管理方式，提高管理水平，建立公开透明的市场准入体制，进一步简化审批，尽快从项目审批转向行业管理和政策调控，促进会展业市场优胜劣汰的机制。同时，要建立与会展业相关部门的工作协调机制，加快法律法规建设，建立和完善行业标准，积极倡导有利于会展业加快发展的政策和体制环境。针对多头审批、重复办展等问题，规范会展市场秩序，加大对行业组织的培育和指导力度，充分发挥各类社会中介机构在政策研究、信息交流、专业培训、行业自律等方面的重要作用。大力发展国有资本、集体资本和非公有资本参股的混合所有制经济，大力发展和积极促进非公有制经济建立进入会展行业，建立健全现代产权制度，培育一批能够参与国际竞争的市场主体。实施品牌战略，重点支持一批代表行业水平的

展览会，重点扶持一批规模大、影响力广、对行业带动力强的展览会，借鉴国外的成功经验，扶持重点展会品牌，提高展览会的辐射力和服务水平，鼓励通过展览会大力促进国际贸易。

动漫产业的发展要致力于培育完整的动漫产业链、重点支持原创产业发展、大力培育高素质动漫人才、加大知识产权保护力度。充分开发动漫产业资源，形成原创生产—动漫期刊上连载—选择读者反馈好的出版发行单行本—改编成动画片—音像制品或游戏产品的完整产业链，同时拓展动漫形象衍生产品的开发和营销，包括游戏、文具、玩具、食品、服装、日常用品和主题公园，不断创造新的效益增长点，从而壮大整个产业，形成良好的循环模式。与此同时，要理顺动漫产业的管理体制，整合各方资源，形成管理合力，为产业链的整合提供良好的政策支持，结合好与新媒体之间的关系，滚动式地开发动漫市场。支持原创产业发展，正视国产动漫与国际动漫之间的差距，积极借鉴国外发展经验，不论是技术上的还是管理经营方面，挖掘本土文化资源，发挥本土作战优势，引进先进的管理人才，推动我国动漫产业走上从引进代理为主走向自主研发为主，从学习模仿为主走向独立原创为主，由进口转向出口的产业转型之路。大力培育高素质动漫人才，改进高等院校动漫专业的现有人才培养模式，通过丰富的专业素质、文化知识以及良好的个人修养，使学生成为动漫产业急需的人才，同时依托高等院校和科研机构和动漫产业基地，加强与国外动漫知名企业的合作，借鉴外国培养动漫人才的优秀经验，建立动漫产业人才培养体系，加快培养动漫产业的各类紧缺人才。严厉打击违法经营行为，加大对动漫衍生产品的知识产权的保护力度，维护健康的市场秩序，营造良好的发展环境，完善整个动漫产业的发展机制，促进动漫产业的良性发展。

信息网络服务业的发展要致力于加强对网络经营主体的监管、加强对网络内容的监管、维护消费者和著作权人以及服务单位的合法权益、加强对网络游戏的监管。加大对非法开办视听节目的网站的打击力度，为行业创造健康的发展环境。加强对网络经营主体的管理，从事网络产品相关经营活动的必须是经文化部批准设立的经营性互联网文化单位。经营单位经营网络产品，须报文化部进行内容审查或备案，针对进口网络内容，必须经文化部内容审查通过后，方可投入运营。提供上传节目服务的网站要履行互联网视听节目服务开办者的主体责任，对网民上传的含有违法违规内容的视听节目，应当删除。互联网视听节目服务单位主要出资者和经营者应对播出和上载的视听节目内容负责。加强网络内容管理，对进口网络产品进行内容审查，对国产网络产品进行内容备案。通过加强网络内容管理，禁止含有恐怖、色情、暴力、迷信和危害民族风俗等危害社会公共道德的网络产品的传播，禁止渲染赌博等危害未成年人身心健康、违背社会公德、损害民族优秀文化传统的内容，不得转播、链接、聚合、集成非法的广播电视频道或视听网站节目，净化我国网络市场。互联网视听节目服务单位应依法维护用户权利、履行对用户的承诺，对用户信息保密以及不得进行虚假宣传或误导用户，不得提出对用户不公平不合理的要求，不得损害用户合法权益；提供有偿服务时，应当以显著方式公开所提供服务的视听节目种类、范围、资费标准和时限，并有告知用户中止或者取消服务的条件和方式等义务。明确公众对于视听节目服务单位的违法违规行为的举报权，维护消费者的合法权益。加强对著作权人合法权益的保护，互联网视听节目服务单位应当遵守有关法律法规，采取版权保护措施。加强对互联网视听节目服务单位合法权益的保护，网络运营单位向互联网视听节目服务单位提供节目信号传输服务时，要保证传输安全，不得擅自插播、截留视听节目信号。加强网络游戏企业自律，建立健全网络游戏企业自我约束机制。网络游戏企业要设立专门的内容审核部门，配备经文化部门培训考核的专业人员，对游戏产品进行自审自查。落实网络游戏经营主体属地化管理，对网络游戏产品进行全面排查，坚决查处、封堵利用互联网对运营的网络游戏产品进行格调低俗的宣传，运营宣扬低俗、色情、赌博、暴力等内容的网络游戏产品等违法行为。加大网吧违规接纳未成年人的打击力度，积极协助有关部门重点对城乡接合部、城郊农村的黑网吧进行清理和关闭。

　　教育培训业的发展要致力于加快教育培训基地的建设、实施"订单式"人才发展模式、鼓励品牌教育综合化和多元化发展、鼓励专业教育机构连锁化和品牌教育项目连锁。加快教育培训基地的建设，鼓励培训机构面向市场，开拓适应社会各层次的教育培训项目。加强师资的引进，在保证培训质量的前提下扩大招生规模，实施规模化发展。实现教育培训的产业化运作，鼓励培训机构以多种形式开展培训。大力发展成人继续教育、在职培训、专业资格培训、艺术类专业教育培训，按照社会需求培养专业化人才，促进产学研的紧密结合，建设国家级的紧缺人才培养基地，开发职业教育示范基地，形成具有特色的现代课程体系和实验基地。鼓励教育培训机构以走多元化道路的方式来缓解竞争压力，完善经营链条，覆盖上下游业务进行纵向扩张，或者选择发展其他培训业务进行横向扩张。鼓励有实力的教育培训机构同时涉足出版、咨询、网络教学等诸多领域，利用品牌优势在各个领域内进行扩张。鼓励教育培训机构开拓海外市场，建立海外分校。鼓励教育培训机构通过兼并、收购的形式实现扩张，实行集团化的运营模式。鼓励专业教育机构实行连锁化经营，推进品牌教育项目的连锁化运行。鼓励专业机构的纵深发展，纵向扩张，覆盖上下游业务。推进品牌教育项目的连锁运行，实现教材的标准化、服务的一体化、优质教育资源的共享。在地方二三级城市展开项目加盟，迅速拓展市场，最终形成大品牌教育机构占领全国各级城市的大格局。

文化旅游业的发展要致力于出台强制性政策措施保障带薪休假制度的施行、设立旅游风险基金、给予旅行社与其他服务型企业享受同等优惠待遇。在公休日、法定节假日的基础上，出台强制性措施保障带薪休假制度的落实，通过制定实施细则，完善《劳动法》中相关法律条文，补充对带薪休假权利保护方面的内容，明确规定对权利被侵犯者的救济措施，以及对侵权者的惩罚措施，确保劳动者真正享有带薪休假的权利，使更多人愿意出游，从而在更大程度上拉动终端消费需求。设立旅游风险基金，资金来源由旅游企业上缴利润中提取1%，通过地税代征，以低息或小额贷款的方式操作，对旅游企业提供资金支持，帮助企业应对经营困境。允许旅行社享受服务型企业的优惠待遇，包括对下岗失业人员创建旅行社，可以给予适当奖励，或者免征当年的企业所得税、城市维护建设税、教育附加费等；对吸纳失业下岗人员或新毕业大学生就业的旅行社，根据招用人数，按一定比例减征企业所得税，同时给予社会保险补贴等，以减轻旅游企业的负担。

信息咨询业的发展要致力于加强信息立法、理顺市场机制、鼓励行业资源整合。鉴于我国的信息咨询机构良莠不齐的问题，尽快制定信息产业法，用法律的形式确定信息咨询业的作用和地位，明确信息咨询机构的成立条件、经营规范及其权利和义务，使其管理和发展做到有法可依。加紧制定信息咨询产业法律法规，通过制定信息产业法，明确信息咨询业的地位和作用，明确规定咨询价格、市场管理、行业规范、机构审查、从业资格认证等，健全和规划信息咨询企业的从业行为。积极鼓励集体、个人角逐咨询市场，建立平等竞争机制，扶持一批咨询企业形成大型咨询企业集团。鼓励信息咨询机构转变经营机制，建立面向市场、对用户需求快速反应的运行机制，实现咨询企业所有制多元化，实现咨询行业的竞争化和联合化。以市场为导向，规范信息咨询服务的市场行为，培养咨询市场结构要素，提高信息咨询服务的时效性、准确性和效益性。鼓励信息咨询机构间的兼并、收购，鼓励企业间的联合与合作，共享资产、技术、信息咨询专业人才。整合、重组一些大中型信息咨询公司，组建具有竞争力的大型信息咨询集团，鼓励信息咨询企业之间的紧密型联合和松散型联合，避免重复建设和资源浪费，实现优势互补，形成业务关联、互惠鼓励的咨询集团，提高整体市场竞争力，优化信息资源配置，促进信息咨询产业结构的同级化和合理化，扩大集团的整体规模。

体育竞技业的发展要致力于加快体育单项运动协会的产业化、加强体育彩票的管理和发展、加强对各类体育基金的管理。按照深化体育体制改革的要求，有条件的单项运动协会及有关运动训练单位要以实体化、产业化为方向进行体育产业的开发，要在抓好本项目业务管理的同时，根据自身的特点和有利条件积极培养和开发体育竞赛表演市场和健身娱乐市场，兴办经济实体，充分发挥本项目的广告宣传效应，争取社会的赞助，举办各类商业赛事，开发专利产品，一些基础好、市场开发潜力大的项目要加快体育产业发展的步伐，由差额管理转为自收自支。加强对体育彩票发行工作的管理，建立全国性的销售网络和队伍，提高服务质量，积极争取有关方面的支持，促使体育彩票的发行科学化、制度化。拓宽体育基金来源的渠道，积极争取境内外社团、企业及个人的捐赠和赞助，增加基金的总量：要通过基金储蓄、投资等多种手段的科学运作，确保现有基金的不断增值。要制定和完善体育基金会的运作条例和管理办法，切实加强对体育基金使用方向的调控和监督，确保各类体育基金具有良好的社会声誉和效益，使之成为体育经费的重要来源之一。

五　促进"十二五"期间文化产业发展的政策建议

综上，本文针对目前文化产业发展存在的问题以及"十二五"期间文化产业整体和各个细分行业的发展思路、亟待解决的问题，提出旨在促进"十二五"期间文化产业有序、良性发展的政策建议。

1. 继续深化文化体制改革

要改变文化企业规模小、分散、竞争力弱的局面，就应该着力推进文化体制改革，增强产业的微观活力。以转企改制、重塑市场主体为中心环节，通过把经营性文化事业单位转制为规范的文化企业，为文化产业发展奠定微观基础。坚持政府引导、市场运作，着力培育一批骨干文化企业。打破行业垄断和地区封锁，推动企业兼并重组，提高集约化经营水平，促进文化领域资源整合和结构调整。

2. 打造完整的文化产业链

有关部门应根据各地文化产业发展实际，研究产业"短腿"，加强上下游产业配套和人才配套建设，打造完整的产业链，吸引文化产业集聚。利用资本市场的投融资和结构调整功能，打通并构建文化全产业链。加大资金支持力度，放宽对民营企业的贷款限制，减轻民营企业的资金短缺压力。以动漫产业为例，除了着重加强创意环节的提升，还应全力打造动漫衍生品的产业集群，构建专业性的动漫产业发展平台，培育完整的动漫产业链。

3. 加强对文化产业园区和基地建设的统筹规划

针对已经出现的盲目发展的苗头，要加强对文化产业园区和基地建设的统筹规划，坚持标准、突出特色、提高水平，促进资源合理配置和产业分工，防止一哄而上、盲目建设。对符合规划的园区和基地，在基础设施建设、土地使用、税收政策等方面都要给予支持。要有选择地建立和完善若干个集创意研发、产业孵化、产品交易、人才培训为一体的示范园区，为文化企业提供交易、展示平台，为文化产业规模化、专业化发展创造条件、奠定基础，提升产业集中度和创新能力。

4. 建立完整的文化产业统计指标体系

加强文化产业统计工作，将文化产业统计纳入国家统计系统的工作重心，尽早完善我国的文化统计指标体系。将文化服务统计、文化商品统计都纳入文化产业统计指标体系，及早制定与国际接轨的网上文化产品交易统计方法和统计制度。为弥补文化产业统计数据的不足，可以由统计部门牵头开展文化产业统计专项调查，以便提供较为全面的文化产业规模、结构、效益等基础数据，加快推动文化产业标准化体系建设。

5. 加快文化产业立法进程

有关部门应加快文化产业立法进程，着手起草文化产业促进法、推动电影产业促进法的尽快出台，为文化产业发展提供法制保障。除了加快立法，还要进一步转变政府职能，建立适应文化产业发展要求的宏观管理体制。要整合行政和执法资源，建立统一高效的文化市场综合执法机构，提高管理能力，依法查处和制裁破坏文化市场秩序的非法经营行为，维护诚信、公平、竞争有序的市场秩序。

6. 推进技术创新，培育自主知识产权

立足自主创新，形成一大批拥有自主知识产权和核心技术的创新型文化企业，运用高新技术创新文化生产方式，培育新兴文化产业和文化业态，加快构建传输快捷、覆盖广泛的文化传播体系，要加大对自主创新的扶持力度，对原创性强、技术先进、能形成自主知识产权，产业化前景良好的文化企业，应给予重点支持。要加强对知识产权的保护，积极鼓励和支持原创，大力发展自主知识产权，增强文化企业的核心竞争力。

7. 整合各种资源，拓宽融资渠道

探索建立适应文化产业投资发展的投融资体系，加大文化产业的投资规模。通过建立"文化产业发展基金"、"文化产业创业投资基金"、"文化产业风险投资基金"等方式，吸引更多社会资本参与文化产业发展，逐步建立多元化、社会化、公共化的投融资服务体系。整合各种资源，鼓励金融机构扩大对文化企业的融资规模。可以探索采取由政府部门提供服务和信息、金融机构提供资金支持的模式，也可以探索发挥产权交易所的投融资服务功能，为文化企业充分利用手中的无形资本进行融资创造条件，充分整合各种社会资源，为文化企业发展提供坚实的资金保障。

8. 加强专业人才队伍建设

加快文化产业人才的培养，大力培养既懂经济又精通文化产业特点的复合型高素质经营管理人才，加快制订文化产业各类人才的培养计划，特别是文化产业领军人物和各类高层次专门人才的培养。把文化产业人才培养纳入《国家中长期教育改革和发展规划纲要（2010～2020年)》，阶段性专项支持国家稀缺人才——文化产业人才的培养。立足现有高校资源，积极支持各高校根据市场需要创新开设文化产业类高教专业。重点扶持与文化产业实践结合紧密的民办高校承担文化产业人才培养任务。要健全文化产业人才引进政策，积极引进海外留学人员中各类文化产业方面的专才，同时加强人才培养的国际化合作。

参考文献

国家统计局：《中国统计年鉴2010》，中国统计出版社，2010。

张晓明、胡惠林、章建刚主编《2009年中国文化产业发展报告》，社会科学文献出版社，2009。

王永章主编《中国文化产业典型案例选编（第二辑）》，北京出版社，2007。

叶朗主编《中国文化产业年度报告2008》，湖南文艺出版社，2008。

张晓明、章建刚主编《2010年中国文化产业发展报告》，社会科学文献出版社，2010。

张晓明、韩谨：《走向"创意"产业》，圣才学习网，http：//www.100xuexi.com/，2010年11月22日。

B.9

中国"十二五"时期旅游业的
发展目标、思路和政策建议

赵雅萍 王诚庆*

摘 要： 本文结合国内外形势分析"十一五"期间中国旅游业取得的成绩和存在的问题，阐述"十二五"时期中国旅游业发展面临的机遇和挑战，分析"十二五"期间中国旅游业发展目标及应采取的政策。"十二五"时期是中国旅游业全面发展和全面释放综合功能的关键时期，也是在国家发展战略全局中发挥更重要作用的关键时期。未来的五年，要致力于全面贯彻落实国务院关于加快发展旅游业的意见，落实重点工作分工方案，实现旅游业发展方式的转变，将旅游业真正培育成国民经济的战略性支柱产业和让人民群众更加满意的现代服务业。

关键词： 旅游业 发展 目标 政策建议

"十二五"时期是全球格局发生重大变化，中国经济社会发展极其关键而特殊的时期，更是旅游业全面释放综合功能、在国家发展战略全局中发挥更重要作用的关键时期。在新的历史起点上，中国旅游业要抓住国家"调结构、保增长、扩内需、惠民生"的战略机遇，充分贯彻落实关于加快发展旅游业的意见，进一步扩大旅游产业规模、提升旅游产业地位，转变旅游产业发展方式，将旅游业真正培育为国民经济的战略性支柱产业和让人民群众更为满意的现代服务业。

---

* 赵雅萍，中国社会科学院研究生院博士生，研究方向为旅游经济与旅游管理。王诚庆，中国社会科学院财政与贸易经济研究所旅游与休闲研究室主任、研究员，研究方向为城市经济与旅游经济。

一 现实基础

(一)"十一五"发展回顾

"十一五"期间,中国经历了复杂的国际国内环境,期间既有奥运、世博召开的盛事,又有全球金融危机,国内汶川地震等多种自然灾害的难事。但从国家发展战略及政策层面看,却是一直有利于旅游业发展的。在整个时期内,中国都采取了大力促进旅游业发展的积极政策,特别是接近期末时,更是进一步进行战略结构调整、将旅游业确立为国民经济的战略性支柱产业,这既极大地促进了当期旅游业的繁荣发展,又为下一个五年内的持续健康发展提供了极为有利的政策环境。整体说来,在多种复杂因素的交织中,中国旅游业经历了极其不平凡的五年:三大市场在波澜中持续前进,国内旅游成为增长亮点;三大行业走势不一,总体呈现向好局面;旅游产业规模不断扩大,旅游产业地位显著提升;居民旅游需求日渐强烈,旅游供给日益丰富,新业态和新技术层出不穷。旅游业在经济社会发展中初步显示其积极贡献和综合带动力量。

1. 三大市场总体高速增长

"十一五"期间,三大市场在波澜中持续前进,入境旅游发展因国际金融危机的影响而发生较大波折,但国内旅游和出境旅游得益于中国经济的支持而保持了高速增长。

在入境旅游市场上,直到2007年,尽管在前期经历过较长时间的高速增长后增速有所放慢,但入境旅游人次数整体上仍呈现平稳的增长态势,入境旅游收入也相应地保持了较高的增长率。但2008、2009两年,由于受一系列突发事件、金融危机和公共安全危机事件的影响,入境旅游人次数和旅游外汇收入从总量看明显下降,从增速看成为负值(见图1),进入2010年以来,随着世界经济缓慢复苏,全球国际旅游人数增长率已恢复到金融危机前的水平,也使中国入境旅游出现了回暖。2010年上半年入境旅游人数达6550万人次,旅游外汇收入为215亿美元,同比分别增长5.5%和14.5%。在未来的时期里,如果全球经济顺利复苏,那么预计入境旅游人数与旅游收入将会相应的恢复和增长,但速度不会太快。

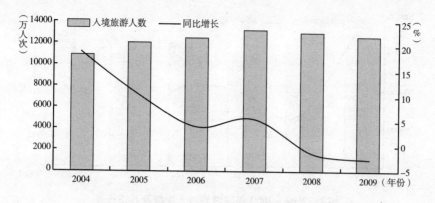

图1 2004~2009 年入境旅游人次数及其增长率

* 若无特别标注,以下图表的资料来源均为国家旅游局。

在国内旅游方面,"十一五"的前两年,国内旅游人次数和旅游收入均保持了两位数增长。2008 年以来受国际经济形势变化的影响,增长速度大幅下降,但总量上仍保持了持续增长的态势(见图2)。为了克服自然灾害、金融危机、突发疫情等不利因素的影响,在中央政府扩大内需的政策指引下,各地政府适时推出了包括发放旅游券在内的多项具体措施来刺激旅游消费,使国内旅游市场得以持续发展。总体来看,中国经济持续快速发展,国内居民收入水平稳步提高,使旅游消费需求日渐强劲;辅之以休假制度调整和扩大内需政策的刺激,为国内旅游市场的发展提供了有利的体制与政策基础;高铁、动车等新快速交通方式的出现,则提高了居民出游的便利度。多种利好因素的叠加使国内旅游在"十一五"期间保持了持续稳定的发展态势。在下一时期,这些有利因素不会消失,人们有理由对国内旅游业的进一步发展寄予厚望。

在出境旅游方面,它与另两大市场相比既有相似之处也有自身特点。可以认为"十五"期间是出境旅游的发轫期,由于基数小,所以增长速度很快。进入"十一五"以后,出境游市场在经济发展的支持下快速发展,2007 年居民出境旅游人数达到19%的高增长率,此后,出境旅游人数增速逐年放缓,但仍保持正增长的态势(见图3)。进入 2010 年以来,出境旅游持续升温,1~5 月出境旅游人数2263.89 万人次,同比增长16.8%,其中,大陆居民赴台旅游出境旅游突破70 万人次。与入境游市场相比,出境游市场始终没有出现负增长的情况,这对世界经济复苏无疑是积极的贡献。与国内旅游市场相比,它增长的重新加速则有所延迟。总

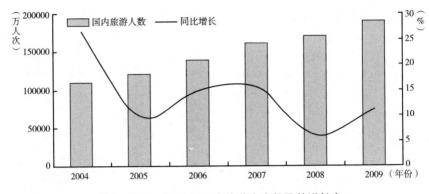

图2　2004～2009年国内旅游人次数及其增长率

体来看，出境旅游持续增长的基础是国民收入水平的不断提高以及较高收入阶层的快速形成。随着中国不断加强与各国的旅游交流，截至2009年底，中国公民的出境旅游目的地和地区已扩大至139个，已实施104个，这为中国居民的出境旅游提供了更多的目的地选择。另外，近年来人民币对主要货币的升值对于即期出境游市场影响可能并不大，但从长远看则肯定是个有利因素。

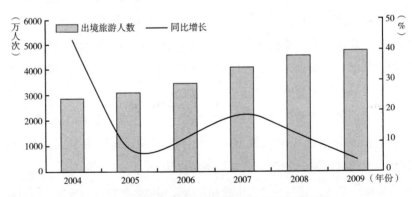

图3　2004～2009年出境旅游人次数及其增长率

概括起来看，"十一五"期间三大旅游市场呈现整体增长的局面，其中，国内旅游增长强劲，更是成为中国旅游业增长的亮点。这主要得益于中国经济健康发展的基础，同时也有赖于国家"扩内需、调结构、促增长、惠民生"的政策支持。在未来的发展中，中国经济健康发展这一基础不会动摇，在"扩内需、调结构、促增长、惠民生"的基本政策下旅游消费在扩大内需方面的作用受到重视的程度不会降低，旅游业的战略支柱产业地位也不会被削弱，因此，旅游业无疑会进一步保持自身的健康发展及对经济社会全面发展的积极贡献。

2. 三大行业总体向好

"十一五"期间，受各种复杂因素的影响，三大行业走势各异，总体呈现向好局面。

（1）旅行社的发展状况。从行业规模来看，截至2009年底，中国各类旅行社的数量达20399家。旅行社总资产585.96亿元，实现营业收入1806.53亿元，实际缴纳税金12.69亿元，三项指标分别比2006年增长了21%、28%、28.2%。旅行社的营业收入状况如图4所示。就不同市场的经营状况来说，在入境旅游市场方面，以港澳台等短线游为主营业务的旅行社，其经营业绩优于以欧美等长线游为主营业务的旅行社；在国内旅游市场方面，出游的近程化使经营短途旅游业务的旅行社受益匪浅；在出境旅游方面，出境旅游市场的稳态发展使经营此业务的旅行社发展平稳。总体看来，三大市场的变动对主营不同旅游市场业务的旅行社影响不一，但经营国内旅游和出境旅游业务的旅行社的业绩要优于经营入境旅游业务的旅行社，这与三大市场的表现相一致。

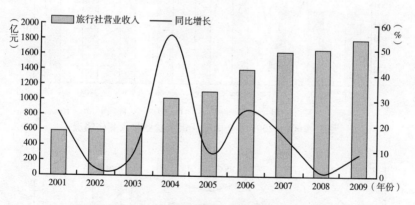

图4 2001～2009年全国旅行社营业收入变化情况

（2）饭店业的发展状况。从行业规模来看，截至2009年底，全国共有星级饭店14237家，拥有客房167.35万间，床位306.47万张，全年平均客房出租率为57.88%，营业收入总额为1818.18亿元，上缴营业税122.16亿元。纵观2006～2009年的统计数据，全国星级饭店在总量、拥有客房数等总量指标上均持续增加（见图5、图6）。但从营业状况看，自2007年开始，星级饭店的客房出租率则呈逐年下降的态势（见图5）。对于这种状况，可以从两个方面来理解。

一是从旅游设施的充裕程度来看,"十一五"期间,随着以饭店为代表的旅游服务设施的建设和数量的不断增长,国民出游的便利程度有所提高,住宿难的状况有所缓解,这是积极的一面。二是从经济危机的影响看,"十一五"期间三星级以上的高星级饭店数量逐年递增,而一、二星级的低星级饭店的数量则不断减少(见表1)。由于游客构成方面的差异,致使金融危机等不利因素对高星级饭店的冲击要远大于低星级饭店,这也在一定程度上导致了饭店质级总体提升的情况下客房出租率的一定下降。与高星级饭店相比,"十一五"期间经济型饭店保持着持续高速的发展势头,受各种不利因素的影响明显较小,这表明,在目前及未来一段时间内,以服务于大众旅游为目的的旅游饭店及其他旅游接待设施相对于高端游客服务设施来说有着更好的发展前景。

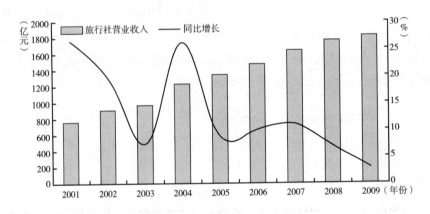

图5　2001～2009 年全国星级饭店营业收入变化情况

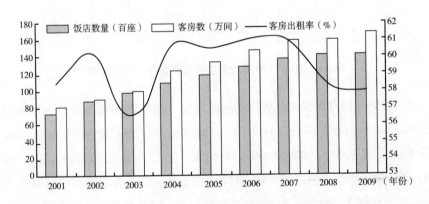

图6　2001～2009 年全国星级饭店数量及客房出租率变化情况

表1　2006~2009年星级饭店统计情况

单位：家

年份＼饭店星级	五星级	四星级	三星级	二星级	一星级	总　计
2006	302	1369	4779	5698	603	12751
2007	369	1595	5307	5718	594	13583
2008	432	1821	5712	5616	518	14099
2009	506	1984	5917	5375	455	14237

（3）景区的发展状况。从行业规模上看，2009年，全国县级以上的旅游景区已达到25000余家。5A级景区共67家，4A级旅游景区新增147家。国家级风景名胜区共208处，省级698处。根据一些典型性、标志性景区的经营状况来看，与旅行社和饭店相比，景区受金融危机的影响相对较小，且随着宏观经济状态的好转，景区的经营状况也有更大幅度的反弹。这种状况的成因比较复杂，其中主要的有：①景区的服务对象是国内游客和入境游客，尽管入境游市场在危机中有所萎缩，但由于其在游客总量中所占比重不大，入境游客总量减少的影响远远小于国内游客增长的影响；②部分资源型景区具有垄断优势，属于卖方市场，国内外经济状况的好坏对其影响并不大，更何况国内经济的快速发展从根本上决定了旅游需求状况并不是太糟；③各地为刺激消费而采取的发放旅游消费券等措施有效地增强了居民的出游动机，形成了强大的内需支持；④景区自身也推出了大量的优惠营销措施，如针对学生、老人、残疾人等特殊群体推出价格优惠或减免，针对淡旺季推出弹性票价等，保证了需求量的稳定；⑤近年来，免费景区和公益类景区的数量不断增加也吸引了大量的旅游者。

总体来看，"十一五"期间，以三大行业为代表的旅游产业规模不断扩大。在具体经营状况方面，虽然自然灾害和金融危机等各种不利因素都或多或少对三大行业产生了一定的冲击，但旅游行业积极思考并采取应对措施，推出了各种恢复市场的行业政策和刺激消费需求的措施，采取了各种提高行业管理能力和竞争力的举措，极大地提高了行业抵抗危机和风险的能力，从而使三大行业顺利渡过难关，基本保持了稳定发展的态势。

3. 产业地位显著提升

伴随旅游业供需规模的逐步扩大，旅游业对国民经济的贡献和作用也不断增强。从2000年至2009年，全国旅游业总收入年均增长13.6%，高于同期全国国内生产总值 8% 左右的年均增长率。2005 年，全国旅游业总收入为 7686 亿元，到 2007 年，该指标首次突破了 1 万亿元大关，达到 10957 亿元，相当于同期全国国内生产总值的 4.4%，使这个比值连续 3 年稳定在 4% 以上。2008 年和 2009 年，受自然灾害和金融危机等的影响，全国旅游业总收入与国内生产总值之比有所回落，为 3.8%，但总收入仍然达到 5.8% 和 11.3% 的增长率（参见表 2）。旅游业已成为第三产业的重要产业，并在促进就业方面发挥巨大作用。2007 年，全国新增旅游直接就业 50 万人。其中，星级饭店直接从业人员超过 160 万人。全国共有饭店及旅游住宿单位超过 30 万个，从业人员超过 500 万人。

表 2 2005～2009 年中国 GDP 和旅游业收入情况

单位：亿元，%

年份	GDP	旅游业总收入	旅游业总收入与 GDP 之比
2005	183217.4	7686	4.2
2006	211923.5	8935	4.2
2007	249529.9	10957	4.4
2008	300670	11400	3.8
2009	335353	12900	3.8

资料来源：国家统计局、国家旅游局。

从 1998 年的国民经济新的增长点，到 2006 年的国民经济的重要产业，旅游业的产业地位得以确定，在国民经济中的地位也在不断提升。进入 2009 年，中国确立了"保增长、扩内需、调结构、促就业、降低能耗、保护环境"的战略方向，旅游业 30 多年的发展基础和功能使其在各个发展阶段上的优势和重要性日益凸显。鉴于此，2009 年 11 月国务院提出将旅游业培育为国民经济的战略性支柱产业和让广大人民群众更为满意的现代服务业，旅游业在国民经济中的地位得到进一步提升。

4. 新业态、新技术层出不穷

旅游消费属于选择性消费，在人们的需求层次中处于较高的层级。在人们的基本生存与温饱需求满足之后，旅游消费需求将会出现爆发性增长。随着中国经济的持续增长，居民可支配收入的不断提高，旅游消费需求已开始呈现剧增和多元化的趋势，而需求变迁又影响着产业供给，导致新业态和新技术不断产生。

"十一五"期间，居民的旅游消费出现了很多新的特点，主要表现在高铁、动车等新的交通工具所派生的出行方式的多样化，新的休假制度所带来的出行时间的分散化，由追求时尚、休闲、创意、文化、体验、个性等所带来的出行动机的多元化等等，这一系列新的特点和变化，促使旅游供给体系不断创新，旅游业与其他的产业不断融合，催生了许多新的业态。如数字旅游、实景演艺、旅游置业、医疗旅游、文化创意旅游、游轮旅游等。其中，文化创意旅游是旅游业与文化创意产业的融合，由于其多样化和异质性成为旅游消费的亮点，并由此派生出了一系列专项旅游产品，如动漫主题公园、手工艺作坊、民宅民俗文化探访等。

无论是满足新的旅游消费需求，还是创新旅游供给体系，都需要运用新的技术，尤其是现代信息技术。"十一五"期间，现代信息技术在旅游业中的应用更加广泛、深入。继携程、艺龙之后，酷讯、"去哪儿"、乐途、芒果、搜驴等新的旅游搜索引擎层出不穷，除了为旅游者提供机票、酒店、签证、度假路线、旅游指南等传统旅游服务项目外，以"去哪儿"为代表的智能化旅游搜索引擎还推出了"比较旅游"服务，为旅游者提供机票、酒店等旅游产品的价格排名和预测信息。旅游搜索引擎日益智能化，为旅游者提供了更多的便利。除此之外，旅游企业不断推出旅游电子商务、数字化景区、旅游电子门票、虚拟旅游、数字遗产保护等服务和产品。旅游企业加速数字化，使旅游企业的管理和服务水平不断提高。

5. 法制与政策环境不断优化

良好的法制与政策环境是发展旅游业的重要保障。"十一五"期间，中国旅游业发展的法制与政策环境不断优化。国家层面先后出台了《大陆居民赴台湾地区旅游管理办法》、《旅游资源保护暂行办法》、《旅行社条例》、《国务院关于加快发展旅游业的意见》、《国务院关于推进海南国际旅游岛建设发展的若干意见》等重要法律法规，涵盖了行业规范和管理、资源的保护和开发、服务质量的加强、市场秩序的监督管理、旅游产业的定位等内容，更加强调旅游业的社会责任和市场机制作用的发挥。尤其是《国务院关于加快发展旅游业的意见》（国发〔2009〕41号）的出台为中国旅游体系的建立、国家旅游总体形象的提升以及旅游业的持续发展打下了坚实的政策基础。

（二）需要重视的问题

从总体上看，"十一五"期间，中国旅游业发展取得了很大的成绩，但发展

过程中的不确定因素和产业内部长期积累的矛盾和问题也必须予以关注。

1. 旅游供需错位

所谓旅游供需错位，是指旅游产品、服务质量、交通便利化和政策等不能很好地适应旅游者的需求。首先，从旅游消费的"食住行游购娱"六大要素比例来看，由于中国的旅游供给体系中休闲、娱乐等旅游产品供给还存在着短缺，导致旅游消费结构中餐饮、住宿、交通购物所占的比重较大，休闲、娱乐所占比重不足，而恰恰是休闲、娱乐，才是人们较高的需求层次中发展潜力最大的领域，也是国际旅游业发展的重要趋势。其次，从城乡旅游消费结构来看，2009年中国的国内旅游总人次达到19.02亿，其中农村居民达到了9.99亿人次，但从消费能力上看，同年全国国内旅游人均花费535.4元，其中城镇居民人均花费801.1元，农村居民人均花费295.3元。尽管农村居民也具有较高的出游热情，但其旅游消费层次和消费水平还大大地落后于城镇居民。除了受城乡收入水平差距、传统的生活和消费理念的制约等因素的影响之外，缺乏适应农村居民需求的旅游产品和针对农村居民消费特点的倾斜政策等供给方面的因素应该是更为深层次的原因。再次，从地区消费结构来看，中国旅游消费存在着明显的地区差异，东部省份居民旅游消费能力较强、频次较高，而中西部省份居民的旅游消费能力相对较弱，出游率也明显低于东部省份。这种旅游消费的地区差异也在一定程度上表明了旅游供给体系在产品、政策、服务和出行便利度等方面的不足。

2. 旅游资源和环境保护压力增大

长期以来，中国旅游业发展走的是一条重数量、轻质量的粗放型发展的道路。在"无烟工业"这一光环的掩饰下，中国的旅游业从产品开发、企业经营，到旅游者消费的整个链条中，破坏资源和环境的现象时有发生；生态、环保的绿色理念还未深入人心。"十一五"期间，旅游业在快速发展的同时，给资源和环境都带来了不同程度的破坏。旅游交通工具对旅游接待地造成空气、噪音和水质污染；旅游目的地超负荷接待使得基础设施负担加重，生态环境恶化；对旅游目的地的侵害性和掠夺性开发使得旅游资源被大量浪费、破坏，凡此种种不一而足。此外，2009年世界气候大会召开，使环境保护再一次成为人们关注的焦点，节能减排、低碳环保的呼声不断提高。因此，无论是从自身的发展还是外部环境来看，中国旅游业资源和环境保护的压力都在不断增大。

3. 服务质量的监管存在疏漏

"十一五"期间，内地旅游团在香港被强迫购物事件、北京一日游陷阱事件等涉及旅游服务质量的问题被媒体大量报道，这表明中国旅游服务质量监管还需大力完善和强化。首先，中国旅游服务质量监管的法律体系尚不完善。尽管2009年国家旅游局颁布了《旅游服务质量提升纲要（2009～2015）》，但是到目前为止，由于种种原因，中国仍没有一部全面、系统、权威的旅游基本法。在旅游基本法缺位状态下，旅游活动中买卖双方发生纠纷和矛盾时没有专门的、具体的法律条款可以作为依据，导致扰乱旅游市场、侵害游客合法权益的现象仍时有发生。其次，中国的旅游服务质量监管体系还不完善。目前，中国还没有形成自上到下健全的旅游服务质量监管机构。行业、社会和舆论监管相结合的网络体系还没有建立起来。再次，中国旅游服务质量监管人员的专业素质和执法能力还有待提高。由于缺乏完备的法规指导，再加上自身素质和执法能力的制约，中国旅游服务质量监管人员在执行公务时随意性较大，致使旅游服务质量监管行为效率低下，未能有效遏制旅游服务过程中诸多问题的出现。除此之外，有关宣传部门和媒体对旅游服务质量、旅游消费和市场监管等的有关信息宣传力度还不够，导致旅游者对文明旅游、旅游安全、理性消费和维权的认知都还不足。

4. 旅游企业创新能力还有待提高

旅游企业创新能力的强弱是旅游产业竞争力的核心因素。"十一五"期间，持续激烈的市场竞争和多发的自然灾害、金融危机和公共安全危机等事件使中国的大多数旅游企业遭受了不同程度的影响。许多缺乏竞争力的中小企业受创严重，这从很大程度上反映了中国旅游企业在产品、质量、服务、营销、管理等方面的创新意识和创新能力还不强。在产品供给方面，旅游企业对散客化、自助旅游和都市休闲旅游消费市场的变化反应相对滞后，所提供的旅游产品对旅游者缺乏足够的吸引力；在市场营销方面，大多数旅游企业对互联网、移动通信、手机短信等新媒介平台，以及视频小品、音乐、曲艺等营销载体的应用还不够，传统、老套的营销手段在一定程度上影响了营销效果，同时，旅游市场超细分的趋势也要求旅游企业在营销时不断进行理念创新；在企业管理方面，政企不分、权责混乱的现象仍是困扰旅游企业，尤其是景区发展的主要因素。此外，中国旅游企业市场化程度低下，缺乏现代企业管理理念，亟须对旅游企业进行体制机制上的创新。

二 发展环境

受益于中国经济社会发展和世界经济的明显复苏，"十二五"期间中国旅游业发展环境继续保持良好。

（一）新形势

"十二五"期间，中国旅游业发展面临着世界经济复苏、国家战略结构调整等国际国内形势。

国际方面，进入 2010 年以来，全球经济总体向好，包括美国在内的主要旅游客源国的宏观经济运行呈现复苏的迹象，而亚洲经济的复苏步伐更加坚实。据国际货币基金组织预测，未来五年内亚洲经济将有望增长 50%，占全球经济总量的比重将超过 1/3。经济复苏将带来国际旅游人数的增长，亚太地区将有更大的增幅。这将促进中国旅游，尤其是入境旅游的发展。中国有望取代西班牙成为全球第二大旅游目的地国，在全球旅游格局中的地位也将进一步提升。

国内方面，受金融危机的影响，中国传统的经济模式和增长方式受到严峻挑战。在此形势下，国家提出了"扩内需、调结构、促增长、惠民生"的发展战略，寻求以扩大国内消费来刺激经济持续发展。按照中央关于制定国民经济和社会发展第十二个五年规划的建议，继续扩大内需和进一步促进产业转型升级将是未来五年的工作重点。在这种背景下，旅游业作为"综合消费、最终消费、多层次消费和可持续消费"，对促进经济增长和经济结构调整、促进地区和城乡协调发展等方面的综合功能将全面实现，并在国家发展战略全局中发挥更为重要的作用。

（二）新阶段

"十二五"期间，中国居民收入水平将进一步提高，旅游业相关发展政策将逐步落实，中国旅游消费和旅游业将进入快速、全面发展的新阶段。

2008 年中国人均 GDP 因经济增长和人民币升值一举突破 3000 美元，使中国具备了消费升级的条件，也使中国旅游消费进入了大众化、常态化的新阶段。根据国际经验，人均 GDP 超过 1000 美元时产生旅游需求，超过 2000 美元时休闲迅速兴起，超过 3000 美元时休闲成为常态消费习惯，而休闲正是旅游普及化与常态化的具体表现。2010 年，中央经济工作会议召开，会议内容涉及了国民收入分配及扩大内需等重大改革和政策，政策的落实将进一步提高中国居民的收入水平，并加快调整居民消费结构和消费层次，以旅游、休闲为主导的发展型、享受型消费比重将不断上升。

2009 年国务院发布《国务院关于加快发展旅游业的意见》，旅游业被确定为国民经济的战略性支柱产业和人民群众更加满意的现代服务业，为旅游业发展提供了强有力的政策保障。2010 年国务院发布《贯彻落实国务院关于加快发展旅游业意见重点工作分工方案》，该政策对《意见》中的各项工作进行了细化与落实。随着各项政策和举措逐步落实到位，支持旅游业发展的政策效应将陆续显现，旅游业长期面临的矛盾和问题会逐步得以解决，并在未来的五年内进入全面、快速发展的新阶段。

（三）新挑战

旅游业具有很强的敏感性，宏观环境中经济、社会和生态环境等任何一方面的变动都会对旅游业造成一定程度的影响。"十二五"期间，中国宏观环境中还存在着很多的不确定性，在经济方面，人民币升值预期、国际汇市变化以及贸易保护主义抬头，会加大入境旅游发展的难度；在社会发展方面，收入分配不公平引起的社会矛盾会对居民旅游消费意愿造成一定程度的影响；在生态环境方面，不可预见的自然灾害和全球气候变化，将增加旅游业发展不确定性。除此之外，随着中国旅游业对外开放步伐的加快，中国旅游企业经营也面临着日益激烈的行业竞争风险。以旅行社为例，新《旅行社条例》的实施降低了旅行社的进入门槛，在优化了市场机制的同时，加大了旅行社的同业竞争风险。总的看来，在当前和今后一段时期，中国旅游业发展的不确定因素将增多，面临的挑战将更加严峻。

三　发展目标

《国务院关于加快发展旅游业的意见》已经在科学判断与预测的基础上明确提出了"十二五"期间中国旅游业的发展目标："到 2015 年，旅游市场规模进一步扩大，国内旅游人数达 33 亿人次，年均增长 10%；入境过夜游客人数达 9000 万人次，年均增长 8%；出境旅游人数达 8300 万人次，年均增长 9%。旅游消费稳步增长，城乡居民年均出游超过 2 次，旅游消费相当于居民消费总量的 10%。经济社会效益更加明显，旅游业总收入年均增长 12% 以上，旅游业增加值占全国 GDP 的比重提高到 4.5%，占服务业增加值的比重达到 12%。每年新增旅游就业 50 万人。旅游服务质量明显提高，市场秩序明显好转，可持续发展能力明显增强，力争到 2020 年我国旅游产业规模、质量、效益基本达到世界旅游强国水平。"

为便于理解和领会《意见》精神，本文以 1997～2009 年旅游业的相关数据为样本，借助 SPSS13.0 软件平台，采用时间序列分析方法对 2015 年旅游业发展的几个指标进行预测分析。采用时间序列分析的主要依据是在样本时段与预测时段内中国经济增长的整体格局未变，国家支持旅游业发展的政策不仅一直延续而且更加综合和全面、更有力度。对照分析预测结果与国务院的建议，我们将更能深刻、全面、准确地理解《意见》精髓。

（一）旅游收入目标

按照乐观估计①，2015 年，中国旅游业总收入可达 22495 亿～27072 亿元，年均增长速度为 10.6%～15.7%；国内旅游收入为 19110 亿～22268 亿元，年均增长率为 12.5%～17.0%；入境旅游收入为 1038 亿～1272 亿美元，年均增长率为 23.0%～31.5%，预测的置信度为 95%（见表 3）。

表 3 2015 年中国旅游业收入预测

	旅游业总收入（亿元）	年均增长（%）	国内旅游收入（亿元）	年均增长（%）	入境旅游收入（亿美元）	年均增长（%）
相关系数	0.994		0.996		0.996	
2015 年预测上限估计（95% 置信度）	27072	15.7	22268	17.0	1272	31.5
2015 年预测下限估计（95% 置信度）	22495	10.6	19110	12.5	1038	23.0

---

① 在分析中，入境旅游收入和入境旅游人数除部分剔除 2003 年的数据之外，还剔除了 2008 和 2009 两个年份存在大幅波动的数据。除了 2003 年"非典"的原因旅游业全面衰退之外，2008 年、2009 年两年金融危机、各种自然灾害和公共安全危机等不利因素对入境旅游造成了极大的负面影响。进入 2010 年，随着国内外经济形势的好转，中国的入境旅游收入和人数都有了较大的回升。因此，在此处剔除 2008 年和 2009 年的数据所作出的估计值属于一种乐观预期。但是，由于以美国为主的国家的前一段时期的过度消费是不可持续的，所以预测的结果必须调低才有可能符合未来实际。

进一步分析，入境游收入的增长不论是上限还是下限预测都肯定过高，而境内游收入预测的结果可能较为准确。考虑到国内经济增长持续性较好，并且已使旅游业跨入了旅游业高速发展的门槛这个现实，加之国家政策战略层面的有利影响，国内旅游收入实现年均15%以上的增长速度的可能性较大。旅游业总收入年均增长速度上下限在10.6%~15.7%之间，中间值为13.15%。考虑到这种预测中入境游的部分过于乐观，因此对于预测目标有调低的必要。据此我们认为，国务院《意见》设定的旅游业总收入年均增长12%以上的目标是科学的，也是稳健的，若无极其特别的不可控因素，实现的可能性很高。

（二）旅游市场目标

2015年，中国入境旅游人数为1.8亿~2.4亿人次，平均增长率为6.3%~12.5%；国内旅游人数为32亿~40.5亿人次，年均增长率为10.0%~16.0%；出境旅游人数上下限为0.79亿~1.1亿人次，年均增长率上下限为9.0%~18.5%（见表4）。

表4　2015年中国旅游业市场预测

	国内旅游人数（万人次）	年均增长（%）	入境旅游人数（万人次）	年均增长（%）	出境旅游人数（万人次）	年均增长（%）
相关系数	0.990		0.995		0.994	
2015年预测上限估计（95%置信度）	404110	16.0	23668	12.5	10927	18.5
2015年预测下限估计（95%置信度）	326337	10.0	18134	6.3	7911	9.0

比照这里的预测结果来看国务院《意见》设定的目标，国务院提出的入境过夜游人数年均增长速度目标为8%，低于这里预测的中间值1个百分点以上，表现出了一种稳健的取向；设定的国内旅游人次增长速度目标为10%，出境游增长速度目标为9%，二者都高于入境游增长速度目标，这符合国内经济发展好于全球经济的现实，但这两个目标只相当于这里预测的下限，充分体现了稳健的原则。据此我们可以预期，尽管国务院提出的"十二五"旅游业发展的目标已经非常宏伟和令人振奋，但仍是非常稳健的。现实的发展很可能会超额完成这些指标。

四　政策建议

（一）旅游市场

1. 调整旅游消费结构，保持旅游供需平衡

"十一五"期间，中国旅游业存在的问题之一是旅游供需结构不平衡，因此，要不断完善旅游产品、服务、交通、政策等要素所组成的供给体系，并通过调整消费结构来协调旅游供需。要完善旅游要素体系，大力发展休闲、购物、娱乐旅游产品。同时，要尽力将现行的景区优惠政策推广至住宿和交通方面，以适当降低景区、住宿和交通等方面的旅游费用。针对城乡消费不均衡的问题，要加强对农村居民旅游消费的引导，丰富农村居民假日休闲生活，仿照家电下乡探索旅行社送旅游下乡活动，推出针对农村居民的旅游产品、旅游门票和相关旅游消费项目的优惠政策。考虑到旅游消费的区域不均衡问题，要针对区域消费特点来调整旅游消费政策，在居民出游意愿较高的东部省份开展旅游促销活动，提高当地居民实际出游率，在出游意愿较低的中西部省份开展旅游普及活动，要动员旅游系统，特别是公共机构和教研机构进行非商业性的旅游宣传，普及旅游知识，使旅游、休闲成为当地居民乃至全社会的共同追求，切实提高当地居民的出游意愿。同时，要充分利用高铁、动车等交通方式，推出高铁、动车、火车等沿线旅游产品，提高居民的出行便利度，丰富居民的出游体验。

2. 创新旅游产品，提高旅游企业竞争力

"十二五"期间，旅游业发展环境中不确定因素增多，所面临的竞争更加激烈，在变动的环境中，不断对旅游产品、服务、营销等方面进行创新是提高旅游企业竞争力，应对环境变动的有效途径。针对现阶段休闲化、散客化、自主化旅游消费特征，运用新的设计理念来创新旅游产品，推出山地旅游、在线旅游、康体旅游、体育旅游等休闲度假旅游产品，以及自驾车旅游、邮轮旅游、旅游俱乐部、旅游传媒等新的旅游形式和新的旅游业态，并对传统的旅游产品和旅游形式进行改造。在服务方面，提出新的服务概念，创新服务传递系统，同时利用新的技术手段来提高服务效率和服务质量。在营销方面，不断提出具有独特内涵的旅游概念，以新元素如创意、体验等充实旅游产品，并借助数字杂志、手机短信、触摸媒体、移动电视等新媒体来扩大营销效果。

（二）旅游产业

1. 加强旅游业与其他产业的融合，提升旅游的价值链

"十二五"期间，为了实现把旅游业培育成国民经济战略性支柱产业的目标，中国旅游业需要转变当前重数量、轻效益的粗放式发展方式。加强旅游业与其他产业的融合是转变发展方式的重要途径。通过发展乡村旅游、都市休闲农业等方式，加强旅游业与第一产业的融合；通过发展工业旅游、游轮旅游、高铁旅游等方式，以及推动旅游房车、旅游索道等大型旅游装备制造业的发展来加强旅游业与第二产业的融合；通过加强银旅合作、发展旅游房地产、动漫旅游等方式，加强旅游业与金融业、房地产业和文化创意产业等第三产业的融合。通过加强旅游业与其他产业的融合，旅游产业链将不断地从传统意义上的观光、休闲和度假向商务、会展、文化等众多领域延伸。应重点发展高端旅游产品如会展旅游、文化旅游、商务旅游等。同时，建设相应的配套设施，提升食、住、游、购、娱服务质量，从而不断扩大餐饮收入、住宿收入、购物收入、娱乐收入和休闲健身收入等，形成旅游规模经济。此外，还要根据各地的特色开发出高质量的适合不同旅游者的旅游产品，提升旅游产业价值链。

2. 倡导社会、环境责任意识，推动旅游业健康发展

旅游是一个具有经济、社会、文化、环境等诸多内容的社会活动。片面地强调旅游的经济功能，将导致旅游强大的社会和环境功能无法释放，也不利于旅游业的科学发展。因此，"十二五"期间，要引导旅游业除了关注经济利益之外，更多地关注社会公共利益，强调在发展的过程中要对资源的可持续利用、对环境保护和文化传承、对民生利益等负责，推动旅游业科学发展。此外，需要建立健全旅游业发展评价体系，从旅游业对国民经济增长的贡献、对增加就业的贡献、对相关行业拉动的贡献、对提高农民收入方面的贡献，对节约能源、保护环境方面的贡献等诸多方面来全面、系统地衡量旅游业的发展水平。

（三）政府部门

1. 完善旅游产业政策，在建设用地、融资、税收等方面给予支持

"十二五"期间，政府部门要进一步贯彻落实国务院的重点工作分工部署，完善旅游产业政策，在建设用地、融资、税收等方面给予支持。在用地方面，鼓

励以租赁或土地入股形式参与旅游项目的建设，鼓励在废弃地和"四荒地"上发展度假、娱乐和休闲项目的建设。在旅游融资方面，金融部门优先安排对符合旅游发展规划的项目贷款；鼓励相关企业、机构、个人参与旅游发展投资，在基础设施建设、资金投入和宣传促销方面给予一定的扶持。在税收方面，可以对投资兴建旅游项目的企业进行相应的地方税收优惠或者减免，特别是鼓励国际知名旅游集团来中国投资或者建立分支机构。

2. 健全旅游保障体系，优化旅游发展环境

加强旅游法制建设。新《旅行社条例》已颁布实施，各级旅游部门要落实新法规的宣传贯彻，营造旅游部门切实依法行政、旅游企业严格依法经营的法制环境。要加快《旅游法》和《国民休闲纲要》的出台，进一步推进《导游人员管理条例》和《中国公民出国旅游管理办法》的修订，开展旅游综合性立法调研论证。加强旅游执法队伍建设、旅游执法监督，提高旅游执法的能力和水平。

加强旅游市场管理。进一步规范和整顿旅游市场秩序，对"零负团费"、虚假广告、欺客宰客等扰乱旅游市场秩序的现象予以整治。同时，要深入开展诚信旅游活动，建立健全旅游服务质量信用等级，推进旅游诚信信息平台建设。进一步加强旅游行风建设，深入开展"抓行风、树形象、讲诚信、促发展"活动。继续引导游客文明出游、理性消费。建立健全诚信旅游合作机制，促进形成规范有序的旅游市场秩序。

加强旅游质量管理。要认真贯彻全国质量会议精神，加强旅行社、旅游饭店、旅游景区、导游人员的服务质量考核和监督，实施"旅游服务质量提升计划"，建立旅游服务质量发布制度。做好旅游服务质量投诉处理，切实维护旅游消费者合法权益。

参考文献

魏小安：《中国休闲经济》，社会科学文献出版社，2005。

张辉：《旅游经济论》，旅游教育出版社，2002。

张广瑞等主编《中国旅游发展分析与预测》，社会科学文献出版社，2007，2008，2009，2010。

景体华主编《中国区域经济发展报告》，社会科学文献出版社，2009。

专题报告

Special Report

B.10

中国服务贸易的发展目标、思路和政策建议

于立新 冯永晟 陈 昭*

摘 要:"十一五"期间，中国服务贸易发展取得了巨大成绩，同时仍存在许多问题，如服务产业发展滞后，导致服务贸易面临发展短板；服务贸易总量占全球比重偏小，服务贸易结构不合理；服务贸易法律法规不健全，对GATS运用程度不高等。针对上述问题，提出了发挥服务贸易进口在推动我国经济结构调整中的重要作用，以及"十二五"期间我国服务贸易发展的具体目标及发展思路，并在服务贸易管理、法律、救助保障机制和人才培养等方面提出相关政策建议。

关键词: 服务贸易 竞争力 发展目标 政策思路

* 于立新，中国社会科学院财政与贸易经济研究所服务贸易与WTO研究室主任、研究员。主要研究方向为国际贸易，国际金融；冯永晟，中国社会科学院财政与贸易经济研究所服务贸易与WTO研究室助理研究员、博士，主要研究方向为服务贸易理论，计量经济学；陈昭，中国社会科学院财政与贸易经济研究所服务贸易与WTO研究室实习研究员、硕士，主要研究方向为服务贸易理论，WTO规则及运行机制。

一 中国服务贸易发展现状

总体来看，改革开放以后，特别是刚刚过去的"十一五"期间，我国的服务贸易发展取得了巨大的成绩。

（一）服务贸易的总量继续扩大

从总量上看，2009 年中国服务贸易进出口额达到 2868 亿美元，占当年全部贸易进出口额的 13%，其中，服务贸易出口 1286 亿美元，同比下降 12.2%；服务贸易进口 1582 亿美元，同比增长 0.1%，服务贸易出口和进口分别位居世界第五和第四。受国际金融危机影响，中国服务贸易进出口额较 2008 年有所下滑，但总体上保持稳定增长态势。我国服务贸易总额已从 1985 年的 51.9 亿美元增长到 2009 年的2868 亿美元，增长了近 55 倍（见图 1）。同时，中国服务贸易规模在世界服务贸易总规模中的比重也在逐渐上升，目前已从 1982 年的 0.6% 提高到 2009 年的 4.5%。特别是从 2005 年开始，中国服务贸易规模不断扩大，服务贸易逆差呈逐渐缩小的趋势。但是，在 2008 年国际金融危机的冲击下，由于服务贸易出口额下降幅度过大，服务贸易逆差有所扩大。不过，随着国内服务产业结构优化升级的加快，以及国际服务贸易市场的重大调整，我国服务贸易面临较好的发展机遇，如果可以适时调整并加以把握，那么，中国服务贸易国际市场占有率上升潜力巨大。

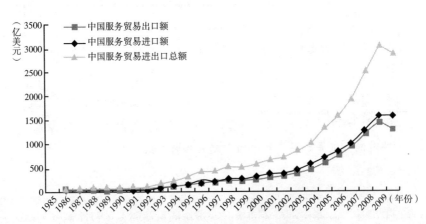

图 1 1985~2009 年中国服务贸易增长趋势

资料来源：根据国家统计局公布的历年统计公报数据绘制。

（二） 服务贸易结构不断优化

数据显示，近年来中国服务贸易进出口结构有所改善，除深受国际金融危机影响的2009年外，旅游、建筑服务、计算机和信息咨询及其他商业服务贸易顺差不断增长。根据中国商务部服务贸易司数据，2009年，旅游收入397亿美元，同比下降2.8%；支出243亿美元，同比增长20.9%；逆差40亿美元。同年，咨询及计算机和信息服务顺差迅猛增长，其中，咨询收入186亿美元，同比增长2.5%；支出134亿美元，同比下降1%；顺差52亿美元；计算机和信息服务收入65亿美元，同比增长4%；支出32亿美元，同比增长0.1%；顺差33亿美元。可以说2005年以来的逆差规模的下降主要是由于旅游、咨询、计算机、信息服务以及其他商业服务的顺差增加导致的，尽管2009年受国际金融危机影响服务贸易逆差有所扩大，但高附加值服务贸易项目额及其顺差的加大表明我国的服务贸易结构在不断的升级和改善。

（三） 服务贸易行业开放度不断提高

从服务业内部行业开放范围看，中国的服务业开放已经接近发达国家水平，涵盖了《服务贸易总协定》12个服务大类中的10个，涉及总共160个小类中的100个。自2006年底，包括银行、保险、证券、电信服务、分销等在内的100个服务贸易部门就已经全部向外资开放，占到服务部门总数的62.5%。同时，服务领域吸引外国资本的能力不断提高。2009年我国服务业实际使用外资约为385亿美元，是2000年的3.6倍，2001～2009年年均增长达19.3%；占全部利用外资的比例从2001年的21.6%提高到42.8%。

（四） 服务外包发展迅速

中国服务外包从20世纪80年代末到现在为止，发展很快，取得了良好成就。中国商务部的统计数据表明，2006年中国服务外包产业收入总额达118亿美元，其中IT服务外包产业规模为75.6亿美元，业务流程外包产业规模达42.7亿美元。全国承接服务外包业务的企业所承接的离岸服务外包业务收入额约占整体产业收入额的12.2%，而大部分服务外包收入来自国内业务。2007年，中国服务外包出口合同执行金额20.94亿美元，比2005年增长118%。根据IDC中国研究数据，中国离岸服务外包业发展迅速，2008 年中国的离岸外包规模达到了 67.4 亿美元，同比增长 24.4%。即使在国际金融危机的影响下，中国 2009 年服务外包的发展形势也相对较好。整体看来，中国服务外包产业总体规模不断扩大，业务层次不断提升，离岸业务和业务流程外包增长迅速。借助国内外市场和国内高素质的人力资源，我国服务外包产业发展前景颇为乐观。

二 我国服务贸易存在的问题

虽然我国的服务贸易已取得了一些成绩，但是其产业结构分布发展方面、管理方面、法律法规方面等还存在着欠缺和不足。

（一）服务产业发展滞后，服务贸易面临发展短板

无论是从中国经济本身发展阶段特征出发，还是与国际上已经或即将步入服务经济时代的国家比较而言，我国服务业的发展水平还相对滞后，整体上还处于初级阶段。总体来看，作为服务贸易基础的服务业发展水平还相对较低，2009 年中国服务业增加值占 GDP 比重为 43.4%，低于世界平均水平（60% 以上）；而服务业吸纳就业的比重为 34.1%，不仅远低于发达国家，甚至还低于某些发展中国家。同时，服务业发展面临需求与供给不足的矛盾，并存在着不少制约服务贸易发展的因素与障碍，促进制造产业改造升级的生产性服务业及提升国民素质的生活性服务业严重缺失。服务业发展滞后，已成为制约我国经济及服务贸易快速发展的"短板"。

（二）我国占世界服务贸易比重与整体水平偏低

尽管我国服务贸易保持着较快的增长速度，但是总体规模不大，服务贸易的发展水平远落后于货物贸易的发展水平。2009 年，服务贸易出口与货物贸易出口的比例为 1∶10.25，而同期世界平均水平为 1∶4.2，可见中国贸易结构中服务贸易占比较小，服务贸易总体规模有待提高。2009 年，中国服务贸易进出口总额为 2868 亿美元，同年世界服务贸易进出口总额为 64270 亿美元，中国服务贸易规模占世界总比重为 4.5%。而与经济发达国家和新兴工业化国家相比，中国的服务贸易在世界服务贸易中的比重仍偏低。长期以来，中国服务贸易进出口总

额占世界服务贸易进出口总额的比重一直在5%以下，并且服务贸易长期处于逆差状态。

（三）我国服务贸易总体结构不合理

近年来，我国服务贸易发展势头良好，在世界服务贸易中的地位逐渐提升，但是从服务贸易产品结构现状来看，我国服务贸易出口仍主要集中在运输、旅游、建筑等传统服务部门，而在计算机、信息、金融、版权服务等新型的服务贸易中，我国仍处于初级阶段，出口的增长速度十分缓慢，如2009年我国运输服务和旅游服务出口仍然占到服务贸易总出口的50%以上，而在全球服务贸易量最大的金融、保险、通信、计算机与信息服务、专利服务、咨询等技术密集和知识密集的行业，尽管其出口增速高于全国服务贸易出口的年均增速，但目前这些行业规模偏小，仍处于较低发展阶段。这主要是由于我国的服务产业基础远落后于发达国家，现代服务业竞争力低，而我国服务贸易仍然对商品贸易存在高度依赖，其出口的很大部分服务基本集中于经济附加值低的运输服务和通信服务上，而在世界服务贸易中发展最快的金融、保险等技术密集和知识密集的行业中，却出口乏力，增长量微乎其微，进口则恰恰相反。此外，我国服务贸易的区域结构也不平衡，进出口主要集中在香港地区、欧盟、美国和日本，这些地区合计约占我国进出口总额的60%以上。

（四）服务产业对外开放与利用外资亟待扩大

中国第三产业利用外资，早在改革开放之初就已开始，但长期以来，外商在我国直接投资主要集中在制造业，服务业所占比重相对偏低。1997~2009年期间，绝大多数年份外商在第三产业领域所占份额不超过30%（见图2）。尽管自2006年以来有所改观，特别是在2007年第三产业实际利用外资额占到总额的41.43%，达到历史新高，但这主要是由外商在房地产领域的投资扩大所引起。在第三产业内部，房地产业和商务服务业占了相当大的比重。而地质勘查业、水利管理、科研和综合技术服务以及金融业等生产性服务业，所占比重严重偏低（见表1），2009年房地产业和商务服务业占比为59.37%，而地质勘查业、水利管理、科研和综合技术服务以及金融业等生产性服务业占比还不足10%。服务业外资主要集中于劳动密集型的传统服务部门，金融、保险、信息和咨询等技术密集型和知识密集型的服务行

业投资比重明显低于世界平均水平，也低于发展中国家的平均水平。这不利于我国服务业中新兴行业的发展壮大，不利于行业结构的优化升级。

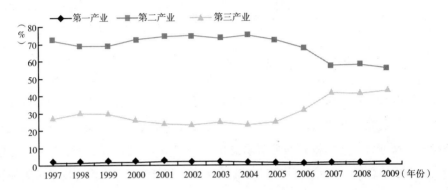

图2　1997～2009年外商实际直接投资在中国三次产业的构成

资料来源：相关年份《中国统计年鉴》。

表1　2004～2009年外商实际直接投资在中国第三产业的内部构成

单位：%

年份	房地产业	租赁和商务服务业	交通运输仓储和邮政业	信息传输计算机服务和软件业	住宿和餐饮业	批发和零售业	文体娱乐业	科研技术服务和地质勘查业	金融业	水利环境和公共设施管理业	居民服务和其他服务业
2004	42.34	20.10	9.06	6.52	5.98	5.26	3.19	2.09	1.80	1.63	1.12
2005	36.33	25.11	12.15	6.80	3.76	6.96	2.05	2.28	1.47	0.93	1.74
2006	41.32	21.20	9.97	5.38	4.16	8.99	1.21	2.53	1.47	0.98	2.53
2007	55.16	12.97	6.48	4.79	3.36	8.64	1.46	2.96	0.83	0.88	2.33
2008	48.99	13.33	7.51	7.31	2.47	11.68	0.68	3.97	1.51	0.90	1.50
2009	43.59	15.78	6.56	5.83	2.19	13.99	0.82	4.34	1.18	1.44	4.12

资料来源：相关年份《中国统计年鉴》。

（五）服务贸易的区域发展不够平衡

服务贸易在东部沿海地区与中西部地区的发展不平衡。东部沿海发达地区由于优越的地理条件和较发达的现代服务业，在运输、保险、计算机、信息服务、咨询服务和广告宣传等领域较内陆地区具有明显的优势，而成为中国服务贸易主要出口地区。服务贸易出现区域发展不平衡的主要原因在于经济发展不平衡，由于中西部地区发展水平不一，特别是中西部广大地区尚处在工业化发展的初期或中期，故服务业基础较为薄弱，服务贸易发展动力明显不足。而东部大部分地区已进入后工业化阶段，生产性服务业和生活性服务业的比重逐渐提高，再加上便捷的交通运输环境，故在服务贸易方面也领先于中西部地区的发展。

（六）我国服务贸易管理体制落后

由于服务业独特的性质，决定了其行业门类和范围极广，因此，对服务部门的管理就会存在较多困难，相应的给管理部门带来了很大的麻烦。国际上要求对于服务贸易要有统一的政策和制度安排，而目前我国的服务贸易管理体制还很落后，存在许多问题：如中央与地方服务业的政策和规定制度不统一、政策缺乏透明度、没有统一的部门对服务贸易的发展进行管理和监督、多头管理、分工不明确等。服务业及服务贸易管理体制的欠缺，使得我国的服务行业经营秩序混乱，并且行业中存在垄断现象，极大地影响了服务业的国际竞争力，进而制约了服务贸易结构的优化及良性发展。当前，服务业和科技的发展使服务的技术化程度不断提高，促使标准化活动也突破了传统的技术领域向服务领域扩展，服务的可标准化对服务贸易产生越来越大的影响，技术性贸易壁垒已从生产和货物贸易领域向服务贸易领域渗透，扩展到金融、投资、信息、知识产权等多个行业。统一服务企业和行业标准，可以减低服务成本，增强竞争力，有利于服务贸易出口，同时避免服务标准化带来的技术性贸易壁垒问题，而我国在服务业的行业划分标准和服务技术规范标准等方面也不完善，与国际标准接轨还存在一些差异，从而使得我国服务贸易出口时，很大程度上受制于国外的技术性贸易壁垒。总体上看，现阶段我国服务贸易管理无手段，考核无指标，发展欠规划，领导欠方法，管理体制严重滞后，导致有关部门不能胜任服务贸易发展的历史重担。

（七）我国服务贸易法律法规不健全，对 GATS 的运用程度不高

总体来看，受开放程度和市场化程度的制约，我国服务贸易的立法还不完善，还有很多的领域缺少相应的法律法规，一些重要服务部门尚无立法或配套法律欠缺，而已颁布的有些服务贸易方面的法律法规也较为空泛，缺乏实际操作意义，这使得服务部门在实际操作中无法可依，严重阻碍了我国服务贸易的发展。

除此以外，有些法律法规与国际贸易的规则相比还存在一定的差距。如电信业、旅游业相应法规缺乏；而现有的与之相关的其他法律如《知识产权保护法》、《税法》、《公司法》等综合法律中缺乏配套条款。另外，由于服务贸易领域的开放程度加大，特别是国外服务贸易经营者的不断进入，国内市场还缺乏《竞争法》、《移民法》等配套法律。尽管近年来，中国加快了服务贸易立法步伐，颁布了一批涉及服务贸易领域的重要法律法规，但零碎立法尚未形成体系，严重制约我国服务贸易健康发展。此外，我国服务贸易对 GATS 的应用也主要体现在相关立法上，不少针对外国服务贸易提供者权利义务的立法与 GATS 规定的原则存在出入，导致了国际分歧发生；某项服务行业的配套法规与我国入世承诺表协议中的服务贸易规定不符；而在 GATS 中定义的四种服务贸易类型，除商业存在这一项外，其他三种服务提供方式很少有相应法律法规涉及。可见，我国服务贸易对 GATS 的运用水平尚待提高。

（八）服务贸易人力资本缺乏

由于我国的教育体制和教育理念等方面的制约，培养出来从事服务贸易的人才不多，而其中部分服务贸易人才又受国内待遇条件和国外的巨大吸引力的影响，出现大量外流现象。这样，我国服务贸易研究的广度和深度都受到严重影响，服务贸易产品创新能力和创新水平也受到了极大限制，因此也就制约了我国服务贸易发展的步伐。同时在全球范围内，服务产业的发展正处于由劳动密集型向技术人力密集型转变过程，而现代服务业的产业属性特点就属于人力资本密集型。但从实际情况看，我国服务贸易方面的人才极度欠缺，特别是新兴服务业和知识型服务业所需的外向型高级人才尤为缺乏。

三　我国服务贸易发展滞后的原因分析

造成我国服务贸易发展滞后的原因是多方面的，深入分析这些问题对于我们制定下一阶段的发展目标和发展思路具有重要意义。

（一）我国服务业整体开放程度较低

目前，我国服务贸易的开放程度仍远远落后于制造业，许多服务业的对外开放都是在 20 世纪末才开始试点的。2001 年以后，我国按照入世承诺，开始逐步提高服务业的对外开放程度，在商业、外贸、运输、医疗、教育、金融、保险、电信等各类中介服务等服务贸易领域进一步放宽对外商投资的限制。同时，国家相关部门制定多部指导外商投资服务业的规定，并多次修订《外商投资产业指导目录》以加强对服务业开放的管理。尽管如此，对外开放程度依旧较低，如银行、保险、电信、民航、铁路、教育卫生、新闻出版、广播电视等，至今仍保持着十分严格的市场准入限制，其他一些行业对外资也没有完全开放。

这种情况导致我国服务业利用外商直接投资规模偏小，而且投资布局也不合理。平均来看，服务业全球外商直接投资流量占全球外商直接投资流量的比重在70% 左右，而我国服务业外商直接投资比重远远落后于世界平均水平。同时我国目前的服务业外商投资行业主要以房地产业、租赁和商务服务业为主，而投入金融业、科学研究、技术服务等行业的比重偏低。尽管我国服务业的对外开放程度一直在提高，但从整体上看，中国的服务业在跨境交付、境外消费和自然人流动方面开放程度较高，然而对于商业性存在而言，外资准入资格、进入形式、股权比例和业务范围等方面还存在较多的限制，服务业市场化程度较低，市场对资源配置发挥的作用不大，这就严重制约了服务贸易的发展。

（二）我国服务业态以低端为主，创新能力不足

长期以来，我国服务业的改革和发展远远落后于制造业，从而导致服务业形态主要集中在传统低端服务领域，技术创新能力严重不足，服务技术含量和附加值极低。汪琦（2006）通过对 1981～2000 年美国服务业贸易竞争显性优势指数和 R&D 投入显性优势指数进行实证检验，发现研发优势与服务贸易竞争优势存在双向的因果关系。首先，技术创新带来的新产品（新服务）和新工艺，提高了产品（服务）的多样性和差异性，同时降低了成本，从而是一国产业获得或维系国际竞争优势的基础。其次，伴随国际贸易的技术溢出、转移或扩散，既能刺激初始创新国的再创新意识，也因为模仿竞争的扩大而加强了初始创新国的创新压力，这种创新不管是产品（服务）的还是工艺的，又对竞争优势的维持和加强形成了正反馈效应。再次，国际服务贸易会借助进口国的市场反馈促进产品（服务）输出国的技术改进，或带来新一轮的技术创新活动，这种国外用户的信

息传递、技术要求是促使出口商减少重复研发、获取最新技术知识的重要途径，也是强化竞争优势的重要渠道。而我国尚未形成服务产业中研发优势与服务贸易竞争优势相互促进的态势，这就使得我国服务产业的整体发展动力不足，进而严重制约着服务贸易的发展。

（三）发展理念和体制因素的制约

长期"重制造，轻服务"的政策导向与理念造成服务贸易发展相对缓慢。改革开放以来，为推动国民经济发展，中国采取了首先鼓励发展国内制造业和积极推动货物贸易出口相结合的政策。伴随着全球范围内产业结构调整，国际制造业加快向中国转移，进一步推动了中国货物贸易的发展。货物贸易企业和服务贸易企业的发展出现明显的不均衡，服务贸易发展落后于货物贸易，并且长期处于逆差状况。同时，中国重点服务领域（如电信、运输、金融和保险等）以少数国有大中型企业为主，市场竞争不充分，在一定程度上也影响了中国服务业的发展。

同时，我国服务业长期以来处于政企不分、政事不分，营利性机构与非营利性机构不分的状态。许多服务领域至今仍被当做非生产性的活动，本可以产业化经营、商业化运作的服务领域，却被当做公益性、福利性的社会事业来办。例如，长期以来我国对科研、文化、体育等产业，往往强调其准公共服务的性质；对金融、通信等行业，强调其安全性的要求；对医疗卫生、城市公用事业等行业，强调其社会福利的功能；观念上的落后，直接导致税收政策、信贷政策、能源供给政策等措施方面，存在许多不利于服务业发展的因素，服务业内许多行业过于依赖政府的投入，缺乏自我发展机制。

（四）区域专有要素对服务贸易竞争力的影响表现微弱

历史与现实分析以及我们的实证研究表明，"国家或地区专有要素"对服务贸易的影响是不可忽视的，但是，我们在这方面的政策和表现却差强人意。这种影响从微观层面讲是按照这样的模式运行的，即跨国企业和产品的进入首先是以品牌特征和国别文化表现出来的。比如在我国大家都知道肯德基、麦当劳、摩托罗拉等是美国的品牌，索尼、丰田、松下等是日本的品牌，诺基亚是芬兰的，西门子是德国的，等等。尽管全世界各个角落的产品几乎都带有"中国制造"的痕迹,但是,"中国服务"的作为和影响力似乎还远远不够。除银行外,我国的跨国服务企业和服务品牌在海外有影响力的还非常少,仅有家电类企业海尔、通信类企业华为科技、IT 类企业联想等制造业品牌。

这种影响从宏观讲主要是国家和政府的相关政策和作为,主要表现在文化交流方面。任何一个服务贸易出口大国在提升服务贸易竞争力及打造服务贸易品牌方面都有一套较为完整的法律和政策制度,其内容包括外汇管理、项目审批、商品结构、区位重点、税收优惠甚至资金支持等。而我国在这方面尚在构架和起步阶段。

四 中国服务贸易发展目标

结合我国服务贸易发展现状及相关问题,我们对"十二五"期间中国服务贸易发展趋势和目标作出基本判断。

(一) 总量发展目标

预计中国服务贸易总量占世界服务贸易的比重将在"十二五"期间达到 7% ~ 9%。从 20 世纪 90 年代初至今,中国服务贸易总量占世界服务贸易的比重呈加速持续上升态势:从 1% ~ 2% 用了 6 年时间(1993 ~ 1998 年);从 2% 上升到 3% 用了 5 年时间(1999 ~ 2003 年);从 3% ~ 4% 用了 4 年时间(2004 ~ 2007 年)。预计 2011 年这一比重将超过 5%。考虑到全球经济形势的不断好转,以及中国经济发展方式的转变和产业结构调整的深化,我们预期未来 5 年时间里我国服务贸易将迎来较大发展,占世界服务贸易总量的比重也会保持加速上升态势,在"十二五"期内必将突破 7%,在期末达到 8%,并有望向 9% 逼近。因此,我们将总量发展目标定位于"保 7 争 9"。

(二) 贸易结构目标

预计中国服务贸易总量占中国贸易总量的比例将在"十二五"期末达 18% 左右。2009 年中国服务贸易占贸易总量比例比 2008 年提高了 1 个多百分点,其中固然有国际金融危机因素的影响,但是注意到 2009 年贸易总量比 2008 年减少了 3600 亿美元,其中服务贸易仅减少了不到 200 亿美元,表明后危机环境下服

务贸易的增长性要优于货物贸易，因此，服务贸易比重提升这一结构性变化趋势已经非常明显，并会持续下去。考虑到我国拥有巨大外汇储备且高端服务需求巨大，因此未来5年，我国很可能出现服务贸易进出口双增长的理想态势，因此，乐观预期到"十二五"期末服务贸易占全部对外贸易的比重有望接近20%。

（三）收支结构改善目标

主要服务贸易项目的逆差状况将在"十二五"期间有明显改善。"十一五"期间，运输出口对服务贸易出口的平均贡献水平在1/4左右，对进口的平均贡献水平则占1/3强，从而使得运输成为我国服务贸易逆差的主要来源。考虑到我国航运产业改革的深入以及相关支持政策的扶持，如上海国际航运中心政策等，我们预期以海运为重心的运输竞争力在"十二五"时期将有较大提升，从而促进运输服务的出口，从根本上扭转逆差不断扩大的趋势。我们预计运输服务的进出口将在"十二五"期内保持增长的同时，将运输项目逆差缩小并稳定在100亿美元以内，同时将服务贸易总逆差保持在更小范围内。

（四）服务贸易项目结构完善目标

在"十二五"期间形成体系完善、合理配置、竞争力较强的服务贸易项目结构。"十一五"期间支撑我国服务贸易出口增长的主要项目是旅游、运输和咨询，2009年它们占服务贸易出口的比重分别是30.9%、18.4%和14.5%，其他项目均未超过8%。考虑到"十一五"时期我国软件外包产业取得了巨大发展，为带动计算机和信息服务发展创造了良好条件，我们预期计算机和信息服务贸易将会延续"十一五"期间的增长态势，预计其对服务贸易出口的贡献水平将达到10%左右。同时，教育、医疗等服务贸易项目将被发展成为我国服务贸易出口的重要组成部分。

五　中国服务贸易的发展思路

为了促进我国服务贸易能够延续良好发展势头，顺利实现上述发展目标，我们认为我国服务贸易应该在"十二五"期间坚持以下发展思路。

（一）大力发展生产性服务业，提高服务贸易竞争力

贸易以产业为基础，促进服务业特别是生产性服务业发展，则是提升我国服务贸易竞争力的关键性基础。根据宋则（2007），造成我国服务贸易出口结构不平衡的最根本和最直接的原因是高技术、高资本和高知识含量的生产性服务业发展滞后；同时受"大而全、小而全"的小生产意识和"既不重视生活性服务、也忽视生产性服务"观念的影响，生产性服务业长期不占据主导地位，导致新型工业化和现代制造业所需要的生产性服务业未能得到应有发展。

"十二五"期间，我国服务贸易的发展需要紧密依托生产性服务业等现代服务业的发展，积极开拓服务贸易新领域。对生产性服务业发展，国家要加大政策引导和支持力度，完善服务业发展的政策环境，加快完善生产性服务业发展规划，确定重点发展领域，大力发展高端生产性服务业，同时，利用信息技术改造升级传统服务业，全面提高服务贸易国际竞争力。

（二）积极扩大服务贸易进口，优化进口结构，改变第三产业"短板"效应

目前我国第三产业内部的产业发展并不协调，无论是消费性服务业还是生产性服务业中都存在高端服务业形态发展不足的问题，特别是教育、医疗、知识产权、法律和信息服务等高端服务，"短板"效应非常明显。这极大地影响了国内消费水平的提高，制约了人力资本价值的提升。同时，我国服务业整体科技含量水平低，自主创新能力弱，人才素质水平不高，服务贸易规模与品牌建设滞后，这都表明我国服务业的整体发展环境仍不理想，是产生"短板"效应的重要原因。因此，借鉴国外成功发展经验，大力推进服务贸易进口，依托国外服务贸易的进口积极培育国内服务产业市场，就成为我国提升国内第三产业比重，提高服务贸易竞争力的重要途径。

"十二五"期间，我国应使进口贸易更好地服务于贸易大国向贸易强国的转变，服务于创新型国家建设，进一步发挥服务进口贸易在推动我国经济结构调整中的重要作用。为此，应该在服务贸易领域推行积极进口战略，以充分利用国际国内"两个市场、两种资源"，加强进口政策和产业政策协调互动，大力推动服务贸易进口结构调整，依托雄厚的外汇储备资源，重点扩大我国相对薄弱的高端

服务业的进口。

同时，我国要更多地引入国际先进的服务业态和服务业技术。尤其要利用国外以"商业存在"形式的服务贸易进口，引入国外先进服务企业，繁荣国内服务业市场，优化国内服务消费结构，迅速提高第三产业比重，为服务贸易出口创造良好的产业环境。同时鼓励国内服务企业积极向国外服务企业学习先进的服务业态和服务业发展经验，通过技术和管理经验的溢出效应，以及人才等要素的流动，迅速提升国内同类企业的竞争力。

（三）扩大服务业对外开放，利用外资促进服务贸易发展

目前，我国服务业对外开放的力度和效果还有巨大提升空间。长期以来，FDI 主要流向了国内制造业和流通业，对促进这些产业发展，提升我国货物贸易出口竞争力发挥了巨大作用，但流向服务业的 FDI 极为有限。尽管"十一五"期间，这一状况有所改观，但是 FDI 总体规模仍偏小，而且服务业内部的分布也仍不平衡，主要集中于金融和房地产行业。根据戴枫（2005）、殷凤（2006）等研究，FDI 对我国服务业发展有明显的促进作用，因而需要大力引进国外直接投资。

"十二五"期间，我国服务贸易发展需要大力吸引外资进入，同时合理引导其投向研发设计、物流、金融、信息服务等高技术、高附加值的服务业和急需发展的新兴服务贸易领域。大力引进国外服务行业和服务贸易的先进技术、管理经验及人才来发展我国服务贸易出口。同时，要充分利用国际服务业转移的机遇，积极承接服务外包业务，加快融入全球价值链和生产分工体系。

（四）以"商业存在"为主推行"走出去"战略

在四种服务贸易形式，即跨境交付、商业存在、境外消费和自然人流动中，商业存在实现的服务贸易额要多于跨境提供，根据 WTO 统计，前者约为后者的1.5 倍，这也正是其与货物贸易的显著差异之一。因此，我国在发展服务贸易的过程中，鼓励企业走出去，采取多种形式实现"商业存在"就成为必然选择。

"十二五"期间，我国服务贸易在扩大出口的同时，需要将重心放在鼓励企业"走出去"，以"商业存在"带动服务贸易发展。根据裴长洪（2009），发展制造业追随型的服务业、海洋运输业、航空运输业，在海外建立商品市场、分销

渠道和网络，客户服务等与商品贸易相伴随的服务业，不仅可以加强我国商品贸易的出口竞争力，也可以促进服务贸易出口并提高服务贸易出口竞争力。

（五）以货物贸易带动服务贸易

实证研究表明，货物贸易和服务贸易之间具有较强的关联性。李静萍（2000）的研究表明，商品出口对服务出口有显著的拉动效应，商品出口每增加1亿美元，就会导致服务出口增加1800万美元。具有强大服务贸易竞争力的经济体往往都具备较强的货物贸易实力，因此，一个国家或地区向国际市场提供服务的能力会受到货物贸易基础的影响。一方面，许多服务贸易是伴随着货物贸易而产生，如国际运输相关的航运服务、船只注册服务、金融保险服务、进出口信用服务和维修保障服务等；另一方面，根据波特的国家竞争力理论，跨国商务活动是产业国际竞争力的重要影响因素，在货物出口市场上领先的国家或地区积累了丰富的国际商务经验，有助于顺利开展国际服务贸易。如果能够协调好货物贸易与服务贸易之间的关系，就能够极大地促进服务贸易的发展。我国的货物贸易已经规模巨大，这为服务贸易的发展创造了良好条件，但是目前我国企业尚未重视货物贸易伴生的新型服务形态，没有充分带动服务贸易发展。

"十二五"期间，我国应当充分利用强大的货物贸易实力所形成的有利条件，主动发掘以货物贸易为基础而产生的服务贸易机会，实现服务贸易与货物贸易的共同发展的局面。为此，我国调整国际贸易结构时应做好两方面的协调工作：货物贸易与服务贸易总量的协调，货物贸易结构与服务贸易结构的协调，以形成货物贸易与服务贸易良性互动的机制。

（六）区域经济协调与服务业发展相协调

根据任英华（2010）对现代服务业集聚竞争力的实证研究结果，中国28个地区的现代服务业集聚竞争力呈等级分布，区域发展不均衡现象较为明显。经济实力较高、对外开放环境良好的东部地区现代服务业集聚竞争力综合水平排在最前列，尤其是第一类中的上海、北京、天津，不仅地理优势明显，科技创新资源丰富，而且上海、天津还是国家批准的改革试验区，具有良好的经济运行体制和市场环境，现代服务业总体发展较好；中西部地区的现代服务业集聚竞争力各要素竞争力均较低，最终排名靠后，这是由于中西部地区市场规模较小、开放度

低、创新资源短缺、创新体系不健全所致，故空间结构和资源要素整合都将有待进一步改善。服务业区域发展的不平衡制约了我国服务贸易的发展，特别是制约了中西部地区基础服务业的发展和东部发达地区向高级服务业的转型。

"十二五"期间，我国应该在区域经济协调发展中重点关注服务业和服务贸易的发展，将我国中西部地区的城镇化与东部发达地区的经济结构转型紧密结合。一方面大力在鼓励东部地区原有制造业向中西部地区转移的同时，大力促进中西部地区基础服务业的发展，另一方面大力推动东部地区服务经济的升级，以形成我国的服务业和服务贸易空间布局。

（七）充分利用 GATS 规则，维护我国服务贸易利益

我国自加入 WTO 以来，在利用 WTO 规则维护我国经济利益方面经历了从被动接受到主动应对的积极转变，不过需要注意到，由于我国贸易结构长期以货物贸易为主，因此我国在利用 GATS 规则维护服务贸易利益，促进服务贸易发展方面还远远不足。随着服务贸易领域的不断扩大，贸易量的不断增加，我国可能面临的服务贸易壁垒和两反一保等服务贸易摩擦必然增加，针对这种情况，我国需要深入学习理解以充分利用 GATS 维护服务贸易利益。

"十二五"期间，我国应在遵循 GATS 规则的前提下，加快服务贸易相关的法制建设，完善国内服务业竞争秩序，建立对国内服务业权益的保护机制；要积极参与 WTO 多边贸易规则谈判，在服务贸易规则制订中发挥建设性作用，平衡各方利益，既坚持原则又不失灵活性，充分反映我国及发展中国家的利益和主张，为我国服务贸易出口开辟新的市场；同时还要充分利用 WTO 争端解决机制，积极应对 WTO 诉讼，在必要时主动启动司法审查程序，维护我国企业的合法权益。

六　发展我国服务贸易的政策建议

为保证我国服务贸易发展思路的顺利落实和我国服务贸易发展目标的顺利实现，我国政府应总揽全局，统筹兼顾，依据"十二五"期间的发展思路，制定有效政策，保证各项措施的顺利实施，开拓我国服务贸易发展的新局面，具体而言，应采取以下保障措施。

（一）将服务贸易与国家区域协调发展战略有机结合

国家应在西部大开发和东北老工业基地振兴计划中制定明确规划和重点措施发展服务业和服务贸易，加快中西部地区现代服务业的发展。具体而言，政府应该在保持东部地区稳定发展的同时加大中西部地区和东北老工业基地的资金投入，提供多项优惠支持政策，尤其要改善人才引进和开发利用机制，大力培养创新型人才，通过建立创新服务体系，增强现代服务业集聚持续发展的内在动力，为经济协调发展提供保障机制，从而为我国服务贸易可持续发展奠定基础。

（二）充分发挥政府的扶持、引导和服务作用

政府应加大对服务贸易行业尤其是知识技术密集型服务贸易企业的政策倾斜与扶持力度，完善信贷、财政等优惠措施，辅之以积极的产业结构、技术政策，并加强知识产权保护，坚决查处各种侵犯服务贸易出口企业知识产权的行为，加强运用法律手段保护服务贸易出口企业的知识产权。加强国际交流与合作，采取多种形式，与世界贸易组织、联合国贸发会议、欧盟等国际组织以及各个国家和地区的政府组织之间建立紧密合作的关系，为我国服务贸易的发展创造良好的外部条件。

（三）改进服务贸易管理体制

我国目前的服务贸易管理体制是，商务部作为主管部门主要负责服务贸易的国际谈判、对外事务协调、服务业利用外资政策等事务，除此之外的服务贸易功能则由许多相关部门（工信部、科技部、税务总局、财政部、国开行等）共同承担。这一体制使得国家对服务贸易的管理面临决策分散、效率不高的问题。为此，应尽快明确商务部服务贸易司和各行业主管部门的职责划分，进一步明确商务部对服务贸易的统一管理地位。同时，为方便商务部统筹全国的服务贸易政策，协调相关部门关系，推动工作顺利开展，建议建立由国务院领导的部际协调委员会负责统筹指导我国服务贸易加快发展。

（四）完善服务贸易发展体系

建立完善国家层面的发展保障体系，制定服务贸易发展目标、规划和战略及

促进服务贸易发展的政策。服务业是服务贸易不可或缺的产业基础，因此在产业政策、区域经济政策上，政府应首先加强对重点服务业和重点地区的服务业的适当倾斜，以促进重点服务业和重点地区的服务贸易竞争力提高。其次，应逐步建立服务贸易出口促进专项资金，促进服务贸易出口。

建立完善行业协会的促进体系。由于法律规定的制约，很多行业协会都是由原先的政府管理机关转变过来的，并非真正意义上的行业协会。管理职能有余，而服务功能不足，这使我国服务行业组织建设比较滞后。针对这种问题，要按市场经济要求，加快培育社会化、专业化、规范自律的服务贸易行业协会，充分发挥其为国内服务贸易企业提供优质服务的桥梁纽带作用，建立符合国际规范的社会化服务贸易统计体系，建立境内外及时沟通的服务贸易支持网络。

（五）健全与 WTO 规则接轨的服务贸易法律体系

学习借鉴发达国家在服务贸易立法方面的先进经验，结合我国实际情况制定完善既符合我国对外贸易发展特点，又与 WTO 贸易规则特别是 GATS 接轨的服务贸易法律法规体系，使我国的服务贸易发展有法可依，有章可循。对服务市场准入原则、服务贸易的税收、投资、优惠条件等要以法律形式规定下来，以增加我国服务贸易的透明度，使服务贸易真正实现制度化和规范化。同时，正确利用有关例外条款，制定适度的保护政策，以保护我国服务贸易的正常发展。对涉及国家安全和主权的服务部门应以法律的形式对保障的范围和程度予以规定，防止发达国家以此为借口采取相应的报复措施。

（六）建立服务贸易的救济保障机制

根据 GATS 中"紧急保障措施"（Emergency Safeguard Measures，ESM）的规定，如果一国进口激增导致国内服务业受到严重损害，那么成员国有权实施必要的保障措施。由于服务贸易中主要方式是"商业存在"，这一特殊性使得这种进口激增不易被监测到，而一旦出现进口激增时，往往后果和对国内产业的损害也已经产生。同时由于发达国家与发展中国家对服务贸易利益的看法存在巨大分歧，关于保障措施的谈判迟迟没有进展，具体规则也就无法形成。

我国服务贸易长期处于逆差状态，对于进口服务对我国服务业造成的影响或损害，我国尚无法对其施加有效影响，尽管《对外贸易法》第 45 条规定：因其他国家或者地区的服务提供者向我国提供的服务增加，对提供同类服务或者与其直接竞争的服务的国内产业造成损害或者产生损害威胁的，国家可以采取必要的救济措施，消除或者减轻这种损害或者损害的威胁，但这条规定也只是原则性规定，并没有可操作性。因此，为了避免国内服务企业受到严重损害，采取必要保障措施，以保证国内服务产业的安全，建立我国的服务贸易救济保障机制就显得尤为重要。

（七）鼓励企业发挥我国区域专有要素效用

首先要鼓励我国企业发挥我国比较优势，携"中国服务"品牌走出国门，改变"中国制造"的传统印象。国家和政府在这方面要为服务企业发展创造更加宽松的政策和体制环境，特别是对民营企业在公司上市、资本流通、融资渠道、专利申请以及注册税收政策方面提供有力的保障。其次，国家要制定执行具体的文化宣传政策，比如像我国 2009 年在美国主流媒体上发布的"国家广告"等。国家层面的作为效果是全方位的，一方面能够直接提升我国的文化软实力和国际形象，另一方面，除了能够直接带动相关服务贸易的出口，比如旅游产业、影视产业、文化创意产业等外，更重要的是为我国服务贸易出口创造了良好的外部环境。为此，国家应开展系统具体的宣传工作，在现有工作成果上进一步扩大已有文化宣传机构的作用，比如设立文化宣传中心，举办展览和国际会议等。

（八）加强培养和引进精通国际服务贸易业务的人才，加速企业自主创新

首先要自主大力培养高水平服务业和服务贸易人才，提高从业人员素质。可在现有各高校的国际贸易和国际金融专业中加开国际服务贸易课程，有条件的院校还可筹建服务贸易专业，在培养熟悉国际服务贸易的复合型人才同时，加强对现有人员的短期培训，使其尽快了解和熟悉 GATS 的有关条款及中国服务业面临的挑战和机遇，以提高国际服务贸易的市场竞争力。其次是制订服务业人才引进和利用计划，大力引进高层次、高技能、通晓国际通行规则和熟悉现代管理的高级服务业人才，通过有力措施吸引、留住、用好人才，为服务业发展提供智力保障，特别要加快培养社会急需的信息服务、金融、保险、各类中介服务、服务业政策与管理以及熟悉国际服务贸易规则等方面的人才。

参考文献

陈婷:《加强我国服务贸易发展与问题探讨》,《经济管理者》2010 年第 18 期。

戴枫:《中国服务业发展与外国直接投资关系的实证研究》,《国际贸易问题》2005 年第 3 期。

顾晶:《中国服务贸易现状浅析》,《商业经济》2010 年第 9 期。

季彬、张欣:《我国服务贸易发展存在的问题及对策建议》,《中国商贸》2010 年第 19 期。

李静萍:《国际竞争力理论与应用》,博士论文,中国人民大学,2000。

林红:《中国服务贸易竞争力研究》,博士论文,西北大学,2007。

裴长洪:《我国服务贸易发展的战略目标与当前措施》,演示文档,2009。

宋则:《扩大服务贸易与壮大国内服务业需要统筹协调》,《中国经贸导刊》2007 年第 19 期。

汪琦:《美国服务业技术创新与贸易竞争优势的互动实证分析》,《世界经济与政治论坛》2006 年第 1 期。

殷凤:《中国服务业利用外国直接投资:现状、问题与影响因素分析》,《世界经济研究》2006 年第 1 期。

B.11
中国教育培训业的发展现状、问题、趋势与对策

郑吉昌　夏晴　王一涛*

摘　要：教育培训包括语言培训、教辅培训、管理咨询与培训、学前培训、职业技能培训以及考研培训等内容，是培育和增强国家软实力的重要措施，对于促进我国由人力资源大国向人力资源强国转变和经济社会发展具有重要意义。目前我国教育培训行业存在应试倾向明显、盲目扩张、研发力量薄弱、师资力量建设滞后等问题。政府需要加强对教育培训行业的扶持力度，同时加强对其监管和引导，促进教育培训行业健康可持续发展。

关键词：教育培训　发展现状　问题　趋势　对策

一　问题的提出

"教育培训"是"大教育"的重要组成部分，是指除全日制教育（幼儿园教育、中小学教育、高等教育）之外的培训，主要包括语言培训、教辅培训、管理咨询与培训、学前培训、职业技能培训以及考研培训等。

据统计，2007 年我国教育培训业收入达 1000 多亿元，每年的增幅在 30% 以上，而我国教育培训业潜在的市场规模达 3000 亿元。[①] 教育培训业的大规模兴起，根源于社会各界对教育培训的巨大需求。根据接受培训者的年龄不同，大体

---

*　郑吉昌，浙江树人大学执行校长，中国服务经济研究中心（CCSE）主任，教授，博士生导师，主要研究方向为服务经济学；夏晴，浙江树人大学中国服务经济研究中心教授，主要研究方向为服务经济与服务贸易；王一涛，浙江树人大学中国民办高等教育研究院讲师，主要研究方向为民办教育。

① 韩妹：《中国教育培训年增 30%　市场规模达 3000 亿元》，2010 年 2 月 16 日《中国青年报》。

上可以将教育培训分为家长对子女的教育投资和成年人对自身进行的教育投资，前者包括学前培训和教辅培训，后者包括技能培训、语言培训和管理咨询与培训。这两大类培训的需求都非常旺盛。一方面，我国家长特别重视对子女教育的投资，由于学校教育不能满足家长对子女教育的全部需求，因此家长寄希望于课外培训来提高子女的综合素质。另一方面，随着我国经济的持续发展，人力资本在自身职业地位提升和社会流动中的作用越来越突出，成年人需要通过对自身人力资本进行投资，从而获得更好的职业发展空间。

从产业划分的角度看，教育培训业属于第三产业中的文化产业，是现代服务业的重要组成部分。教育培训业对于整个社会人力资本提高，对于经济社会发展具有重要的作用，"是培育和增强国家软实力非常重要的措施"。[1] 目前很多地方政府充分认识到了教育培训业的重要性，杭州等一些地区已经将教育培训业作为现代服务业中的重要方面加以支持。

二 我国教育培训业发展的现状

语言培训、教辅培训、管理咨询与培训、学前培训、职业技能培训以及考研培训占目前我国教育培训业的90%。这几种培训基本上可以勾勒出我国当前教育培训业的基本轮廓。

(一) 语言培训

语言培训包括的种类很多，从语种来看，以英语为主，同时还有日、韩、法等语言。从受训者年龄来看，包括少儿英语、中小学英语、出国英语、考研英语、商务英语等。少儿英语、中小学英语和考研英语将分别在学前培训、教辅培训和考研培训进行阐述，在此仅分析出国语言培训和商务英语培训。

1. 出国语言培训

改革开放以来，我国出国留学或出国求职的人数不断增多。教育部国际合作与交流司司长张秀琴在教育部2009年第6次新闻发布会上透露，2008年我国出

---

[1] 成思危:《中国文化产业年度发展报告 (2010)》，序一:《文化产业成为国家战略性产业》，北京大学出版社，2010，第1页。

国留学人数达 17.98 万人，出国留学人数平均每年以 20% 的速度增长，按照保守的估算，到 2013 年我国每年出国留学人数有望突破 50 万人。留学人员的教育层次覆盖了各个学段，不仅是读博士、硕士，近几年到国外读大学、中学的人数也持续增长。出国留学学生的家庭结构也发生了明显改变，由原来的高收入、特殊权利家庭逐步向中等收入家庭转变。

大规模的出国留学热潮，带动了语言培训业的兴起。由于出国留学人员主要选择美国、英国、澳大利亚、加拿大、新西兰等英语国家，所以出国语言培训业也主要集中在英语培训领域。在英语培训领域产生了我国教育培训行业的第一个"带头大哥"——新东方。新东方从托福、GRE 和 GMAT 考试培训起家（这三种考试均为留学北美的主要语言考试），目前发展成为综合性的教育培训公司，新东方于 2006 年在美国上市，2010 年的市值约为 40 亿美元。

出国语言培训领域已经孕育出第二家上市公司——环球雅思。"雅思"是留学英联邦国家的一种考试制度，也是目前国内参加人数最多的英语语言考试。2009 年，国内参加雅思考试的学生多达 32 万，而同年托福仅为 13 万。在雅思培训领域，环球雅思占据 60% 的市场份额，而新东方大约仅占 15%。出国语言培训这个细分领域诞生了两家上市企业，说明了这个领域的发展已经较为成熟。

2. 商务英语培训

商务英语培训是针对有英语沟通能力需求的商务人士开展的培训。随着我国经济的持续发展和对外开放的不断深入，越来越多的跨国公司进入我国，在跨国公司内部，英语是非常重要的工作语言，而跨国公司 95% 以上的管理人员都是中国人，这部分人员对英语沟通能力的需求非常旺盛。与此同时，很多国内企业的国际业务不断增多，这也对员工的英语水平提出了很高的要求。由于我国英语教育具有明显的"应试"性质，大学生即使获得大学英语四六级证书，毕业后也难以进行一般的商务沟通。在这种情况下，专门针对商务人士或即将成为商务人士的英语培训成为语言培训的重要内容，这种英语培训注重听力和口语，注重实际沟通能力的锻炼。

商务英语培训属于高端英语培训，对师资的要求较高，教师以英语为母语的外籍教师为主。目前我国商务英语培训领域呈现群雄逐鹿的格局，没有出国英语培训中的"一枝独秀"现象。比较有影响的品牌有华尔街英语、英孚英语、韦博英语、新动态英语和新东方精英英语等，每一家的市场份额都未超过 20%，

其中华尔街英语于 2009 年被国际教育和信息巨头英国培生集团（Pearson Group）全资收购，但华尔街的品牌仍被保留下来，2009 年华尔街的销售额大约为 7000 万美元。

（二）教辅培训

教辅培训是针对小学到高中阶段学生所进行的课外培训。我国学生对教辅培训的需求很旺盛，无论是对作为"主科"的语文、数学、英语等课程，还是对作为"副科"的美术、音乐等课程，都存在旺盛的培训需求。语文、数学、英语等"主科"成绩是判断"优生差生"的主要标准，也是学生升学（小升初、初升高、高考）的主要标准，因此，通过课外培训提高这些课程的成绩从而提高自己的考试竞争力，是很多学生及家长的迫切需求，尤其在大考冲刺阶段，选择课外辅导的比例更高。美术、音乐和舞蹈等"副科"虽不是考试的重点，但这些课程可以提高学生的综合素质，有助于学生的全面发展，而且这些方面的卓越表现，可以获得在升学考试中"加分"的机会，另外，由于师资短缺以及学校对这些课程的不重视，大部分学生无法在学校中系统地学习这些课程，这也拉动了社会对"副科"培训的需求。

艾瑞咨询的统计显示，我国中小学课外辅导市场已经从 2007 年的 1238 亿元增长至 2009 年的 1897 亿元，年复合增长率为 23.8%，到 2014 年预计将增长到 4472 亿元，而且，教辅培训市场对经济周期变化极度不敏感，即使 2009 年教辅培训市场的增长仍达到了 26.4%，而中国整体教育市场同期增长仅为 7%。[①] 从这一数据来看，与当下相当火爆的 IT 培训及英语培训相比，相对"低调"的中小学教辅市场反而更加大有可为，新东方总裁俞敏洪也在多次场合公开表示，教辅辅导是比英语培训"大得多"的事情。中小学课外辅导市场也是目前最受投资者关注的细分市场，投资资讯机构 China Venture 的公开统计数据显示，截至 2008 年 11 月底的数据，中小学课外辅导培训市场获得 1.0325 亿美元投资，占教育行业投资总额的近 30%。[②]

---

① 杨杨、周惟菁:《三问教育业公司上市热》，2010 年 10 月 29 日《21 世纪经济报道》。

② China Venture:《教育培训业投资攻略　五大最具投资价值细分领域》，http://news.chinaventure. com.cn/3/20090505/23298.shtml。

虽然教辅培训在教育培训业中的市场规模最大，但是教辅培训也是教育培训业中最为分散、凌乱的细分领域。教辅培训中相当大的部分属于无法准确统计的"地下经济"。虽然大部分地方的教育行政部门明令禁止在职教师开展有偿家教，但是由于监管困难，在职教师开办小型培训班（往往在自己家中开办）或到他人举办的小型培训班兼职授课的现象仍较为普遍。另外，在校大学生也是教辅培训中不可忽视的力量，在我国，担任家教是大学生最普遍的课外兼职形式。我们的调查表明，相当比例的大学生有过家教经历或正在担任家教，而大学生担任家教的收入不菲，一些名校大学生每年家教收入往往过万元。

教育培训领域已经诞生了一些较为知名的培训机构，较有影响的有安博、学而思、巨人教育、学大教育、卓越教育、博识教育等。安博在 2010 年 8 月上市，学而思于 2010 年 10 月上市，巨人教育也准备上市，拟用三年时间苦练"上市基本功"，学大教育通过"1 对 1 个性化辅导"模式满足了高端家教市场的需求，而卓越教育在广东具有很高的知名度，专注文化课培训，尤其在中学课程辅导上非常出色。

（三）管理咨询与培训

管理咨询与培训的服务对象主要是准备创业的人士、初始创业者以及企业中的中高层管理者。管理咨询与培训中的"咨询"强调向企业提供在具体管理实践中遇到的特殊的、个性化的问题的解决方案，如平安保险集团花 3000 万元人民币的咨询费请麦肯锡公司帮助对其业务进行重组并重新确立主营方向；而"培训"则侧重讲解企业管理中具有普遍性问题（如融资、人力资源管理）的理论基础和解决对策。作为知识密集型的高端服务业，管理咨询与培训业在企业人力资源建设中发挥着越来越重要的作用。管理咨询与培训相当于企业的"外脑"和参谋，可以极大地提高企业职业经理人队伍素质。我国目前大约有 1000 万家企业，这么大的一个企业群体对管理咨询和培训所产生的需求是非常庞大的。刚刚颁布的《国家中长期人才发展规划纲要（2010～2020 年)》指出，要依托知名跨国公司、国内外高水平大学和其他培训机构，加强企业经营管理人才培训，提高战略管理和跨文化经营管理能力。可以预计，未来管理咨询与培训的发展空间更为巨大。

管理咨询与培训属于典型的知识密集型行业，但我国目前很多咨询和培训机构难以提供有针对性、具有较高实践指导价值的咨询与培训服务，所以，目前跨国管理咨询与培训机构在我国的管理咨询与培训行业中占据主流地位。据统计，国际性的管理咨询与培训机构已经占领我国管理咨询与培训领域 90% 以上的高端市场。① 在中国管理咨询与培训市场上较为活跃的国际咨询公司有麦肯锡公司（McKinsey）、波士顿咨询公司（BCG）、德勤咨询公司（Deloitte）、安达信公司（Arthur Anderson Consulting）等。这些知名国外咨询公司的咨询项目平均收费在 500 万～1000 万元之间，我国很多大型国有及私营企业都有向国外咨询公司咨询的经历，比如北京王府井集团曾花费 500 万元请麦肯锡公司为其做发展战略和经营策划；沈阳和光集团用 1000 万元请安达信公司做企业的常年顾问；广东今日集团付酬 1200 万元请麦肯锡公司做高级战略管理顾问。

当然，我国一些本土的管理咨询与培训企业也开始崭露头角，品牌知名度开始提高，如聚成、北大纵横、新华信等，其中聚成咨询集团是这个领域中最为知名的本土品牌。聚成 2009 年的营业额达到 5 个多亿，是第二名的近 3 倍，其业务范围基本覆盖全国一线城市与主要二线城市，累计企业客户总量达到 6 万余家，是本土管理咨询与培训行业的领头羊。

（四）学前培训

学前培训是对学龄前儿童或他们的父母进行的培训，包括亲子教育以及对学龄前儿童进行的各类培训。

亲子教育是对 0～3 岁婴幼儿父母进行的培训，通过对父母的培训，使父母掌握良好的教育方法，从而促进儿童身心健康、和谐发展。俗语说"三岁定终生"，0～3 岁是人一生中最重要的学习时期，50% 的学习能力可以在生命的头 4 年里发展起来，但是很多年轻的父母在成为父母之前并没有接受过如何教养子女的专业训练，因此，很多教育工作者提出，儿童教育的重心应由儿童本身移向与儿童成长密切相关的父母身上。我国目前每年新出生人口在 1600 万左右，0～4 岁儿童大约在 6400 万左右，这么庞大的婴幼儿群体衍生出了对亲子教育的巨大需求。

针对 3～6 岁学龄前儿童进行的各类培养也异常火爆。近几年我国学前教育

---

① 解艳华：《中国管理咨询业起步晚　亟须政府扶持引导》，《人民政协报教育在线周刊》，2010 年 8 月 11 日。

的普及率不断提高，但是大部分幼儿园的教育活动以游戏和娱乐为主，教学专业程度、孩子的潜能开发以及师资质量方面参差不齐，很多家长希望通过参加培训以更好地与小学教育接轨。各类幼儿培训火爆的另一个原因是普通幼儿园由于师资和办学条件的限制，难以满足家长对"选择性"教育（比如音乐、美术、舞蹈等）的需求。

红黄蓝是目前规模最大的学前教育培训机构，其业务范围包括亲子教育、幼儿园教育、家庭教育系列产品等多个领域，目前已拥有300多家早教中心亲子园和30家高品质的双语幼儿园。除了红黄蓝之外，巨人教育集团也对学前培训市场较为重视，是这个领域不可忽视的力量。新东方少儿部在学龄前儿童英语培训中占有较高的市场份额。2010年2月，笑笑教育集团在澳大利亚成功上市，成为中国首家在海外上市的学前教育机构。此外，睿稚集团也是这个领域的知名品牌，在2009年获得德同资本等风投机构800万美元的风险投资。

（五）职业技能培训

职业技能培训是对即将走上工作岗位或者已经在工作岗位上就业的劳动者进行的、旨在提高劳动技能的培训。根据职业技能培训的层次，可以将职业技能培训分为高级职业技能培训和普通劳动技能培训两大类，前者主要是对在校大学生或大学毕业生进行的培训，后者主要是对一般劳动者进行的培训。

随着高校扩招，我国高校毕业生人数不断增加，大学毕业生就业问题成为社会各界高度关注的问题。2010年我国高校毕业生数量为630多万，加上往届没有实现就业的毕业生共700万左右，就业形势相当严峻。大学生就业难在很大程度上是一个结构性矛盾问题，不是企业不要人，而是企业找不到可用之人。这种现象的产生，部分原因在于高校的专业设置和课程内容与市场需求脱节，毕业生缺乏劳动力市场所需要的实践技能。所以，针对在校大学生和大学毕业生进行的技能培训，可以补充或强化大学生的校内知识，提高大学生的实践技能，从而帮助大学生更好的就业。

对普通劳动者的职业技能培训也大有市场，技能培训可使"未就业者就业，已就业者乐业"。由于产业升级和调整造成的结构性失业会在一定程度上增加人们职业转换的频率，提高社会失业率，因此，为因产业升级或产业摩擦而结构性失业的人提供技能培训，促进其职业转换，对降低社会的运行成本，促进社会发

展具有重要作用。目前，在普通职业培训领域，涌现出一批较为知名的培训机构，比如北方汽修集团、永琪美容美发学校等。

IT 培训是目前职业技能培训的主要内容之一。IT 培训中的高端培训主要针对在校大学生和大学毕业生，低端培训主要针对高考落榜生和一般劳动者。随着高校扩招，低端 IT 培训的市场份额越来越少，而高端 IT 培训的需求仍然很旺盛。达内IT 培训集团、北大青鸟等是我国 IT 培训领域较为著名的品牌，目前国内 IT 培训机构面临着来自国外培训机构的有力竞争，如美国的 SUN 和印度的 NIIT。

（六）考研培训

随着我国高校不断扩招，毕业生人数不断增多，2007 年和 2008 年我国普通本专科毕业生分别是 4477907 人和 5119498 人。随着毕业生人数增加，大学生就业的难度在不断加大，近几年我国高校毕业生离校时初次就业率一般在 70％左右。在劳动力市场上，学历起着一种"标签"和"筛选"的作用，获得更好学历的人，有更好的就业机会，这导致大学生考研热持续高涨。此外，很多大学生确实希望通过考研走上学术研究的道路。据教育部统计，2010 年全国报考硕士研究生的人数达到 140 万人左右，比 2009 年增加 13％，但是录取率仅为 33％，考研的竞争可见一斑。

考研热潮催生了考研辅导培训。考研辅导的主要内容是英语和政治，此外，近几年针对专业课的培训也开始增多，一些小规模的考研培训机构与高校联合，推出的高校自主命题的专业课考前辅导班也很有市场。无数种公开出版的考研教材大大增加了考研培训领域的市场容量，考研教材以政治和英语两门公共课居多，笔者调查发现，仅政治方面的辅导书大概就有十几类，英语教辅书则更多，试题模拟、真题解析等不下十多种。

考研培训领域的知名品牌有领航、文都、万学（原海文考研）等，其中万学教育在 2008 年获得红杉资本和联想投资价值 2000 万美元的风险投资。此外，新东方也开始涉足考研市场，在这个市场中占有一定的份额。

三 目前我国教育培训业中存在的问题

近几年我国教育培训行业发展迅猛，然而，教育培训行业存在着一系列阻碍其可持续发展的深层次问题。这些问题有的很普遍，对整个教育培训业的发展造成障碍；有的只存在于教育培训业中的个别细分领域，但是对这些领域的负面影响却十分深远。深刻地认识这些问题，能够使我们未雨绸缪，采取有效措施，促进我国教育培训业健康、可持续发展。

（一）"应试"倾向明显

客观上讲，当存在对升学、出国和就业的激烈竞争时，考试是较为客观的选拔标准，也是督促学生努力学习的手段。由于总人口和受教育年龄段人口非常庞大，目前我国每年约有 1 亿人参加各种类型的考试，每人平均花费在考试上的费用大约在 500 元，每年的市场规模在 500 亿元左右。

将考试作为检验学习效果和选拔人才的标准无可厚非，但是，需要警惕将考试当成学习目的和指挥棒的现象。实际上，我国教育呈现浓厚的"应试"倾向，正规教育领域中的"应试"性质，也渗透到了教育培训领域中，使教育培训行业也呈现浓厚的"应试性"。教育培训行业的"应试性"表现在很多方面。

全美测评软件系统公司（ATA）是我国教育培训领域为数不多的上市公司之一，该公司的主营业务便是提供考试和测评服务。教辅培训是我国目前教育培训行业的最大细分市场，安博（已上市）、学而思（已上市）、学大（准备上市）的主体业务都是中小学的教辅培训，而在美国，教辅培训领域发展并不好，在职业培训行业中却有市值庞大的上市公司。尤其需要注意的是，教辅培训的对象已经由准备参加中考和高考的学生，扩展到了准备参加"小升初"考试的小学生，这无形之中加大了学生的学习负担，与当前强调"减轻学生负担"的方向是严重违背的。除了教辅培训之外，考研培训和出国语言培训（如新东方和环球雅思）的主要目的也是帮助受训者提高考试成绩，甚至一些职业技能培训的目的也是为了使受训者通过某些考试或者获得某些职业资格证书，而并非关注受训者是否真正掌握了某一项技能。

为应付考试而进行的培训，确实提高了学生的"考试竞争力"，也在一定程度上提高了受训者的综合素质。但是我国的教育培训业一定要警惕以考试为目标的倾向，寻找更多的培训业增长点，真正致力于受训者的素质提高和全面发展。若培训行业成为应试教育的推手而不能够为受训者综合素质的提高和全面发展作

出更大的贡献，则教育培训行业为社会所创造的价值将大大降低，教育培训业对促进我国从人力资源大国向人力资源强国转变的贡献也将大大降低。

（二）盲目追求规模和速度

很多教育培训机构盲目追求规模和速度。"欲速则不达"，在快速的扩张中，质量受到忽视，快速的扩张也往往影响到企业的资金链，从而为企业的发展带来巨大风险。

教育培训业的主营业务是无形的服务，而非有形的产品，无法"集中生产、分散销售"；同时，教育培训也不是正规的学历教育，学习时间短且灵活，学生不太可能到遥远的城市接受培训，上述两个原因限制了单个教育培训点的规模。因此，教育培训机构的扩张，不能通过增加单个培训点的规模来实现，只能通过增设培训点的方式来实现。并购和连锁经营是增设培训点的两种基本模式。并购可以在短时间内扩大分支机构数量，但是并购后的消化、融合和整合问题很难解决。连锁经营有直营连锁和加盟连锁两种基本形式。直营连锁能更好地实现规模扩张与师资力量之间的匹配，从而保证教学质量，但是直营连锁对扩张速度有所抑制，而且直营连锁需要更多的资金投入；加盟连锁可以以更快的速度完成扩张，对扩张中的资金需求相对较低，但是监控各加盟机构的质量较为困难，容易出现个别加盟机构质量不统一而降低整体声誉的问题。

无论是并购还是连锁经营，都要求稳健进行，一旦扩张过快，就会影响到教育培训机构的可持续发展。教育培训领域具有不同于一般领域的两个特点：教育培训的质量在很大程度上依赖于师资力量，而师资的招募和培训是需要一个周期的，无法通过某一种标准化的模式在短期内大规模复制；同时，培训机构的发展依赖于对特定区域不同情况作出调适的能力，一个优秀的校长在管理其他地区的学校时可能一筹莫展。上述两个特点使教育培训业和制造业明显不同，在制造业中，只要兼具生产要素和管理要素，就可以较快地完成扩张。教育培训行业的这些性质决定了教育培训领域的扩张应该坚持稳健的、一步一个脚印的方式进行，切不可以损害质量为代价盲目增加机构数量。

以损害质量为代价的盲目扩张在短时间内或许会给培训机构带来市场份额和利润，但这种扩张难以持续，而且往往给企业带来深层危机。近期因为过快扩张而导致企业经营陷入危机的典型案例是华育国际。华育国际成立于2006年，

2007 年获软银赛富投资顾问有限公司 2000 万美元投资。拿到风险投资的华育国际拼命扩张，半年内增加了 22 所分校，到 2008 年华育国际拥有 50 家分校，营收达到了 1.5 亿元。规模扩张以后，由于师资力量跟不上，导致教育质量下降，招生困难。2010 年华育国际青岛分校、郑州分校、太原分校、南昌分校以及北京的三所分校纷纷倒闭，企业陷入严重困境。①

还有很多教育培训机构在快速扩张中的风险虽然没有明显暴露，但是隐藏其中。安博在 2007 年得到风险投资之后，在 2008～2009 年完成了 24 起并购交易，涉及总金额高达 18 亿元。环球雅思、学而思等机构在获得风投之后也有大量的并购记录。很多人甚至作出一个悲观的结论：我国很多教育培训机构在很大程度上是由资本捏合成的一系列资产，而非一个整体。由于这种野蛮生长的速度，很多教育机构都有规模巨大的负债，有的甚至与净收入形成倒挂，以 2010 年上半年为例，环球雅思的净收入 1.32 亿元，总负债却超过 1.86 亿元；学大也是类似的情况，其对应的数据分别是 7790 万美元和 6850 万美元。② 从粗放成长到精耕细作转变，是摆在我国很多培训机构面前的严峻挑战。

（三）师资建设水平低下

任何形式的教育，最核心、最重要的因素都是师资。清华大学老校长梅贻琦的名言"大学者，非大楼之谓也，乃大师之谓也"，同样适应于教育培训机构。教育服务的提供过程，就是教师和学生的交流和互动过程，教师对学生的热爱、对所授知识的把握、对教学方法的精心选择在根本上决定着培训质量的高低。新东方之所以成为教育培训行业中的佼佼者，最为关键的因素之一是新东方聚集了一大批优秀教师，俞敏洪、王强、徐小平等不仅是新东方的开创者和管理者，更是优秀的教师，而且新东方在每所分校都能凝聚一批语言功底深厚、富有激情的教师。可以说，教师永远是教育培训机构最宝贵、最稀缺的资源，需要教育培训机构用全部努力去挖掘和培养。

目前很多教育培训机构师资建设滞后，力量薄弱。一些培训机构没有专职教师，主要依靠兼职教师。这种做法固然可以降低教育培训机构的运行成本，但是

---

① 卢旭成：《华育国际"饿死"背后：甩不掉的依赖症》，《创业家》2010 年第 8 期。
② 杨杨、周惟菁：《三问教育业公司上市热》，2010 年 10 月 29 日《21 世纪经济报道》。

过度依赖兼职教师的做法使教育培训机构的教师呈现很高的流动性：兼职教师可能停止在教育培训机构的兼职，优秀教师可能被其他机构"挖走"或"自立门户"。教师的不稳定影响教育培训机构的教育质量，甚至影响教育培训机构的稳定发展。

还有一些教育培训机构虽然建立了专职的教师队伍，但是教师待遇不高，难以吸引和留住优秀人才。山木培训曾在全国快速扩张，但是其教育质量却并没有获得社会一致认可，缺少一支高质量的教师队伍是重要原因之一。山木培训坚持"低成本扩张策略"，其"低成本策略"主要就是"低工资策略"，每个教师的月收入只有两三千元，这样的工资水平只能吸引刚刚毕业的大学生（多数为女生）进入此机构，而且对重点高校的优秀毕业生来说也毫无吸引力，教师在面临更好的就业机会时会毫不犹豫地放弃山木。这样的脆弱的教师队伍使得企业一旦出现风吹草动，就可能彻底失去战斗力。

除了待遇不高之外，缺乏完善的教师遴选、评价、激励和培训机制，也阻碍了教育培训机构建立起富有竞争力的教师队伍。在正规教育系统中，教师的遴选和评价更多地依靠外部的标准，如学历、职称和头衔等，而教育培训机构完全可以打破这些条条框框，不拘一格降人才，真正以教学效果来选择和评价教师，但是，在这个方面，教育培训机构显然并没有真正突破，没有建立起适合自己的教师遴选和评价体制。此外，教师培训也是教育培训机构的薄弱环节，尤其是在通过连锁方式完成快速扩张的教育机构中，因为缺少完善的教育培训体制，很多分支机构的教育质量不均衡，降低了教育培训机构整体上的竞争力。

（四）研发力量薄弱

研发是企业建立核心竞争力并实现可持续发展的关键，任何领域的企业，要想具有一流的竞争力，必须高度重视研发工作。微软公司仅在 2006 年就投入了 65.8 亿美元进行研发，占当年收入比例为 14.9%；世界著名制药公司默克（Merck）公司 2006 年的研发支出在年收入中所占比例高达 21.1%。教育培训业作为典型的知识密集型行业之一，研发更是企业建立和维持核心竞争力的关键力量，培生教育集团之所以具有世界性的声誉，与其高度重视研发工作密不可分，培生集团下以"新概念英语"为代表的教材风靡世界，正是该集团长期重视研发的结果。

我国教育培训机构都有庞大的招生和营销团队,对招生和营销工作极端重视,但是对研发重视不足。一些培训机构认为只要招到学生,就能挣钱,把最大的功夫和精力放在销售环节上。很多培训机构的研发投入几乎为零,没有专门的研发团队,缺乏自己的教材、知识库和富有针对性的授课方法。就教材而言,我国教育培训机构一般没有自己的教材,作为我国教育培训行业"龙头老大"的新东方,其最有影响的、被称为"红宝书"的教材也只是"词汇手册"而已,而IT培训领域所使用的教材和软件一般是从印度进口而来。在教学方法方面,很多方法也是引自国外,如我国目前最大的学前培训机构红黄蓝集团,便采用了美国学乐教育集团的课程和师资培训体系。

研发力量的薄弱直接造成了如下几个问题。第一,整体质量较差。没有一流的研发,就没有一流的教育质量。教育培训虽然不卖实体产品,但课程产品的质量仍是企业竞争力的核心,而优秀的课程质量依赖于一流的创新和研发。第二,因为没有研发团队,教育培训机构的知识传授完全依赖个别讲师,优秀讲师一旦离开就会对企业发展造成严重冲击。第三,教育培训机构缺乏自己的知识产权,教学内容和教学方法雷同,相互抄袭,恶性竞争。第四,研发力量薄弱使得我国的教育培训机构无力应对国外培训机构的竞争。以管理咨询与培训领域为例,该领域中跨国咨询公司占据了我国90%以上的高端市场,在高端市场,每个咨询项目的费用在500万~2000万元之间,而我国本土的管理咨询与培训机构只能在中低端市场中展开竞争,咨询费也远远低于跨国咨询公司。未来,随着更多的外资教育培训机构进入我国,我国企业面临着来自国外教育培训机构的更大竞争,研发力量的薄弱将使我国的教育培训机构处境更加不利。

(五)行业信任危机初显

根据中国消费者协会和全国30个省、自治区、直辖市消费者协会的统计汇总,2008年我国教育培训投诉增幅达31.6%,居第三位。[1]影响该行业声誉的第一个原因是各培训机构虚假宣传,夸大自己的师资水平、办学条件和教学质量。中小学教师一律宣称"高级教师"或"特级教师",大学教师一律宣称为"教

---

① 中国消费者协会:《2008年全国消费者受理投诉情况统计分析》,http://www.cca.org.cn/web/xfxx/picShow.jsp? id=42544。

授"或"专家",虚假宣传使消费者难以分辨孰优孰劣。教育培训行业的从业人员应该谦逊、含蓄,这才与教师的形象相符,但是一些教育培训机构采取江湖医生一样的推销手段,严重影响了该行业的声誉。

还有一些教育培训机构不按规定和协议进行培训,拼凑学员,不按时开课,或者虽然按协议开课,但是教学质量低下。在教辅培训领域,很多培训机构为了抢生源,与家长签订所谓的"承诺书",承诺考试成绩没有提高到相应水平则全额退费,当承诺无法兑现后,便玩文字游戏千方百计推脱责任。在 IT 培训领域,很多学生花了大价钱接受培训后,基础不扎实,学校也无法帮他们找到工作,于是学生和家长四处"告状",恶性循环让很多培训机构不再有充足的生源,最后只能关门大吉。在管理咨询行业,很多培训师动辄以"大师"自居,激情有余,但内涵和智慧不足;以讲授大道理和大理论居多,缺乏具有实际价值的个性化辅导,受训者并不能从这些培训中学习到真正有助于解决企业难题的知识。

最影响这个行业声誉的事件当属培训机构"人间蒸发",举办者捐款逃跑,类似事件在教育培训领域时有发生。教育培训行业区别于其他服务业的一个显著特点是预付费制度,即学生在未享受教育服务之前就要先缴费。因为这个特点,当培训机构的举办者拿着学员预先交来的学费逃之夭夭后,消费者的损失特别大,对教育培训行业的声誉影响也特别大。不仅一些小规模的作坊式培训机构会突然关门,近期,一些所谓的大品牌也出现类似事件,令培训者防不胜防。2009年 10 月底,号称有 100 多年培训历史的"灵格风"爆出国内多家培训机构倒闭的消息,"灵格风"在深圳、广州、上海、武汉等地的教学点相继出现"破产、停课、卷款逃跑"事件,仅在上海,1300 名学员缴纳的 4000 万元学费便不知去向。① 2009 年 11 月,具有海外背景的瑞来突然倒闭,瑞来一直主打高端英语培训牌,主要针对急需充电的白领,学费动辄万元,在倒闭前一天还在招生。在英语培训领域,突然倒闭的还有广州太平洋英语培训中心、北京活力互动英语俱乐部、上海朗阁教育集团旗下的沈阳培训中心等。在 IT 培训领域,也有培训机构猝然倒闭事件发生。2010 年无锡"北大青鸟"在收取学员学费之后突然失踪,这是继蚌埠"北大青鸟"突然"人间蒸发"之后的第二起事件。② 连号称百年历

① 郭炳朋:《100 多年历史的灵格风英语在穗消失》,2009 年 11 月 4 日《南方都市报》。
② 祝筱筠:《北大青鸟负责人人间蒸发 无锡 IT 培训业前景黯淡》,2010 年 5 月 25 日《江南晚报》。

史的灵格风和 IT 培训行业第一的北大青鸟都可以"只收加盟费不管质量",其分支机构都可以随时倒闭,那么还有哪些教育培训机构可以令消费者相信呢?

四 我国教育培训业未来发展趋势

(一) 教育培训业的市场规模将进一步扩大

国家统计局 2008 年进行的抽样调查发现,我国 5~9 岁、10~14 岁、15~19 岁年龄段人口分别占我国人口总数的 6.24%、7.97% 和 8.50%。国际上通常将 6 岁至 29 岁作为受教育年龄段,若将 13 亿作为我国人口近似的总数,则我国受教育年龄段群体十分庞大。世界银行曾发表过一份《通过终身学习来提高中国的竞争力》的报告,报告显示,我国从小学到大学的学生人数占世界的17%,但是教育市场价值却只占 2%,此数据充分显示了我国教辅培训市场容量巨大。

0 岁至 6 岁虽然不是传统的受教育年龄段,但是 0 岁至 3 岁是进行亲子教育的最佳年龄段,3 岁至 6 岁则应是学前培训的潜在消费群体。随着我国居民收入水平的提高,对 0 岁至 6 岁年龄段儿童的教育培训越来越重视。需要注意的是,自 2006 年以来,受年龄结构影响,已婚育龄妇女人数增加,加之夫妻双方为独生子女可以生育二孩家庭比例的提高,我国每年出生人口略有增加(见图 1),从图 1 可以看出,从 2006 年到 2009 年,我国每年新出生人口从 1584 万增加到1615 万,这一事实对于教育培训业的发展也是利好消息。

人口因素只是促进我国教育培训业市场规模扩大的因素之一。未来我国经济会持续发展,居民收入会不断增长,对教育培训的经济承受能力不断提高。我国家长普遍持有的"望子成龙"、"不让孩子输在起跑线上"的心态,促使家长不断加大对子女教育所进行的投资,亲子教育、教辅培训等在未来会获得更大的发展。成年人对自身人力资本所进行的投资也会不断提高;随着我国与世界各国的交流不断增加,商务人士对语言培训的需求会有增无减;日益加快的城市化进程推动着越来越多的农村人口涌入城市,这些人需要通过培训来提高技能水平;而随着越来越多的中小企业的成长以及蔚为大观的创业热潮,对管理咨询与培训也提出了更高的需求。

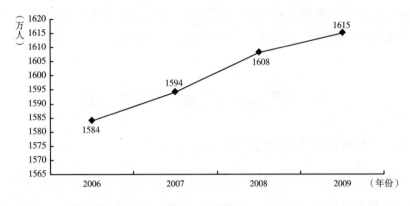

图1　2006～2009年出生人口数

资料来源：国家统计局年度统计公报。

市场规模的扩大意味着教育培训业的触角将进一步延伸。目前我国的教育培训机构主要集中在一线城市和主要的二线城市，其中北京是大部分最知名的教育培训机构"发家"的地方，也是各教育培训机构最为看重的市场，比如学而思在北京共设立30余个服务中心、50余个教学点，在北京的布点占全国布点的60%以上。未来，随着大城市中教育培训业竞争不断加剧以及二线城市对教育培训需求的不断增加，教育培训行业将向全国更多的二线城市扩张，在不久的未来，县级市场也会成为很多教育培训机构竞争的目标。

（二）更多的资金将进入教育培训领域，更多的教育培训企业将上市

教育培训行业未来发展趋势良好，利润空间较大，而且预先付款，不存在库存、应收账款等问题，抗经济周期性衰退的能力也比较强，因此，教育培训行业受到了投资者的青睐。近年来，我国教育培训领域融资总额仅次于互联网和IT行业，成为投资热点之一。近几年教育培训机构重要的融资事件见表1。

大批风险投资尤其是国际风险投资的进入，一方面增加了教育培训机构的资金总量，另一方面促进了教育培训机构管理水平和国际化水平的提升，这些因素都加快了我国教育培训机构海外上市的步伐。2010年10月21日，学而思正式登陆美国纽约证券交易所（NYSE），通过IPO发行1200万份ADS，募集资金1.2亿美元。这样，截止到2010年10月21日，我国共有10家教育企业在美国上市，见表2。

表1　教育培训行业重要融资事件

年　份	教育培训机构	风险投资机构	获得风险投资的数量
2006、2008	环球雅思	软银赛富	两年共3000万美元
2007	安博教育	麦格理银行集团主导,华威(CID)、思科和艾威基金参与	5400万美元
2007	学大教育	鼎晖创投	2000万美元
2007	巨人教育	启明创投(Qiming)与海纳亚洲创投基金(SIG)	2000万美元
2007	新世界教育集团	凯雷投资集团	2000万美元
2007	华育国际	软银赛富	2000万美元
2007	学大教育	鼎晖投资	1000万美元
2008	北京昊月教育集团	凯雷投资	5000万美元
2008	达内IT培训集团	IDG和集富亚洲	千万美元
2008	安博教育	英联、艾危基金、麦格理集团	1.03亿美元
2008	东方剑桥集团	启明创投(Qiming)和Ignition Parters	1600万美元
2008	万学教育	红杉资本和联想投资	2000万美元
2008	汇众益智	凯鹏华盈	千万美元级
2008	红黄蓝	Hagerty公司	数量不详
2009	学而思教育	老虎环球和KTB	4000万美元
2009	睿稚集团	德同资本、华威国际及智基创投	800万美元
2010	聚成	联想投资、和君咨询	近亿元人民币

资料来源:笔者根据各媒体透露的信息综合整理。

表2　我国教育类企业上市情况

股票代码	公 司 名 称	市值(美元)	上市时间	业　务　范　围
CAST	双威教育(香港)	约3.8亿	2004	远程教育、独立学院
CEU	中国网络教育联盟	约1.1亿	2009.07	远程教育、教育资源开发
EDU	新东方	约34.9亿	2006.09	出国语言培训、图书出版
NED	诺亚舟	约8231万	2007.10	教育电子产品、软件,教育资源开发
CEDU	宏成教育	约2亿	2007.12	网络教育
ATAI	全美测评软件系统公司(ATA)	约6822万	2008.01	考试和测评服务提供商
DL	正保远程教育(中华会计网校)	约1.8亿	2008.07	远程教育
AMBO	安博教育	约7.6亿	2010.08.05	升学和就业教育、企业培训
GEDU	环球雅思	约2.8亿	2010.10.8	出国语言培训
XRS	学而思	约1.2亿	2010.10.21	课外辅导

注:市值在不同时间有所变动。

资料来源:笔者根据各媒体透露的信息综合整理。

由于我国教育培训行业的市场规模将进一步扩大，利润空间会进一步增长，可以预计，未来会有更多的投资者关注教育培训行业。上市不仅是融资的很好手段，也是提高自身管理水平和市场影响力的很好途径，所以，未来我国会有更多的企业上市。德勤公司曾对我国规模较大的教育培训机构进行过调查，调查显示，中国有80%的教育企业表示有融资需求，并有接近50%的受访企业表示若具备条件将选择上市。① 长期关注我国教育培训领域融资问题的启明创投总裁甘剑平认为，教育培训领域这个大市场至少能容纳10多家上市的企业。② 根据一些媒体透露，学大教育、巨人教育、东方剑桥、卓越教育、红黄蓝等教育培训机构目前都在积极酝酿上市。

（三）教育培训业的竞争和整合将加剧

我国教育培训业将很快进入一个"大转折、大洗牌、大整合"阶段，优胜劣汰的速度将加快，大规模的整合力量来源于如下几种。

第一，外资的进入。外资进入我国教育培训行业，不仅表现为国外的风险投资机构向我国的教育培训机构注资，还表现为外资直接介入教育培训领域，这在英语和IT培训领域最为明显。华尔街、灵格风、EF为代表的外资机构基本上垄断了我国高端英语培训市场，美国学乐教育集团也开始在幼儿英语教育方面与我国本土机构抢夺市场，国际出版巨头培生集团的分支机构"培生教育"于2008年收购上海乐宁英语并持股北京戴尔国际英语学校之后，又于2009年以1.45亿美元的现金收购华尔街英语，使得教育培训领域中外资的影响力在进一步加大。在IT培训中，SUN（美国）和NIIT（印度）也占据了高端市场。

第二，通过滚动发展实现了原始积累或者得到巨额风险投资之后的教育培训机构纷纷在各地开办分校，也将对我国教育培训行业的基本格局产生影响。教育培训业的进入门槛相对较低，"一个教师，一个教室"就可以开班，因此教育培训业呈现"遍地开花"的格局。但是，随着一些大规模教育培训机构在全国的扩张，一些区域性的小品牌可能会被淘汰，这些区域性培训机构要么消失，要么主动加盟大品牌。比如，巨人教育集团先后在武汉、南昌、西安、广东、广西等

---

① 余琴、张莹：《德勤调研：近50%教育企业打算上市》，2007年4月1日《广州日报》。
② 高永钰：《弘成教育挂牌纳斯达克 链条扩张风险》，2007年12月11日《第一财经日报》。

地并购了当地最大规模的教育培训机构，安博集团在获得风险投资后，也在两年时间内在全国并购了二三十家教育培训机构。

竞争的加剧将淘汰一些教育培训机构，但也会使一些培训质量高、管理完善的教育培训机构更加优秀。良好有序的竞争，是推动我国教育培训行业整体发展的重要外部条件，竞争将促进教育培训机构更加重视研发、质量和内部管理，从而在整体上提高我国教育培训行业的国际竞争力。北京市教育培训业的发展有力地证明了竞争对于教育培训业整体发展的重要意义，北京无疑是教育培训行业竞争最为激烈的地方，但北京市教育培训业的整体发展因此而受益，我国几乎所有的知名教育培训机构都诞生于北京或者将主要的业务范围确定在北京，如新东方、环球雅思、学而思、巨人教育、红黄蓝、学大教育、万学等。

（四）更多教育培训机构将采取多样化发展战略

多样化经营是指企业同时生产或提供两种或两种以上的产品或劳务的经营策略。多样化经营能够实现销售网络、研发和管理等重要资源的共享并分散企业经营管理中的风险。由于多样化经营的积极意义，世界500强中的大多数企业都生产或提供一种以上的产品和劳务。

多样化经营的优点同样适应于教育培训领域。多样化经营可以发挥教育培训机构在品牌、研发和管理等方面的优势并降低经营风险，从而获得更大的利润和市场份额。教育培训行业的多样化经营还有一个特别的好处：接受培训的学生往往具有多方面的需求，因此，教育培训机构若能有针对性地进行多样化的培训，必定会受到学生的欢迎。在多样化经营方面非常突出的案例是巨人教育。巨人教育的培训项目包括了语文、数学、英语、舞蹈、钢琴等几乎所有的中小学生可以学习的内容，旨在打造集幼儿、小学、中学、成人为一体的"教育百货大楼"。巨人教育在做好中小学教辅培训的同时，还积极开拓幼儿教育和家教领域，根据教育部即将制订中小学生汉字书写等级标准的发展趋势，巨人教育集团斥巨资进行了钢笔字速成项目的研发。另一个采用多样化经营的典型案例是新东方，新东方上市后在做好出国英语培训的同时，开始向幼儿教育、教辅培训、职业教育、个性化家教等领域强势进攻，利用新东方的品牌优势在各个领域进行扩张，新东方2010财年第一季度财报显示，在其1.923亿美元的总收入中，学前教育和课外辅导收入已经占到5成。

当然，教育培训领域的多样化应该是"适度"的多元化，所谓"适度"，一是在业务范围上应该循序渐进，二是在发展进度上应该稳打稳扎。业务范围上的循序渐进是指教育培训机构应该围绕自己的核心技术、核心能力实行多样化，不是"无关多样化"，比如，培生教育集团主营业务是出版业，该集团利用自己在英文出版方面的优势，进入到英语培训领域中，这是一种典型的"专业化基础上的多样化"。发展进度上的稳打稳扎是指应该在保证现有培训内容质量和充分估计经营范围扩大后一系列风险基础上实行多样化，也就是说，只有当主业的市场占有率、技术水平、管理水平等都已达到了非常高的水平之后，才可以进入其他领域。盲目的多样化是不可取的，不仅不会带来教育培训机构利润的提高，反而会使企业陷入危机之中。

五　我国教育培训业的基本思路和政策建议

教育培训业是现代服务业的重要组成部分，对于促进我国教育事业发展，提高人力资本含量，培养多层次的技能人才，促进区域经济结构调整和社会融合都具有重要作用。作为21世纪的朝阳产业，教育培训业正逐步成为一个国家和地区经济社会发展的重要动力。美国已把教育培训列为21世纪七大产业之一，由此可见其重要地位及强劲的发展活力。

我国一些地方政府逐渐意识到了教育培训产业的重要性，积极规划教育培训产业发展。杭州市在大力发展文化创意产业过程中，将教育培训业作为文化创意产业的八大基本组成部分之一，通过各种措施扶持教育培训业的发展，对教育培训业的发展起到了积极的促进作用。[①]

（一）加强对教育培训业的扶持

教育培训业的发展，直接受政府产业政策的影响和制约，国家可以通过经济杠杆和行政手段来鼓励和促进教育培训业的发展。

1. 加强对教育培训业的资金扶持力度

教育可以分为"正规教育"和"非正规教育"两大部分，非正规教育指的

① 郑吉昌、夏晴、郭立伟：《文化创意产业：提升杭州品质与竞争力的"推手"》，《中国服务业发展报告 No. 8》，社会科学文献出版社，2010，第269页。

是在固定的正规教育系统之外所进行的任何有组织的教育活动，无论它们是单独进行的，还是仅仅作为一些更广泛的活动的一个组成部分而进行的。① 很显然，教育培训业是非正规教育的主要组成部分。既然教育培训是"大教育"的重要组成部分，那么，国家应该拨付一部分教育经费用来扶持教育培训业的发展。教育部官方网站公布教育部 2010 年年度工作要点，称当年要促进全国财政性教育经费占 GDP 4% 目标的实现。教育培训行业是我国教育的重要组成部分，因此，国家教育经费应有一部分用在对培训行业的管理和规范上。政府可以通过专门机构，向具有发展潜力的教育培训企业发放无息贷款或进行风险投资，扶持一些口碑良好、实力较强的培训机构，提升这些企业的研发和管理水平，让这些企业起到引领作用。

2. 加强对教育培训业的政府采购

政府应提倡利用"外脑"，要习惯寻找教育培训机构为其服务，将更多的智力服务工作和培训业务外包给咨询机构和培训机构。政府还可以建立专项基金，对企事业单位职工参加教育培训提供补贴，支持企事业单位员工参加教育培训，比如高端英语培训、IT 培训以及企业管理培训等。

农民、农民工和大学生等群体的就业情况关涉到整个社会的稳定。这些群体就业困难，很重要的一个原因是这些群体所掌握的技能不能满足劳动力市场的需要。因此，加大对这些群体的职业培训是提高这些群体就业水平的重要措施。如何提高这些群体参加技能培训的积极性并带动相关领域教育培训业的积极发展呢？杭州市进行了很好的尝试。杭州市推出了"教育培训消费券"制度，对于提高各类群体的参训积极性起到了很好的作用。杭州市的消费券包括了教育消费券和培训消费券，其中教育消费券用于支持困难家庭孩子上学，培训消费券用于失业下岗人员和毕业大学生就业培训。消费券直接发给接受教育培训的个人，个人到相应的机构接受培训时将教育券交给培训机构，培训机构再到财政部门将教育培训券兑换成现金。这种方式，不仅提高了大学生和下岗职工参加职业培训的积极性，而且促进了教育培训领域的竞争和发展。

深圳市出台了《深圳市民营及中小企业发展专项资金——企业管理咨询项目资助计划》，该《计划》针对委托专业服务机构实施各类企业管理咨询类项目

---

① 胡森：《国际教育百科全书（第6卷）》，贵州教育出版社，1990，第67页。

的民营领军骨干企业、拟上市备案企业及成长型中小企业等，对于为"提高现代管理水平而委托专业从事企业管理咨询的服务机构实施的，具有体现推动企业'打基础，管长远'的制度性、变革创新性的、加快企业建立现代企业制度的企业管理咨询类项目"，企业可以得到最高不超过企业为获得该项服务实际发生费用总额的50%给予资助，资助总额最高不超过50万元。这一措施提高了企业参加管理咨询的积极性，也促进了管理咨询业的健康发展。

3. 加强对教育培训行业的政策扶植

《国家中长期教育改革和发展规划纲要（2010～2020年）》指出要清理针对民办教育的歧视政策。在教育培训领域，也存在很多不利于其发展的政策。很多教育培训机构之所以没有经过审批便开始招生办学，一个重要原因是手续复杂。因此，要简化审批手续，为培训机构提供方便。教育培训机构的税收负担较重。在个人所得税方面，鉴于教育培训业知识密集的特点，对教育培训机构从业人员交纳的个人所得税，应进行适当减免。在企业所得税方面，应参照科技型企业，对教育培训机构的研发投入进行合理认定，计入成本或费用，抵扣应纳所得额，以鼓励教育培训机构进行研发投入。David et al.（2000）、Hall（2002）认为，由于知识创新的不确定性以及金融市场中的信息不对称导致了企业研发支出水平低，因此政府应该通过直接支付或者税收优惠等措施支持企业的研发行为。[①]

（二）加强对教育培训业的监管和引导

加强对教育培训机构的监管和引导，对于教育培训机构的健康发展、树立整个社会对教育培训行业的信心十分重要。根据目前教育培训业发展中存在的问题，如下几个方面特别重要。

1. 积极尝试风险保证金制度

教育培训行业普遍实行预收学费制度，这个规定对消费者来说蕴含着极大的风险。一些高端定位的培训机构单个学员收费往往过万元，当培训机构面临资金链断裂的困境或者其他在老板看来"不妙"的事情时，老板就有可能携款逃跑，从而对消费者造成很大伤害，无锡北大青鸟、灵格风的武汉、上海等分校突然倒

---

① 尚铁力、夏杰长、王娜：《中国研发产业发展的实证分析与政策思路》，《中国服务业发展报告No.6》，社会科学文献出版社，2008，第263页。

闭就是这种情况。

因此，加强对教育培训业的监管，尤其要针对教育培训行业预收费的做法加强对其财务监管。一些地区通过风险保证金制度，加强了对教育培训机构的财务监管，有效防范了教育培训机构的办学风险以及由学校倒闭引发的社会不稳定。风险保证金是用于处理学校意外事故或其他突发事件时的资金，风险保证金在审批机关确定的银行设立专户，未经审批机关书面同意，任何组织和个人不得动用风险保证金。民办学校办学终止时，若无遗留财务问题，将风险保证金及所产生的利息全额退还学校。《宁波市民办教育培训机构审批与管理规定》规定，教育培训机构必须有合法、稳定的经费来源，注册资金不少于50万元人民币，其中20万元为风险保证金，举办者应当在领取办学许可证后15日内缴至审批机关指定的账户存储，除此之外，培训机构必须按年度提取发展基金和风险保证金。①除了宁波之外，山西、天津等地区也规定民办教育机构需要交纳风险保证金，从这些地方的实践来看，风险保证金对于防范教育培训机构的财务风险起到了很好的作用。需要说明的是，对教育培训机构收取保证金的做法，也是国际较为通用的方法。在澳大利亚、新西兰等国家，除了政府监控，保险公司也会对培训机构进行监控。学生缴费后，政府要求教育培训机构向保险公司缴纳一定的保险金，如果机构倒闭，保险公司会进行赔付，这样很好地维护了消费者的权益。②

2. 提高教育培训行业的准入门槛

目前教育行政部门、劳动保障部门都有审批教育培训机构的资格，这在一定程度上造成了对教育培训机构的监督和管理混乱。今后可以将教育行政部门作为主要的甚至是唯一的审批机构，这样可以杜绝多头审批的局面。

应该设置一定的准入门槛，只有具备一定办学条件的培训机构才可以通过审批并在公开媒体发布广告和招生简章。当前一些教育培训机构办学成本低廉，花几万块钱租间教室、找几个老师就开始大肆宣传招生，这种毫无基础保障的办学方式很容易出现突然倒闭、学员利益受损的情况。培训机构至少应当具备如下方面的基本办学条件，这些条件应该作为培训机构能否获得审批并公开发布广告的必要条件。第一，有合法、稳定的经费来源，要有一定数额的注册资金和风险保

① http：//jyj. ningbo. gov. cn/wsbs/article/show_ article. asp？ ArticleID = 33508.
② 编辑部：《教育培训业：21世纪的朝阳产业》，《决策探索》2010年第2期。

障金。第二，要具有满足教学需要的办学场地和教学用房，如果是租赁办学场地的，要有一定期限的租期。第三，要有与办学范围和规模相适应的教学设施设备，如图书、杂志、报刊等。第四，要有较为稳定的管理队伍和师资队伍，如校长、专职的管理人员以及会计人员等。第五，要有完善的办学章程、教学计划和教材等。

3. 促进行业自律

政府不能够也不应该包办培训，应该更多地运用法律和经济手段，鼓励社会化组织对教育培训业进行社会化评估和管理，也要支持教育培训行业成立各种行业组织来促进教育培训机构的自律。

目前教育培训领域的行业组织或协会有"人力资源和社会保障部中国职工教育和职业培训协会"（简称"中国职协"）和"中国民办教育协会培训教育专业委员会"等。"中国职协"主要开展职业培训和职业技能鉴定领域的业务咨询和业务培训。中国民办教育协会培训教育专业委员会主要致力于引领培训教育的健康发展，增强各培训教育机构及从业者的社会责任感，提升培训机构的公信力，目前有400多所民办培训机构成为该委员会的成员。针对目前少数培训教育机构存在办学思想不端正、培训质量和服务水平不高、收费价格与培训效果相背离、诚信缺失等问题，会员机构通过了首个中国教育培训行业"自律诚信公约"，共同承诺依法办学、诚信办学、规范招生及宣传，维护受教育者的合法权益。除了中国职协和培训教育专业委员会这两个半官方组织之外，教育培训界还有民间自发组织、自主成立的"中国教育培训协会"，作为一个纯民间组织，这个协会的会员尚不多，影响还很小。"十二五"时期，政府应该使这些协会更好地发挥作用，使这些协会成为促进行业自律、行业发展的重要平台。

参考文献

韩妹：《中国教育培训年增30% 市场规模达3000亿元》，2010年2月16日《中国青年报》。

成思危：《中国文化产业年度发展报告（2010）》，序一：《文化产业成为国家战略性产业》，北京大学出版社，2010。

杨杨、周惟菁：《三问教育业公司上市热》，2010年10月29日《21世纪经济报道》。

China Venture：《教育培训业投资攻略　五大最具投资价值细分领域》，http：//news. chinaventure. com. cn/3/20090505/23298. shtml。

解艳华：《中国管理咨询业起步晚　亟须政府扶持引导》，《人民政协报教育在线周刊》2010 年 8 月 11 日。

卢旭成：《华育国际"饿死"背后：甩不掉的依赖症》，《创业家》2010 年第 8 期。

中国消费者协会：《2008 年全国消费者受理投诉情况统计分析》，http：//www. cca. org. cn/web/xfxx/picShow. jsp？id = 42544。

郭炳朋：《100 多年历史的灵格风英语在穗消失》，2009 年 11 月 4 日《南方都市报》。

祝筱筠：《北大青鸟负责人人间蒸发　无锡 IT 培训业前景黯淡》，2010 年 5 月 25 日《江南晚报》。

余琴、张莹：《德勤调研：近50% 教育企业打算上市》，2007 年 4 月 1 日《广州日报》。

高永钰：《弘成教育挂牌纳斯达克　链条扩张风险》，2007 年 12 月 11 日《第一财经日报》。

郑吉昌、夏晴、郭立伟：《文化创意产业：提升杭州品质与竞争力的"推手"》，《中国服务业发展报告 No. 8》，社会科学文献出版社，2010。

胡森：《国际教育百科全书（第 6 卷）》，贵州教育出版社，1990。

尚铁力、夏杰长、王娜：《中国研发产业发展的实证分析与政策思路》，《中国服务业发展报告 No. 6》，社会科学文献出版社，2008。

编辑部：《教育培训业：21 世纪的朝阳产业》，《决策探索》2010 年第 2 期。

B.12
中国健康服务业发展现状、问题与政策建议

夏杰长　姚战琪*

摘　要：健康服务产业是一个典型的复合产业，是以生命技术和生物技术为先导，以健康至上理念为指导，涵盖健康检查、疾病预防、医疗卫生、营养健康、身体养护、健身娱乐、康复治疗与休养、身心与精神疗治等多个领域多产业的集合。健康服务业很可能是21世纪引导我国经济发展、社会进步和全民素质提高的重要产业。我国健康服务业现在还处在初级阶段，规模小、层次低，内容不够丰富。制定健康服务业发展战略规划，明确发展目标和重点领域有着重要的现实意义。"十二五"时期，我国应实施全民健康行动战略，培育多元、多层次的健康服务产业体系，建立健康服务行业协会，引导社会资本进入健康服务业领域，促进健康服务业跨越式发展。

关键词：健康服务业　朝阳产业　集聚发展　政策建议

随着物质生活的日益丰裕，人均收入快速增长，人们对生活质量、生活环境和生命质量提出了更高的要求，这突出表现在对健康、养生服务需求的层次和广度的变化上。未来随着城市人口的急剧扩张，城市社会将呈现老龄化、高密度、高流动、快节奏的特点，随之而来的是人们对健康服务需求的空前高涨，健康服务业很可能是21世纪引导我国经济发展、社会进步和全民素质提高的重要产业，也是前景光明的朝阳产业。那么，什么是健康服务业呢？目前，学术

---

* 夏杰长，中国社会科学院财政与贸易经济研究所服务经济研究室主任、研究员、博士生导师，主要研究方向为服务经济与财税政策；姚战琪，中国社会科学院财政与贸易经济研究所服务经济研究室副主任、副研究员，主要研究方向为金融服务与国际投资。

界还没有形成统一的看法。大多学者认为健康服务业本质上就是医疗卫生业，或者基本从卫生服务、健康经济等角度去研究健康服务产业（舍曼·富兰德、艾伦·C. 古德曼，2004；樊明，2002；龚幼龙，2002；胡善联，2003；杜乐勋等，2006）。我们认为，这种看法过于简单，实际上，健康服务业要比医疗卫生业的范围广泛得多，它是一个典型的复合业。健康服务产业是以生命技术和生物技术为先导，以健康至上理念为指导，涵盖健康检查、疾病预防、医疗卫生、营养健康、身体养护、健身娱乐、康复治疗与休养、身心与精神疗治等多个领域多产业集合。

一 健康服务业：有着巨大潜力的知识型服务业

1. 健康服务业是新兴服务业

对健康服务业的认识与重视，是近几年的事情，是一门全新的服务领域。无论是居民自身还是地方政府，都是最近这些年才意识到它的重要性和广阔前景，才把它当做改善民生福利和一个新兴也许未来还是支柱的产业来抓。我国在改革开放前，健康服务没有成为一种商业性的行业。现在涉及健康服务的商业性机构逐渐多起来，但大多包含在医疗机构中或混在其他行业中。中国国家工商行政管理总局商标局于 2002 年 8 月依据世界知识产权组织提供的《商标注册用商品和服务国际分类》第八版第四十四类就是医疗服务，其中含有健康（保健）。而在《国民经济行业分类》（GB/T 4754 - 2002）里也没有独立的健康服务。世界贸易与信息系统局（SISD）的分类法将全世界的服务部门分为 11 类，其中有健康与社会服务类。从上述两种分类看，大多是把健康服务含在医疗服务之中，但没有把健康服务业作为一个独立的行业加以归类，因此，对健康服务业很难下一个严格的定义。健康服务包含健康等职业技术过程也包含满足人的生理和心理素质的需要的服务过程。健康服务的对象应当是健康人和亚健康人。健康服务业是生产或提供健康服务的经济部门或企业的集合。

2. 健康服务业是知识型服务业

服务这一特殊商品是由三个生产要素组成：资本、劳动力、知识与技术（即人力资本），其中知识与技术既属于人力资本的基本要素又是所提供服务的基本内容。除了直接接触式服务外，大多数的服务都是提供知识或技术的。尤其是当前世界经济知识化是大势所趋，在服务领域知识密集化趋势明显。服务业的发展是知识经济发展的一个必要条件，知识经济的发展也促进了服务业的发展。所谓知识型服务业也称现代服务业、知识密集型服务业、高增值服务业，其定义为：以知识为其他产业、企业（组织）或个人提供知识型服务的行业。按照我们的理解，健康服务产业是以生物技术和生命科学为先导，涵盖健康检查、疾病预防、医疗卫生、营养健康、身体养护、健身娱乐、康复治疗等多个领域，是健康师运用健康科学技术和方法为维护和增强人的健康、提高人的生命质量所进行的未病先防职业技术活动。从这一定义可以看出，健康服务业对知识或技术这两个要素是高度依赖的，以生命技术为代表的高科技在健康服务业的运用将越来越凸显。北京就已把医疗健康服务业列为首都七大知识型服务产业之一加以重点培育。

3. 健康服务业有着广阔的前景，很有可能成为未来的支柱产业

健康产业成为继信息产业之后全球市场新崛起的热点产业，美国《财富第五波》一书的作者保罗·皮尔泽预言，全球下一个兆亿产业将是健康产业。根据人类对健康的需求，未来医学任务也将由以防病治病为主逐步转向以维护和增强健康、提高人的生命质量为主，未来的"健康院"有可能逐步取代医院的主要地位。

美国最大的产业是健康服务业，2006 年占到美国国民生产总值的 14%，2007 年占 17%，已经成为美国的第一大产业。如果说谁会对美国的国会施加影响？可能大家马上的反应是军火商，但其实不是。真正影响大的是美国健康管理服务业中的巨头公司。[①]

随着中国经济高速持续发展，人均收入水平的提高（城市居民收入增加一倍，其医疗健康服务需求将增加 1/3）。中国的医疗健康市场方兴未艾，将会出现一个巨大、潜在、可被实现的卫生市场，这个市场包括医疗健康服务、医药健康用品、医疗保险等与卫生相关的市场。目前我们把健康产业细分三个行业——健康食品、健康用品、健康服务。中共中央党校和中国社会科学院有一个关于健康产业的报告，2008 年健康行业产值 5000 亿元，其中健康食品 1000 亿元，健康

---

① 袁浩：《健康服务业谁主沉浮》，2008 年 9 月 18 日《蛇口消息报》。

用品达到 2000 亿元。① 随着经济的迅速发展，消费者对健康的迫切需求催生了这个产业的快速发展。每一次新的政策转变，都是一次变革的机会。目前中国医疗市场可能出现与 20 世纪 70 年代美国相类似的爆发式增长。特别是人们经历"非典"后对防病的意识日益加强，对健康服务市场需求不断提高。中国的健康服务市场的初级阶段已经形成。中国已经出现了一些高收入阶层对较高的医疗服务尤其对防患于未然的健康服务的迫切需求。

从长远看，人们的收入水平越来越高，进入中高收入群体的人也会越来越多。低收入阶层虽然自身无力消费健康服务业，但政府对民生福利改善的关注以及对低收入群体民生政策的倾斜，也会增加他们对健康服务业的现实需求。无论是中高收入阶层，还是低收入阶层，对健康关注都会增加。到了一定阶段后，社会必然发生转型，即从追求财富到追求健康，"财富社会"一定会向"健康社会"转型。由此可见，健康服务业产业市场是巨大的，前景是极为广阔的，成为服务业的支柱产业完全是可能的。

此外，我们正在迎来一个"银发世界"，即老龄社会问题越来越突出。国际惯例以 60 岁或 65 岁以上的人口为老龄人口。1953 年，我国 65 岁及以上人口数为 2593 万人，占总人口的比重为 4.4%；1982 年，65 岁及以上人口数达到 4991 万人，比 1953 年增长了 92.5%，占总人口的比重为 4.9%；到 2005 年，65 岁及以上人口数首次超过 1 亿人，达到 10055 万人，占总人口的比重为 7.7%。从 2005 年开始，我国 65 岁及以上人口占比平均每年提高 0.2 个百分点，呈现加速上升的势头。截至 2008 年底，我国 60 岁以上老年人口达到 1.59 亿人，约占总人口的 12%。

由于 20 世纪五六十年代是中国人口生育的高峰期，从 2010 年开始这些人将开始进入退休年龄，中国的人口老龄化趋势将进一步提速。根据民政部的数据显示，中国 60 岁以上的老年人口将以 800 万人至 900 万人的年均速度递增。如果按照国际标准，即 65 岁以上的人口占比达到 7% 就是"老龄化社会"，达到 14% 则是"老龄社会"，我国将在 2027 年进入老龄社会。由老龄化社会到老龄社会所经历的时间称为"老龄化速度"，德国、瑞典、英国的老龄人口由 7% 到 14%

---

① 徐华峰：《医疗改革与 2010 年中国医疗产业政策走向》，http://www.eye123.com/Article/dongtai/201002/1040.html。

各用了40年、85年、40年；而中国将只用27年完成这个进程。表1是未来40年我国60岁及以上人口数量的预测。

表1 未来40年我国60岁及以上人口数预测

年　份	总人口数（亿人）	60岁及以上人口数（亿人）	60岁及以上人口占总人口比重（%）
2010	13.77	1.73	12.56
2015	14.30	2.15	15.03
2020	14.72	2.45	16.64
2025	15.04	2.97	19.75
2030	15.25	3.55	23.28
2035	15.38	3.96	25.75
2040	15.44	4.10	26.55
2045	15.38	4.19	27.24
2050	15.22	4.38	28.78

资料来源：http://www.cpire.org.cn/ljsj/。

转引自朱恒鹏（主持）《我国健康产业发展现状、发展战略及政策措施》，《研究报告》2010年10月，第77页。

我国人口老龄化速度发展很快，但老龄事业总体上严重滞后于老龄化的需求和经济的发展。一方面，庞大的老年群体在入住养老机构、文化娱乐和日常生活照料、精神慰藉、心理调适、康复护理、紧急救助、临终关怀等方面的服务需求呈不断增长态势；另一方面，老年服务产业中诸如医疗服务设施短缺、服务主体过于单一、服务供应严重不足、服务质量相对较低等问题日益显现，与日益增长的社会养老服务需求之间的矛盾日渐突出。面对中国的医疗健康服务市场的巨大市场需求，我们应抓住机遇，适应医疗健康服务市场需求，为实现健康老龄化，大力发展医疗健康服务业，并使之成为我国新的经济增长点和服务业发展的重要支柱。

二　我国健康服务业发展现状与差距

1. 健康服务业总体处于起步阶段，结构单一、市场份额小、知名品牌少、带动相关产业非常有限

现有健康特别是养生市场主要以单一的旅游观光、品尝药膳和消费中医服务为主，并没有真正满足游客和消费者对放松身心和追求精神需求的高层次需要，这种状况既难以实现中医药膳养生和健康服务贴近市场，差异化开发的目标，也不能发挥我国在药膳服务业方面的比较优势，这种普通产品开发的模式也难以使我国与其他具有区位优势的地区竞争。

2. 部分大城市健康服务业资源较丰富，但供求矛盾依然突出

医疗与健康资源过度集中在大中城市是我国医疗卫生资源配置的一大特点，也是一大弊病。即便在健康资源非常丰富的大城市，也很难满足巨大的市场需求，更不用说其他小城市或者广大农村地区了。这里我们以上海为例来分析这一矛盾。上海拥有一批在生命科学领域全国著名的医科院校和研究机构。以复旦大学医学院、上海交大医学院、第二军医大学和中国科学院上海生命科学研究院为代表，上海在某些领域居于世界先进水平（如肝癌临床、手外科研究、耳颅底显微外科、角膜保存、神经病诊疗等），且在若干学科确立了全国领先的优势，仅各大医院就集中了 17 名院士。可以说，上海在健康服务领域积淀和集聚了世界水平的高等级技术资源和人力资源。然而相较于健康服务需求的大幅增长，上海的医疗卫生资源则显得越来越供不应求，供需矛盾日渐突出。一方面，1978 年以来，上海的医疗机构和卫生专业技术人员的增长远落后于人口的增长。按常住人口计算，2006 年上海每万人拥有的卫生专业技术人员的数量仅为 58 人，每万人拥有医生数只有 24 人，比 1978 年 32 人/万人的水平还要低，相比纽约 700 人/万人的水平则更是相去甚远。上海每千人的病床数和卫生技术人员数为 5.76 和 7.31，上海病床使用率高达 93.41%，导致了上海各大医院的门诊人满为患，在集中了上海顶尖医疗服务力量的各三甲医院，门诊和住院的承载量都几近极限，专家资源更是远远满足不了病人的需求。① 另一方面，尽管上海诸多大医院都配备了世界一流的设备，拥有世界一流的技术，但却缺乏一流的服务和管理，缺乏以人为本的服务理念和运营理念，在服务态度和服务水平上与民众的需求脱节甚远。这种差距与矛盾，既说明了即便上海这样最发达的城市也亟待发展健康服务产业，也预示着健康服务产业美好的明天和广阔的前景。

3. 我国健康产业等相关服务业缺乏专业人才

健康服务业对于服务人员具有较高要求，要求服务人员和专业人才既要懂中

---

① 吴晓隽、高汝熹：《发展健康服务业——新时期上海支柱产业营造的必然选择》，《城市》2008 年第 12 期。

医药文化，又要懂外语，还要懂得旅游服务相关技能。现实状况是我国目前的人才规模和结构难以满足迅速扩大的健康服务市场的需要。比如，中医在健康康复中有很重要的作用，但目前的中医养生服务人员，很少能理解和表达其中蕴含的深厚文化底蕴，专业外语人才更是缺乏。

4. 健康服务业产业体系不完整，产业链偏短

健康服务业是一个完整的产业体系，产业链应该是比较长的。它的相关和支持产业主要有医药业、健康体检业、健康调理、康复与维护产业、健康促进产业、健康咨询服务产业、健康数据信息通信服务产业、健康保险业等。[①] 但总体上看，我国目前还缺乏把这些产业链整合的意识和能力。此外，我国拥有丰富的医疗资源和宜人的自然环境等优势要素，但缺乏将健康服务业的各种要素整合为服务效率较高、业态完善和积聚式发展的完整产业体系的能力。我国许多省区在特色医疗技术和诊疗服务方面都很有影响，也拥有一定的研发创新能力，但由于体制和机制的原因使健康产业发展定位难以适应经济和社会发展的需要，产业体系不完整，产业链偏短，健康服务业的价值没有很好地深度挖掘和拓展。

三 健康服务业发展的主要任务和重点领域

（一）主要任务

1. 进一步完善公共卫生体系建设

通过实施国家基本公共卫生服务项目和重大公共卫生服务项目（主要包括：建立居民健康档案，健康教育，预防接种，传染病防治，高血压、糖尿病等慢性病和重性精神疾病管理，儿童健康，孕产妇健康，老年人健康等），对城乡居民健康问题实施干预措施，减少主要健康危险因素，有效预防和控制主要传染病及慢性病，提高公共卫生服务和突发公共卫生事件应急处置能力，使城乡居民逐步享有均等化的基本公共卫生服务。到2011年，国家基本公共卫生服务项目得到普及，城乡和地区间公共卫生服务差距明显缩小。到2020年，基本公共卫生服务逐步均等化的机制基本完善，重大疾病和主要健康危险因素得到有效控制，城

---

① 聂聆、李斌：《基于钻石模型的广东健康服务业竞争力分析》，《现代商业》2009年第32期。

乡居民健康水平得到进一步提高。

2. 积极推进社区卫生服务综合改革

长期以来，我国卫生资源主要集中在大医院，对社区卫生资源的投入有限，直接影响了社区基本医疗服务的水平及质量，影响了社区卫生服务机构在居民中的形象和信誉。加大对社区医疗软硬件的投入，提高社区医院的硬件水平，加强社区卫生服务人才的队伍建设，加快全科医生的培训，完善社区卫生服务财政补助政策，鼓励优秀的医疗服务人员下社区。发挥社区医疗在常见病、慢性病的首诊和公共健康宣传、预防方面的基础性作用。特别要重视和改善卫生信息化平台，充分发挥社区居民电子健康档案（eHR）的功能和作用，为社区居民提供更便捷、优质、经济的健康服务，提高健康（高血压等慢性病）管理水平。建设社区"自助式健康检测室"，让市民享受更便捷、优惠的健康服务，提高相关疾病早发现、早干预，倡导健康自我管理理念。

3. 进一步完善新型农村合作医疗制度

新农合的成绩有目共睹，但也面临着很多新挑战，筹资水平还不高，与城镇差距明显，农民的医疗费用负担仍较重；尚未建立起稳定、长效的筹资机制；监管任务艰巨，管理能力薄弱；农村医疗卫生机构的服务水平需进一步提高。要进一步加大财政支持力度，提高筹资标准，实现新农合的农村全覆盖，为农民健康撑起保护伞。实施村卫生室标准化建设；加强乡村医师培养，提高农村医疗健康服务水平。

4. 不断完善社区公共体育设施建设，倡导健康生活方式

建立网络化、全覆盖的社区体育指导机构和社区体育配送服务平台，积极发展各类群众性体育健身团体，大力宣传科学健身方式，开展体质干预。倡导健康生活方式，全面普及合理营养知识和推广支持性工具，不断优化市民饮食结构。

5. 大力推广社区居民健康自我管理

按照"条块结合、以块为主"和"整体推进、个性发展"的原则，紧紧依托社区和单位开展健康（自我）管理。各级医疗卫生机构要大力扶持和积极配合群众性健康自我管理组织，提供更加完善的技术指导和服务，不断增强宣传教育的渗透力，提升公众的健康自我管理能力，实现自我管理与专业指导的有机结合，提高市民的健康素质。

6. 持续深化和推进健康场所建设

随着城镇化进展明显加快，城镇人口密度不断提高，再加上汽车普遍进入寻常百姓家庭，现在健身锻炼场所越来越紧张。在社区、单位（楼宇、企业、校园等）、家庭等地方，结合场所特点，不断拓宽健康教育和健康促进的渠道，倡导社会法人和市民个人加强共同维护城市健康的社会责任感，使不同健康场所在健康自我管理方面各具特色，并互为利用，提高学校等公共体育场所的使用率。

（二）重点领域

1. 药膳饮食服务业

药膳饮食是中华传统的养生之道，深入百姓人心，适应性强，运用广泛，理应发扬光大。药膳饮食服务业将药膳与餐饮服务有机结合，针对不同人群的身体差异开发的融传统中医养生理念和现代经营管理方法的新兴服务业。我国近期应推广药膳饮食服务业，具体包括开发既能汲取丰富营养，又能吸收传统养生精华的餐饮服务；发展为不同消费群体提供药膳餐饮咨询服务的中介服务机构。依托美容茶、秘制黑小豆黑芝麻、玫瑰花茶、鹿茸血酒系列等养生旅游产品发展健康养生服务产业。

2. 养生旅游

养生旅游是适应阳光健康产业的重要形式，是21世纪阳光产业的重要载体。我国地大物博、很多地方生态环境优美、空气清晰，发展养生旅游前景广阔、空间很大。养生旅游是生态旅游中最受推崇的方式，包括宗教文化养生、民俗文化养生、山岳峡谷养生、温泉养生等形式，我们以后应该很好地利用起这一优势，拓展健康服务业的内容和业态。

3. 运动健康服务业

指对个人运动健身方式进行指导、传输运动知识和增强身体素质的服务业。未来城市居民需求结构和消费结构的升级为运动健康服务业发展提供的市场非常巨大，正确规划运动健康服务业不容忽视。

4. 亚健康调理与维护服务业

该服务业是指调整亚健康人群身体和心理状态和恢复身体正常机能的服务业。随着生活节奏的加快和工作强度日益增大，亚健康人群越来越多，各种心理疾病随之而来。发展亚健康服务业，增强民众心理和身体健康水平，成为中长期健康服务业规划的重点领域之一。

5. 健康文化与教育服务业

该服务业是对健康产业进行传播、健康产业从业人员进行技能培训的服务业。随着人们对健康产业的需求爆炸式增长，加快人才培养步伐和正确引导人们的健康消费理念势在必行，因此发展健康文化和教育服务业尤显重要。

6. 健康会员服务与增值服务

该服务业是指为部分较高层次消费人群提供的旨在为其提供关于日常身体和心理健康的知识咨询、身体健康、健康指标监测和疾病预防治疗为一体的服务业。随着高收入群体的不断增多，他们对健康服务的要求越来越多样化，要求健康服务机构提供多元化的、从日常健康保养到生老病死一系列的健康服务，我国在未来中长期健康服务规划中应该加以重视。

7. 打造健康产业链

健康服务业是一个完整的产业体系，有着互为依存、休戚与共的产业链，要积极推动医疗、保险、旅游和健康服务业的互动合作。要在健康数据信息通信技术管理与服务平台上探索一条资源整合与共享的发展模式，推动健康服务业与医疗、保险、旅游等相关行业的合作和资源共享，建设一个完整的、互动、互补的健康服务产业链。[①]

四 地方政府促进健康服务业发展的经验：
以山东省济宁市为例[②]

随着我国产业结构的转型升级，健康行业也开始进入调整和转型阶段，商业文化信仰问题被提上了日程。孔子与儒家文化是济宁市乃至整个山东省的文化性地标，是济宁拥有的宝贵财富，而儒家文化中的"仁义礼智信"等思想完全可以成为健康产业发展模式转变过程中的精神导引。同时，济宁的医药产业是其传统的优势产业，产业基础实力雄厚，济宁具备了发展健康产业的物质基

①　聂聆、李斌：《基于钻石模型的广东健康服务业竞争力分析》，《现代商业》2009 年第 32 期。
②　感谢山东省济宁市发展和改革委员会服务业办主任张开柱先生和中国农业大学经济管理学院赵霞副教授为本案例写作提供基本素材。

础和精神导引,将深厚的历史文化底蕴与现代健康产业相结合,济宁市健康产业的发展具有巨大的潜力。为实现济宁建设文化旅游强市和生态宜居名市的发展目标,加快发展高端、特色和需求弹性大的生活服务业尤为重要。发展多样化的健康服务业能满足不同层次居住人士的需求,有利于增强他们在济宁继续发展事业的信心。同时也能带动济宁旅游、休闲产业的发展,增强济宁城市的生活品位和知名度。

1. 发展现状

总体上而言,济宁的健康服务业仍处于初级阶段,但发展基础较好,起点高,发展潜力巨大。与健康服务业密切相关的医药产业是济宁的支柱产业之一,拥有以山东鲁抗、明治鲁抗、华能生科、方键制药、兖州康泰、泗水西尔康、山东良福等制药企业为主体,集抗生素原料药、成品药、中药生产的产业集群,是国家重点医药生产基地。截至2009年底,全市共有医药企业72家,拥有驰名商标1个,著名商标7个,省级名牌产品8个。2009年实现销售收入78.7亿元,利税8.6亿元,利润5.6亿元。总之,济宁发展健康服务业基础十分雄厚。目前济宁的健康服务业有异军突起的态势,呈现一些新的特点。

(1)健康产业起点高,模式新,潜力大。2010年我国首家以"健康文化"为核心的产业基地——孔圣健康产业基地落户济宁任城区,这是我国第一家智慧生态健康园区,以儒家文化为依托建立的一种全新的商业模式,该基地规划设计以"井"字形的九宫格形式渗透着儒家思想的精髓和商业原则,未来将逐步发展成集药品保健品生产、研发、会展、贸易、物流、电子商务、融资信贷于一体的园区,可容纳中药、西药、生物制品、医疗器械、医用耗材等品种。该基地的建设具有起点高、模式新等特点,对于济宁健康产业实现跨越式发展将起到至关重要的作用。另外,位于泗水县泗张镇的万紫千红生态养生旅游度假区在2010年部分项目已经相继开业,该度假区将优越的生态环境、悠久的养生文化与现代休闲度假产业相结合,集出游、休憩、健身、养生、度假等多功能于一体,在园区内充分体现现代能源理念,最大限度地利用光、风、水、地热等能源方式,降低能源消耗。该度假区同样具有起点高、模式新、潜力大的特点。在"十二五"期间,济宁健康服务业的发展将进入快速发展的阶段。

(2)围绕医院展开的健康服务业发展迅速。在医院周边地区的宾馆饭店、家政与陪护服务、鲜花水果礼品店等服务业发展十分迅速,目前住院陪护、月嫂服务、家庭护理等业务初具产业化雏形，发展态势良好。

（3）母婴保健、康复保健、老年托养等服务起步较早，特色鲜明。济宁市的医院创办了全省首家起跑线母婴教育咨询中心，为育龄妇女提供孕、育、养、教一体化服务，并设立了多家分支机构。拥有儿童早期发展与保健康复中心，业务辐射省内多个地区。市中区吸引民间资本创办了老年保健医院、鹿鸣山生态公寓、华汇老年公寓等老年服务机构，以医疗、康复为主体，全面提供保健、护理与托养等一体化服务。

2. 存在的问题

目前济宁市健康服务业发展存在的问题主要体现在以下几个方面。

（1）产业化程度偏低。除了孔圣健康产业基地和万紫千红生态养生旅游度假区之外的其余地区的健康服务业仍然处于起步阶段，没有形成相应的规模，技术科技含量偏低，规模化、集约化企业尚未形成。

（2）缺乏政府引导与政策支持。相对于商贸、物流、文化旅游等产业，政府对于健康服务业的认识还有待进一步提高，相关的发展规划和扶持政策仍然有待进一步优化。

（3）缺乏完善的行业监管机制，相应的政策法规不配套，市场准入管理缺乏依据，产业发展及监管有待政策法规的推进。行业运作规范化程度不足，服务质量参差不齐，存在着虚假宣传、欺骗消费者等问题，影响了健康服务业的有序发展。

（4）资源整合度有待进一步加强，济宁拥有丰富的医疗资源和实力雄厚的医药产业，宜人的自然环境，深厚的儒家文化底蕴等优势要素，但济宁的多数地区仍没有将这些优势资源高度整合，形成形式多样、集聚发展的完整健康服务业体系。另外，济宁的健康服务业多数地区仍然存在着服务形式较为单一，缺乏相应的专业人才等问题，有待于在"十二五"规划期内进一步深入挖掘，扩展其内涵，丰富其内容。

3. 发展定位与策略

将孔孟之乡、儒家文化、运河之都、丰富的文化旅游资源、实力雄厚的医药产业等多项优势资源高度整合，大力发展济宁的健康服务业，目标是将济宁打造成为中国乃至世界最著名的儒家文化健康产业基地和休闲养生之都。在规划期内，要紧紧围绕济宁发展健康服务业的优势资源，将其高度整合，深层次挖掘儒家文化与健康产业之间的密切相连的精髓，不断丰富健康服务业的形式，延伸产业链条，做大做强孔圣健康产业基地、万紫千红生态养生旅游度假区等现有的健康服务业项目，进一步开发微山、曲阜、汶上、泗水、鱼台等地的健康服务业，加强宣传力度，继续坚持定期举办"中国国际孔子文化节"、"中国健康产业儒商高峰论坛"，将健康服务业发展成为济宁未来实现产业转型的支柱型产业之一。

五 促进我国健康服务业发展的政策建议

1. 制定发展战略规划，明确我国健康服务业的发展方向和目标

健康与自然科学、人文科学都息息相关，只有融入了人文科学的服务经济和知识经济才是完整的，才更符合"以人为本"、更适合健康服务业的特征。知识经济下一步就是人文经济时代。我们虽然是发展中国家，经济特别是服务经济并不发达，但是中国是个文化大国，中华文明是世界历史上从未间断的唯一奇观，是人文资源最丰富的国家之一，在稳定性和协调性方面具有优势的中国伦理文化，将对世界文化产生显著的影响。我国这种后发优势将显现出来，其影响范围将不断扩大。因此要充分利用中医药先天的文化优势，克服后天服务业一些不足，大力发挥中医药健康服务的后发优势，使中国的健康服务业具有特色和竞争优势，使中国健康服务走向世界，为全人类健康服务，这是中国健康服务业发展的重要方向，也是中国健康服务业的使命。但是，我们更要从培育新的支柱产业的战略高度出发，大力发展健康服务产业，扩大供给，满足需求。充分发挥生命科学、生物技术以及临床医学领域的研发作用，以科技集群推动健康服务产业的发展；加快以市场化做大产业规模，以国际化提升健康服务业的能级和水平，以法制化创造产业发展环境；依托一批重大项目，加大开放力度，争取政策突破，加快构筑"高增值、强辐射、广就业"的健康服务业体系，将我国培育为亚洲健康服务中心及全球海外华人的健康服务中心，最终将健康服务业培育为知识经济时代我国新的支柱产业。

建议相关部门制定《健康产业促进法》。全民健康是宏大的目标，需要社会各界人士进行共同努力，而且要长期坚持。从长期来看，应该通过立法的形式将健康促进作为民族发展的长期战略。《健康产业促进法》应该明确健康在社会发

展中的战略地位和目标；经费的来源，各部门的职责，特别是政府的职责；居民的权利和义务；健康服务提供机制，税收土地等优惠政策。

2. 实施全民健康行动战略

提高全民健康水平是一个逐步达成的目标，是一个永续性的工程。我们要制定健康促进的长远规划，抓住影响健康的关键性、基础性因素，逐个突破，持续推进。美国从1980年开始了"健康美国人1990"项目，其目标是减少早期死亡和保持老年人生活自理能力；随后又推出"健康美国人2000"和"健康美国人2010"，取得了明显的成效。从目前来看，我国的全民健康行动战略应该以夯实基础为主，重点包括：完善、整合健康统计、监测体系，全面掌握人口健康状况和健康素养水平，定期进行信息汇总、分析、研究、发布。同时要规范公众健康信息收集、公布，保证健康信息质量。建立健康教育机制，普及健康知识，如将健康知识纳入义务教育的教学内容等；建立基层公共卫生、基本医疗服务体系；加强食品卫生管理等。

全民健康是一项系统工程，每个居民都应该参与进来，承担责任。居民参与的前提是居民要知晓健康知识。为此，我们必须加大投入，通过多种渠道、多种形式展开健康教育。如中国医药卫生事业发展基金会和北京市政府合作推进的健康教育就取得了明显的效果。两年来，编写了《首都市民预防传染病手册》、《首都市民健康膳食指南》、《奥运健康手册》、《预防艾滋病读本》等小册子，印刷1500多万册，通过邮局系统免费寄送到各家各户。组织《北京日报》、《北京晚报》等报纸，新浪等网站以及北京广播电台、北京电视台，开辟健康知识专栏、举办健康电视大讲堂，组织专题讲座等深入宣传健康知识。2008年的调查显示，81.9%的市民知道每人每天食盐量为6克；93.8%的市民知道吃油多了得慢性病；98.3%的市民知道防病比治病更重要，83.7%的市民经过健康教育后更注意健康了。

此外，还要倡导全民体育运动，增强居民体育运动意识的同时，政府要切实履行职责，为群众提供运动场地。倡导健康生活方式。如在全国范围内，禁止在公共场所吸烟。还有像北京市免费发放盐勺和油壶，帮助居民更好的控盐、控油。

3. 培育多元、多层次健康服务产业体系

打破目前医院公有制一统天下的局面，打造一个多种所有制并存、大中小企业共存、高中低产业层次兼顾与共生的健康服务产业生态。既要满足公民基本医疗健康服务需求，完善充实网络性的基本医疗服务体系，又要重点开发高端健康服务市场。特大城市要集中优势医疗资源，以打造国际医疗健康服务中心为目标，积极开拓区域性市场和海外华人市场。在业态形式上，既要加强整合航空母舰式的医疗中心，又要培育遍布各街道社区的中小型健康服务机构，尤其在那些新兴的细分市场领域，比如牙齿健康、心理咨询、美容整形、老年护理等，应大量发展多种所有制形式的小型诊所、事务所、医生办公室等适合个性化需求、定制化服务的业态。自然生态环境和药材资源丰富地区要利用比较优势，大力发展特色养生与健康服务业，并努力把生态资源和药材优势转变成产业优势，把这些地区培育成为区域健康服务中心。

4. 积极制定标准，保障消费者特别是老年消费者的健康与安全

老年人具有与其他年龄段不同的生理特征，表现在老年人对产品和服务具有特殊的要求。我国健康产业应该积极开发出适合老年人特点的保健型、方便型、舒适型的产品和服务，这不仅需要相关企业改进产品设计、改善生产工艺，更需要政府制定一系列产品和服务的标准，制定出健康产业的经营管理标准，促使企业采取标准化生产和标准化服务，努力实现健康产业健康发展。老年人产品的设计上应该符合老年人的生理特征，针对老年人在视觉、听觉等方面的具体特征，政府应该出台相应的产品标准，例如在操作上简化程序、在视觉上加大对比色、避免眩光等产品要求。老年人休闲娱乐产业多是提供服务设施和具体的服务内容，也应制定相应的服务标准措施。对相关行业的企业资质等条件作出明确的要求，实行市场准入制度。例如在老年旅游产业，国家旅游局颁布的《全国旅游标准化发展规划（2009~2015）》中，对旅行社组织接待老年旅游活动所应具备的产品和质量提出相应的要求，并把老年旅游服务规范等标准纳入了新修订的《全国旅游业标准体系表》。在老年旅游产品方面，应在饮食、住宿、交通、游览、购物、娱乐等六个方面设计标准。对于饮食，应注意尽量安排香、脆、软和含糖少、营养高、易消化、易咀嚼的食物，以清淡为宜，少油腻和辛辣生冷食物；住宿时应尽量选择噪音小、环境优美的地方，并安排老年人与陪同人或旅伴住在一个房间，便于照顾；交通工具的选择应注意安全性和舒适性；游览时尽量放慢游览参观的节奏，在景点的选择上选择老年人喜闻乐见的、不需要太多体力的景点；购物时不应做强制安排；安排娱乐活动要注意时间不要过长，内容不宜惊险刺激，场面不宜太闹太杂。①

5. 实施人才战略，为健康服务业培养和引进合格优秀人才

目前，我国在健康服务业方面的人才相当缺乏，因此，应加大培训力度，提升现有专业人员的素质和技能，同时也要引进高层次的国际化人才。还要提高消费者的健康与医药知识。比如，要发展中医药膳产业，就要让顾客和消费者充分了解其深刻内涵和药性。消费者要享受到差异化、高水平的服务，前提是拥有一大批既了解中医药知识，又有专业服务技能，以及较高外语水平的专业人才。

我国健康服务业人才培养的着力点要针对基层和老年人群。基层卫生服务是我国健康产业最薄弱的环节。相对而言，目前农村卫生院的基础设施、医疗设备等硬件建设已有了较大改进，但医务人员十分紧缺。加大医务人员培训力度是一项非常紧迫的任务。建议国家以省、市的医学院校为培训基地，拨出专款，集中师资力量，加大培训力度，提升基层卫生服务人员的水平。由于缺乏相应的人才培养和激励机制，中国老年健康服务专业人员尤为缺乏。我国今后的养老健康服务队伍建设将实行专业化、职业化和志愿者相结合，建设一支专兼结合、结构合理、素质优良的人才队伍，为提高养老健康服务水平提供人才支撑。要建立养老机构院长岗前培训和养老护理员持证上岗制度，争取在高等院校和中等职业技术学校增设养老健康服务相关专业和课程，加快培养老年医学、护理、营养和心理等方面的专业人员，还将积极探索建立由政府主导的长期护理保险制度。鼓励和引导商业保险公司开辟长期护理保险业务，减轻群众长期高额护理费用压力。

6. 建立健康服务行业协会

建立健康服务行业协会，协助政府制订行业发展规范，使本行业的企业自律发展。制订健康服务业标准，确保健康服务业规范有序发展，发挥行会维权作用。将企业、政府、行会及社会力量形成合力，促进我国健康服务业健康发展。培植国内大型健康服务集团，发挥这些大型企业的龙头引领作用。

7. 建立药膳养生产业研发基地，拓展中华传统养生产业

将我国建成国际性的中医药和药膳等学科的研究基地。从产业开发角度考虑问题，随着药膳养生等相关科研活动的开展，政府应建立相对固定的科研基地，

---

① 转引自朱恒鹏（主持）《我国健康产业发展现状、发展战略及政策措施》，《研究报告》2010年10月，第77页。

建立档案资料库，通过研发活动的市场化取得收入，并维持其长期经营。定期通过举办国际性的学术讨论会，举办中药和药膳养生的科学讲座，开展国内外学术交流，扩大我国养生服务业的影响，促进相关产业的发展。

8. 引进国内外资本进入我国健康服务业

鼓励民间资本和国外资本投向养生和健康服务业，促进投资主体多元化。抓住我国服务领域对外开放的机遇，加快对外开放的步伐，大力引进并吸收国际知名服务机构进驻，带动服务业经营理念和管理技术等各个层面的提升。相对欧美发达国家，我国的健康服务业规模仍然较小，竞争力较弱。吸引国内其他城市一流的健康服务机构在我国设立分支机构，完善健康服务业的经营业态。通过政策制定和宣传，引导人们的消费健康服务业的意识，培育健康服务业的市场基础，实现产业的跨越式发展，促进其成为新的增长点。

9. 推进健康和养生服务业的载体建设，形成健康服务业的集聚发展

健康服务属于知识密集型服务业，知识创新和科技研发处于核心地位，并影响和决定着产业的竞争力。因而，整合我国的中医大专院校、医院和研究所，形成一个资源流动、互相促进的科技集群，并以科技集群促进我国健康服务业的集群式发展。

10. 探索健康和养生服务业的连锁加盟等连锁经营模式

连锁经营是通过一定的联结纽带，按照一定的规则，将众多分散孤立的经营单位联结在一起，并按照一定的规则要求运作。连锁经营是当今世界发达国家商业流通最主要的经营方式。它是在商业流通领域中的若干同业店铺，以共同进货或授予特许权等方式联结起来，实现服务标准化、经营专业化、管理规范化，共享规模效益的一种现代经营方式和组织形式。它有五统一：统一的经营理念、统一的企业识别、统一的商品服务、统一的经营管理以及统一的扩张渗透。打造我国养生服务业连锁经营的商业模式，将我国养生服务业的特许权和经营权分离，实现养生服务业的做大做强。

参考文献

《中共中央、国务院关于深化医药卫生体制改革的意见》（中发〔2009〕6号）。

《国务院关于印发医药卫生体制改革近期重点实施方案（2009～2011 年）的通知》（国发〔2009〕12 号）。

卫生部、财政部、国家人口和计划生育委员会：《关于促进基本公共卫生服务逐步均等化的意见》（卫妇社发〔2009〕70 号）。

舍曼·富兰德、艾伦·C. 古德曼：《卫生经济学》（第三版），王健、孟庆跃译，中国人民大学出版社，2004。

杜乐勋等主编《中国医疗卫生发展报告 No. 2》，社会科学文献出版社，2006。

胡善联主编《卫生经济学》，复旦大学出版社，2003。

龚幼龙主编《卫生服务研究》，复旦大学出版社，2002。

樊明：《健康经济学：健康对劳动力市场表现的影响》，社会科学文献出版社，2002。

袁浩：《健康服务业谁主沉浮》，2008 年 9 月 18 日《蛇口消息报》。

吴晓隽、高汝熹：《发展健康服务业——新时期上海支柱产业营造的必然选择》，《城市》2008 年第 12 期。

徐华峰：《医疗改革与 2010 年中国医疗产业政策走向》，http：//www. eye123. com/Article/dongtai/201002/1040. html。

聂聆、李斌：《基于钻石模型的广东健康服务业竞争力分析》，《现代商业》2009 年第 32 期。

朱恒鹏（主持）：《我国健康产业发展现状、发展战略及政策措施》，《研究报告》2010 年 10 月。

B.13
中国农业产业化服务体系建设：
模式、经验与政策建议

课题组*

摘　要：建立农业产业化服务体系是推动农业现代化建设、提高农业劳动生产率和实现农民增收的重要途径。目前的投资体制、金融体制和土地流转制度不利于农业产业化服务体系建设。哈尔滨通过运用"政府推动、市场牵动、龙头带动"手段，实现以"城市延伸、农村靠拢、专业组织衔接"的农业与城市服务业融合发展的创新模式，大力推动城市服务下乡，利用城市服务资源建立农业产业化服务体系，取得了较突出的成效，积累了一定的经验，在全国有一定的推广意义。我国正处在建设社会主义新农村的关键时期，发展现代农业和新农村建设对农业产业化服务提出了新的、更高的要求，迫切需要在整合、集成以往工作基础上，从服务主体、服务资源、服务机制和服务环境等方面，统筹谋划推进服务体系建设，努力构建以公共服务为主导、合作服务为基础、市场服务为主体的农业产业化服务体系。

关键词：农业产业化服务体系　服务下乡　农业现代化

一　对我国农业服务业发展的分析评价

2007 年，《国务院关于加快发展服务业的若干意见》（国发〔2007〕7 号）

---

*　本报告是中国社会科学院财贸所重点课题《农业产业化服务体系建设：理论、案例与政策建议》的阶段成果。执笔：李勇坚、张颖熙、夏杰长。李勇坚，中国社会科学院财政与贸易经济研究所副研究员，主要研究方向为服务经济和计量经济学；张颖熙，中国社会科学院财政与贸易经济研究所助理研究员，主要研究方向为服务经济；夏杰长，中国社会科学院财政与贸易经济研究所服务经济研究室主任、研究员、博士生导师，主要研究方向为服务经济与财税政策。

中提出了，"贯彻统筹城乡发展的基本方略，大力发展面向农村的服务业，不断繁荣农村经济，增加农民收入，提高农民生活水平，为发展现代农业、扎实推进社会主义新农村建设服务。围绕农业生产的产前、产中、产后服务，加快构建和完善以生产销售服务、科技服务、信息服务和金融服务为主体的农村社会化服务体系"的指导思想。总结"十一五"以来，我国农村服务业发展基本情况和主要成绩，深入思考制约农村服务业发展的重要因素，为进一步探索"十二五"阶段我国农村服务业发展的方向和重点提供参考。

"十一五"以来，我国农村服务业发展迅速，总量增长、投资规模、内部结构都得到了较快发展，朝着现代服务业的方向迈进。总结这期间我国农村服务业的发展状况，可以概括为以下几点。

1. 农村服务业总量增长较快，产业地位日益重要

"十一五"以来，我国农林牧渔服务业增加值总量不断增长。农村中非农产业对国民经济增长贡献日益提高。据统计，2008 年，我国乡镇企业增加值占国内生产总值比重为 28%，比上年提高 0.1 个百分点。乡镇企业二、三产业增加值合计为 83491 亿元，比上年增长 11.7%，乡镇企业二、三产业增加值占当年全国二、三产业增加值的比例为 31.3%。乡镇企业二、三产业从业人员 15265 万人，占全国新增就业人员的 73.7%（参见表 1）。

表 1　2005～2008 年我国农林牧渔服务业增加值及比重

单位：亿元，%

年份	农林牧渔业 增加值	农林牧渔服务业 增加值	农林牧渔服务业 增加值比重
2005	23070.5	502.5	2.2
2006	24040.1	776.5	3.2
2007	28626.9	844.7	3
2008	33702.2	935.2	2.8

资料来源：农业部主编《2009 中国农业发展报告》，中国农业出版社，2009。

2. 生产性服务业对农业发展、结构升级和农民增收的引领支撑作用迅速凸显

随着农业分工分业的深化，农业产业链、农业产业体系的部分服务职能逐步实现规模化、专业化和产业化趋势，成为现代农业产业体系中重要的组成部门。以"农业科技推广、信息咨询、农机综合服务、农产品物流"为代表的农业生产性服务体系成为联结市场与农民的重要纽带。如为农业龙头企业、农业专业技术合作组织等提供及时、有效的服务；将各类市场信息及时传递给广大农户；引导农民改进生产经营方式，提高农民组织化程度，增强农民应对市场的能力等。农业生产性服务业的发展，不仅促进了农业经营的专业化、规模化和集约化，也促进了农业产业链不同环节之间的有机衔接和动态协调。据统计，截至 2008 年底，全国共有各类农业产业化组织 20.15 万个，其中龙头企业 8.15 万家，带动农户 9808 万户，参与产业化经营的农户户均年增收 1797 元。①

从农业科技与技术推广看，"十一五"期间，我国启动了甘蔗、马铃薯等 40 个主要农产品现代农业产业技术体系建设。在全国 306 个县实施农业科技入户工程，培育 28.6 万个农业科技示范户，辐射带动近 414 万周边农户，主导品种、主推技术入户率达 95% 以上。其中，测土配方施肥、重大病虫害防治、地膜覆盖、旱作节水等一批重大技术得到跨区域或在全国范围内推广。②

从农村信息体系建设看，"金农"工程、"三电合一"工程和"农村信息化示范"工程建设加快推进。目前，全国已有 20 多个省市区开通了"12316"农业服务热线电话，农业信息采集工作得到强化，农业网络信息监测力度加大。

从农村金融服务看，2008 年，农村信用社改革继续推进，农业发展银行政策性支农作用明显增强，邮政储蓄银行改革取得实质性进展，农村银行业准入实现重大突破，农村保险改革试点扩大，外资银行开始进入我国农村。2008 年底，农村金融合作机构人民币贷款余额 3.7 万亿元，银行业金融机构涉农贷款余额 6.9 万亿元，占全部贷款余额的 21.6%，比年初增长 20.8%。

3. 农业新兴业态崛起，产业融合推动农业多功能性开发

2007 年的中央一号文件提出，"农业不仅具有食品保障功能，而且具有原料供给、就业增收、生态保护、观光休闲、文化传承等功能。建设现代农业，必须注重开发农业的多种功能，向农业的广度和深度进军，促进农业结构不断优化升级。""十一五"期间，全国各地积极开发农业生态旅游、休闲观光农业、农业博览等新兴项目，成为旅游、科技与传统农业有机结合的典范，推动了农业多功能性开发。农业功能的拓展促使农业与其他产业的边界日益模糊，产业融合的趋

---

① http：//quxianlianmeng. radiotj. com/system/2009/08/31/000150561. shtml.

② http：//www. mom100. net/html/75/n‐7075. html.

势日益显现。

4. 农村公共服务支持力度加大，覆盖范围趋向全面

2009 年全国财政用于农业的总支出为 7161 亿元，相当于 2006 年的两倍多，其中，用于农村社会事业的支出达 2693 亿元。在农村教育方面，2007 年全国 1.5 亿名农村义务教育阶段学生全部免除了学杂费，410 个"两基"（基本普及九年义务教育和基本扫除青壮年文盲）攻坚县已有 317 个县实现目标；在农村医疗卫生方面，2006 年中央财政安排 27 亿元国债资金用于县、乡、村三级医疗卫生基础设施建设，建立了农村卫生服务体系。2008 年底，新型农村合作医疗已基本覆盖全国各县（区）；在农村社会保障方面，2006 年全国共有 2133 个县（市、区）初步建立了农村最低生活保障制度，1509 万农民享受到了农村最低生活保障，基本实现了农村"五保"从农村集体互助为主向财政供养为主的转变，到 2007 年农村最低生活保障制度在全国推开，约 3000 万农村居民享受到了农村最低生活保障；在农村基础设施方面，我国大部分地区基本实现了村村通公路、通电、通电话、通广播电视信号等，农田水利等建设进一步加强，农村扶贫开发取得新进展。在农村文化娱乐方面，农村文化基础设施得到加强，社区和乡镇综合文化站工程、全国文化信息资源共享工程建设继续推进。

二 制约农业产业化服务体系建设的主要瓶颈

1. 投入体制机制瓶颈

县域经济的赢弱性、农村经济的弱质性、基础设施的公益性、社会事业的普惠性都决定了要加大新农村建设的资金投入、科技投入和人力投入，创新多元化投入体制的必要性与紧迫性。

开展新农村建设以来，尽管中央政府和地方政府对农村不断加大资金投入，但仍然存在着政出多门、项目零碎、资金分散导致效益不高的状况。为此，中央和地方政府应当将各项资金投入从"线"上调整结构、统筹整合、突出重点、压缩一般、打捆使用，形成支农资金合力，发挥导向带动作用。围绕一个或几个问题，"集中力量、重点突破、分兵合围"，细化和集束政策，瞄准农村社会事业、基础设施和社会保障等公共产品供给方面的突出问题。

从县市科技工作现状看，市县基层科技工作普遍面临经费不足、体制不顺、

人才断层等诸多问题，致使国家科研体系与农村经济社会发展之间缺乏有效联系的纽带，呈现真空状态，困境中的基层农技推广服务体系无法解决技术信息通达农村"最后一公里"的问题，逐步弱化的基层科技工作已成为我国农村科技服务中最薄弱的环节。因此，如何增强公益性农业科技服务能力，充分发挥龙头企业、专业合作组织、种养大户等新型市场主体的积极作用是当前我国农村科技服务面临的重要课题。

新农村建设既要注重外部要素的投入，更要聚焦内生力量的培养。但是随着市场化、工业化和城市化的纵深推进，在多重因素的综合影响下，目前农村精英在城乡之间双向流动的拉推力失衡、机制失效，呈现由农村到城市的单向流动特征。单向的人才流动使优质资源集中到城市，农村社会精英缺失。从乡村两级的工作特点看，乡镇政府和村级组织是农村地区微观的管理单元，是落实全部农村工作的组织基础。解决人力投入问题，基层政府和农村基层组织必须进一步提高在新形势和新任务下组织农民、调动农民的能力和水平，激发农民群众的主体力量，培育新农村建设的主力军。以市场和政策的双重驱动积极引导，加力推进，并将已经形成的好做法、好经验规范化、制度化，确保农村基层能及时、不断地补充新鲜血液。

2. 金融体制机制瓶颈

目前，我国农业农村发展中面临的一个重要障碍就是农村金融服务主体单一，民间金融力量薄弱，严重制约了农村经济社会的全面发展。农村信用社是我国农村基层金融服务机构的主力军，是促进农村经济发展的主要力量。近年来，各地农村信用社虽然不断开辟与完善新途径，采取新办法来服务三农，但总体看来，农村信用社与农村中小企业的金融联系并不紧密，农民专业合作组织也难以得到信用社的金融服务，信用社"非农化"、"城市化"特征十分明显，在实际经营中官办性质依然严重，经营活动经常受到行政干预，贷款往往最终成为呆账、坏账，资产质量恶化现象严重。[①] 据统计，农村信用社积累的历史坏账达数千亿之多，不良资产率多数在50%以上，在某些经济不发达省份甚至高达90%以上。同时全国还有2868个乡镇没有任何金融组织，全国农户贷款覆盖率还不

---

① 孔祥智：《中国农业社会化服务——基于供给和需求的研究》，中国人民大学出版社，2009，第353页。

到10%。可以说，农村金融现状基本处于"薄弱、滞后、不足、单一"的状态。

虽然中央2008年一号文件明文提出"加快农村金融体制改革和创新"，但官办金融机构并没有积极响应，即便是搞试点、搞试验，也是走过场、做样子。究其原因：一是没有积极性。国有金融机构强调贷款质量和回报，经营的导向和目标为追求利润，而农村业务风险大、周期长、回报低，因而其为农服务的积极性不高。二是缺乏机构和人员。在乡村设置网点的成本较高，金融机构从业人员城镇化特征十分明显。三是缺少与千家万户打交道的经验，不熟悉农村的文化。农村社会中以血缘、亲缘、宗缘、地缘和人缘等特殊人际关系为纽带，形成结构松散但关系紧密的社会群体，衍化出大量的非正规制度及规则，自发地调整和规范农村社会关系，在农村经济社会领域发挥着无形而有力的助推作用。四是缺乏服务意识。由于农业活动的比较收益较低，官办金融机构没有足够激励向农村提供贷款，真正用于支持农村和农业经济的贷款数量不多，更谈不上为农业和农民服务。

因此，填补我国农村金融服务领域空白的重要途径就是培育和发展带有合作性质的草根金融组织，以满足农村对体制外资本市场的强烈需求，为农村提供充分的金融服务。按照我国农村本土金融组织的发展状况，大体可分为资金互助组、资金合作社、小额信贷担保、村镇银行等几个层次。从农村现阶段经济基础来看，前三种组织在提供融资服务上更具优势，借贷风险相对较小，方法最简单，实施最容易，成本最低，代价最小，实效最强。它们虽然在服务的范围、对象、作用等方面各有侧重，但基本上都是农民自己按照自愿、平等、互助、民办、民管、民用的原则组建起来的金融合作组织。因此，现阶段应大力培育和发展资金互助组、资金合作社和小额信贷担保公司，规范和完善其资金运作，充分发挥它在农村经济社会发展进程中的作用。

3. 土地流转瓶颈

2008年中央一号文件提出，"规模化经营，产业化生产，集约化管理是现代农业的基本内涵，现代农业的基础就是通过土地流转形成的土地规模经营"。近年来，我国农村土地流转不动、流转不畅、农民收益权得不到保障等问题日益突出，严重制约了规模化经营的水平。导致土地流转障碍的主要原因如下。

第一，农村集体产权模糊，无法确保农民土地所有者权益。我国农村的土地产权主体或代理人模糊不清，使得土地流转的利益主体被虚化，进而难以适应市场化需要。土地的权益边界也会由于地方政府、社区团体组织、村民小组等的影响而变得模糊。而土地权益边界的模糊又往往成为各方主体争夺利益的借口。因此，在土地流转中，农民利益得不到保障是当前制约农民土地流转积极性的重要障碍。

第二，缺乏市场化分配机制，政府职能错位。在土地流转中，一些地方农民的收益权出现了"低位固化"现象，即用流转合同把每亩收益固定在一个较低的水平上，有的合同甚至长达20年。大多数土地流转费不是谈判而来，而是比照种粮效益定的。由于分配模式缺少"叫价"、"竞价"环节，农民处于土地流转收益的末端，与流转公司、种养大户之间未能建立起合理的收益分配机制。而地方政府在流转工作中，既充当了裁判员，又做了运动员，严重侵犯了农民的利益。

第三，社会保障体系不健全，无法为土地流转出去的农户提供充分保障。忽视土地流转后农民的保障问题，很容易导致其陷入"进无出路、退无保障"的两难境地。通过建立和健全农村社会保障体系，逐步淡化土地社会保障功能，有利于降低农地制度变革成本，加快土地流转，加速农村剩余劳动力转移。

三 哈尔滨推动服务下乡与农业产业化服务体系建设经验总结[①]

1. 问题的提出

我国农业正在向规模化、机械化、绿色有机、多功能化、低碳化方向发展，这也是国际农业现代化的基本趋势。原有的农业生产服务体系已经无法适应这种变化带来的专业化、社会化和商品化的现实需求，"小生产"与"大市场"的矛盾日益突出，极大地影响了我国的农业发展和农民增收。因此，需要在农业流通方式、科技推广、品牌营销、质量体系建设等方面进行组织和制度创新，建立起与农业现代化相适应的新型农业产业化服务体系。但是，农业产业化服务体系是

[①] 2010年5月，我们曾经在哈尔滨调研农业服务问题，得到了哈尔滨市发展和改革委员会王铁力、张永双和张玉斌等同志的热情帮助。他们不仅带领我们做具体的调研，提供了大量第一手资料，还参与了该报告的多次讨论，文中的不少观点也是在与他们的讨论中形成的。特表感谢！

一个由专业经济部门、农村合作经济组织和其他服务实体组成的综合服务网络，为农业产前、产中、产后各个环节提供服务，是提升农业竞争能力、提高农民收入水平、实现农业的低碳化与可持续发展的重要支撑系统。从我国现有的农业生产环境来看，工业化与城市化的快速推进，使农业作为弱质产业的地位进一步凸显，单纯依赖农业与农村自身的力量来建立一个农业产业化综合服务体系面临着大量现实问题。

在工业化、城市化加快发展的大背景下，更好地发挥大城市服务功能，带动农村的产业化和现代化发展，有利于实现现代服务业与现代农业的高度融合，是建立农业产业化服务体系的有效途径。因此，农业产业化服务体系建设的重点是推动"服务下乡"。在实地调研过程中，我们发现，哈尔滨作为我国副省级城市中农业增加值最大的城市，其在推动服务下乡、建设农业产业化服务体系方面取得了很多有益的经验。

2. 哈尔滨经济发展基本情况

哈尔滨市是黑龙江省的政治、经济、文化中心，辖8区、10县（市），幅员5.31万平方公里，人口989.9万，其中农业人口505万。2009年，全年实现地区生产总值3258.1亿元，按可比价格计算比上年增长13.0%。其中，农业实现增加值417.4亿元，增长6.8%；第二产业实现增加值1226.9亿元，增长13.3%；服务业实现增加值1613.8亿元，增长14.4%。农业增加值总量在全国副省级城市中位居第一。

2009年全市完成农林牧渔业总产值724.1亿元，比上年增长6.9%。其中，农业产值339.5亿元，增长6.8%；林业产值21.9亿元，增长7.3%；牧业产值333.8亿元，增长7.2%；渔业产值14.7亿元，增长4.8%；农林牧渔服务业产值14.2亿元，增长5.1%。

3. 哈尔滨加强农业产业化服务体系意义重大

现代农业产业化服务体系是一个由农户、专业服务实体、农业合作组织和龙头企业组成，为农业产前、产中、产后各个环节提供服务的综合服务网络。在哈尔滨开展服务下乡与建立农业产业化服务体系工作，具有较强的现实基础及战略价值。

（1）实现农业现代化的必然要求。我国农业正在向规模化、机械化、绿色有机、多功能化、低碳化方向发展，这也是国际农业现代化的基本趋势。原有的农业生产服务体系已经无法适应这种变化带来的专业化、社会化和商品化的现实需求，需要在农业流通方式、科技推广、品牌营销、质量体系建设等方面进行组织和制度创新，建立起与农业现代化相适应的新型农业产业化服务体系。

（2）增加农民收入的根本举措。目前，传统的农业发展方式遇到了新的瓶颈，实现农民收入可持续增长的难度加大。通过建立新型农业服务体系，集中力量发展农业专业化服务、拉长农业产业链，创造新的就业岗位和收入来源，是转变农业发展方式、实现农民收入水平提高的根本举措。

（3）保障国家粮食安全的重要支撑。哈尔滨及其所在的黑龙江省是国家最重要的商品粮基地，承担了国家粮食安全的重任，但是目前哈尔滨在粮食足量生产、安全存储、便捷运输等方面还有很多薄弱环节。建立与完善农业产业化服务体系，尤其是粮食流通体系的完善、农业科技推广体系的创新、农产品质量安全体系的建设，对保障国家粮食安全具有重大战略意义。

（4）促进现代农业与现代服务业融合发展的主要途径。随着工业化与城市化的快速推进，农业作为弱质产业的特征进一步凸显，主要依赖农村自身力量和市场机制自发建立综合服务体系面临着很多困难。因此，发挥政府的组织、引导和推动作用，依托大城市的服务功能，探索出一条现代农业与现代服务业融合发展的有效途径，必将对实现我国农业现代化发展和拓展服务业市场空间，起到重要作用。

4. 哈尔滨农户对农业产业化服务体系建设的需求强烈

对哈尔滨农户农业合作服务和经营性服务需求的调研表明，一方面，农户对农资供应（化肥、农药、良种、农机具）、病虫防治、新（品种）技术应用、农产品收获（割）、产品销售等方面的统一服务具有迫切需求；另一方面，农户对农业服务的需求越来越多的从简单的统一服务向内容全面、形式多样、层次拓展的综合性服务转变，即包括资金融通、农资租赁、灾情预报、农业保险、农业经纪、农产品加工、农业休闲、检验检测、销售网络建立及产品品牌宣传等内容的综合服务。农户对农业产业化服务体系的需求十分强烈。

（1）打造全国商品粮基地需要建立完善的农业产业化服务体系。哈尔滨位于世界三大黑土带之一的松嫩平原，全市耕地面积170.6万公顷，林地面积200.7万公顷，水面18.9万公顷，草原24.3万公顷。耕地面积位居副省级城市第一。哈尔滨市是中国优质大豆之乡、优质专用玉米主产区。哈尔滨还是全国知名的绿色无公害水稻生产基地、市域内的五常大米享誉国内外。哈尔滨市的耕地占全国的近2%，商品粮率60%以上，总产量262亿斤。哈尔滨都市圈所辐射带动的黑龙江农业区域近两亿亩，年产商品粮约3500万吨，对粮食生产的相关科技、流通、金融等具有较大的需求。

（2）哈尔滨市优势特色农业产业快速崛起，对农业产业化服务体系的建设具有强烈需求。目前，在全市已经形成大豆、玉米、水稻、乳品、肉牛、生猪、肉鸡、蛋鸡、山产品和北药十大优势特色产品。目前，大部分已形成了以龙头企业为基础的产业链，包括以双城雀巢、黑乳集团、尚志蒙牛、完达山等为龙头的乳品产业链；以双城雨润、巴彦金锣、东鹏肉制品等为龙头的生猪加工产业链；以宾西牛业、木兰汉德等为龙头的肉牛加工产业链；以呼兰正大、宏伟牧业等为龙头的肉鸡加工产业链；以哈工大呼兰园区玉米加工、宾县大成集团为龙头的玉米加工产业链；以九三油脂、哈高科等为龙头的大豆加工产业链；以五常葵花阳光、北大荒米业为龙头的水稻加工产业链；以哈尔滨东宜木业、天木实业等为龙头的林木产业链。特色农业产业链的形成与扩张，需要相应的服务业行业进行支撑。

（3）实现哈尔滨农业生产低碳化也需要相应服务体系的支持。政府间气候变化专业委员会第4次评估报告表明，农业是温室气体的第二大重要来源。从世界范围的碳交易看，我国是清洁发展机制最大的受益国之一。但农业方面的项目还亟待开发。目前国内开发的农业项目主要是牲畜粪便处理利用的沼气项目。根据联合国粮农组织估计，生态农业系统可以抵消掉80%的因农业导致的全球温室气体排放量，如果降低化肥使用量，则农业的碳排放量还会显著降低。而发展低碳农业，需要在农业种植技术、耕种方式等方面进行革命性的创新，需要建立一个完整的服务体系来进行支撑。

（4）哈尔滨市农业科技力量坚实雄厚，需要建立一个农业产业化服务体系来实现科研力量向现实农业生产力的顺利转换。哈尔滨拥有东北农业大学等26所农林牧渔业大学和科研院所，农业科技人员2046人，培育出了水稻、玉米、大豆、蔬菜等系列优质、专用新品种，创造了"大豆永常模式"、"水稻方正模式"等具有国际先进水平的农业生产技术。

5. 哈尔滨推动服务下乡与农业产业化服务体系建设的经验

从现有的实践来看，各地在建设农业产业化服务体系方面，大多数是两种模式：第一种是通过政府补贴等方式，在农村建立一套服务体系，服务供应商在农村建立大量实体机构。如农村信用合作社提供金融服务、供销系统提供基本生产资料供给服务、本地化农机租赁公司提供农机租赁服务；这些本地化供应商提供服务最大的问题是成本高、覆盖面窄、自生能力有限。例如，原来在农村设有大量网点的中国农业银行，因无法负担网点成本，正在全面退出农业金融服务。第二种是龙头企业提供的相关服务。在农业产业化过程中，龙头企业扮演了全能服务商的角色，他们不但提供农资、植保、销售等服务，还提供资金融通、农资租赁、灾情预报、农产品加工、农业休闲、检验检测、销售网络建立及产品品牌宣传等全方位服务。这种模式最大的问题是，龙头企业尤其是本地化的龙头企业自身提供服务非常有限，不能满足农户多样化的需求。而且，由于农户与龙头企业之间存在着利益分配不均等问题，使其关系非常难于处理。

通过对哈尔滨进行调研发现，通过提高农业生产组织化程度，推动服务下乡，使农村获得城市服务提供商提供的专业化服务，是建立农业产业化服务体系，实现农业增效、农民增收与农产品竞争力提升的重要途径。

6. 哈尔滨推动服务下乡的主要模式

哈尔滨通过运用"政府推动、市场牵动、龙头带动"为手段，实现以"城市延伸、农村靠拢、专业组织衔接"的农业与城市服务业融合发展的创新模式，大力推动城市服务下乡，利用城市服务资源建立农业产业化服务体系。一方面通过服务业引导资金支持、财政补贴、税收优惠、金融支持、普遍服务制度等多方面政策措施，积极推动城市物流、金融、营销、品牌、渠道、研发、咨询等专业服务业下乡；另一方面通过创新农业生产组织，提高农民生产组织化程度，培育和扶持龙头企业，创造对城市服务业的需求，吸引城市资本、技术、人才与服务下乡。通过构建农业产业化服务体系，实现农业生产方式的转变、农业产业链的延长，使农民分享二、三产业利润，增加农民收入。

其具体内容参见图1。

（1）政府推动：以政策措施形成"推力"：积极推动城市服务提供商向农村提供金融、物流、营销、信息、研发等方面的专业服务。

（2）市场牵引：通过鼓励农民提高生产组织化程度，购买专业化服务，形成对专业化服务的"拉力"；同时，改善农业生产的基础设施、通过培训提升农民素质，使农村能够利用专业化服务，提高专业化服务的效能，扩大服务需求。

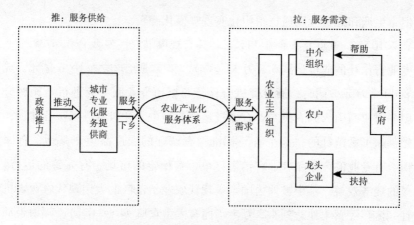

图1　农业产业化服务体系"政府推动、市场牵引"模式

（3）对龙头企业进行积极扶持，促使其健康成长，形成专业化服务需求的重要载体。在具体实施过程中，龙头企业作为城市专业化服务企业和农村的纽带，积极将农业相关服务外置化，以拉长农业的产业链条。

（4）对广大农民及其组成的"专业合作社"、"产品协会"提供各方面的帮助，使其成为农业产业化服务体系中的市场主体。

7. 哈尔滨以服务下乡模式建立农业产业化服务体系的主要经验

（1）以提高农业生产组织化程度为核心，以建立农村土地经营权有序流转为基础，实现农业生产的规模化。根据不同的土地经营方式，采取"确权确地"模式、"确权确利"模式和土地确权与产权制度改革相结合的"确权确股"模式。在各区县建立农村土地经营权交易中心等土地经营权交易服务机构，为土地经营权交易提供登记、评估、交易、信息发布等方面的服务。同时，积极开展土地股份合作试点，促进农村土地向合作社集中。推广农民自发组织专业合作社的典型经验，进一步探索"土地变股权、农户当股东、收益靠分红"的土地经营模式，促进土地集中开发和适度规模经营。实施村企共建，促进农村土地向产业化生产基地集中。推广农业生产经营企业与农民共同组建专业合作社的典型经验，探索"龙头企业带动，村企合作经营"的土地经营模式，加快土地向土地股份合作社、农业生产经营公司等市场主体集中，连片开发高效规模农业。在实现规模化生产中的一条重要经验是，土地规模经营不一定要通过流转集中，也可以通过合作社的形式把分散的农户组织起来，实现规模化经营，土地还是农户

的，但是生产和经营可以通过组织化实现规模化经营。

到 2010 年，重点龙头企业 111 家。具有规模的农民专业合作社 38 个，加入农民专业合作社的成员达到 6.8 万人（户），年实现经营收入 10.6 亿元，成员净增收 8000 多万元。同时，通过促进合作社与城市专业服务商进行全面融合，将城市服务供应商引入到农民专业合作社运作过程中，积极推进示范社建设，在全国率先创新了示范社的"七个有"标准：有认证的农产品生产基地、有绿色食品标识、有专业的产品品牌、有销售订单、有稳定的市场、有完善的运行机制、有明显的经济效益。其中被评为国家级现代农业示范区的大用现代农业农机专业合作社，流转经营土地达到 4.5 万亩、拥有大型农机 94 台（套），辐射带动农户1630 个，人均收入 8200 元。

（2）以产业资本为纽带，以金融资本为核心，以龙头企业、专业合作社等组织化生产单位为载体，大力推动资本下乡。在金融资本方面，哈尔滨是全国第一个以政府为主导建立为农金融服务体系的城市。在政府建立的担保体系配合下，市政府控股的哈尔滨银行成为全国开展农户贷款业务最早、涉及范围最广的城市商业银行，该银行长期坚持"普惠金融，和谐共富"，自 2004 年以来，在黑龙江农村地区广泛开展涉农贷款业务。截至 2010 年 4 月 26 日，累计投放农户贷款 82 万户 237 亿元，其中农场地区 12 万户 79 亿元，农村地区 70万户 158 亿元；贷款余额 25 万户 86 亿元。帮助农户实现增收 20 亿元，农户满意率达到 99.5%，真正实现了金融资源的下乡。呼兰区"农业发展投资有限公司"作为政府投融资平台，积极创新财政投入方式，把财政支农资金和各类涉农资金整合后，以风险入股、贷款贴息、以奖代投等模式吸引和带动社会资金和信贷资金进入农业，同时为农民专业合作社提供贷款担保，在破解农民专业合作社和银行的对接难题方面进行了有益的尝试。此外，全市积极进行金融体制创新，目前已筛选了 10 个具有一定规模、管理规范且有一定积极性的农民专业合作社，开展兴办资金互助社试点，拟由政府对每个合作社提供 10万元有偿引导资金，进行成员资金互助融通，助推农民专业合作社进一步发展壮大。

在产业资本方面，中良美裕有机谷物制品（北京）有限公司先后投入 5000余万元，在五常市民乐乡买断了水利灌区的庭院和两栋办公楼，建了两栋共3700 平方米的有机水稻低温恒温储存库和 400 平方米的糙米生产车间，低温恒温一次性仓储能力 10000 吨。同时，通过引入科技、营销、物流配送、品牌运作等方面的专业服务机构，使五常有机大米成为全国高端大米的代表。

（3）通过吸引城市商业企业对农村进行设点，大力推动农产品流通体系建设，实现产销对接。通过创新工作思路，努力实现"工业品下乡、农产品进城"的商品双向流通。一方面，着力培育建设大型专业农产品和农资批发市场，拥有两个农业部确定的全国定点市场，其中哈达果蔬批发市场全年成交额近 30 亿元，辐射整个东北地区；先锋农资大市场是东三省及内蒙范围内最大的农药化肥批发市场，年交易额超过 10 亿元。另一方面，积极推动专业合作社与大型连锁超市、大型龙头企业的产销对接，全市的大米、蜂蜜、木耳等特色产品通过配送中心成功进入北京、上海的大型超市。此外，全市还大力推进基层农产品流通网点建设，农家店在全市乡村已经实现了全覆盖。

（4）积极创新产业模式，吸引服务下乡。现有的农业分散经营模式很难吸引服务下乡，因此，要通过调整产业结构，积极发展设施农业、生态农业和循环农业等新型业态。在城市区域内有条件发展都市农业的地区，则有条件地将生产、生活、生态功能有机融合，依托科技园区、市民农园、观光农园等形式，打造集农产品生产与观光、休闲、度假及生态环保于一体的新型产业，从而达到城乡一体、农业持续发展和改善环境的目标。哈尔滨充分利用其"大城市、大农村"等特点，在其近郊区建立了休闲渔业、农业观光园、农业科技园、农业生态园、市民农园等一系列多功能农业，积极吸引城市各种服务资源下乡。

（5）培育了一大批农业产业化龙头企业，龙头企业通过与城市服务企业进行合作，对区域农业发展起到了极大的带动作用，并使城市服务资源下乡的积极性大幅度提升。近几年来，哈尔滨市通过培育北菌集团、中粮美裕等龙头企业，对区域农业发展起到了重要作用。例如中粮美裕通过开发高端大米，提升了五常大米的品牌优势，拉动五常优质稻米价格上升，使五常水稻超过外地大米价格，仅此一项 2009 年五常稻农增收就超过 10 亿元。

（6）由政府主导，企业运作，实现信息服务全面下乡。由政府主导投资的黑龙江农旺信息服务有限公司建立了一个实时、动态的农业信息服务网络，使农村土地流转、农村二手货交易、农产品网上交易、农资网络团购等涉农业务得以通过网络实现，提高了农业的信息服务水平。该公司已在全市大部分行政村设立了信息终端，聘请了信息员，真正实现了将信息服务直接送到农民手中。而且，该公司通过与中国农业银行进行合作，拟将农旺网打造为一个综合金融服务平台，使农民能够通过该平台享受到更为全面的现代金融服务。中国大米网作为一家专业从事大米电子商务的网络运营公司，建立了一个立足哈尔滨、面向全国的大米网络交易平台，是全国首家专业面向大米 B2B 交易的网络服务商。该网站的设立，为哈尔滨市农民实现大米的虚拟交易提供了一个很好的平台。在政府方面，2002 年 7 月开通了哈尔滨农业信息网，实现了市、县、乡、村互联互通，农业信息化开始实现进村入户。

（7）加快土地确权体制改革，为农业产业化服务体系改革奠定制度基础。根据不同的土地经营方式，采取"确权确地"模式、"确权确利"模式和土地确权与产权制度改革相结合的"确权确股"模式。在各区县建立农村土地经营权交易中心等土地经营权交易服务机构，为土地经营权交易提供登记、评估、交易、信息发布等方面的服务。推广农民自发组织专业合作社的典型经验，进一步探索"土地变股权、农户当股东、收益靠分红"的土地经营模式，促进土地集中开发和适度规模经营。实施村企共建，促进农村土地向产业化生产基地集中。推广农业生产经营企业与农民共同组建专业合作社的典型经验，探索"龙头企业带动，村企合作经营"的土地经营模式，加快土地向土地股份合作社、农业生产经营公司等市场主体集中，连片开发高效规模农业。

8. 哈尔滨推动服务下乡与农业产业化服务体系建设过程中所存在的问题与进一步努力的方向

目前制约哈尔滨服务下乡的因素不少，包括社会化服务水平低、农户小规模经营、农产品信息和市场体系不健全、农业标准化水平低、政府支持和保护农业的力度还有待加强等，而经营规模偏小、组织化程度不高及城市农业整体功能偏弱是主因，并与农业生产组织化的创新不足紧密关联。

在对生产要素的重新组合方面也存在很多问题。哈尔滨虽然在保持和稳定家庭联产承包责任制的基础上，在如何搞活农业生产要素的配置方面进行了许多的尝试，但都停留在土地、劳力与资金的结合上，而将土地、劳力、资金与科技推广与应用相结合方面则明显不足，高科技农业项目缺乏转化和应用的机制，科技服务下乡的创新力度仍然不够。

从未来发展来看，哈尔滨推动服务下乡还需要做好以下工作。

（1）大力推进农业标准化生产，推进农产品标识和质量可追溯制度建设。标准化生产是引进金融、营销、品牌、科技等城市相关服务资源的关键，而在这方面，政府还应加大支持力度，创造服务下乡的良好环境。在专业合作组织中广泛实现农产品产地证明，继续选择由龙头企业或农民专业合作社带动的、终端市场较稳定的"三品"生产基地作为农产品质量追溯试点，在试点基地建立农户编码系统和投入品记录卡制度，逐步做到生产记录可存储、产品流向可追踪、储运信息可查询。高度重视品牌效应，继续深入开展无公害农产品、绿色食品、有机食品、地理标志农产品和名牌农产品品牌认证、登记和评选工作。制定颁布《哈尔滨市农产品质量安全管理办法》，细化国家法律的内容，保证对农产品质量的行政监管有法可依。以政府资金支持，在农产品监测体系中积极引入物联网等新技术。

（2）完善农产品流通体系建设。一方面，通过建立农产品标准、规范农产品流通渠道、扩大专业合作社规模、促进农产品追溯体系建设等措施，打通农产品流通到城市的各个环节。支持农民专业合作社将仓储、配送等生产性服务外包，在增加配送品种、扩大配送范围的同时，提高配送效率。鼓励专业合作组织和龙头企业通过强强联合，建立独立的、辐射力强的市场网络。另一方面，大力促进邮政、供销社、农机公司等销售网点的改造和整合，推进涉农商品和服务的一站式网点建设。

（3）出台如同家电下乡等一样的支持服务下乡的补贴政策。由于农业生产的分散性以及农村基础设施与城市相比存在差异，使城市服务下乡的成本一般会高于城市相同的服务。因此，为了促进城市服务下乡，有必要建立市场化的补贴机制。主要包括：对品牌运作、信息服务、科技研发、农产品物流等服务机构在农村设立网点的，对服务提供商进行补贴；对农户与服务商签订合同购买相关服务的，对农户进行限额比例补贴；中央财政建立农业服务扶持基金，按照产业链方式对农业上下游服务进行扶持。

（4）对金融服务等具有市场准入性质的行业实行强制性普遍服务制度。在我国，银行、保险服务等行业需要经过政府许可方可进行。为了避免这些服务行业只在收益较高的城市提供服务，可强制其承担普遍义务。普遍服务义务的承担方式有两种：一种是承诺网点、资源等在支持农业方面的比例，另一种是缴纳普

遍服务基金。而政府在收取普遍服务基金后，以公开招标的方式，对在农村为农业提供相关服务的企业进行补贴。

（5）积极推进农业科技研发推广投入体制创新，促进科技资源下乡。结合农村、农民和农业的需求，改变传统自上而下的、推动式的农业科技投入体系。在现代农业研发投入方面，依靠政府引导，探索企业需求拉动的市场化科技投入机制形成的有效路径。研究鼓励科研机构与农业企业开展市场化契约式技术合作的政策，探讨促进有能力的企业建立自下而上的新型科研组织和科研中介服务组织，并以此为基础推动发展主要针对现代农业企业的农业科技需求调研分析与技术选择制度的体制机制。进一步探索消费补贴、服务采购等科技服务投入机制创新，努力构建与市场经济相适应、与社会主义新农村建设相呼应的农业科技投入促进体系。在农业技术推广方面，通过建立农业科技示范园、农业科技博览园等机制，由传统的自上而下推广到示范推广，增加农业科技推广的效率。

四 加快农业产业化服务体系建设的对策思路

构建新型农业产业化服务体系是新形势下我国农业和农村发展的客观要求，也是我国传统农业在新历史背景下的创新发展。近年来，我国在推进农业产业化服务体系建设方面进行了积极探索，已经取得了明显进展。当前，我国正处在建设社会主义新农村的关键时期，发展现代农业和新农村建设对农业产业化服务提出了新的、更高的要求，迫切需要在整合、集成以往工作基础上，从服务主体、服务资源、服务机制和服务环境等方面，统筹谋划推进服务体系建设，努力构建以公共服务为主导、合作服务为基础、市场服务为主体的农业产业化服务体系，提高农业服务的规模化、市场化和社会化水平，以充分发挥社会化服务体系对农业和农村发展的支撑作用。

（一）培育服务主体

我国农村服务业改革和发展的重要经验之一就是通过大力培育多元化新兴服务组织，着力推进公共服务机构改革来增强各类农村服务主体的活力，推动农村服务微观组织基础再造，为新型农业产业化服务体系的形成和完善奠定坚实的组织基础。因此，推进农业产业化服务体系建设的首要任务就是培育和壮大多元化的服务主体，提高各主体的服务能力，并促使各类服务主体公平竞争、相互促进、相互补充、共同发展，形成充满生机活力的农村服务业新格局。

1. 改革政府农业服务机构体制，以公共服务机构为依托完善其公益性服务职能

改革政府服务机构体制、以公共服务机构为依托，关键是要加强县乡两级基层农业公共服务能力建设，创新管理体制，提高人员素质，健全县乡或区域性农业技术推广、动植物疫病防疫防控、农产品质量监管等公共服务机构；创新农业公共服务机构管理体制和运行机制，既要改革用人制度，还要完善考评制度，将农业公共服务人员的工作量和为农服务的实绩作为主要考核指标；推进服务机制创新，在总结各地经验基础上，扩大成熟模式的推广，当前重点推广现代农技咨询平台、农业科技入户包村联户制、农技推广责任制和村级综合服务站等比较成熟的服务模式。通过对公共服务机构的改革和服务机制的创新，使公共服务机构的服务能力与其履行的依托职能相匹配，通过承担公益性的农业产业化服务项目，满足农民的服务需求，促进农业效率的提高。

2. 扶持农民专业合作组织的发展，完善运行机制，提高服务能力，进一步加强合作组织在农业产业化服务中的基础地位

各级政府对农民合作组织采取恰当、有效的扶持政策，如在县级以上财政部门可设立扶持农民合作经济组织的专项资金；对于实力较弱的合作组织，应在税收上给予最大限度的优惠；政策性金融机构和商业金融机构应采取多种形式，为农民合作社提供多渠道的资金支持和金融服务。完善农民合作组织的内部运行机制。对于由农村大户牵头成立的合作社，要在产权结构上对其参股份额进行限制，或者通过鼓励其他成员增加股份的办法稀释大户股份。在分配机制上，对合作组织领导人给予适当激励，以保证组织的顺利发展。

3. 提高农业龙头企业的服务能力，完善企业与农户的利益联结机制，进一步加强龙头企业在农业产业化服务中的骨干作用

政府机构应该把龙头企业产品的定位放在依托地区资源优势、生产高端产品和具有国际市场竞争力的品牌上来，重点扶持一到两个能够带动整个地区发展、农民致富的优质企业。金融部门要向农业产业化龙头企业提供资金支持，在信贷规模和利率等方面给予优惠和扶持，尤其在原料农产品收购期间，要提供足够的信贷资金帮助企业度过资金周转的难关。不断完善龙头企业和农户的利益联结机制，建立企业与农户的责、权、利相一致的共同体。通过龙头企业的带动和农业产业化经营，开展统一供应良种、统一生产技术标准、统一病虫害防治、统一销售农产品等服务，共同分享农业产业化经营和社会化服务所带来的利益。

（二）整合服务资源

伴随着农业和农村的改革与发展，我国农村服务资源已经有了一定积累，这是构建新型农业产业化服务体系的重要基础。但这些资源分散在不同部门、不同地区、不同机构，其中相当部分没有得到充分利用。因此，加强农村服务资源整合，提高服务资源的利用效率，实现服务资源的合理、高效配置是我国农业产业化服务体系建设的重要任务之一。

1. 加强政府涉农机构力量整合与部门间协作，提高凝聚资源的能力

当前，我国政府涉农服务部门很多，为农服务职能的分散化导致实际工作中难以形成强大的合力，从而降低了服务的效力。因此，要加强政府涉农机构力量的整合，建议在地方政府设立农业服务改革领导小组，下设办公室，把加快推进农业产业化服务体系工作纳入地方政府"一把手工程"。主要负责农业服务体系改革的日常工作，落实试点改革的相关方针、政策和重大项目，统一协调各个相关职能部门，在组织上保证综合改革各项措施的顺利实施。加强相关部门间的协作，积极探索和完善部门间协作的机制，共同推动农村服务业发展。

2. 积极打造各类公共服务平台，探索促进资源集聚和共享的有效方式

农村服务业具有较强的公益性，而服务对象的特点是量大、面广，通过构建各类公共服务平台，如人才服务网络平台、科技资讯平台、信息服务平台、装备服务平台等，可以有效地集成资源，提高资源的使用效率。在推动各类公共服务平台建设中，各级政府部门无疑应发挥重要的推动作用，同时也应注重发挥市场机制作用，引导更多的社会资源投向公共服务平台。如由政府主导投资的黑龙江农旺信息服务有限公司建立了一个实时、动态的农业信息服务网络，使农村土地流转、农村二手货交易、农产品网上交易、农资网络团购等涉农业务得以通过网络实现，提高了农业的信息服务水平。中国大米网是一家民营性质的专业从事大米电子商务的网络运营公司。公司建立了一个立足哈尔滨、面向全国的大米网络交易平台，是全国首家专业面向大米 B2B 交易的网络服务商。

3. 努力推动城市资本与服务下乡，促进资源的合理流动

长期以来，农民急需的公共服务、科技、信息、中介、文化、教育、医疗卫生等资源都集中在城市，与农村联系松散，资源大量闲置。应把城市部门的服务职能向农村延伸，不单要为城市服务，更要为农村服务，推进城乡服务一体化。引导城市工商资本参与农村基础设施建设，进而带动技术、人才、管理等要素跟进，可以较快地弥补农村资源短缺，增强自我发展能力，对农村进行全面、深刻的改造。如山东实施了"村企互动"工程，出现了大批企业整村开发和建设新农村的现象；无锡强力推进"一村一品、一村一企"，取得了很好的效果。通过农村服务体制机制的改革创新，引导企业和各类社会资金参与村镇的改造和整治，为新农村建设注入急需的资本。

（三）明晰重点领域

1. 规范扶持中介服务组织

农业中介服务组织发展落后是制约农业产业经营的重要因素，加强中介服务组织建设迫在眉睫。要积极培育新型专业协会，充分发挥其在基地建设、技术和销售服务、行业自律等方面的作用，实现农民的小生产与社会的大市场有机对接，提高农业产业化水平。特别要重视依托农民协会或龙头企业，规范订单农业的运行机制，解决生产和销售过程中的实际问题，促进产品销售。尊重农民意愿是所有工作的前提，要在农民自觉自愿的基础上，组建并大力扶持各种形式的农民合作组织，如"公司＋农民"、"订单农业"、"专业协会"，逐步形成农产品生产、加工包装、贮运、销售一体化的经营，使农民增产增收。

2. 加快完善农村信息化基础设施建设

现代社会已经步入了"信息时代"。现代农业区别于传统农业的一个根本标志就是"信息化"。没有信息化，就意味着农民、农业对市场是"盲目的"，无异于"瞎子摸象"。在"十二五"时期，我们要把加强农村信息化基础设施建设作为"惠农工程"的重中之重来落实抓紧。继续推动建设以信息资源和信息技术开发为基础，以信息服务和信息系统应用为核心，以信息传输服务网络为载体的现代农业信息体系，全面提高农业和农村信息化水平，基本实现电信 3G 网络覆盖所有乡镇，积极推广应用精准农业、人工智能、"3S"等信息系统向农业生产经营各领域各环节的渗透。同时，加快建设和完善农业部门行政综合审批"一站式"服务平台，以切实减轻农业和农民的"交易平台"。同时，要充分利用国家和有关部委正在强化"金农工程"建设的机会，大力提高政府农业宏观管理效能，引导农业有序高效发展。

3. 提升农村金融保险服务水平

金融保险发展滞后是影响农业现代化、产业化经营的最主要障碍之一。当务之急是在整合农村既有金融保险体系的基础上，大力开发新的农村金融、保险等服务内容，加快金融制度和金融产品创新，扩大农村的服务面和服务对象，健全金融服务中介机构体系，建立农业风险专项基金，开发与创新农业保险产品体系。以"金融保险服务送农村"活动为契机，探索"信贷 + 保险"新业务，支持县域农业产业化经营，切实改善农村金融服务，开创农村金融新模式。在这个过程中，由于农业的"弱质"特征，金融保险很难主动向农业、农户倾斜，这就需要财政补贴或者引导金融保险为农服务。

4. 构建多元化、多层次的农业科技研发与推广体系

深化农业科技推广体制改革，加快构建多元化、多层次的农业技术推广体系。鼓励农业科技人员采取技物结合、科技承包和科技知识普及等方式，向广大农民传授先进生产技术。实施科技入户工程，大力培训科技示范户。充分发挥农业局农业科技网络的平台作用。通过多种渠道、多种形式切实提高农民的科技水平和生产能力，完善农业生产技术培训和农技人才培养工作，进一步提高"三农"服务人员的整体素质。[①]

（四）创新服务机制

在农业产业化服务体系建设中，各类服务要素、各子系统能否组成一个有机系统，发挥体系的整体功效，关键是能否通过建立有效机制促使各类要素有效组合和合理搭配，促使各子系统之间相互促进、相互融合。因此，应把加强机制创新作为农业产业化服务体系创新的切入点，通过机制创新，提高各类主体参与和

---

① 参阅《农业部关于实施发展现代农业重点行动的意见》（农发〔2007〕2 号）。

开展各种为农服务的积极性，促进服务资源的有序流动和合理配置，促进服务体系的形成和完善。

1. 创新投入机制

在加大农业服务体系投入的同时，也要不断创新投入机制，尤其是创新财政投入的方式和机制，提高投入的效益和效率。如通过建立针对农村专业合作组织的资金补贴制度，设立专门的技术采用风险资金等形式，增强农村合作组织采用新技术和提供服务的能力；通过探索政府购买产品或服务等方式，引导科研院校、企业等向农户、合作组织提供高质量的服务。

2. 创新参与机制

农业产业化服务体系建设需要多元化服务主体的参与，必须通过机制创新，为各类服务主体参与农业生产和新农村建设创造条件。重点是探索科研、教育和推广服务相结合的机制，鼓励大专院校、科研院所通过建立农业推广教授制度、创建试验示范基地等方式，探索科研－推广服务、教学－推广服务相结合的有效形式；探索村企共建机制，充分发挥企业配置资源的主体作用，探索建立"企业＋科研院所＋农户"、"企业＋合作组织＋农户"等各种行之有效的服务形式，与科研院所开展产学研合作，与农户和合作组织形成风险共担、利益共享的合作机制；探索农民主动参与的有效机制，如近年来许多地方尝试推行的参与式推广服务就是推广服务机构和农民相互影响的一种有效推广服务方式，该方式强调在农民、科研人员、推广服务组织之间建立伙伴关系，相互学习，以提高农民适应新技术的能力。

（五）优化服务环境

营造良好的服务环境是农业产业化服务体系建设的关键。农业服务主体的培育和成长，服务资源要素的流动和配置，服务模式的创新和推广，都需要相应政策、法律、市场等软环境以及相应基础设施条件的支撑。加快农业产业化服务体系创新和发展的重要任务之一，就是要加强农村服务软、硬件环境建设。重点通过完善政策保障体系，建立健全法律法规，改善基础设施条件等，为服务体系建设创造良好条件。

1. 强化政策保障体系

近年来，我国围绕农业产业化服务体系建设，出台了一系列政策和措施。这些措施既包括加大对国家农业科研机构、农技推广机构的投入，也包括对农民专业合作社的扶持。既有直接的经费、项目支持，也有税收、金融等方面的间接扶持。但总体而言，目前的政策大多是针对某一方面、某一领域或某一机构，缺乏系统性。各部门、各级政府出台的政策措施也需要加以协调。有关部门应进一步加强相关政策研究，强化政策设计和政策协调，使政策体系逐步健全完善。

2. 健全法律法规体系

运用法律手段规范和促进农村服务体系建设，是市场经济条件下加强农业服务的重要途径。目前，我国相关立法工作仍滞后于实践发展。如《中华人民共和国农业技术推广法》的有关条款已经不能适应农业和农村发展的新形势，难以体现当前中央关于建设多元化推广服务体系和国家农技推广体系改革的思路，急需启动相关修订工作；《中华人民共和国农民专业合作社法》中有关鼓励农民专业合作社发展的优惠政策也应尽快制定并出台具体实施细则；关于农产品行业协会等的立法也需要尽快推进。此外，其他一些法律法规制定过程中，也要考虑有利于农业产业化服务体系的发展，如鼓励和规范各类服务主体公平竞争，形成合理的利益分配机制和诚信的市场氛围等。

3. 改善基础设施条件

目前，我国农村服务供给和需求相比仍存在较大差距。比如许多基层农技服务机构缺乏最基本的农副产品检测、检验设备，信息化条件或运用能力缺乏，严重制约其科技服务能力的提升；就农村信息化建设看，农村信息化的建设和实施必须有一定的基础设施作为基础，而我国农村地区基础设施落后、农民收入低及农民科技文化素质不高等因素都直接影响农村信息化建设的顺利进行。因此，需要各级政府部门进一步加大相关扶持力度，重点是改善基层服务机构和人员的装备和设施。同时，积极探索建设服务资源共享机制，打造社会化的共享服务平台。

参考文献

《中共中央关于推进农村改革发展若干重大问题的决定》，2008年10月。

《中共中央、国务院关于切实加强农业基础建设 进一步促进农业发展农民增收的若干意见》（2008年中央一号文件），2008年1月。

《中共中央、国务院关于 2009 年促进农业稳定发展　农民持续增收的若干意见》（2009 年中央一号文件），2009 年 1 月。

《中共中央、国务院关于加大统筹城乡发展力度　进一步夯实农业农村发展基础的若干意见》（2010 年中央一号文件），2010 年 1 月。

《农业部关于实施发展现代农业重点行动的意见》（农发〔2007〕2 号）。

蔡立雄：《市场化与中国农村制度变迁》，社会科学文献出版社，2009。

刘奇：《中国农村观察：转型之变》，安徽人民出版社，2009。

孔祥智：《中国农业社会化服务——基于供给和需求的研究》，中国人民大学出版社，2009。

〔美〕戴维斯·诺斯：《制度变迁的理论：概念与原因》，载〔美〕科斯等《财产权利与制度变迁》，上海三联书店、上海人民出版社，1994。

B.14

中国"十一五"时期服务业政策梳理、评析与展望

孙红叶　姚战琪*

摘　要: "十一五"期间,我国服务业发展、改革和对外开放有了长足的进步。服务业发展离不开科学有效的政策支持。本文对"十一五"时期我国服务业相关政策进行系统梳理和评析,认为国家层面及有关部委制定的服务业政策极大地释放了服务业生产力,推动了服务业较快发展。但"十一五"期间的服务业政策还有许多亟待改善的部分,各部门之间的政策还有待更好地协同。"十二五"时期我们要更大力度实施有利于服务业发展的政策体系,为服务业跨越式发展"保驾护航"。

关键词: 服务业　服务业政策　政策评价　政策展望

一　引言

为全面贯彻落实科学发展观,全面建设小康社会,促进"十一五"时期国民经济持续快速协调健康发展和社会全面进步,党中央和国务院、国家发展和改革委员会、商务部等部委及各地方政府纷纷制定了若干促进服务业发展的战略部署和具体措施,从而为加快我国经济结构调整、转变经济增长方式、优化产业结构、提高自主创新能力、节约资源、保护环境、促进城乡区域协调发展等方面提供了动力支持,为我国保持经济平稳较快发展和社会和谐进步,全面建设小康社会提供了政策保障。

---

* 孙红叶,中国社会科学院研究生院金融学专业硕士生;姚战琪,中国社会科学院财政与贸易经济研究所服务经济研究室副主任、副研究员,主要研究方向为金融服务和国际投资。

2007 年，国务院颁布了《国务院关于加快发展服务业的若干意见》，提出将发展服务业作为加快推进产业结构调整、转变经济增长方式、提高国民经济整体素质、实现全面协调可持续发展的重要途径。并根据《中华人民共和国国民经济和社会发展第十一个五年规划纲要》（以下简称《纲要》）制定了"十一五"时期服务业发展的主要目标是：到 2010 年，服务业增加值占国内生产总值的比重比 2005 年提高 3 个百分点，服务业从业人员占全社会从业人员的比重比 2005 年提高 4 个百分点，服务贸易总额达到 4000 亿美元；有条件的大中城市形成以服务经济为主的产业结构，服务业增加值增长速度超过国内生产总值和第二产业增长速度。提出的要求还包括：大力优化服务业发展结构，科学调整服务业发展布局，积极发展农村服务业，着力提高服务业对外开放水平，加快推进服务领域改革，加大投入和政策扶持力度，不断优化服务业发展环境，加强对服务业发展工作的组织领导等。

2008 年 3 月，国务院又颁布了《国务院办公厅关于加快发展服务业若干政策措施的实施意见》，要求各地和有关部门抓紧制订或修订服务业发展规划，尽快研究完善产业政策，深化服务领域改革，提高服务领域对外开放水平，加大服务领域资金投入力度。并提出了八个大方面的要求：①加强规划和产业政策引导；②引导深化服务领域改革；③提高服务领域对外开放水平；④大力培育服务领域领军企业和知名品牌；⑤加大服务领域资金投入力度；⑥优化服务业发展的政策环境；⑦加强服务业基础工作；⑧狠抓工作落实和督促检查。为贯彻落实以上两份指导性文件，央行等 4 部门同时发布了《关于金融支持服务业加快发展的若干意见》，旨在为促进服务业发展提供金融支持，这也是金融支持服务业发展的指导性文件。

2009 年以来，我国继续探索促进服务业多元化、分层次、全方位发展的总体发展方向，不断出台多项政策促进我国服务业的转型与升级，可以说，我国正逐步形成一条具有中国特色的服务业发展道路。2010 年国务院发布了《国务院关于加快培育和发展战略性新兴产业的决定》，2010 年 5 月国家发改委发布了《国家发展改革委办公厅关于当前推进高技术服务业发展有关工作的通知》，这表明我国对新兴服务业产业的扶植力度日益增强。在服务业各行业的战略规划方面，我国先后对旅游业、电子信息产业、服务贸易、服务外包业等领域出台了多项专项发展战略，2010 年工信部等还发布了《关于促进工业设计发展的若干指

导意见》，这是我国首个专门针对工业设计产业的指导政策。2010 年 4 月，国务院出台了《关于加快推行合同能源管理促进节能服务产业发展意见的通知》，表明我国正日益重视节能服务业的发展问题。多项政策促进了我国服务业产业结构的不断优化升级，也为服务业未来的发展指明了方向。

服务业发展的区域战略也是服务业发展政策的重点之一。在以《纲要》和"十七大"报告为大背景的政策指引下，2008 年以来，我国已经出台了《国务院关于进一步推进长江三角洲地区改革开放和经济社会发展的指导意见》、《国务院关于推进上海加快发展现代服务业和先进制造业建设国际金融中心和国际航运中心的意见》、《珠江三角洲地区改革发展规划纲要（2008～2020 年)》、《前海深港现代服务业合作区总体发展规划》等多个促进区域服务业发展的战略性文件。此外，深圳市政府还发布了《深圳市政府关于加快高端服务业发展的若干意见》，为我国抢占新一轮国际高端服务业转移承接的制高点，推进我国产业结构的战略性优化调整开辟了新的道路。

此外，大力发展服务外包也是近年来服务业发展政策的着力点之一，主要政策体现在 2009 年国务院发布的《国务院办公厅关于促进服务外包产业发展问题的复函》等。在 2010 年的政府工作报告中，有关服务业方面的内容明显增多，服务业重要性日益凸显，越来越引起国家的重视与关注。

二 "十一五" 时期我国服务业政策梳理

"十一五"时期，我国服务业的快速发展得益于国家政策的大力扶持，正如改革开放促进了中国的经济发展一样，国家出台的一系列宏观经济政策，推动我国的服务业走上了良性发展的快车道。

（一）促进服务业发展的相关政策

1. 鼓励服务业与制造业融合的政策

产业融合是生产力发展和产业结构升级的必要条件。在即将进入后工业时代的今天，服务业与制造业的产业融合不仅体现在传统的电子信息、通信行业与制造业的融合，更包括了新兴的物流、金融等现代服务业部门与制造业的融合。

早在党的"十六大"报告中就提出"信息化带动工业化"，党的"十七大"

报告进一步提出工业化与信息化的融合。2008 年，国务院机构改革将国家发改委的工业有关职责、国防科工委的核电管理以外的职责、信息产业部和国务院信息化工作办公室的职责整合划入工业和信息化部，组建了工业和信息化部。这将促进工业化和信息化的融合，有利于行业的整体规划和协调管理，并大力促进信息通信业的发展。

2008 年底国家推出了《十大产业调整振兴规划》，其中包括了电子信息产业和现代物流业两个服务业部门。物流业是现代服务业的一部分，大力振兴现代物流业的发展无异于拉近了产业链各衔接点间的距离，拉近了生产者与消费者的距离，同时信息化服务配套提升了整个产业链的效率和质量。

2009 年 2 月 25 日国务院推出了《物流业调整振兴规划》，把制造业与物流业联动发展列为重点工程，明确提出要促进物流业务分离外包，提高核心竞争力。培育一批适应现代制造业物流需求的第三方物流企业，提升物流业为制造业服务的能力和水平。制定鼓励制造业与物流业联动发展的相关政策，组织实施一批制造业与物流业联动发展的示范工程和重点项目，促进现代制造业与物流业有机融合、联动发展。

2009 年《电子信息产业调整和振兴规划》把信息技术应用有效带动传统产业改造、信息化与工业化进一步融合作为电子信息产业规划目标。并提出以新一代网络建设为契机，加强设备制造企业与电信运营商的互动，推进产品和服务的融合创新，以规模应用促进通信设备制造业发展；以研发设计、流程控制、企业管理、市场营销等关键环节为突破口，推进信息技术与传统工业结合，提高工业自动化、智能化和管理现代化水平；支持信息技术企业与传统工业企业开展多层次的合作，进一步促进信息化与工业化融合；结合国家改善民生和相关工程的实施，加强信息技术在教育、医疗、社保、交通等领域应用的任务。

2009 年国家发改委发布了《国务院关于推进上海加快发展现代服务业和先进制造业建设国际金融中心和国际航运中心的意见》，意在促进制造业与金融等现代服务业的进一步融合，彼此提供可持续的内生动力，现代服务业将逐步成为先进制造业的配套产业。

2010 年 8 月，为加速推进新型工业化进程，推动生产性服务业与现代制造业融合，工信部下发了《关于促进工业设计发展的若干指导意见》，这也是国家出台的首个专门针对工业设计产业的指导政策。该政策提出了三大目标：①到

2015年，培育出3~5家具有国际竞争力的工业设计企业，形成5~10个辐射力强、带动效应显著的国家级工业设计示范园区；②工业设计的自主创新能力明显增强，拥有自主知识产权的设计和知名设计品牌数量大量增加；③专业人才素质和能力显著提高，培养出一批具有综合知识结构、创新能力强的优秀设计人才。在提高工业设计的自主创新能力方面，该文件指出要建立工业设计创新体系和支持工业设计创新成果产业化。在提升工业设计产业发展水平方面，提出促进工业企业与工业设计企业合作，鼓励工业企业将设计业务外包给工业设计企业，专业的工业设计企业将成为政策的重点扶植对象；引导工业设计企业专业化；提出培育和认定一批国家级工业设计示范园区，推动工业设计集聚发展。此外，阐述了财政资金、税收、融资、信贷等方面的政策支持。包括工业设计企业将得到中央财政促进服务业发展专项资金、科技型中小企业技术创新基金的支持；企业用于工业设计的研发费用，享受在所得税前加计扣除；工业设计企业被认定为高新技术企业的，按照税法规定享受高新技术企业相关税收优惠政策。政策还提出支持符合条件的工业设计企业在境内外资本市场上市融资，鼓励创业风险投资机构对工业设计企业开展业务等。

2. 促进农村服务业发展的政策

2007年《国务院关于加快发展服务业的若干意见》提出：积极发展农村服务业，加快构建和完善以生产销售服务、科技服务、信息服务和金融服务为主体的农村社会化服务体系；改善农村基础条件，加快发展农村生活服务业，提高农民生活质量；以农村和欠发达地区为重点，加强公共服务体系建设，逐步实现公共服务的均等化。2008年《国家工商行政管理总局关于促进服务业发展的若干意见》提出积极支持农村服务业发展，鼓励农民组建农民专业合作社，为社员提供产前、产中、产后的全程服务；做好农资流通领域的规范和发展，鼓励以连锁经营的方式设立农资经营单位；积极培育农村经纪人，发挥专业经纪人在农产品流通和服务中的积极作用。各行业的规划也都涉及了促进农村相关部门发展的条例。《国家"十一五"科学技术发展规划纲要》提出加快农业技术推广体系改革和创新，鼓励各类农业科教机构和社会力量参与多元化的农业技术推广服务。

2008年中国人民银行等四部门联合发布《关于金融支持服务业加快发展的若干意见》还专门提出了要大力发展农村服务业，为农村服务业的发展提供了强有力的金融支持。政策提出稳步调整放宽农村地区银行业金融机构准入政策试点范围,加快发展适合"三农"特点的新型农村金融机构。引导农村信用社加大对农村服务业的信贷资金支持力度。鼓励农业发展银行大力支持农村生产性服务业。全面推动小额贷款,大力扶持经营分散、资金需求规模小的农村服务业发展。加快推进农业保险法律法规体系建设、农业再保险体系和巨灾风险保险体系的建立。加快农村信用体系建设,鼓励和引导金融机构和信用评级机构研究农村服务企业和农户信用评价体系。支持农村金融机构低成本接入现代化支付系统,逐步扩展支付清算网络在农村地区的覆盖范围,为农村服务企业提供安全、高效的资金清算服务。推广农民工银行卡特色服务,改善业务管理,提高服务效率,为农民工提供方便、快捷、安全的资金汇划服务等。

2009 年《电子信息产业调整和振兴规划》提出提高信息技术服务"三农"的水平,加速推进农业和农村信息化,发展壮大涉农电子产品和信息服务产业。

3. 促进服务业投入要素不断升级的政策

投入要素的升级包含两个方面,一方面是投入要素的结构升级,另一方面是对投入要素的应用技术的升级。投入要素的结构升级主要表现在人力资本和知识资本的累积,高新技术投入和新能源的开发利用;对投入要素的应用技术的升级主要指电子信息技术、网络技术的支持和各类应用技术的发展。

在科技投入方面,《国家中长期科学和技术发展规划纲要》提出把现代服务业信息支撑技术及大型应用软件、下一代网络关键技术与服务、高效能可信计算机、面向核心应用的信息安全等作为优先主题。《国家"十一五"科学技术发展规划纲要》提出抢占信息产业发展的战略制高点,大幅度提高现代服务业的技术含量,把现代服务业关键技术及应用示范作为信息产业及现代服务业领域的重大项目,并提出建设社会化、网络化的科技中介服务体系。

在人才战略上,《国家"十一五"科学技术发展规划纲要》目标是到 2010年,我国科技人力资源总量达到 5000 万人,科技活动人员总量达到 700 万人以上,从事 R&D 活动的科学家和工程师全时当量达到 130 万人年。《国家中长期人才发展规划纲要(2010~2020 年)》提出我国人才发展的指导方针:服务发展、人才优先、以用为本、创新机制、高端引领、整体开发。并提出实施促进人才投资优先保证的财税金融政策,引导人才向农村基层和艰苦边远地区流动政策、人才创业扶持政策、推进党政人才、企业经营管理人才、专业技术人才合理流动政策、鼓励非公有制经济组织、新社会组织人才发展政策、促进人才发展的公共服

务政策、知识产权保护等重大政策。

国家鼓励利用技术进步和高新技术促进服务业升级。随着我国工业化进程和社会分工的深化，我国服务业快速发展，服务业的内部结构迅速细分升级，产生了通信和信息、金融、物流、电子商务、中介和咨询等新兴服务业。现代服务业属于技术密集型和知识密集型产业，具有高科技含量，高人力资本和高附加值的特征。因此，现代服务业的发展更需要高新技术的支持和利用信息化手段，技术的创新也是当今产业融合发展的重要推动力量。从国内外经验来看，研发产业、信息服务业、创意产业、金融业等均是服务于现代服务业的高新技术产业，其中信息服务业是高新技术与现代服务业融合发展最集中的体现。

《国家中长期人才发展规划纲要（2010～2020年）》鼓励技术进步和高新技术促进服务业的升级，要求交通业应用信息技术提升运输管理水平，推广智能交通运输体系。物流业发展货运代理、客货营销等运输中介服务；建立物流标准化体系，加强物流新技术开发利用，推进物流信息化；金融业发展网上金融服务；信息服务业积极发展电子商务和电子政务等。2007年《国务院关于加快发展服务业的若干意见》提出大力发展科技服务业，充分发挥科技对服务业发展的支撑和引领作用，鼓励发展专业化的科技研发、技术推广、工业设计和节能服务业。2008年《国务院办公厅关于加快发展服务业若干政策措施的实施意见》建议建立一批研发设计、信息咨询、产品测试等公共服务平台，技术研发中心和中介服务机构。对服务领域技术引进及改造提供贷款贴息支持，对引进项目的消化吸收再创新活动提供研发资助，在政府采购中优先支持采用国内自主开发的软件等信息服务，进一步扩大创业风险投资试点范围。探索开展知识产权质押融资，引导和鼓励社会资本投入知识产权交易活动，符合规定的可以享受创业投资机构的有关优惠政策。

2009年《国务院关于印发物流业调整和振兴规划通知》指出，物流业自身需要转变发展模式，向以信息技术和供应链管理为核心的现代物流业发展，提供低成本、高效率、多样化、专业化的物流服务，提高自身竞争力创新服务方式，不断创新物流服务方式，提升服务水平，加强物流新技术的开发和应用。《电子信息产业调整和振兴规划》提出强化自主创新能力建设。《国务院关于进一步推进长江三角洲地区改革开放和经济社会发展的指导意见》提出要大力扶持和培育技术创新型第三方服务企业，大力发展科技服务业；运用信息技术和现代经营方式改造提升传统商贸业，加快现代商贸业发展步伐。整合建立区域内综合性的软件服务公共技术平台和公共信息应用平台，培育创新型特色化的软件服务和信息服务企业，积极发展增值电信业务、软件服务、计算机信息系统集成和互联网产业。

此外，国家鼓励高科技服务业发展，促进服务业现代化水平。2010 年 6 月国家发改委高技术司下发了《国家发展改革委办公厅关于当前推进高技术服务业发展有关工作的通知》，此政策是专门为促进信息技术服务、生物技术服务、数字内容服务、研发设计服务、知识产权服务和科技成果转化服务等知识和人才密集、附加值高的高技术服务业的发展而制定的。该《通知》指出工作重点包括四个方面：①信息服务，包括发展面向市场的高性能计算和云计算服务、开展物联网和下一代互联网应用服务、促进软件服务化发展和引导数字文化产业创新发展；②生物技术服务；③研发设计服务；④技术创新服务，包括提高知识产权服务能力和健全科技成果转化服务体系。《通知》还提出选择部分城市建立国家高技术服务产业基地，建立和完善高技术服务业统计体系。

4. 促进地区间优势特色服务业发展的政策

我国各地区发展基础和潜力不同，因此，服务业政策体现了发挥各地区比较优势、加强薄弱环节、享受均等化基本公共服务、缩小地区发展差距的特点。基于我国东西部发展的不平衡性，政策对东西部的着力点也有所不同。对东部优先发展先进制造业、高技术产业和服务业，带动经济结构整体升级。对基础设施薄弱的中西部地区更要加大力度夯实基础，发展具有比较优势的服务业和传统服务业，带动各地区服务业的整体发展。

2007 年《国务院关于加快发展服务业的若干意见》鼓励发达地区大力发展现代服务业，促进服务业升级换代，提高服务业质量，推动经济增长主要由服务业增长带动。中西部地区要改变只有工业发展后才能发展服务业的观念，积极发展具有比较优势的服务业和传统服务业，承接东部地区转移产业，使服务业发展尽快上一个新台阶，不断提高服务业对经济增长的贡献率。此外，各地争相制定促进现代服务业发展的政策，涉及生产性服务业、旅游、会展等现代服务业领域。

为鼓励地区、区域之间开展多种形式的合作，促进服务业资源整合，发挥组合优势，深化分工合作，实现资源优化配置。2007 年《国务院关于加快发展服务业的若干意见》提出引导交通、信息、研发、设计、商务服务等辐射集聚效应较强的服务行业，依托城市群、中心城市，培育形成主体功能突出的国家和区域服务业中心；进一步完善铁路、公路、民航、水运等交通基础设施，优先发展城市公共交通，在经济发达地区和交通枢纽城市强化物流基础设施整合，形成区域性物流中心；选择辐射功能强、服务范围广的特大城市和大城市建立国家或区域性金融中心；依托产业集聚规模大、装备水平高、科研实力强的地区，加快培育建成功能互补、支撑作用大的研发设计、财务管理、信息咨询等公共服务平台，充分发挥国家软件产业基地的作用，建设一批工业设计、研发服务中心，不断形成带动能力强、辐射范围广的新增长极。

2007年8月《国务院关于编制全国主体功能区规划的意见》提出：引导优化开发区域增强自主创新能力，提升产业结构层次和竞争力；引导重点开发区域加强产业配套能力建设，增强吸纳产业转移和自主创新能力；引导限制开发区域发展特色产业，限制不符合主体功能定位的产业扩张的产业政策。配套政策包括《国务院关于进一步推进长江三角洲地区改革开放和经济社会发展的指导意见》、《珠江三角洲地区改革发展规划纲要（2008～2020年）》、《国务院关于推进上海加快发展现代服务业和先进制造业建设国际金融中心和国际航运中心的意见》、《国务院关于印发物流业调整和振兴规划的通知》、《前海深港现代服务业合作区总体发展规划》等。

东南部地区是我国经济最发达的区域，也是服务业发展基础最好的地区，国家十分重视该区域的服务业发展，"十一五"以来，连续出台了相关政策支持和引导东南部服务业率先发展，从而为全国服务业发展提供示范。

2008年9月，国务院发布了《国务院关于进一步推进长江三角洲地区改革开放和经济社会发展的指导意见》，提出到2020年，形成以服务业为主的产业结构，三次产业协调发展的目标。提出加快发展现代服务业，努力形成以服务业为主的产业结构的要求。①优先发展面向生产的服务业。加快以上海国际航运中心和国际金融中心为主的现代服务业发展；加快发展现代航运服务体系；推进现代物流业发展；提高金融服务业发展水平；大力发展科技服务业；培育创新型特色化的软件服务和信息服务企业。②积极发展面向民生的服务业。大力发展旅游业；积极扶持电子书刊、网络出版、数字图书馆、网络游戏、电影特技制作、数字艺术设计、数字媒体、虚拟展示等新兴数字创意产业发展。③大力改善服务业发展环境，加快建设区域服务业联动机制。还提出推动形成市场化、专业化的创新服务体系。

2008 年 12 月，国务院发布了《珠江三角洲地区改革发展规划纲要（2008 ~ 2020 年）》，在构建现代产业体系方面提出优先发展现代服务业。支持珠江三角洲地区与港澳地区在现代服务业领域的深度合作；重点发展金融业、会展业、物流业、信息服务业、科技服务业、商务服务业、外包服务业、文化创意产业、总部经济和旅游业，全面提升服务业发展水平。培育具有国际竞争力的金融控股集团，支持建设广东金融高新技术服务区，大力发展金融后台服务产业。推进一批枢纽型现代物流园区建设，建设世界一流的物流中心，建设南方物流信息交换中枢。着力发展外包服务业，支持发展研究设计、营销策划、工程咨询、中介服务等第三方专业服务机构，促进科技服务业和商务服务业发展。加快发展人力资源服务业，鼓励中介服务机构在珠江三角洲地区设立总部或分支机构。建设全国旅游综合改革示范区，建成国际旅游目的地和游客集散地。到 2020 年，现代服务业增加值占服务业增加值的比重超过 60%。

2009 年，国务院发布了《国务院关于推进上海加快发展现代服务业和先进制造业建设国际金融中心和国际航运中心的意见》（以下简称《意见》），提出将上海建设成为国际金融中心的主要措施包括：①加强金融市场体系建设。不断丰富金融市场产品和工具，积极开发债券品种，研究探索金融衍生产品的开发；完善期货市场；优化金融市场参与者结构；逐步扩大境外投资者参与上海金融市场的比例和规模，逐步扩大国际开发机构发行人民币债券规模，稳步推进境外企业在境内发行人民币债券；积极发展上海再保险市场。②加强金融机构和业务体系建设。重点发展投资银行、基金管理公司等有利于增强市场功能的机构；培育金融控股集团；做好发展投资基金试点工作；积极推动私人银行、券商直投、离岸金融、信托租赁、汽车金融等业务，有序开发跨机构、跨市场、跨产品的金融业务。适时开展个人税收递延型养老保险产品试点；稳步推进金融服务业对外开放。③提升金融服务水平。大力发展电子交易；健全现代化金融支持体系；规范发展中介服务，加快发展信用评级、资产评估、融资担保、投资咨询、会计审计、法律服务等中介服务机构；在上海建立我国金融资讯信息服务平台和全球金融信息服务市场。④改善金融发展环境，加强社会信用体系建设，为把上海建设成为国际航运中心。《意见》提出发展现代航运服务体系，加快推进先进制造业和技术先进型服务企业的发展。在浦东新区开展鼓励技术先进型服务企业发展政策试点工作，支持从事软件研发及服务、产品技术研发及工业设计服务、信息技术研发及外包服务、技术性业务流程外包服务等业务的技术先进型服务企业的发展，并阐述了技术先进型服务企业的税收优惠政策。

2010年8月，国务院正式批复同意《前海深港现代服务业合作区总体发展规划》，前海将成为深港合作共建现代服务业的示范区，其目标是建成珠三角的"曼哈顿"。南部的前海湾作为前海地区的先期启动区，重点发展现代物流和供应链管理服务业，积极吸引金融、保险、航运、贸易、信息等相关服务业入区。另外一个先期启动区——北部的前海商务中心区将重点发展创新金融、会计法律服务、金融信息、科技服务、通信及媒体服务等现代服务业。

2007年深圳市政府发布了一号文件《关于加快高端服务业发展的若干意见》，《意见》提出了深圳市发展高端服务业的策略包括加强自主创新、发展总部经济、促进产业融合、推进深港合作几个方面。发展高端服务业的战略布局包括优化功能布局、构建中央商务区、推进组团式集聚几项内容。《意见》指出高端服务业发展的战略重点是：①金融业方面，创新金融业发展模式、路径、机制，打造新型金融机构集聚区和金融产品创新中心，全力支持发展多层次资本市场。②物流业方面，支持现代物流企业拓展网络服务体系，发展骨干型物流企业，形成以第三方、第四方物流企业及供应链服务企业为主体的物流产业群。③专业领域，大力发展法律服务、会计、咨询、知识产权、公共关系、经纪与人才猎头、产权交易等专业。④网络信息方面，加快发展互联网、软件与系统集成、信息技术、数字与网络增值、电信与广电运营等服务。⑤服务外包领域，鼓励发展信息技术外包服务，大力拓展金融、电信、物流、医疗、法律、教育等领域从事的业务流程外包服务，加快推进数据分析、研究用户解决方案的知识处理外包服务；提高企业承接服务外包的能力和水平；加强服务外包基地城市建设。⑥大力发展创意设计、品牌会展和高端旅游业。《意见》还指出要完善高端服务业发展的保障机制，推进资助计划，强化资源保障，扶持信息服务和创意产业及其他重点扶持领域的发展。

西部是我国经济欠发达地区，服务业发展也相对落后。"十一五"以来，国家出台了不少相关鼓励支持政策，以促进这些地区的服务业迎头赶上。我国对西部的服务业发展战略，主要体现在2007年发布的《西部大开发"十一五"规划》。该规划在大力发展特色优势产业方面明确提出加快发展旅游产业。大力培育和开发具有西部特色优势的国际国内知名旅游景区和线路，加快旅游基础设施和信息化建设，加强国内外旅游市场开发，推进跨区域旅游资源整合，重点开发一批跨区域旅游区。继续发展红色旅游，大力发展文化旅游产业，积极开发文化旅游产品。鼓励发展休闲度假旅游、生态旅游、探险旅游、边境旅游、科普旅游、农业旅游和工业旅游等专题旅游。加强保护、合理利用文化自然遗产资源，推动国家重要风景区可持续发展。

5. 重视以金融和财税政策支持服务业发展

服务业的发展得益于近年来金融、财政、税收政策的大力支持。2007 年《国务院关于加快发展服务业的若干意见》指出从财税、信贷、土地和价格等方面进一步完善促进服务业发展的政策体系。2008 年《国务院办公厅关于加快发展服务业若干政策措施的实施意见》提出加大公共服务投入力度，加大财政对服务业发展的支持力度，安排服务业发展专项资金和服务业发展引导资金，重点支持服务业关键领域、薄弱环节和提高自主创新能力，建立和完善农村服务体系等。整合服务领域的财政扶持资金，综合运用贷款贴息、经费补助和奖励等多种方式支持服务业发展。加大金融对服务业发展的支持力度。逐步将收费权质押贷款范围扩大到供水、供热、环保等城市基础设施项目。

2008 年，中国人民银行等 4 部门联合下发了《关于金融支持服务业加快发展的若干意见》，旨在加大促进服务业发展的金融支持力度。该意见指出为服务业加快发展创造良好金融环境，提升银行业整体实力，促进证券业和保险业的发展，以及正确处理支持服务业加快发展与防范金融风险的关系。在具体措施上，提出鼓励多领域开发适应服务业发展的金融产品，信贷产品，发展债券市场，发展外汇、黄金和金融衍生产品市场，为服务企业提供外汇避险工具和对冲利率风险工具。鼓励多层次拓宽服务业融资渠道；加快创业板市场建设；拓宽服务企业融资渠道，积极支持符合条件的服务企业通过发行股票和企业债券等方式进入境内外资本市场融资等。《意见》要求大力支持服务业关键领域和薄弱环节加快发展。大力发展农村服务业，稳步调整放宽农村地区银行业金融机构准入政策试点范围，加快发展适合"三农"特点的新型农村金融机构，大力扶持中小服务企业发展，大力支持电子商务和物流业等现代服务业发展，大力支持重点区域的服务业加快发展，大力支持服务企业"走出去"。《意见》还表示要加快金融业基础设施建设，打造支持服务业加快发展的金融服务平台。各金融部门应该推进征

信体系建设、健全反洗钱体系建设、加快国库信息化体系建设、完善支付体系基础设施建设和抓紧新型金融人才队伍建设。

在扩大税收优惠政策方面，加大对自主创新、节能减排、资源节约利用等方面服务业的税收优惠力度。在服务业领域实行综合与分类相结合的个人所得税制度试点。对吸收就业多、资源消耗和污染排放低等服务类企业，按照其吸收就业人员数量给予补贴或所得税优惠。扩大税收优惠政策，研究开发费用可按有关政策规定享受所得税抵扣优惠。实行有利于服务业发展的土地管理政策，完善服务业价格、收费等政策。2008年底前基本实现商业用电价格与一般工业用电价格并轨，对列入国家鼓励类的服务业用水价格基本实现与工业用水价格同价（服务业各行业税收优惠政策汇总表详见附表2）。

在中央政策的引导下，各服务行业的财税优惠政策不仅涉及电子信息技术等生产性服务业，也扩展到体育产业等文化服务业产业。近年来，新兴服务业各产业的发展享受到更多的财税金融优惠政策。地方出台的促进本地服务业发展的金融财税政策更是不胜枚举。例如：山东省政府出台支持服务业发展30条政策明确规定，高校毕业生、失业人员等四类人员创办服务业企业，3年内免收各类行政事业性收费。这对于解决服务业融资难和负担重的问题将发挥很大作用。江苏省《关于加快发展现代服务业的若干政策》提生产服务业企业发生的技术开发费按实计入管理费，技术开发费比上年实际增长10%以上的，允许再按技术开发费实际发生额的50%抵扣当年应纳税所得额。对新办从事物流技术和咨询服务、物流信息服务企业，按规定减免所得税，并实行规费减免等多项措施。

（二）优化服务业组织结构的政策

优化服务业组织结构是提升服务业发展水平、优化服务业发展结构、提高服务业竞争力和树立服务业品牌的重要途径。《国务院关于加快发展服务业的若干意见》提出要大力培育服务业市场主体、优化服务业组织机构。主要内容有：①通过大力培育服务业市场主体，优化服务业组织结构。鼓励服务业企业增强自主创新能力，通过技术进步提高整体素质和竞争力，不断进行管理创新、服务创新、产品创新。②依托有竞争力的企业，通过兼并、联合、重组、上市等方式，促进规模化、品牌化、网络化经营，形成一批拥有自主知识产权和知名品牌、具有较强竞争力的大型服务企业或企业集团。③鼓励和引导非公有制经济发展服务业，积极扶持中小服务企业发展，发挥其在自主创业、吸纳就业等方面的优势。

在此基础上，国务院办公厅 2008 年发布的《国务院办公厅关于加快发展服务业若干政策措施的实施意见》，进一步提出了要创新服务业组织。除沿用《国务院关于加快发展服务业的若干意见》的政策外，强调要鼓励服务业规模化、网络化、品牌化经营，促进形成龙头企业，还进一步提出了若干具体操作层面的政策措施：①设立专业化产业投资基金，主要用于服务业领域企业兼并重组，优化服务业企业结构。②加强商业网点规划调控，鼓励发展连锁经营、特许经营、电子商务、物流配送、专卖店、专业店等现代流通组织形式。除有特殊规定外，服务企业设立连锁经营门店可持总部出具的连锁经营相关文件和登记材料，直接到门店所在地工商行政管理机关申请办理登记和核准经营范围手续。鼓励软件和信息服务等现代服务业专业协会发展。与《国务院关于加快发展服务业的若干意见》相比，《国务院办公厅关于加快发展服务业若干政策措施的实施意见》政策导向更加详细清晰，责任更加明确，具有较强的操作价值。国务院《关于鼓励支持和引导个体经营等非公有制集聚发展的若干意见》则从非公有制角度提出了关于优化企业组织结构的意见：①鼓励有条件的企业通过兼并、收购、联合等方式做大做强。②引导和支持企业从事专业化生产和特色经营，提高专业化协作水平，推进产业集群发展。

（三）促进服务业改革的相关政策

近年来，新政策的不断涌现加快了服务业体制改革的进程，2007 年《国务院关于加快发展服务业的若干意见》要求打破垄断，放宽准入领域，建立公开、平等、规范的行业准入制度；鼓励社会资金投入服务业，提高非公有制经济比重。提出了电信、铁路、民航等服务行业引入竞争机制；加快事业单位改革，将营利性事业单位改制为企业，并尽快建立现代企业制度；推进政府机关和企事业单位的后勤服务、配套服务改革，推动由内部自我服务为主向主要由社会提供服务转变。此举推动了服务业的市场化和社会化进程。2008 年《国务院办公厅关于加快发展服务业若干政策措施的实施意见》再次强调，要加大铁路、电信等垄断行业改革力度；推进市政公用事业市场化改革，城市供水供热供气、公共交通、污水处理、垃圾处理等通过特许经营等方式委托企业经营；调整和放宽农村地区银行业金融机构市场准入政策；在教育、文化、广播电视、社会保障、医疗

卫生、体育、建设等部门，抓紧研究提出放宽市场准入、鼓励社会力量增加供给的具体措施。

2010 年 5 月，国务院颁布了《国务院关于鼓励和引导民间投资健康发展的若干意见》（国发〔2010〕13 号，即学术界和实际部门讲的"新 36 条"），鼓励和支持民间资本进入可以实行市场化运作的基础设施、市政工程和其他公共服务领域；积极推进医疗、教育等社会事业领域改革；鼓励民间资本参与交通运输建设、水利工程建设、电力建设、石油天然气建设、电信建设、土地整治和矿产资源勘探开发、城市供水、供气、供热、污水和垃圾处理、公共交通、城市园林绿化、政策性住房建设、医疗、教育、社会培训事业、金融机构、商品批发零售、现代物流领域、国防科技工业领域等；鼓励民营企业通过参股、控股、资产收购等多种形式，参与国有企业的改制重组；鼓励民营企业"走出去"，积极参与国际竞争。

2010 年 7 月，国务院办公厅又颁布了《关于鼓励和引导民间投资健康发展重点工作分工的通知》，明确了新 36 条实施办法在各部委的责任分工，同时补充提出进一步清理和规范涉企收费，切实减轻民营企业负担。这一系列举措打破了长久以来凡是向民间提供公共服务的部门均由政府高度垄断的局面，在可以引入市场体制的领域，逐渐放松管制，使政府职能逐步转型，同时提高资源的优化配置，提高资本的效率，促进公平。

在建立和改革服务业准入机制方面，国家也出台了一些相关政策，主要是：①建立公开、平等、规范的服务业准入制度。凡是法律法规没有明令禁入的服务领域，都要向社会资本开放；凡是向外资开放的领域，都要向内资开放。②进一步打破市场分割和地区封锁，推进全国统一开放、竞争有序的市场体系建设，各地区凡是对本地企业开放的服务业领域，应全部向外地企业开放。

（四）促进服务业开放的相关政策

2008 年《国务院办公厅关于加快发展服务业若干政策措施的实施意见》降低了准入门槛，一般性服务业企业最低注册资本为 3 万元人民币，并研究在营业场所、投资人资格、业务范围等方面适当放宽条件。此政策的出台对本土服务企业犹如春风拂面，大大吸引了众多投资者的加盟。

自 2001 年加入世界贸易组织（WTO），我国对外商投资的政策都基于加入世贸组织服务贸易领域的各项承诺而制定。我国服务业，特别是金融、保险、咨询等现代服务业开放进程明显加快。2001～2009年，进入中国的外资银行达到了百余家，银行的开放一般通过引进战略投资者和成立有外资银行入股的股份制商业银行两种途径完成。外资银行的开放，也带动了国有银行的体制改革。通过对比外商投资我国服务业各领域来看，2005年，我国服务业领域新增外商投资企业12916家，主要分布于金融、批发和零售、电信服务及咨询等行业。2009年，我国服务业新增外商直接投资企业12215家，总投资额达到385.3亿美元。其中，批发和零售业，信息传输、计算机服务和软件业，租赁和商务服务业，科学研究与技术服务业成为吸引外商投资最多的行业。服务业对外开放进展迅猛，服务业对外开放的结构也正在优化。

服务外包，是当前外资进入中国服务市场的一个主要趋势，也是服务业对外开放的一个重要渠道和方式。2009年1月国务院在《国务院办公厅关于促进服务外包产业发展问题的复函》中提出了若干支持服务业外包产业发展的意见。批准北京、上海、天津、大连等20个城市为中国服务外包示范城市，并在20个试点城市实行以下政策：在苏州工业园区技术先进型服务企业有关税收试点政策继续执行的基础上，自2009年1月1日起至2013年12月31日止，对符合条件的技术先进型服务企业，减按15%的税率征收企业所得税，对技术先进型服务外包企业离岸服务外包收入免征营业税；对符合条件且劳动用工管理规范的技术先进型服务外包企业，可以实行特殊工时工作制；对符合条件的技术先进型服务外包企业，每新录用1名大专以上学历员工从事服务外包工作并签订1年以上劳动合同的，中央财政给予企业不超过每人4500元的培训支持，对符合条件的培训机构培训的从事服务外包业务人才（大专以上学历），通过服务外包专业知识和技能培训考核，并与服务外包企业签订1年以上劳动合同的，中央财政给予培训机构每人不超过500元的培训支持。

此后，商务部、财政部、教育部、科技部、工业和信息化部、人力资源和社会保障部等部门制定了数十项支持我国服务外包产业发展的政策措施，2009年6月，在"第二届中国国际服务外包合作大会"上，商务部等部门介绍了一系列促进我国服务外包业发展的政策。涉及了税收、劳动工时、人才培训、公共服务平台建设、电信服务、金融支持、知识产权保护和数据安全等方面内容。商务部与教育部2009年颁布了《关于加强服务外包人才培养促进高校毕业生就业工作的若干意见》，推动服务外包企业吸纳大学生，解决就业难的问题；跨国公司、

服务外包企业与 45 所高校及软件学院签署了校企联盟合作协议，促进开展服务外包人才培养。此外，工业和信息化部决定支持服务外包示范城市的国际通信发展，设立服务外包示范城市与国际端口的信息高速公路，完善电信基础设施建设，提高电信服务效率。①

2009 年以来，在一系列政策指引下，我国服务外包业得到了迅速发展，成为中国转变经济发展方式，推进产业结构调整的新亮点。2009 年，在国际金融危机影响下，我国承接的国际服务外包业务逆势大幅增长，合同执行金额达到138.40 亿美元，比 2008 年增长 152%；我国所承接的离岸外包占我国外包市场的比重达到 22%；全国 8000 多家服务外包企业新增就业人口 70 万人，其中新增大学毕业生近 50 万人。截至 2010 年 1 月，我国内地有 9000 多家服务外包企业。2010 年 1 月至 7 月，我国新增服务外包企业 1855 家，新增从业人员 35.1 万人，其中大学毕业生 22.3 万人；全国承接服务外包合同执行金额 82.8 亿美元，同比增长 72.8%，其中离岸服务外包合同执行额 61.1 亿美元，同比增长 66.4%。商务部外资司副司长胡斌说，以现代服务业、高端制造业和研发环节转移为特征的世界经济新一轮产业转移正在高速发展，中国服务外包产业面临难得发展机遇。据预测，到 2020 年，全球离岸服务外包市场将达到 1.65 万亿到 1.8 万亿美元。②

对外开放既包括引进来，也包括走出去。国家政策对服务业走出去战略十分重视。《国务院关于加快发展服务业的若干意见》提出要建立支持国内企业"走出去"的服务平台，提供市场调研、法律咨询、信息、金融和管理等服务。扶持出口导向型服务企业发展，发展壮大国际运输，继续大力发展旅游、对外承包工程和劳务输出等具有比较优势的服务贸易，积极参与国际竞争，扩大互利合作和共同发展。《国务院办公厅关于加快发展服务业若干政策措施的实施意见》各有关部门要研究采取具体措施，为服务企业"走出去"和服务出口创造良好环境。对软件和服务外包等出口开辟进出境通关"绿色通道"，对中医药、中餐、汉语教育、文化、体育、对外承包工程等领域企业和专业人才"走出去"提供帮助，简化出入境手续，并纳入国家有关专项资金扶持范围。在严格控制风险的基础上，积极支持国内有条件的金融企业开展跨国经营，为我国企业参与国际市

---

① 商务部：《我国推出减免税收等政策扶持服务外包发展》，2009 年 6 月 24 日《上海证券报》。
② 胡斌：《我国服务外包产业加速增长》，新华网，2010。

场竞争提供金融服务。同时，要鼓励贸易、咨询、法律服务、知识产权服务、人力资源等企业积极为服务业"走出去"提供服务。在国际市场上，我国服务业竞争力较弱，服务业走出去还处在起步阶段，国家有必要采取力度更大、更有针对性的财税、融资、保险、人才等政策措施，帮助服务企业走出去。

三 "十一五"时期我国服务业政策评析

"十一五"时期国家出台的促进服务业发展的政策众多，各地方政府也参照国家政策精神，结合当地的具体情况，出台了一些地方性政策。尽管这些政策对推动各地服务业发展的广度和深度不同，但基本都延续了2007年颁布的《国务院关于加快发展服务业的若干意见》中阐明的发展服务业总体要求：坚持以人为本、普惠公平，进一步完善覆盖城乡、功能合理的公共服务体系和机制，不断提高公共服务的供给能力和水平；坚持市场化、产业化、社会化的方向，促进服务业拓宽领域、增强功能、优化结构；坚持统筹协调、分类指导，发挥比较优势，合理规划布局，构建充满活力、特色明显、优势互补的服务业发展格局；坚持创新发展，扩大对外开放，吸收发达国家的先进经验、技术和管理方式，提高服务业国际竞争力，实现服务业又好又快发展。

（一）市场化、产业化、社会化是政策制定的主线

目前，由于受到自然垄断或者政府行为等影响，我国部分服务业行业市场竞争不充分，其中一部分甚至处于垄断阶段。竞争不足直接导致相关服务业发展迟缓，坐拥垄断利润而放任服务质量低下。因此，我国针对服务业体制改革相关政策核心要点之一是进一步推进服务业的市场化进程。如加快垄断行业改革力度，推进市政公用事业市场化改革等体制改革进程，进一步推进投资主体多元化，引入竞争机制等。以市场机制推动服务业发展的活力，促使其为了生存而不断进步。

同时，着力促进服务业的产业化进程，增强行业整体竞争力，以应对日益明显的国际化进程。对于现有的电力、通信等带有垄断特点的行业，在向市场化转轨的过程中关注投入产出问题，重视规模效应，鼓励该类行业利用既有优势促进产业融合，参与国际竞争，依靠塑造竞争优势而非垄断利润来延续产业发展。对于竞争性的服务业，如零售、批发、运输、商务、旅游、租赁、金融等服务业领

域，由于这些行业一般具有进入自由、竞争者众多、生产要素自由流动、提供的服务差异不大、买卖双方信息基本对称等特点，政府既要利用市场机制促进社会资源配置效率最高和消费者效用最大化，更要注重运用非价格手段，鼓励增长方式的转变，强调技术进步的作用，发展立足差异性、个性化需求的竞争战略，依靠完善研发、设计、市场调研、营销、供应链管理、品牌和专业化服务等关键环节和无形资本投资来实现服务业的产业化发展。

我国在推动服务业发展的过程中强调服务业的社会化路线，对服务业选址、生产和相应的服务体系与标准都进行了合理的规范与制约，并建立健全了全行业服务质量监督检查机制。旨在促进服务质量提高与提高消费者满意度，凭借服务业企业与消费者的共赢来形成服务业的良性发展循环。

（二）不断强调通过市场手段促进服务业健康发展，引入市场机制，降低准入门槛

服务业的健康发展有赖于足够资金的不断注入。为此，我国不断降低服务业的准入门槛，旨在吸引各类资金入场，使更多的市场主体能够自由进入该行业，逐渐形成公开、平等、规范的服务业准入制度。政策鼓励凡是法律法规没有明令禁入的服务领域，都向社会资本开放；凡是向外资开放的领域，都向内资开放。并大力发展非公有制服务企业，提高非公有制经济在服务业中的比重。以此来保证服务业市场资本的充裕，为服务业市场的进一步扩大创造可能。

同时，我国政府对整个服务行业进行了跨区域整合，进一步打破市场分割和地区封锁，推进全国统一开放、竞争有序的服务业市场体系建设。市场机制能在整个服务业体系运行过程中发挥其应有的作用，使服务业企业在竞争中求生存、谋发展，保证了服务业的发展活力。

（三）服务业市场对外资更加开放，强调引进外资政策由优惠政策向公平政策转变

我国服务业刚起步时，由于资金匮乏，我国政府十分强调对外资的引进，强调利用外资带领本土行业的起步与发展。而今，国内服务业市场体系初步确立，本土服务业企业迅速崛起，我国政策不再单纯地吸引外资投入，而是把平等的机会留给本土企业，通过建立更加公平的市场机制来发挥市场竞争的资源配置作

用，充分利用两类资本。

对本土服务业企业跨国家、跨地区经营的扶持补贴政策的出台，以及对金融业在融资渠道上支持服务业发展的政策表明，国家日益重视对本土服务业企业的扶持，着力拉近外资企业与本土企业的竞争起点。我国更加重视本土企业对于服务业发展的作用，并希望借助公平的市场机制使内、外资两类市场有效融合，共同促进我国服务业市场的发展。

（四）服务业财税政策密集出台，但配套支持政策仍有待细化和完善

为了促进我国服务业市场的发展，我国在财政、税收方面制定了多项优惠政策，并安排设立了服务业发展专项资金和服务业发展引导资金，保障服务业的资金供给。但是由于财税政策从中央制定到地方执行中间环节过多，缺乏足够的配套政策支持，因此政策的生效有一定的困难。

首先，财税优惠没有进行足够的细化。在目前的执行中，政府尚不能有效控制优惠政策获益的公平性。传统的强势服务业，如电力等，由于对市场的控制力较强，即使没有政府的政策倾斜，依然能够凭借其对于市场的支配地位获取高额利润，巩固自身发展；相比之下，新兴服务性行业资金匮乏、力量薄弱，需要更多的来自于政府的资金和政策支持，但是却可能因为市场力量小、与政府谈判能力弱等原因不能获得足够的优惠。

其次，财税政策变化所带来的政策执行问题并没有被纳入考虑范围之内。旧有的政策执行机构能否迅速适应新的政策要求，以及政策执行的相关配套政策是否及时作出相应调整，都是政策制定中需要考虑的问题。

最后，要保障财政政策的有效实施，就要从金融信贷政策、价格和土地改革、要素市场政策、相关的就业政策、人才培养、政策宣传等多种配套政策的支持出发，并建立协调机制，加强监管力度，使国家的服务业宏观政策能进一步完善，已出台的财税优惠政策得到公平有效的落实。

（五）金融支持服务业发展的政策开始起步，服务业融资难的问题依然没有解决

2008 年以来，为响应中央政府政策的引导，人民银行、金融监管机构等

部门积极鼓励各类金融机构开发适应服务企业需要的金融产品，积极支持符合条件的服务业企业通过银行贷款、发行股票债券等多种渠道筹措资金；修订和完善有关股票、债券发行的基本规则以及信息披露制度，放宽服务业企业融资要求。

各种金融支持政策的出台确实为服务业发展提供了有力的资金支持，不过金融领域的政策同样面临着配套政策匮乏的窘境。虽然融资条件逐渐放宽，但是金融领域并没有完善企业资金状况的审核系统，企业的信用风险随着政策转嫁到了金融机构身上，在利益驱动下金融风险的产生也是不可避免的。为此，政府必须加强对金融机构的监督，建立健全企业信用审核机制，确保金融支持政策能够有效发挥作用。

同时，市场分隔、部门利益和地方保护对服务业发展的阻碍也为金融政策实施带来一定困难，政府必须考虑如何建立适合国情特点的多层次市场体系，建立服务企业融资渠道的配套政策。其中包括推进诚信体系建设，加快国库信息化体系建设，完善支付体系基础设施建设等。

（六）政策更注重区域发展战略，但部分地区制定服务业政策忽视地方资源要素禀赋优势，政策缺乏特色

部分地区在传达国家政策精神，拟定地方性政策的时候，盲目套用中央的政策变化，却忽视了地方的资源特点和基础条件，由此带来的资源损失也是我们应当着力避免的。例如在原本拥有电力、通信等优势服务业的地区，强行将政策资金分配给其他新兴服务业，则会对本地优势项目的发展产生阻碍，不利于当地发挥服务业发展的比较优势。在政策执行的过程中，应充分利用地方既有资源禀赋，特色化地发展适合本地区的服务业，才是地方政府政策制定的方向。

四 "十二五"时期我国服务业政策展望

加快发展服务业是调整经济结构、推动经济发展方式转变的重要举措，是扩大内需、拉动就业、富裕百姓的重要途径。为加快发展服务业，推动服务业向集群、特色、现代方向转变，适应统筹推进全国工业化、城镇化、农业现代化建设需要，结合我国实际，就促进服务业的发展作出如下展望。

（一）进一步深化经济体制改革

1. 强化市场宏观调控和政策引导，降低服务业准入门槛

在推进服务业发展过程中要始终强调市场的作用，保持市场公平竞争的局面。企业的市场竞争力，是企业在激烈的市场竞争中生存、发展和获利的能力，要想保持企业活力，就必须使企业始终处于不断的竞争中。为此，在政策制定中要尽量减少政府对于服务业企业经营的干预，对于服务业的扶持政策要做到公平公正，保证每个市场主体的平等地位。同时，进一步降低市场准入门槛，凡是法律法规没有明令禁入的服务领域，鼓励社会资金进入。增加市场中存在的企业数量，促使更多的企业参与竞争，从而降低单个企业对于市场的控制能力。大力发展非公有制服务企业，提高非公有制经济在服务业中的比重。要鼓励部门之间、地区之间、区域之间开展多种形式的合作，促进服务业资源整合，发挥组合优势，深化分工合作，在更大范围、更广领域、更高层次上实现资源优化配置。建立健全市场监督机制，用政策的力量来维护市场规则，保证市场规则生效。

2. 积极推动垄断性服务业改革，加速服务业的社会化发展

垄断性服务业是指具有固定网络性、规模经济特征的自然垄断和行政垄断性服务产业，包括金融保险、电信、邮政、城市供电、铁路、民航、港口、公用事业、广播电视等领域。这些产业在国民经济和社会发展中具有基础性地位，潜在需求较强，也是外资重点进入和激烈竞争的领域。① 因此，加快这些产业的改革，消除其体制性障碍，已成为我国走新型工业化道路、促进产业结构调整的重要战略任务，对我国完善社会主义市场经济体制具有决定性意义。由于垄断性服务行业的经营多有政府不同程度的参与，所以在政策制定中要减少政府干预，给予该类企业独立自主的经营环境。首先，要确定以市场为基础的资源配置原则，继续加快医疗、教育等领域的体制改革，并给予服务业企业优惠的价格政策和土地政策，促进政府向服务性政府转型，将政府精力放在市场监管上；其次，要注意国有资本与非国有资本的结合，要注意在体制改革与行业发展上，防范国有资产流失，同时，积极吸收各种类型的非国有资本，实现行业范围内从单一资本向多元化资本的方向发展，从垄断型的市场结构向竞争型的市场结构发展；第三，政

---

① 郭怀英：《垄断性服务业的市场化改革：国际比较及其启示》，《宏观经济研究》2004 年第 12 期。

府应积极开放国内市场，引导国际企业参与进来，迫使国内垄断性行业参与竞争；第四，政府在推进政策实施的同时也应该采取相应的财政和金融性配套政策，鼓励企业建立现代企业制度，自主经营、自负盈亏，依靠市场竞争获得利润。

3. 加大土地、价格等配套政策扶持力度，统筹服务业用地

对于正处于快速发展中的新兴服务业来说，政策支持更重要的是为其经营发展创造条件。为此，必须实行有利于服务业发展的土地管理政策，完善服务业价格、收费等政策。为保证有限的土地资源的合理利用，国家应当统筹服务业用地，建立公平合理的土地分配制度。合理确定用地规模、布局和范围；对国家确定的重点服务业集聚区予以优先安排年度用地计划指标分配；对通过旧城区改造、城区企业搬迁、关停淘汰落后产能腾出的土地，在符合土地利用总体规划、城市规划的基础上，优先用于服务业发展；对以划拨方式取得国有土地使用权的单位，如果利用工业厂房、仓储用房、传统商业街等存量房产、建设用地资源兴办信息服务、研发设计、创意产业等现代服务业和高端服务业，可暂时不变更土地用途和使用权人；对利用存量土地建设的服务业项目，依据有关政策优先办理建设用地、供地手续；开发区内的生产性服务业企业实行与工业企业同等的土地政策等措施。

4. 拓宽服务业的融资渠道，完善金融对促进服务业发展的配套政策

针对服务业发展资金不足的问题，政府应进一步拓宽服务业融资渠道，建立或完善金融领域相关配套政策，引导和鼓励金融机构对服务企业予以信贷支持。加强对金融机构运行的监督，完善对企业经营状况的审核等，增强对项目融资的风险控制。在控制风险的前提下，加快开发适应服务企业需要的金融产品。银行在独立审贷基础上，积极与政府投资相配合，为发展潜力大、信誉度高、符合贷款条件的服务业企业及项目提供信贷支持。支持符合条件的服务企业通过发行债券、上市等方式，扩大直接融资规模。进一步加快对中小企业信用担保体系建设，积极搭建中小企业融资平台，鼓励各类创业投资机构和金融机构支持中小服务企业开展业务。推进诚信体系建设，加快国库信息化体系建设，完善支付体系基础设施建设等。[1]

---

[1] 夏杰长等：《迎接服务经济时代来临：中国服务业发展趋势、动力与路径研究》，经济管理出版社，2010。

政府引导资金在服务业发展中发挥了重要作用。虽然投入规模不算大，但很好地引领了服务业发展方向。要不断完善国家、省（市）两级服务业发展引导资金，引导更多的社会资本投入服务业发展。同时，要增强国家服务业引导资金的针对性和先导性，对重点领域、重大项目、新兴业态、现代服务业集聚区和公共服务平台建设，国家、省、市县各级服务业引导资金要重点支持。

5. 完善服务业财税政策，促进服务业配套支持政策的细化和完善

目前，由于我国对服务业发展制定的财税政策涵盖范围广、政策密度大，若要确保政策的有效实施，除了要对现有的财税政策进行完善，还必须要对其配套支持政策进行完善和细化，这将是推进服务业政策发展的关键所在。首先，应继续贯彻实施国家或地区对服务业的税收优惠政策，完善对自主创新、节能减排、资源节约利用等方面服务业的税收优惠政策。其次，政府应当尽快完善和细化支持服务业发展财税政策的配套政策，分领域研究制定促进物流、金融、电子信息技术、服务业外包和农业服务业等各服务业产业发展的政策，促进服务业各领域做大做强。并继续加强市场监督，完善金融信贷政策，推进价格和土地改革，完善要素市场，鼓励服务业企业建立现代企业制度，制定相关的就业政策，运用多种行政与市场手段，促进服务业市场建立公平的市场竞争体制，保障服务业健康有序发展，确保已出台的财税优惠政策能够公平有效实施。

（二）促进制造业与服务业相互融合促进的内生性增长

1. 促进产业融合，增加制造业对服务业的内生需求

制造业是现代服务业产出的重要需求部门，许多现代服务业部门的发展必须依靠制造业的发展。没有制造业，现代服务业就是无本之木。我国已有的促进服务业发展的政策多数侧重于增加服务业的供给方面，而探究服务业产生与发展的过程，随着经济规模特别是制造业部门的扩大，对现代服务业的需求也迅速增加；现代服务业部门的增长依靠制造业部门中间投入的增加，制造业对服务业产业依赖度的加深是技术变革和劳动分工深化的必然结果，服务业的增长可以看做是整个社会生产体系内部技术变革和劳动分工演进的外在表现。[①] 研究表明，我国服务业发展的滞后，在相当程度上受制于制造业需求方提供的内生动力不足，

---

① 裴长洪、郑文：《发展新兴战略性产业：制造业与服务业并重》，《当代财经》2010 年第 1 期。

以至于良好的政策环境和强有力的财力支持都不能有效地带动服务业迅速发展变大变强。因此，要想促进服务业的发展和产业结构整体优化升级，更应该注重改善服务业的需求方面，让先进制造业有效带动服务业发展，促使服务业扩大规模，提高服务功能和水平，实现现代服务业与先进制造业融合、协调、可持续发展。

2. 提高服务业的专业化水平，鼓励新兴服务业的发展，促进服务业结构升级

要促进服务业向专业化方向发展，第一，要学习国外先进的研发技术，积极引进国外著名企业总部和研发机构在我国设立大型科研企业，为我国服务业注入新的活力；第二，要依托国家支柱、优势产业的技术和企业基础，在各地建设孵化基地，培育壮大一批成长性强、技术含量高的生产性服务企业；第三，要在政策上分领域研究促进物流、金融、技术研发、软件外包和农业服务业等产业发展的财税、信贷、土地等政策，建立各政策的协调机制，共同促进服务业专业化水平的提高和结构的优化升级。

由于制造业内部的技术变革和劳动分工的深化，导致了产品种类日益增多，产品差异性日益加强，生产组织方式日趋复杂，市场范围不断扩展，这也从多个方面产生了对服务业内部分工深化细化的需求。[①] 为适应整个社会生产体系内部技术变革和劳动分工的演进，服务业内部的产业结构也必将不断创新完善，并产生很多新兴服务业业态，服务业的产业结构更加细分。因此，应在政策上注意培育服务业的新兴业态，鼓励支持新兴业态发展和创立。根据新兴业态发展程度，制定相应的财税扶持政策，促进服务业新的领域分层次、有步骤发展。一是发展壮大有一定规模基础的电子商务、城市综合体；二是集聚推进需要公共服务支撑的领域，大力发展服务外包；三是示范引导技术领先、前景广阔、适应新消费需求的物联网、节能服务、新媒体、数字出版等业态。

3. 关注产业链的上下游，提高服务业的科技含量，注重品牌经营

我国产业发展中的结构性矛盾，主要来自过度偏重加工制造，而形成的过剩的、过度竞争的加工制造能力。为改变我国第二产业比重过大、生产性服务业发展滞后和能源资源环境压力加剧等问题，转变我国粗放型的经济增长方式，就要突破关键环节的制约，要通过制度环境的塑造和政策支持，使企业的

---

① 裴长洪、郑文：《发展新兴战略性产业：制造业与服务业并重》，《当代财经》2010 年第 1 期。

核心竞争力从中游的单纯制造加工向产业链的两端延伸，重点支持开发、设计、营销、品牌培育和专门化分工等关键环节的专业化水平，促进产业链向高端发展。

在信息技术不断发展的今天，企业与消费者的沟通和联系越来越密切，市场反应速度和品牌认知度的重要性越来越突出，营销创新成为创造利润的重要来源。支持企业建立营销渠道、供应链管理体系和培育品牌就成为我国企业提升价值链分工的重要方向，成为产业结构战略性调整的重点。①

在品牌营销方面，应打破服务业品牌自然形成的传统思维，鼓励服务业规模化、网络化、品牌化经营，建立起从产品研发到售后服务、单一媒介到立体网络、核心竞争力到产品形象包装的理性品牌策划机制。② 制定服务业品牌认定标准，扶持和鼓励服务业打造具有中国特色的知名品牌，同时，应注意营造有利于服务业品牌发展的优良环境。在继承和发扬传统品牌的基础上，采用新技术、新理念和现代管理模式，对老字号、老品牌赋予新内涵。

4. 支持服务业促进"新能源"战略和发展低碳经济

美国等世界主要国家把新能源作为战略性产业加以支持，新能源和低碳经济有可能成为未来技术革命和产业革命的重点之一。③ 因此，现代服务业作为引领未来发展趋势的战略性新兴产业之一，更应该领先一步引领和支持其他具有新能源和低碳经济题材的新兴产业的发展。具体来说，在政策上应当引导现代服务业配合支持风能、太阳能、生物质能等新能源，节能环保技术、新材料、生物医药、生物育种、信息网络、电动汽车等领域的核心关键技术的攻关和系统集成。此举既可以对当前调整结构起到支撑作用，更可以引领经济社会的绿色发展。

另外，要大力发展节能服务业，通过发展技能服务业探索出一条节能减排的新思路。2010 年 4 月，国务院办公厅转发发改委等部门《关于加快推行合同能源管理促进节能服务产业发展意见的通知》，提出了推行合同能源管理、

---

① 王岳平：《"十二五"时期我国产业结构调整战略与政策研究》，《宏观经济研究》2009 年第 11 期。
② 吉林省发改委：《吉林省促进服务业跨越发展实施意见（征求意见修改稿）》，2010。
③ 王岳平：《"十二五"时期我国产业结构调整战略与政策研究》，《宏观经济研究》2009 年第 11 期。

发展节能服务产业的重要意义。《通知》指出合同能源管理是发达国家普遍推行的、运用市场手段促进节能的服务机制。节能服务公司与用户签订能源管理合同,为用户提供节能诊断、融资、改造等服务,并以节能效益分享方式回收投资和获得合理利润,可以大大降低用能单位节能改造的资金和技术风险,充分调动用能单位节能改造的积极性,是行之有效的节能措施促进节能服务产业发展的政策措施。《通知》还提出了促进节能服务产业发展的具体措施,包括加大资金支持力度、实行税收扶持政策、完善相关会计制度、进一步改善金融服务四个方面,以营造节能服务产业发展的良好环境,支持节能服务公司做大做强。

(三) 促进服务业的区域协调发展

1. 落后产能的淘汰和产业转移,注重区域发展战略和区域功能的划分

应尽快建立起过剩产能正常退出机制。要有效淘汰落后产能,首先应执行全国统一标准,防止各区域执法标准不一,使落后产能盲目从城市向农村、从东部向中西部转移。近几年中西部固定资产投资增幅明显快于东部,表明产业转移正在加快推进,在这种情况下应避免"产业转移"异化。

继续强化全国主体功能区概念,施行区域发展总体战略,完善区域功能的划分,推进服务业集聚发展。国家政策应明确服务业集聚区目标和标准,对有集聚化趋势的服务业企业集中区进行认定和指导,规划建立一批国家级现代服务业集聚区。各级政府也应立足区域功能定位和产业特色,规划启动一批区域性服务业集聚区。国家政策应扶持集聚区的基础设施建设,打造区内公共服务平台,提升公共服务功能,提高集聚区的管理机制的效率。同时,积极吸引国外企业进入集聚区。建立考核评价制度,将集聚区发展列入当地政府经济发展考核体系,定期进行动态监测。

2. 发挥各地区资源要素的比较优势

各地政府在规划服务业发展前景时,首先根据国家的相关宏观政策,提高服务业的比例,再充分考虑地方既有的基础条件和资源禀赋,特色化地发展适合本地区的服务业,更要加强地区之间、区域之间开展多种形式的合作,促进服务业资源整合,发挥组合优势,深化分工合作,在更大范围、更广领域、更高层次上实现资源优化配置。

附表1 　"十一五"期间促进服务业发展主要政策总结

年份	出 台 政 策	政 策 主 要 内 容
2006	《中华人民共和国国民经济和社会发展第十一个五年规划纲要》	提出坚持市场化、产业化、社会化方向,拓宽领域、扩大规模、优化结构、增强功能、规范市场,提高服务业的比重和水平。拓展生产性服务业、丰富消费性服务业和促进服务业发展的政策
	《信产部关于加快推进信息产业自主创新的指导意见》	加快推进信息产业自主创新的指导思想,发展目标和发展重点
2007	《国务院关于加快发展服务业的若干意见》	强调加快发展服务业的重大意义,提出大力优化服务业发展结构、科学调整服务业发展布局、积极发展农村服务业、着力提高服务业对外开放水平、加快推进服务领域改革、加大投入和政策扶持力度、不断优化服务业发展环境等意见
2008	《国务院办公厅关于加快发展服务业若干政策措施的实施意见》	提出加强规划和产业政策引导、深化服务领域改革、提高服务领域对外开放水平、大力培育服务领域领军企业和知名品牌、加大服务领域资金投入力度、优化服务业发展的政策环境、加强服务业基础工作等方面的具体措施
	《国家工商行政管理总局关于促进服务业发展的若干意见》	提出放宽市场准入,大力培育服务业市场主体、积极支持服务业企业创新发展、积极支持农村服务业发展、积极鼓励企业注册服务商标、积极促进广告业发展,强化市场监管等意见
	《国务院关于进一步推进长江三角洲地区改革开放和经济社会发展的指导意见》	提出加快发展现代服务业,努力形成以服务业为主的产业结构,具体包括:优先发展面向生产的服务业、积极发展面向民生的服务业(大力发展旅游业)、大力改善服务业发展环境
	《珠江三角洲地区改革发展规划纲要(2008~2020年)》	在构建现代产业体系方面提出优先发展现代服务业
	《关于金融支持服务业加快发展的若干意见》	提出深化改革,完善机制,为服务业加快发展创造良好金融环境、科学发展,统筹兼顾,加大对服务业发展的金融支持力度、突出重点,优化结构,大力支持服务业关键领域和薄弱环节加快发展、加快金融业基础设施建设,打造支持服务业加快发展的金融服务平台等方面的具体措施
2009	《关于促进服务外包产业发展问题的复函》	提出促进服务外包发展的政策措施,批准北京、上海、天津、大连等20个城市为中国服务外包示范城市,并在20个试点城市实行一系列鼓励和支持措施,加快我国服务外包产业发展
	《服务贸易发展"十一五"规划纲要》	提出构建服务贸易发展管理体系、建立和完善服务贸易统计体系、建立服务贸易发展促进体系、积极稳妥扩大服务业对外开放、分类指导,重点促进服务贸易发展及服务贸易发展保障措施
	《电子信息产业调整和振兴规划》	电子信息产业调整和振兴的主要任务和政策措施
	《国务院关于印发物流业调整和振兴规划的通知》	物流业调整和振兴的总体目标和具体措施

续附表1

年份	出　台　政　策	政　策　主　要　内　容
2009	《国务院关于推进上海加快发展现代服务业和先进制造业建设国际金融中心和国际航运中心的意见》	国际金融中心和国际航运中心建设的意义、总体目标和具体措施
	《外国机构在中国境内提供金融信息服务管理规定》	外国机构在中国境内提供金融信息服务的审批、投资设立企业、监督管理、法律责任
	《财政部办公厅、商务部办公厅关于2009年度促进服务业发展专项资金使用管理有关问题的通知》	资金支持家政服务网络中心建设、家政培训和菜市场标准化改造示范工程等项目(称为"双进工程建设")、"早餐示范工程"，家政服务网络中心、家政就业培训、市场监测及储备应急体系建设、市场监管公共服务体系建设项目
	《国务院关于加快发展旅游业的意见》	加快发展旅游业的主要任务和保障措施
	《商务部:积极发展城市服务业不断创造就业机会》	加快建设"家政服务网络中心"，实施"家政就业工程"，着力推进早餐服务体系建设，大力发展社区商业和居民服务业
	《文化产业振兴规划》	加快文化产业振兴的重要性、紧迫性、重点任务、政策措施和保障条件
	《全国餐饮业发展规划纲要(2009~2013)》	提高餐饮规范化水平，增强餐饮便利化功能，加快餐饮现代化步伐，提升餐饮品牌化水平，推进餐饮产业化发展，加快餐饮国际化进程
	《国家发展改革委办公厅关于当前推进高技术服务业发展有关工作的通知》	重点培育信息技术、生物技术、研发设计、知识产权和科技成果转化等高技术服务行业;选择部分城市建立国家高技术服务产业基地;建立和完善高技术服务业统计体系
2010	《国务院关于鼓励和引导民间投资健康发展的若干意见》	鼓励和支持民间资本进入基础设施、市政工程和其他公共服务领域;推进医疗、教育等社会事业领域改革;鼓励民间资本参与交通运输建设、水利工程建设、电力建设、石油天然气建设、电信建设、土地整治和矿产资源勘探开发、城市供水、供气、供热、污水和垃圾处理、公共交通、城市园林绿化、政策性住房建设、医疗、教育、社会培训事业、金融机构、商品批发零售、现代物流领域、国防科技工业领域等;鼓励民营企业通过参股、控股、资产收购等多种形式,参与国有企业的改制重组等
	《国务院办公厅关于鼓励和引导民间投资健康发展重点工作分工的通知》	明确各部门和地方的主要工作任务和要求;进一步清理和规范涉企收费,切实减轻民营企业负担
	《关于促进工业设计发展的若干指导意见》	大力发展工业设计的重要意义、提高工业设计的自主创新能力、提升工业设计产业发展水平等
	《关于加快推行合同能源管理促进节能服务产业发展意见的通知》	充分认识推行合同能源管理、发展节能服务产业的重要意义;提出加大资金支持力度、实行税收扶持政策、完善相关会计制度、进一步改善金融服务等政策

续附表 1

年份	出 台 政 策	政 策 主 要 内 容
2010	《国务院关于加快培育和发展战略性新兴产业的决定》	发展战略性新兴产业的意义、将战略性新兴产业加快培育成为先导产业和支柱产业、重点方向,主要任务和具体措施
	《国务院关于中西部地区承接产业转移的指导意见》	因地制宜承接发展优势特色产业、促进承接产业集中布局、改善承接产业转移环境、完善承接产业转移体制机制、强化人力资源支撑和就业保障等
	《关于加快发展体育产业的指导意见》	加大投融资支持力度,完善税费优惠政策,加强公共体育设施建设和管理,支持和规范职业体育发展,加强体育无形资产开发保护,加快体育市场法制化、规范化建设,加快体育产业管理人才培养

资料来源:作者根据各政策文件整理。

附表 2　服务业税收优惠政策总结

行业分类	政 策 名 称	政 策 内 容
(一)现代物流业	《国家税务总局关于试点物流企业有关税收政策问题的通知》(国税发〔2005〕208号)	试点企业将承揽的运输业务分给其他单位并由其统一收取价款的,应以该企业取得的全部收入减去付给其他运输企业的运费后的余额为营业额计算征收营业税
		增值税一般纳税人外购货物(未实行增值税扩大抵扣范围企业外购固定资产除外)和销售应税货物所取得的由试点企业开具的货物运输业发票准予抵扣进项税额
		试点企业将承揽的仓储业务分给其他单位并由其统一收取价款的,应以该企业取得的全部收入减去付给其他仓储合作方的仓储费后的余额为营业额计算征收营业税
	《中华人民共和国城镇土地使用税暂行条例》	纳税人缴纳土地使用税确有困难需要定期减免的,由省、自治区、直辖市税务机关地方税务局审核,报国家税务总局批准
(二)会展业	《中华人民共和国房产税暂行条例》	纳税人纳税确有困难的,可由省、自治区、直辖市人民政府确定,定期减征或者免征房产税
(三)代理业	《财政部国家税务总局关于营业税若干政策问题的通知》(财税〔2003〕16号)	从事广告代理业的,以全部收入减去支付给其他广告公司或广告发布者(包括媒体、载体)的广告发布费后的余额为营业额
	《国家税务总局关于加强代理报关业务营业税征收管理有关问题的通知》(国税函〔2006〕1310号)	从事代理报关业务税项扣除。自2007年1月1日起,纳税人从事代理报关业务,以其向委托人收取的全部价款和价外费用扣除以下项目金额后的余额为计税营业额申报缴纳营业税:支付给海关的税金、签证费、滞报费、滞纳金、查验费、打单费、电子报关平台费、仓储费;支付给检验检疫单位的三检费、熏蒸费、消毒费、电子保险平台费;支付给予录入单位的预录费;国家税务总局规定的其他费用

续附表 2

行业分类	政策名称	政策内容
（三）代理业	《国家税务总局关于无船承运业务有关营业税问题的通知》（国税函〔2006〕1312 号）	无船承运业务税项扣除。自 2007 年 1 月 1 日起，纳税人从事无船承运业务，以其向委托人收取的全部价款和价外费用扣除其支付的海运费以及报关、港杂、装卸费用后的余额为计税营业额申报缴纳营业税
（四）旅游业	《中华人民共和国城镇土地使用税暂行条例》	纳税人缴纳土地使用税确有困难需要定期减免的，由省、自治区、直辖市税务机关地方税务局审核，报国家税务总局批准
	《财政部国家税务总局关于营业税若干政策问题的通知》（财税〔2003〕16 号）	旅游企业组织旅游团在中国境内旅游的，以收取的全部旅游费减去替旅游者支付给其他单位的房费、餐费、交通、门票或支付给其他接团旅游企业的旅游费后的余额为营业额
（五）金融、保险服务业	《财政部国家税务总局关于营业税若干政策问题的通知》（财税〔2003〕16 号）	经中国人民银行、外经贸部和国家经贸委批准经营融资租赁业务的单位从事融资租赁业务的，以其向承租者收取的全部价款和价外费用（包括残值）减除出租方承担的出租货物的实际成本后的余额为营业额。以上所称出租货物的实际成本，包括由出租方承担的货物的购入价、关税、增值税、消费税、运杂费、安装费、保险费和贷款的利息（包括外汇借款和人民币借款利息）
	《国家税务总局关于中小企业信用担保、再担保机构免征营业税的通知》（国税发〔2001〕37 号）	经国家经贸委核准批准，纳入全国中小企业信用担保体系，并按地市级以上人民政府规定的标准收取担保业务收入的单位从事中小企业信用担保或再担保取得的担保业务收入，由财政、地方税务局审核后上报本省、自治区、直辖市、计划单列市人民政府批准，自纳税人享受免税之日起，免征营业税 3 年
（六）软件业	《关于嵌入式软件增值税政策的通知》（财税〔2000〕92 号）	增值税一般纳税人随同计算机网络、计算机硬件和机器设备等一并销售其自行开发生产的嵌入式软件，如果能够按照《财政部国家税务总局关于贯彻落实〈中共中央、国务院关于加强技术创新，发展高科技，实现产业化的决定〉有关税收问题的通知》（财税字〔1999〕273 号）第一条第三款的规定，分别核算嵌入式软件与计算机硬件、机器设备等的销售额，可以享受软件产品增值税优惠政策
	《关于鼓励软件产业和集成电路产业发展有关税收政策问题的通知》（财税〔2000〕25 号）	自 2000 年 6 月 24 日起至 2010 年底以前，对增值税一般纳税人销售其自行开发生产的软件产品，按 17% 的法定税率征收增值税后，对其增值税实际税负超过 3% 的部分实行即征即退政策。增值税一般纳税人将进口的软件进行转换等本地化改造后对外销售，其销售的软件可按照自行开发生产的软件产品的有关规定享受即征即退的税收优惠政策。自 2000 年 6 月 24 日起至 2010 年底以前，对增值税一般纳税人销售其自行生产的集成电路产品（含单晶硅片），按 17% 的法定税率征收增值税后，对其增值税实际税负超过 6% 的部分实行即征即退政策

续附表 2

行业分类	政 策 名 称	政 策 内 容
（六）软件业	《财政部国家税务总局关于增值税若干政策的通知》（财税〔2005〕165号）	纳税人销售软件产品并随同销售一并收取的软件安装费、维护费、培训费等收入，应按照增值税混合销售的有关规定征收增值税，并可享受软件产品增值税即征即退政策。对软件产品交付使用后，按期或按次收取的维护、技术服务费、培训费等不征收增值税。纳税人受托开发软件产品，著作权属于受托方的征收增值税，著作权属于委托方或属于双方共同拥有的不征收增值税

资料来源：作者根据中税网《服务业税收优惠政策汇总》等相关资料整理。

参考文献

《中华人民共和国国民经济和社会发展第十二个五年规划纲要》，2006。

《国务院关于加快发展服务业的若干意见》，2007。

《国务院办公厅关于加快发展服务业若干政策措施的实施意见》，2008。

《国务院关于加快培育和发展战略性新兴产业的决定》，2010。

《国务院办公厅关于促进服务外包产业发展问题的复函》，2009。

《国家中长期科学和技术发展规划纲要》，2006。

《国家"十一五"科学技术发展规划》，2006。

《国务院关于印发物流业调整和振兴规划的通知》，2009。

《国务院关于编制全国主体功能区规划的意见》，2007。

《国务院关于鼓励和引导民间投资健康发展的若干意见》，2010。

国务院办公厅：《关于鼓励和引导民间投资健康发展重点工作分工的通知》，2010。

《国家发展改革委办公厅关于当前推进高技术服务业发展有关工作的通知》，2010。

《国务院办公厅关于加快推行合同能源管理促进节能服务产业发展意见的通知》，2010。

《国务院关于进一步推进长江三角洲地区改革开放和经济社会发展的指导意见》，2008。

《国务院关于推进上海加快发展现代服务业和先进制造业建设国际金融中心和国际航运中心的意见》，2009。

《珠江三角洲地区改革发展规划纲要（2008～2020年)》，2008。

《前海深港现代服务业合作区总体发展规划》，2010。

《深圳市政府关于加快高端服务业发展的若干意见》，2008。

工信部等《关于促进工业设计发展的若干指导意见》，2010。

《国家工商行政管理总局关于促进服务业发展的若干意见》，2008。

中国人民银行等：《关于金融支持服务业加快发展的若干意见》，2008。

商务部与教育部：《关于加强服务外包人才培养促进高校毕业生就业工作的若干意

见》，2009。

裴长洪、郑文：《发展新兴战略性产业：制造业与服务业并重》，《当代财经》2010 年第 1 期。

王岳平：《"十二五"时期我国产业结构调整战略与政策研究》，《宏观经济研究》2009 年第 11 期。

何德旭、姚战琪：《中国产业结构调整的效应、优化升级目标和政策措施》，《中国工业经济》2008 年第 4 期。

夏杰长等：《高新技术与现代服务业融合发展研究》，经济管理出版社，2008。

夏杰长等：《迎接服务经济时代来临：中国服务业发展趋势、动力与路径研究》，经济管理出版社，2010。

顾乃华：《我国服务业、工业增长效率对比及其政策内涵》，《财贸经济》2006 年第 7 期。

朱之鑫、陈元：《中国经济中长期风险和对策》，经济科学出版社，2009。

王子先：《"十一五"时期我国生产性服务业的发展趋势与商机》，《经济前沿》2006 年第 9 期。

吴晓云、张峰：《现代服务业可迁移性和交互性的新特征及其全球化潜力》，《山东大学学报》（哲学社会科学版）2010 年第 1 期。

尹优平、杨毅：《金融对现代服务业的支持效应研究——山西省案例》，《银行家》2009 年第 7 期。

郭怀英：《垄断性服务业的市场化改革：国际比较及其启示》，《宏观经济研究》2004 年第 12 期。

马建堂：《切实转变职能奋力开拓创新　进一步加强服务业统计工作》，在国家统计局服务业统计司（服务业调查中心）成立仪式讲话，2010 年 4 月 27 日。

商务部：《"十一五"期间我国国内贸易实现新跨越》，http：//www. mofcom. gov. cn/，2010 年 10 月 29 日。

商务部：《我国推出减免税收等政策扶持服务外包发展》，2009 年 6 月 24 日《上海证券报》。

国土资源部：《全国住房用地供应情况通报》，http：//www. mlr. gov. cn/xwdt/jrxw/201008/t20100802_ 729707. htm，2010 年 7 月 31 日。

吉林省发改委：《吉林省促进服务业跨越发展实施意见（征求意见修改稿）》，2010。

《服务业税收优惠政策汇总》，中税网，2009 年 3 月 13 日。

胡斌：《我国服务外包产业加速增长》，新华网，2010。

图书在版编目（CIP）数据

中国服务业发展报告. 9：面向"十二五"的中国
服务业/荆林波，史丹，夏杰长主编. —北京：社会
科学文献出版社，2011.3
（服务业蓝皮书）
ISBN 978 - 7 - 5097 - 2113 - 1

I. ①中… Ⅱ. ①荆… ②史…③夏… Ⅲ. ①服务业 -
经济发展 - 研究报告 - 中国 Ⅳ. ①F719

中国版本图书馆 CIP 数据核字（2011）第 016164 号

服务业蓝皮书

中国服务业发展报告 No.9
　　——面向"十二五"的中国服务业

主　　编／荆林波　史　丹　夏杰长

出 版 人／谢寿光
总 编 辑／邹东涛
出 版 者／社会科学文献出版社
地　　址／北京市西城区北三环中路甲 29 号院 3 号楼华龙大厦
邮政编码／100029
网　　址／http：//www. ssap. com. cn
网站支持／(010) 59367077
责任部门／皮书出版中心 (010) 59367127
电子信箱／pishubu@ ssap. cn
项目经理／邓泳红
责任编辑／周映希　张文艳
责任校对／郭红生
责任印制／蔡　静
品牌推广／蔡继辉

总 经 销／社会科学文献出版社发行部
　　　　　(010) 59367081　59367089
经　　销／各地书店
读者服务／读者服务中心 (010) 59367028
排　　版／北京中文天地文化艺术有限公司
印　　刷／北京季蜂印刷有限公司

开　　本／787mm×1092mm　1/16
印　　张／20.75　字数／354 千字
版　　次／2011 年 3 月第 1 版　印次／2011 年 3 月第 1 次印刷

书　　号／ISBN 978 - 7 - 5097 - 2113 - 1
定　　价／59.00 元

本书如有破损、缺页、装订错误，
请与本社读者服务中心联系更换

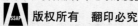

盘点年度资讯 预测时代前程

从"盘阅读"到全程在线阅读
皮书数据库完美升级

·产品更多样

从纸书到电子书，再到全程在线网络阅读，皮书系列产品更加多样化。2010年开始，皮书系列随书附赠产品将从原先的电子光盘改为更具价值的皮书数据库阅读卡。纸书的购买者凭借附赠的阅读卡将获得皮书数据库高价值的免费阅读服务。

·内容更丰富

皮书数据库以皮书系列为基础，整合国内外其他相关资讯构建而成，内容包括建社以来的700余部皮书、20000多篇文章，并且每年以120种皮书、4000篇文章的数量增加，可以为读者提供更加广泛的资讯服务。皮书数据库开创便捷的检索系统，可以实现精确查找与模糊匹配，为读者提供更加准确的资讯服务。

·流程更简便

登录皮书数据库网站www.i-ssdb.cn，注册、登录、充值后，即可实现下载阅读；购买本书赠送您100元充值卡。请按以下方法进行充值。

充值卡使用步骤：

第一步
· 刮开下面密码涂层
· 登录 www.i-ssdb.cn
  点击"注册"进行用户注册

第二步
登录后点击"会员中心"进入会员中心。

SSDB
社科文献资源库
SOCIAL SCIENCE
DATABASE

社会科学文献出版社 皮书系列
SOCIAL SCIENCES ACADEMIC PRESS (CHINA)

卡号：54693380184326
密码：

(本卡为图书内容的一部分，不购书刮卡，视为盗书)

第三步
· 点击"在线充值"的"充值卡充值"，
· 输入正确的"卡号"和"密码"，即可使用。

如果您还有疑问，可以点击网站的"使用帮助"或电话垂询010-59367071。